KB158236

나는 태양 때문에 그를 죽였다

나는 태양 때문에 그를 죽였다

발 행 | 2022년 1월 20일

엮은이 | 채형복
펴낸이 | 신중현
펴낸곳 | 도서출판 학이사

　　　출판등록 : 제25100-2005-28호
　　　주　　　소 : 대구광역시 달서구 문화회관11안길 22-1(장동)
　　　전　　　화 : (053) 554~3431, 3432
　　　팩　　　스 : (053) 554~3433
　　　홈페이지 : http://www.학이사.kr
　　　이 메 일 : hes3431@naver.com

ⓒ 2022, 채형복

　이 책의 저작권법에 따라 보호받는 저작물이므로 무단 전제와 무단 복제를 금하며,
내용의 일부를 인용하거나 발췌하려면 도서출판학이사의 서면 동의를 받아야 합니다.

*ISBN*_ 979-11-5854-341-9

*이 도서는 한국출판문화산업진흥원의 '2021년 출판콘텐츠 창작 지원 사업'의 일환으로
국민체육진흥기금을 지원받아 제작되었습니다.

법으로 읽는 고전문학

채형복 지음

나는
태양 때문에
그를
죽였다

學而思 학이사

　법학에서 감성感性은 불필요한 감정인가. 스무 살에 법학에 입문하여 예순을 바라보는 지금까지 화두로 남아있는 질문이다.

　법학은 크게 자연법과 실정법으로 나뉜다. 전자가 자연의 이치와 본성 탐구를 중시한다면, 후자는 현실에서 시행되고 있는 실정법을 해석하고 적용하는 데 중점을 둔다. 어느 입장에 서든 법학은 기본적으로 인간의 감성보다 이성理性을 중시하는 학문이다. 이성을 객관적·중립적·논리적·합리적·현실적 가치판단기준이라고 여기기 때문이다. 이런 이유로 법학은 법률가에게 철저히 이성적일 것을 요구한다.

　이성을 금과옥조로 받드는 법학의 태도는 법관의 독립성을 정하고 있는 헌법 제103조에도 여실히 드러나 있다. 법관은 양심에 따라 독립하여 심판한다. 이때의 양심은 인간과 사회에 대해 법관이 가지고 있는 따뜻한 연민의 감정인 감성으로 바꾸어 불러도 좋다. 하지만 법관이 가지는 심판의 독립성은 '헌법과 법률에 의하여'라는 조건을 전제로 인정된다. 헌법은 법관 개인이 가지고 있는 내면의 양심을 인정하면서도 무조건 신뢰하지는 않는다. 양심은 밖으로 드러나지 않고 눈으로 확인할 수 없으며, 주관적·자의적·추상적 가치판단 기준이라고 여기는 까닭이다.

법관은 법적 판단을 할 때 내면의 가치인 양심이나 감성은 철저히 숨긴다. 그 대신 이성으로 포장한 치밀한 법논리와 해석을 앞세운다. 법관이 쓴 판결문은 딱딱하고 재미없으며, 법률전문가가 아닌 이상 소송당사자는 읽어도 도무지 이해가 되지 않는 이유이다. 결국 최종 판결이 내려지면, 사실관계와 본문은 사라지고 주문만 남는다. 법을 가르치고 연구하면서 이런 현실이 못내 아쉽고 안타까웠다. 만일 법관이 시인이 되고, 시인이 법관이 될 수 있다면, 그리하여 판결문이 시가 되고, 시가 판결문이 될 수 있다면, 얼마나 좋을까. 그런 세상을 꿈꾸고 상상하였다.

하지만 안타깝게도(혹은 불행하게도) 법률가와 법학자는 물론 사람들은 양심으로 대표되는 자연법보다는 이성에 의거한 실정법을 무한 신뢰한다. 전자에 비하여 후자는 민주적 절차를 거쳐 사회적 합의로 제정되며, 그 문언은 객관적이고 구체적이며, 명확하다. 그 실정법을 대표하는 것이 바로 헌법과 법률이다. 한마디로 실정법은 사회구성원이 가지고 있는 이성의 총합이자 결과물인 셈이다.

법과대학이나 로스쿨에 입학하여 법학을 배울 때 법학도들은 철저히 '이성적일 것'을 요구받는다. 이성적으로 사고하고 행동하라는 언명은 법학도에게 절대교의이자 지상명령이다. 법학도가 이성 이

외의 다른 감정을 가지는 태도는 금기사항이다. 법학교육에서 감성
은 애써 외면하고 버려야 하는 쓰레기와 같은 감정인지도 모른다.
이성을 절대─신神으로 경배하는 한국사회는 법학도에게 피도 눈물
도 인정도 없는 냉혈한 법률가─신 되기를 강요하고 있다면 지나친
말일까.

　강단에서 미래의 법률가가 될 법학도들을 가르치면서 자책하고
자괴감에 빠져드는 날이 많았다. 우울증은 로스쿨제도가 도입·시행
되면서 더욱 심해졌다. 로스쿨은 "풍부한 교양, 인간 및 사회에 대한
깊은 이해와 자유·평등·정의를 지향하는 가치관을 가진 법조인"을
양성하기 위한 교육기관이다. 하지만 「법학전문대학원 설치·운영에
관한 법률」(법학전문대학원법) 제2조가 정하고 있는 교육이념은 로스쿨
에서 사라진 지 오래다.

　학생들은 변호사시험(변시) 합격에 목매고, 로스쿨은 입시학원으
로 전락하고 말았다. 하지만 학생들을 탓할 수는 없다. 처음부터 법
제도가 잘못 설계되어 합격자 수를 제한하고 있으니 그들에게는 다
른 방도가 없다. 문제는 법학계와 법무부를 비롯한 정부, 그리고 대
한변호사협회이다. 마치 서로 입을 맞춘 듯 모두 로스쿨에서 현실적
으로 일어나고 있는 수많은 문제에 대해서는 말이 없다. 그들에게
1867년 세인트앤드루스대학 총장으로 취임할 때 존 스튜어트 밀이
행한 다음 연설은 어떤 의미가 있을까.

　"대학의 목적은 유능한 변호사, 의사, 엔지니어를 만드는 게 아니라 재
　능 있고 교양 있는 인간을 만드는 것입니다. (…) 인간은 변호사나 의사

나 상인이나 제조업자이기 이전에 인간입니다. 그리고 인간을 능력 있고 분별 있는 인간으로 만든다면 그들은 알아서 능력 있고 분별 있는 변호사나 의사가 될 것입니다."

한국 사회는 그 어느 때보다 정의에 목말라하고, 공정을 애타게 바란다. 현실이 이러함에도 정작 로스쿨에서는 수험법학에만 천착할 뿐 정의와 공정담론은 가르치지 않는다. 매년 4월 말 발표되는 변시 합격률이 더 중요하기 때문이다. 경쟁이 과열되면서 변시 주요 과목 이외는 폐강되는 일이 잦아졌다. 필자가 담당하고 있는 국제법과 국제인권법, EU법도 이 불운에서 벗어나지 못하고 있다. 명색이 로스쿨 교수로 있으면서도 정작 전공과목을 가르치지 못하는 현실에 좌절하였다.

하지만 불합리한 제도와 현실을 탓하고만 있을 수는 없다. 학자로 살기로 마음먹은 이상 새로운 사상이나 학문방법론을 탐구하고 제시해야 한다. "현실과 싸우는 것만으로는 절대 세상을 바꿀 수 없다. 뭐라도 바꾸고 싶다면 기존 모델을 낡은 것으로 만들 새로운 모델을 구축하라!" 20세기 천재 발명가 버크민스터 풀러의 권고에 따라 평소 관심을 가지고 있던 분야로 눈길을 돌렸다. 바로 법문학이다.

이성법학에서 감성법학으로!
법적 정의에서 시적 정의로!

법문학을 연구하면서 내세운 모토다. 법적 정의는 법학이 지향하는 궁극적 목표이자 목적이고, 시적 정의는 문학과 예술적 감수성을 바탕으로 사람과 세상을 바라보는 따뜻한 시선을 말한다. 감성의 눈으로 문학작품을 읽고 시적 정의의 관점에서 세밀하게 분석함으로써 이성법학이 가진 한계를 극복하고 법적 정의를 달성할 수 있다고 믿었다.

동서양에는 인류에게 영감과 감화를 안겨준 많은 고전이 있다. 그중에는 법학교육을 위한 텍스트로 활용해도 전혀 손색이 없는 훌륭한 작품이 적지 않다. 그 작품을 법의 시각으로 읽고 분석하면 자연스레 법률지식은 물론 법적 정의를 체득할 수 있다. 이 방법은 문학이 가지고 있는 이야기(스토리)를 법률적 관점에서 읽고 재해석함으로써 작품을 보다 깊이 이해할 수 있는 장점이 있다. 한마디로 법으로 읽는 문학, 문학으로 읽는 법이다. 이 방법은 이성과 감성을 조화시켜 독자를 정의의 길로 이끄는 훌륭한 길잡이 역할을 한다.

이번에 내는 『법으로 읽는 고전문학: 나는 태양 때문에 그를 죽였다』는 법문학에 관한 두 번째 결과물이다. 첫 번째 작업은 해방 이후 필화로 법정소송을 겪은 일곱 편의 시와 소설을 분석한 것으로 『법정에 선 문학』(한티재, 2016년)으로 결실을 맺었다. 법학자이자 시인-작가로서 나는 국가권력에 의해 목 잘린 문학작품과 저자의 권리를 복권시키고 싶었다. 출간 당시 박근혜 정부의 문화예술계 블랙리스트가 공개되어 여러 언론사에서 이 책을 소개하는 행운을 누리기도 하였다.

법문학에 관한 두 번째 작업인 이 책은 유럽의 고전 가운데 일반 대중에게 잘 알려진 소설작품 여덟 편을 선정하여 법의 관점에서 분

석하였다. 이 책을 읽으면서 독자들은 문학은 물론 법학에서도 이성
뿐 아니라 감성도 인간이 가진 훌륭한 가치임을 알게 될 것이다. 그
리하여 이성과 감성이 조화된 상태에서 세상을 바라보고, 법학(혹은
법률)을 약자의 편에 서서 싸울 수 있는 학문(혹은 수단)으로 활용할 수
있기를 간절히 바란다.

   원고를 출판사에 넘긴 지 몇 달 후 이 책이 '2021년 출판콘텐츠
창작 지원 사업'에 선정되었다는 소식을 들었다. 적어도 출판사에 폐
는 끼치지 않게 되었다는 마음에 무척 기뻤다. 어려운 현실에도 불
구하고 흔쾌히 이 책을 내준 신중현 대표와 직원들에게 깊이 감사드
리고, 학이사의 무궁한 발전을 기원한다.

2021년 12월

팔공산 우거 소선재素線齋에서 저자 씀

| 차 례 |

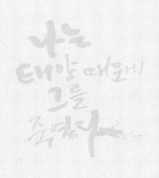

법문학이란 무엇인가[1]

왜 법과 문학인가?

법과 문학(*Law and Literature*)[2]은 두 가지 현상을 담고 있다. 하나는, 20세기 중후반, 특히 1970년대부터 미국에서 전개되고 있는 법과 문학 운동(*law and literature movement*)이고, 다른 하나는, '법'과 '문학'이라는 독립된 영역에 대한 상호이해를 위한 학문연구, 소위 학제적 연구(*interdisciplinary research*) 현상이다. 이 현상을 주도한 것은 포스너(*Richard Posner*)에 의해 창시된 법경제학파(*law and economics*)이다. 이 학파에 의해 주도된 법경제학이 성공적으로 정착함으로써 법과 사회(*law and society*), 법여성학(*law and feminism*; *Feminist Jurisprudence*)

---

1) 본고는 다음 논문을 재인용함. 졸고, "법문학 시론", 형평과 정의, 대구지방변호사회 제30호, 2015. 12., 355~374쪽.
2) 문학을 넓게 이해하면 사상과 감정을 '언어'로 표현한 문학과 예술(문예), 영상 및 무대 예술 등도 포함된다. 하지만 본고에서 말하는 문학은 소설, 시, 수필 등 '문학작품'으로 제한하여 다루고자 한다.

등의 연구로 이어졌다. 또한 자연스레 법과 문학에 대한 강좌 개설과 연구가 활성화되었다.[3]

셰익스피어의 『베니스의 상인』에서 보듯이 법률문제는 많은 문학 작품의 소재로 활용되어 왔고, 또 법학과 문학의 관계에 대한 다양한 논의가 진행되어 왔다. 하지만 양자의 개별적 혹은 복합적인 관계에 대해 보다 구체적인 연구와 학문적인 운동의 효시가 된 것은 1973년 미국에서 출판된 화이트(James Boyde White)의 저서 『법적 상상: 법사상 및 표현의 본질 연구』이다.[4] 이 저서의 출간을 계기로 1980년대부터 미국에서는 법과 문학에 관한 운동 및 연구가 활발하게 전개되어 왔으며, 불과 20여 년 만에 미국 로스쿨의 절반 이상에서 '법과 문학' 강좌가 개설되는 성과를 보이고 있다.[5]

화이트는 법과 문학의 관계에 대해 다음과 같이 자신의 견해를 밝히고 있다.

나는, 법은 단순한 규칙(rule: 혹은 규범이나 원리)의 체계라고는 생각지 않고, 정책(policy)의 선택이나 계급의 이익으로 환원될 수 있는 것이라고도 생각지 않는다. 오히려 법은 내가 언어(language)라고 부르는 것의 (…) 바

---

3) 이에 대한 상세한 내용은, 안경환, "미국에서의 '법과 문학' 운동", 문학과 영상 2권 1호, 2001, 195~235쪽.

4) James Boyde White, Legal Imagination: Studies in the Nature of Legal Thought and Expression, University of Chicago Press(1973), Wigmore, A List of Legal Novels, 2 Ill. L. Rev. 574(1908).

5) 안경환, 앞의 논문, 202쪽. 안경환은 화이트의 선구적 업적이 그 혁혁한 성과를 낸 이유로 ① 미국의 대학 전체에서 벌어진 인문학 전통의 부활운동, ② 인문학도의 법과대학원(로스쿨) 유입, ③ 법경제학에 대한 반동, ④ 대중문화로서의 법의 확산 네 가지를 들고 있다.

꾸어 말하면, 문화라고 부르는 것이다.

나에게 법이란 예술(art)이다. 결국 존재하는 재료로부터 무엇인가 새로운 것을 만드는 방법이고, 언어로 쓰기도 하는 예술이다.[6]

법의 생명은 예술의 생명이며, 타자의 언어로 의미를 만들어내는 예술이다.[7]

"법은 곧 문화이자 예술"이라고 보는 화이트의 주장은 랑델(Christopher Columbus Langdell)[8]로 대표되는 법현실주의자들에 의해 확립된 기존의 법학(전통법학)과는 전적으로 반대되는 것이다.

이처럼 미국에서 법과 문학의 관계에 대한 새로운 운동이 일어나게 된 근원은 무엇일까? 바로 '인문학 전통의 부활'이다. 이 점은 "법학은 사회과학의 하나"라고 보는 우리나라의 학문 풍토에도 시사하는 바가 적지 않다. 오히려 이제는 "법학은 사회과학의 하나가 아니라 인문학의 하나"라는 인식의 대전환이 필요한 것은 아닐까?

법과 문학을 중심으로 법학에 대한 문제 제기의 본질은 전통법학이 바라보는 "법이란 무엇인가?"에 대한 비판적이고 새로운 접근의 필요성에 있다. 전통이라는 고정관념과 인식에 사로잡혀 시대의 환경에 따른 새로운 학문의 가능성을 외면한다면, 결국 법학은 자신이

---

6) *James Boyde White, Legal Imagination, op. cit., at xiii–xiv.*
7) *J. Boyde White, Heracless' Bow: Essays on the Rhetoric and Poetics of the Law*(1985), *at xii.*
8) 랑델은 하버드로스쿨의 초대 학장이자 '소크라테스식 교수법'의 창시자이기도 하다.

설정한 범주를 벗어나지 못하고 고사(枯死)하고 말지도 모른다. 또한 문학작품에서 다루고 있는 풍성한 법이슈들을 법학의 새로운 해석과 발전을 위한 도구로 활용하지 못함으로써 스스로를 법적 텍스트의 제한적 한계에 가두는 어리석음에 빠져버릴지도 모른다.

그렇다면 "법은 사회과학의 하나"라는 시각에서 벗어나 "인문학의 하나"로 볼 때, 법과 문학은 어떤 관계로 이해할 수 있을까?

법과 문학을 어느 입장에서 파악하고 접근한다고 할지라도 외견상 '법'과 '문학'은 서로 다른 학문 체계이자 독자적 분야다. 하지만 그 실질면에서 바라보면, 양자는 텍스트를 쓰고, 이를 해석하는 작업에 중점을 두고 있다는 점에서는 다분히 유사한 분야라고 할 수 있다. 다시 말하여 '법'과 '문학'은 다음과 같은 동일 혹은 유사한 모습과 작업 과정을 가지고 있다.

[표 1] '법'과 '문학'의 동일 혹은 유사성

	법	문학
저자 (필자)	입법자, 법률가(변호사, 검사, 판사 등 법관+법학자)	작가
텍스트	제정법(법령), 준비서면, 판결(선례 포함)	문학 작품
작업 도구	언어	언어
작업 과정	쓰기, 읽기, 해석	쓰기, 읽기, 해석
독자	소송당사자, 법률가, 법학도	독자

[표 1]에서 보는 바와 같이, 주된 저자이자 독자인 법률가의 행위도 기본적으로는 언어활동의 하나라는 점에서는 문학과 다르지 않다.[9] 그러나 이러한 관점과는 달리 '법'과 '문학'은 그 본질면에서 큰 차이가 있다는 반론도 만만치 않다. 이를테면, 법은 사회에서 실제로 발생한 '구체적 문제'를 해결하는 데 중점을 두고 있는 반면, 문학은 인간의 정신적 상상력에 의거하여 레토릭과 메타포 등을 이용하여 산출된 픽션(허구)이다. 따라서 문학에는 '법' 또는 '법적 주제'가 소재로 활용될 수는 있어도 온전히 '법(학)'을 대체할 수는 없는 노릇이다. 이런 이유로 혹자는, 법과 문학의 관계를 연구하고 토론하여도 후자에서 전자의 현실적 적용에 필요한 성과를 얻을 수 없고, 또한 법과 문학 연구란 "문학을 사랑하는 법률가(문학애호가)들의 단순한 취미 혹은 호사"에 지나지 않는다고 비판한다.

하지만 법률문제는 문학작품의 다양한 소재로 활용되고 있다. 특히 후자는 답답하고 막힌 정치사회의 현실문제에 대한 독자들의 탈출구 내지는 배설구의 역할을 톡톡히 해내고 있다. 따라서 이제는 법학과 문학의 관계를 포함하여 양자가 서로 어떻게 수용될 수 있을 것인가에 대한 보다 적극적인 연구와 토론이 필요하다. 이를 통하여 법은 문학에, 문학은 법에 어떻게 기여할 수 있을 것인가에 주목해야 한다.

---

9) *Thomas D. Eisele, The Activity of Beijing of Being a Lawyer: The Imaginative Pursuit of Implications and Possibilities*, 54 Tenn. L. Rev. 345, 360~61.(1987)

법과 문학의 유형

문학에서의 법(*Law in Literature*)

문학에서 법률문제를 작품의 소재로 다루는 것은 아주 흔한 일이다. 오늘날에는 문학작품뿐 아니라 영화, 드라마 등 다양한 분야에서 법률문제를 다루고 있어 문학(혹은 문예)과 법(률)의 만남이 그리 낯설지 않다.

유럽의 역사를 거슬러 올라가 보면, 고대 그리스문학의 가장 오래된 서사시로 알려진 호메로스(B.C. 8세기경)의 『일리아드』와 역시 고대 그리스의 비극작가 아이스킬로스(B.C. 525~456)의 비극 3부작인 『오레스테이아』[10]에서도 복수를 소재로 한 법률문제를 다루고 있다. 하지만 인간법과 신법(神法)을 대비시켜 법적 정의의 문제 등 법률문제를 보다 구체적으로 다루고 있는 작품으로는 소포클레스(B.C. 497~406쪽)의 『안티고네』를 들 수 있다.

이 작품은 기원전 441년에 쓰인 비극으로 테베의 왕 크레온과 그의 조카이자 오이디푸스 왕의 딸인 안티고네의 갈등을 다루고 있다. 헤겔은 『안티고네』에 대해 평하기를, 크레온으로 대변되는 인간법과 안티고네로 대변되는 신법이 남성과 여성의 본질적 차이라는 자연으로부터 이끌어낸 정신의 두 가지 형태로서 양자가 서로 대등한 힘을 가지고 대립하고 있다고 본다.[11]

---

10)   이 3부작은 『아가멤논』, 『제주를 바치는 여인들(코이포로이)』, 『자비로운 여신들(에우메니데스)』의 세 작품으로 이루어져 있다.
11)   민윤영, "안티고네 신화의 법철학적 이해", 법철학연구 제14권 제2호, 2011, 73쪽.

그 후 이러한 전통은 꾸준히 이어져 많은 문학가들이 법(律)을 소재로 활용하여 작품을 썼다. 이 가운데 학문적 연구대상은 물론 일반 대중(독자)에게 가장 많이 회자되는 작가는 영국의 대문호 윌리엄 셰익스피어라고 할 수 있다. 그는 『베니스의 상인(The Merchant of Venice)』, 『눈에는 눈(Measure for Measure)』 등 많은 작품에서 법을 소재로 활용하고 있다. 이 가운데 특히 전자는 셰익스피어의 희극 중 가장 잘 알려져 있는 작품이다. 셰익스피어는 이 작품의 주인공인 유대인 샤일록과 상대인물인 포셔를 통하여 법치주의와 정의의 본질에 대해 묻고 있다. 안경환은 이 작품에 대해 아래와 같이 평가한다.

'법이 그러니 어쩔 수 없다'며 소극적으로 채권자의 자비를 호소하던 판사는 일순간 고도의 사법적극주의자가 되어 경각에 몰린 생명을 구하고, 마침내 위태롭던 정의를 세운다. 신참 판사의 명판결(?)은 신화가 되어 후대에 길이길이 전승된다. 영국의 대문호, 윌리엄 셰익스피어의 창작은 '해가 지지 않는 나라' 대영제국의 위광을 업고 지구를 정복한다. 셰익스피어가 내놓은 문제의 판결은 그리스도교 문화권의 최고 명판결로 후세인의 칭송을 받는다.[12]

약속(혹은 계약)은 지켜야 한다(pacta sunt servanda)!

이 말은 사적자치(私的自治)의 대원칙으로 근대 민법의 기본이 된 관념이다. 이 원칙을 문언 그대로 적용하면, 샤일록과 안토니오 사

---

12) 안경환, 『법, 셰익스피어를 입다』, 서울대학교출판문화원, 2012, 12쪽.

이에 체결된 "심장에서 가장 가까운 살 1파운드"라는 '인육계약'은 유효하다고 볼 수 있을까? 물론 오늘날에는 이러한 유형의 계약은 민법상 '공서양속의 원칙'에 위반되어 처음부터 무효이다. 하지만 작품 속 당시의 베니스에서는 계약무효에 관한 일반조항이 없었다. 결국 '현명한 법관' 포셔가 "피 한 방울도 흘려서는 안 된다."라며 법논리가 아닌 궤변에 가까운 논리로 판결을 내림으로써 가혹한 법의 집행을 피하게 된다. 포셔의 입을 빌리고 있지만 셰익스피어는 문학적 상상력이 법적 정의에 기여할 수 있다는 것을 이 작품을 통해 역설하고자 한 것은 아닐까?

비단 셰익스피어의 작품뿐 아니라『주홍글씨』,『레미제라블』,『죄와 벌』,『부활』등 많은 작가의 작품에서 우리는 문학과 법(률)이 절묘하게 어우러져 있음을 알 수 있다. 이러한 문학작품에 대한 읽기를 통하여 법에 대한 이해를 보다 풍부하게 할 수 있지는 않을까? 문학과 법, 법과 문학은 상호보완적인 관계에 있다고 보아야 한다.

문학으로서의 법(*Law as Literature*)

문학으로서의 법—이 표현은 법률가들에게 상당한 거부감을 가져다줄지도 모른다. 일반적으로 법이란 "국가의 강제력을 수반하는 사회적 규범 또는 관습"이고, 문학이란 "사람의 생각이나 감정을 표현한 예술"이기 때문이다. 전자가 주로 사회 질서를 유지하기 위한 정의의 실현을 목적으로 하는 반면, 후자는 언어를 통해 인간의 삶을 미적(美的)으로 표현함으로써 인간의 내면을 탐구하는 것을 목적으로 한다. 이 점에서 보면, 문학과 법은 각자 서로 다른 목적을 지향하고 있다.

그러나 법도 말과 글, 즉 언어를 사용한다. 즉, 학문의 대상으로서 '법'을 '법학'이라고 하는데, 법학은 기본적으로 "법률과 판결을 연구대상으로 하는 학문"이다. 헌법 이하 법률과 판사들에 의해 내려진 법원의 판결은 모두 언어로 작성된다. 따라서 법(학)도 넓은 의미에서는 문학의 한 영역이라고 볼 수 있다.

물론 법과 문학의 관계를 '문학으로서의 법'으로 파악한다고 해도 양자는 그 학문적 성질에서 차이가 있다. 법이 언어를 사용한다고 할지라도 그 성질은 '규범학'이고, 그 규범을 해석하는 '해석학'이다. 다시 말하여, 법(률)을 해석하고 적용하는 경우, 법률가들은 법(률)이 가지고 있는 언어(법률용어, 레토릭, 메타포)의 내용과 실질에 주목하는 것이지 언어는 그 내용과 실질을 전달하는 매개 내지는 형식이나 기호에 지나지 않는다. 이와는 반대로 문학은 말과 글, 즉 언어 그 자체를 다루는 학문이지 말과 글로 표현하려고 하는 실질적인 규범이나 정책을 검토하는 학문이 아니다.

요컨대 '문학으로서의 법'에서는 법(률) 문장이나 판결에서 사용된 언어적 표현 자체뿐만 아니라 법(률) 문장의 수사학적 측면(레토릭)에서 판사와 변호사 등 법률가들이 파악하고 이해하고 있는 '사실'에 대해 다룬다. 이 '사실'은 재판에서 법률가들의 내러티브로 나타난다. 이에 대해 분석한다.

첫째, 법에서의 수사학, 즉 레토릭의 문제이다. 법은 제기된 법률문제에 대한 해답을 제시해야 한다. 이를 위해 법률가들은 텍스트를 해석하고, 그에 대한 의견을 표명한다. 그러므로 법률가들이 작성하는 텍스트는 제기될 수 있는 '법률문제'를 상정하거나, 또한 제기된 '법률문제'에 대한 해답을 위한 문장 작성에 중점을 둔다. 이때 가장 많이 사용되는 방법이 수사학(레토릭)이다.

수사학이란 "사상이나 감정 따위를 효과적·미적으로 표현할 수 있도록 문장과 언어의 사용법을 연구하는 학문"이다. 이 개념 정의에서 보듯이 그 실질은 문학이다. 그렇다면 주로 제정법으로 대표되는 법률(령)과 판결로 표현되는 법적 텍스트(법문서)에 대한 해석과 그 적용에 중점을 두는 법(학)에도 레토릭이 필요할까? 이에 대해서는 다양한 의견이 제시될 수 있겠지만, 법적 텍스트도 문장으로 작성되는 이상 레토릭이 사용된다. 이 점은 이미 고대 그리스의 소송사건에서도 확인된다. 이 시기에는 정의의 실현은 법률과 관련된 학문보다는 오히려 레토릭과 더욱 밀접하게 관련되어 있기까지 하였다.[13]

법에서의 레토릭과 관련하여 메타포(은유)는 가장 중요한 방법으로 사용되고 있다. 하지만 그만큼 논란의 중심에 서 있기도 하다. 특히 이 논란은 법적 텍스트가 가지고 있는 불확실성과 결부되는 경우, 아주 복잡한 문제를 야기한다.

메타포란 "사물의 상태나 움직임을 암시적으로 나타내는 수사법"이다. 이를테면, "내 마음은 호수요" 따위의 표현이다. "호수와 같은 내 마음"은 직유(直喻)지만, "내 마음은 호수"는 은유(隱喻), 즉 메타포

---

13) 그 이유는, 법학은 고대 그리스에서 독립한 학문 분과로 성립되어 있지 않았고, 후대인 로마시대에 와서야 발전되었기 때문이다. 디미트리오스 카라디마스(유혁 옮김), "아이리우스 아리스티테스(Aelius Aristides)의 레토릭과 법: 고전 시대의 뿌리와 현대의 관점들", 서울대학교 법학 제53권 제1호, 2012. 3., 725쪽.

다. 메타포는 문학작품에서는 즐겨 사용되는 수사법이다. 이에 반하여, 법, 특히 제정법에서는 그 문장을 메타포로 작성하는 경우는 거의 찾아볼 수 없다. 이를테면, 대한민국 헌법 제1조의 "대한민국은 민주공화국이다."와 같이 법조문의 표현방식은 직설적이고 무미건조하다. 이러한 상황임에도 불구하고, "법은 시와 마찬가지로 메타포를 사용한다. 따라서 모두 같은 허구(픽션)다."라는 주장을 어떻게 이해해야 할까? 이에 대해 박은정은 '법사고에서 메타포의 역할'에 대해 다음과 같이 밝히고 있다.

> 사회의 빠른 변화는 확실히 관행적 개념이나 범주의 효용성을 경감하는 방향으로 움직이고 있다. 또한 전혀 예기하지 못한 돌발적인 상황과 강력한 사회적 필요를 요하는 사태도 늘고 있다. 이와 함께 법사고 체계에서 유추의 의미는 지금보다 더 커질 수 있다. 이런 관점에서 법사고에서 메타포의 역할에도 주목할 필요가 있다.[14]

법사고에서 메타포의 역할에 대한 구체적 예로 인터넷에 기반한 *IT*기술의 발달을 들 수 있다. 즉, '지식은 힘'이라는 메타포에 비해, '지식은 재산'이라는 메타포가 퍼지면, 지식생산은 점점 배타적 권리 쪽으로 유도되고(지적재산권/지식재산권), 저작권, 특허권 같은 용어들의 적용범위가 확대된다. 이에 따라 정치적으로는 이에 관한 입법이 행해지고, 생명공학회사는 *DNA* 염기서열에 대한 특허를 주장하고, 상표법상 상표침해에 대한 증명도 용이해지는 방향으로 나아가

---

14) 박은정, "법관과 법철학", 서울대학교 법학 제53권 제1호, 2012. 3., 316쪽.

게 된다.[15]

위에서 법이란 다분히 '법률문제'에 대한 해결(해답)을 제시해야 한다고 설명하였다. 또한 법적 텍스트를 아무리 명확하게 작성한다고 할지라도 여전히 불확실성은 남는다. 그러므로 법학교육에서는 법적 텍스트가 내포하는 그 불확실성을 해소하기 위해, 또 그 텍스트에서 사용된 레토릭을 이해하기 위해 토론과 변론 등의 방법에 의존할 수밖에 없다. 또한 소송당사자에게 사건의 내용을 설명하고 이해시키기 위해 판사는 판결문을 작성하는 과정에서 필연적으로 레토릭을 사용한다. 판결문이 문학의 형식 그 자체일 수밖에 없는 이유이다. 이런 점에서 법관은 판결문을 작성하는 수단인 언어가 가지는 메타포적 성격에 대한 민감성을 지녀야 한다. 법논의에서 메타포를 식별해 내고, 또 필요할 때는 의식적으로 메타포를 선택 혹은 거부하는 능력을 발휘할 수도 있어야 하는 것이다.[16]

둘째, 법은 내러티브 혹은 스토리텔링이다. 문학과 마찬가지로 법도 시간과 공간에서 발생하는 인과관계로 엮어진 사건에 내재된 일종의 '이야기'이다. 이 경우 문학은 '실제 혹은 허구적 사건들'에 대한 이야기도 가능한 반면, 원칙적으로 법은 '실제 사건들'에 대한 이야기를 다룬다(법학교육을 위한 '가상사례'도 '허구적 사건'이라기보다는 '실제 사건'을 다루기 위한 보조적 성격을 띤다). 실제 법률가들이 사건을 해결하거나 법규정을 해석·적용하기 위해서는 (법)추론을 하게 되는데, 이때 그들이 행하는 법해석이란 '이야기 만들기', 즉 '이야기의 구성 내지 재구성'

---

15) 박은정, 위의 논문, 316~317쪽.
16) 박은정, 위의 논문, 317쪽.

이라고 할 수 있다.[17]

법은 여러 목적과 역할이 있다. 하지만 법률문제의 해결에 중점을 둔다면, 내러티브 혹은 스토리텔링은 특히 소송절차에서 그 효과를 발휘한다. 소송에서는 원고와 피해자, 그리고 검찰 측의 사건에 대한 이야기가 구성되어 말로 설명된다. 또한, 피고나 피고인 측의 이야기도 말로 설명된다. 이에 대해 판단자인 판사는 사건에 대한 이야기를 판결이나 판결문으로 쓰는 것이다. 이처럼 스토리텔링, 즉 '말로 이야기를 풀어내어 설명하는 것' 혹은 내러티브는 법의 현실적 이행 혹은 실천에 있어 핵심적인 구성 요소이다. 이 점에서 보면, 법에 있어 내러티브 혹은 스토리텔링은 상대방을 설득하고 사건에 대해 설명하는 기술 혹은 능력의 측면이 강하다. 이를 통해 규칙과 규범으로 구성된 법(학)은 비로소 언어적 소통을 한다. 결국 법에서 내러티브 혹은 스토리텔링은 상대방의 '다른 이야기'에 귀 기울임으로써 법률문제(분쟁)의 원활한 해결과 상호이해를 위한 수단이라고 할 수 있다.

문학적 해석과 법학적 해석(*Literary and Legal Interpretation*)

법과 문학은 언어로 이뤄져 있고, 그 기본적 행위는 해석이다. 그러나 양자의 해석은 각자 특징이 있고, 또 차이점이 있다. 문학적 해석은 법학적 해석에, 법학적 해석은 문학적 해석에 어떻게 관련되어 있으며, 또 서로 기여할 수 있을까?

---

17) 박은정, 위의 논문, 318쪽.

법과 문학은 언어로 쓰인 텍스트를 읽는다는 면에서는 동일한 특징이 있다. 그러나 '텍스트 읽기'에 있어 법학과 문학은 큰 차이가 있다.

　문학에서는 문학작품이, 법학에서는 제정법(법령) 및 판례가 텍스트로 존재한다. 이 텍스트를 독자와 판사·변호사 등 법률가들이 읽는다. 법학의 법률가들은 문학의 독자라고 할 수 있다. 그러나 그 읽기에서 문학과 법학은 많은 차이가 있다.

　첫째, 문학은 독자가 우위한다. 즉, 읽기에 의해 텍스트의 의미가 달라진다. 롤랑 바르트(Roland Barthes)가 "독자의 탄생은 저자(작가)의 죽음을 의미한다."고 말한 바와 같다. 일단 텍스트가 발간되어 독자에 의해 읽히는 순간부터 텍스트 저자의 역할은 부정된다. 텍스트를 읽는 순간부터 독자의 절대 우위가 확보되는 것이다. 이와는 달리, 법적 텍스트 읽기에 있어서는 "독자의 탄생이 곧바로 저자의 죽음"으로 이어지지는 않는다. 법학에 있어서는 오히려 독자가 아니라 텍스트가 우위에 있다. 텍스트에 대한 법률가들의 '제멋대로 읽기'는 허용되지 않거나 금지된다(특히 '아마추어'에 해당하는 법학도와 일반인들의 텍스트 읽기와 그 해석은 인정되지 아니한다). 문학작품의 독자는 누구나 될 수 있지만 법적 텍스트의 독자는 '법(률)전문가'로 엄격하게 제한된다. 또한 '법(률)전문가'라 할지라도 텍스트를 읽고 자유롭게 해석할 수 있는 권한이 있는 것은 아니다. 어쩌면 그들은 텍스트의 의미에 대한 '단순한 해설자'에 지나지 않는지도 모른다.

　문학과 달리 법학은 왜 이처럼 독자가 아니라 텍스트에 우위를 두는 것일까? 그것은 바로 텍스트에 대한 일관적 읽기와 해석을 통해 법적 안정성을 유지하기 위함이다. 물론 텍스트나 법에 대한 이해는 특정 상황에 따라 항상 새롭게 해야 한다. 그 상황에 따라 텍스트나 법에 대한 이해는 다르기 때문이다. 그럼에도 불구하고, 법학에서는 이 작업도 상당히 신중하게 행해진다. 이를테면, '선례구속의 원칙'이 그 대표적인 사례이다. 판사는 선례를 텍스트로 읽고, 또 해석하는 작업을 한다. 선례와 현재의 사안과 그를 바탕으로 작성되는 판결에는 상당한 시공간적 간격이 있다. 또한 비록 유사하다고 할지라도 사건의 내용이나 상황도 다르고, 또 그 판결을 읽고 다시 작성하는 독자인 판사도 다르다. 하지만 법적 안정성에 중점을 두는 법학에서는 여전히 선례의 내용과 의미, 그리고 그 범위를 둘러싸고 끊임없이 해석행위를 하고 있다.

둘째, 선례구속의 원칙에서 보듯이 법학에서는 어떤 이유로 독자가 아니라 텍스트의 우위에 중점을 두는 것일까? 그것은 해석의 불확실성 때문이다.

법해석은 법규범의 의미 내용을 구체화하는 작업이다. 이때 주로 문리적 해석, 논리적·체계적 해석, 역사적(주관적) 해석, 합목적적(객관적) 해석 등의 방법이 사용되고 있다.[18] 이와 같은 해석방법 가운데 무엇을 우선해야 하는가는 주로 법률가 자신의 재량에 속한 문제이나 입장의 차이가 있는 경우에는 쉽게 합의에 이르지 못한다.[19] 어느 방법을 사용하든 법해석에서 중요한 것은 입법자, 즉 저자의 의도가 무엇인지, 또 저자가 목적으로 하는 것은 무엇인지, 혹은 입법

---

[18]   최병각, "법해석의 한계: 미성년자 의제강간, 미수범까지 처벌?", 형사법연구 제 21권 제1호, 2009, 227쪽.
[19]   최병각, 위의 논문. 227-130쪽

의 목적이나 입법을 통하여 달성하고자 하는 결과가 무엇인지에 대해 결정하는 것이다.

하지만 저자의 의도를 파악하고 이를 해석하기란 여간 어려운 일이 아니다. 이에 대해 박은정은 '불확실성과 씨름하는 법관'이란 제하에 다음과 같이 기술하고 있다.

> 법적 결정의 정당성을 확보해 주기 위한 것으로 법률과 판례, 헌법, 관습 등 법원(法源)들이 있다. 그러나 법률이 많으면 많은 대로, 또 적으면 적은 대로 불확실성을 배제할 수 없다. 도움을 줄법한 판례들도 결코 한목소리로 말하지 않는다. 누구 표현대로 '야누스의 얼굴'을 하고 있는 것이다. (…) (게다가) 불확실성을 일시에 제거하는 명쾌한 법해석 방법이 있는 것도 아니다. 엄격한 해석을 하든 유연한 해석을 하든, 문언적 해석을 하든 목적적 해석을 하든, 불확실성으로부터의 탈출이 보장되지 않는다. 법관들의 가장 큰 골칫거리는 무엇이 법적으로 의미 있는 사실인지를 증명하고 판단하는 단계에서의 불확실성이다.[20]

따라서 드워킨이 『법의 제국』에서 가공의 인물로 도입하고 있는 '초인적 판사'인 허큘레스(헤라클레스 Heracules)[21]를 세워 '하나의 목소리'를 내지 않는 이상 법학에서 '유일한(하나의) 정답'을 내는 일은 불가능하다. 오히려 "같은 텍스트는 무수한 해석을 허용한다. 여기에 올바른 해석이 있을 수 없다. 해석에 의해 내려진 의미는 결국 그때

---

20) 박은정, 앞의 논문, 306쪽.
21) 민윤영, "드워킨의 『법의 제국』에 대한 니체 철학적 의문", 중앙법학 제14집 제3호, 2012. 9., 79쪽.

의 '힘의 의사'가 만들어 낸 것이다."라는 니체의 말이 더 적절할지 모른다.

셋째, 그렇다면 문학에서와 마찬가지로 법학 텍스트에서도 독자의 자유로운 해석을 인정하는가? 그렇게 되면 법의 적용은 무한정, 애매, 비일관성이라는 딜레마에 빠질 수밖에 없는 것이 아닌가? 반대로, 변호사와 판사 등 법률전문가들에게 법학 텍스트를 자유롭게 읽는 것을 금지하고 있는 이유는 무엇인가? 이 질문과 관련해서는 문학과는 다른 법학의 특수성에 대해 살펴보아야 한다.

위에서 살펴본 바와 같이, 법학에서는 독자가 아니라 텍스트가 우위에 있다. 즉, 텍스트가 해석 그 자체는 물론 해석의 목적이나 대상을 지배하고 있다. 해석을 통한 법학의 방법은 단일 텍스트에 대한 복수의 해석 가능성을 제한하고 '객관적, 중립적, 일관성'을 유지하려고 하는 경향이 강하다. 문학이 독자들로 하여금 무한한 해석의 자유를 주는 것과는 달리, 법학은 텍스트에 엄격한 권위를 부여하고 독자에게는 해석에 대한 제한된 자유와 한계를 인정하고 있는 것이다. 법학이 이와 같은 태도를 취하는 이유는 '하나의 해석이나 의견'을 구하고자 하는 것은 아니라 복수의 해석으로 인한 법적 안정성의 침해를 우려하기 때문이다. 그러나 법학도 시대의 흐름을 수용하고 개방된 자세를 취해야 하고, 새로운 상황에 대해 열려있는 자세를 취해야 함은 분명하다. 그럼에도 자칫 이와 같은 엄격한 해석 방법은 '법(律)전문가 중심주의'에 빠질 우려가 있고, 또 경직되고 보수화되어 오히려 이것이 공정한 법해석과 판단을 해칠 가능성도 배제할 수 없다.

따라서 법학의 해석 방법이 가지는 이러한 한계를 극복하기 위해서는 어떻게 해야 할 것인가? 무엇보다 법학이 문학과 긴밀한 관계를 맺고, 그 해석 방법을 법학에 도입·적용하려는 적극적인 노력이 필요하다. 또한 법학도 언어로 이뤄진 이상 텍스트가 아니라 독자를 우위에 두어야 한다. 법학 텍스트에는 단 하나의 정답(의미)이 존재하는 것은 아니다. 또한 법학 텍스트의 의미는 그 텍스트의 내부에 존재하고 독자(해석자)가 그것을 발견하는 데 불과한 것도 아니다. 독자가 텍스트의 의미를 창조하는 데 적극 가담하고 있는 것이다. 텍스트의 해석은 독자가 사회 현실을 어떻게 파악하고 있는가, 또는 파악할 것인가의 판단과 사고방식에 달려있는 것이다.

법에서의 문학(*Literature in Law*)

법과 문학에서 법의 모습이 가장 잘 드러나는 것은 '법에서의 문학'이라는 형태다. 이 형태에서는 법과 문학은 대등한 관계가 아니다. 문학은 법의 규제 대상으로 전자는 후자에 비하여 종속적 혹은 수직적 상하관계의 형태를 띤다. 아이러니하게도 이 형태는 법률가에게는 가장 친숙하고 익숙한 '법의 문학에 대한', 또는 '문학에 대한 법'의 관계이기도 하다. 반면, 문학(작가)의 법에 대한 강한 거부감이나 조롱, 풍자 또는 비난 등의 원인이 되기도 한다. 그러나 이 형태는 마치 양날의 검과 같아서 법은 문학을 규제하는 수단이 되기도 하고, 반대로 문학(특히. 저작자의 권리)을 보호하는 역할을 하기도 한다.

문학작품의 표현은 헌법상 보장된 표현의 자유와 자주 충돌을 빚는다. 표현의 자유는 사람이 가지는 정신적 자유권의 전형으로 "사람의 내심의 정신작용을 외부로 향해 공표하는 정신 활동의 자유"를 말한다. 이 자유의 핵심은 사람으로서 작가가 가지는 창작의 자유인데, 공서양속(윤리)에 반한다는 이유 등으로 헌법상 보장된 표현의 자유와 충돌을 일으키곤 한다. 이때 주로 문제가 되는 것은 저작물의 음란성 유무다. 그 전형적인 예로, 출간되자마자 미국과 영국 법정에서 논란이 된 『채털리 부인의 연인(Lady Chatterley's Lover)』을 들 수 있다. 이 소설은 영국의 작가 데이비드 허버트 로렌스(David Herbert Lawrence)가 쓴 것인데, 대담한 성행위의 묘사로 외설시비의 대상이 되었다. 미국과 영국에서 각각 1956년과 1960년에 재판에서 승소하여 원본이 출간되었으나 이 소설은 표현의 자유와 저작물(문학작품)의 윤리성을 둘러싸고 활발한 논란을 불러일으켰다.

그러나 법이 문학을 규제의 대상으로만 보는 것은 아니다. 오히려 법이 저작자의 권리와 저작물을 두텁게 보호해 줄 수도 있는데, 바로 지식재산권(intellectual property rights. 혹은 지적소유권)이다. 이 제도는 인간의 창조적 활동 또는 경험 등을 통해 창출하거나 발견한 지식·정보·기술이나 표현, 표시 그 밖에 무형적인 것으로서 재산적 가치가 실현될 수 있는 지적창작물에 부여된 재산에 관한 권리를 말한다. 과거에는 주로 문학작품이나 영화, 드라마 등 저작물을 그 보호 대상으로 했으나 최근에는 인터넷과 IT기술의 발달에 따른 컴퓨터 소프트웨어나 유전공학 기술 등도 지적재산권의 보호 범위에 포함시키고 있다.

표현의 자유와 음란성 여부에 대한 위 논의와 관련하여, 우리나라 대법원은 비록 음란물이라 할지라도(이 판결 대상 사건의 경우는 '영상저작물') 원칙적으로는 저작권법상의 저작물로 보호될 수 있다고 판시하고 있다.

> 저작권법의 보호대상이 되는 저작물이라 함은 위 열거된 보호받지 못하는 저작물에 속하지 아니하면서도 인간의 정신적 노력에 의하여 얻어진 사상 또는 감정을 말, 문자, 음, 색 등에 의하여 구체적으로 외부에 표현한 것으로서 '창작적인 표현형식'을 담고 있으면 족하고, 그 표현되어 있는 내용 즉 사상 또는 감정 그 자체의 윤리성 여하는 문제되지 아니한다고 할 것이므로, 설령 그 내용 중에 부도덕하거나 위법한 부분이 포함되어 있다 하더라도 저작권법상 저작물로 보호된다고 할 것이다.(대법원 1990. 10. 23. 선고, 90다카8845 판결)

하지만 '음란한 내용을 담고 있는 저작물(작품)'이 저작권법상의 보호를 받을 수 있는가에 관한 문제는 법률적·사회 윤리적 및 종교적 사유 등으로 뜨거운 감자와 같은 이슈로 다뤄진다. 이에 관하여 마광수의 소설『즐거운 사라』를 그 예로 들어본다.

이 소설은 여러 면에서 논란이 되었다. 그 표현 내용의 음란성과 함께 저자가 대학교수라는 이유도 일반인들의 호기심을 증폭시키는 소재가 되었다. 서울형사지법은 이 소설을, "변태적인 성행위를 선동적인 필치로 노골적, 구체적으로 상세하게 묘사하고 있으므로 음란문서에 해당한다."고 판단하였는데, 그 판결요지는 다음과 같다.

소설 '즐거운 사라'는 때와 장소, 상대방을 가리지 않은 각종의 난잡하고 변태적인 성행위를 선동적인 필치로 노골적, 구체적으로 상세하게 묘사하고 있는 데다가 나아가 그러한 묘사부분이 양적, 질적으로 문서의 중추를 차지하고 있을 뿐만 아니라 그 구성이나 전개에 있어서도 문예성, 예술성, 사상성 등에 의한 성적 자극 완화의 정도가 별로 크지 아니하여 주로 독자의 호색적 흥미를 돋우는 것으로밖에 볼 수 없는 점 등을 종합 고찰하여 볼 때 위 소설은 문학작품에 있어서의 표현의 자유의 최대한 보장이라는 명제와 오늘날의 개방된 성문화 및 작가가 주장하는 '성 논의의 해방'이라는 전체적인 주제를 고려한다 하더라도 형법 제243조, 제244조에서 말하는 음란한 문서에 해당된다. (서울형사지법 1992, 12, 28, 선고, 92고단10092 판결)

마광수는 이 사건으로 실형을 선고받았으며, 그로 인해 재직하고 있던 대학에서 해직당하는 등 개인적으로도 적지 않은 고통과 불이익을 감내해야 했다.

그리고 남북분단이라는 우리나라의 특수한 상황과 관련한 것인데, 반미나 북한에 대해 언급하거나 국가보안법을 위반했다는 이유로 다수의 저작자와 그 저작물이 소위 '필화'를 겪은 사례도 적지 않다. 1965년 남정현이 쓴 단편소설『분지(糞地)』에 대해 공안당국이 기소하여 유죄판결을 받은 사건(소위 '분지필화사건')을 그 예로 들 수 있다. 이처럼 창작의 자유를 핵심으로 하는 표현의 자유는 국가공권력에 의한 검열과 개입으로 인하여 종종 갈등을 겪는다. [22]

---

22) 해방 이후 필화를 겪은 주요 작품을 다룬 저서로는, 졸저, 『법정에 선 문학』, 한티재, 2016, 285쪽.

현행 저작권법은 저작자의 사후 70년간 저작권을 보호한다. 과연 저작권법을 위시한 지식재산권법은 저작권을 보호함으로써 저작자의 창작의욕을 고취시키는 등 예술과 표현의 자유를 위해 기능하는가? 이 질문은 법과 문학, 특히 '법에서의 문학'에서 중요한 의미가 있다. 다시 말하여, 이는, "법은 문학을 보호하는 역할을 하는가?", 아니면 "문학은 법의 규제 대상인가?"의 문제이다. 더욱이 최근에는 인터넷과 *IT*기술의 발달로 인하여 표현의 자유라는 헌법적 가치와 명예훼손이나 개인정보보호 등이 충돌되는 등 아주 복잡한 양상을 보이고 있다. 문학의 특징이나 특성을 고려한 법해석과 적용의 보다 엄밀하고도 엄격한 작업이 필요한 이유다. 또한 그 어느 때보다 법과 문학의 관계에 대한 논의가 필요한 이유이기도 하다.

법문학의 정립: 시적 정의를 향하여

주로 미국을 중심으로 논의·발전된 법'과' 문학의 관계에 대해 최근 독립된 학문 분과로서 '법문학'이 주장되고 있다.[23] 사실 법경제학, 법여성학, 법사회학 등 '법과 OO'로 시작된 많은 학문들은 이미 오래 전에 독자적인 영역으로 자리 잡았다. 이에 반하여 유독 '법과 문학'은 아직도 '법문학'으로 자리 잡지 못하고 여전히 법'과' 문학으

---

23) 대표적인 국내학자로 이상돈 교수를 들 수 있다. 이에 대한 상세한 내용은, 이상돈, "법문학이란 무엇인가?-법문학을 통한 법적 정의의 실현가능성에 대한 시론-", 고려법학 제48권, 2007, 59~82쪽; 이상돈·이소영, 『법문학』, 신영사, 2005, 365쪽.

로 불리고 있다. 이에 대해 이상돈은 다음과 같이 '법과 문학'이 아닌 '법문학'으로 불러야 한다고 주장한다.

미국에서 많이 논의되어 온 *law and literature*'는 국내에 소개되면서 '법과 문학'으로 번역되었고, 현재 우리 학계에서는 일반적으로 이 용어를 사용하고 있다. 하지만 이는 법과 문학을 각각 별개의 학문으로 바라보며, 법문학이 고유한 연구대상 및 방법론을 가진 한 학문분과로서 인정될 가능성을 간과하는 듯한 인상을 주기도 한다. 무엇보다도 법과 문학은 서로에 대해 외재적(*extern*)인 것이 아니라 내재적(*intern*)인 것이라는 점을 인식할 필요가 있다. 법에 내재해 있는 문학(*rechtsinterne Literatur*), 문학에 내재해 있는 법(*literturinternes Recht*)은 각기 법학의 한 분과 그리고 문학의 한 분과로 자리 잡을 수 있다는 것이다. 그러므로 법과 문학이 아니라 법문학(*Rechtsliterature*, *legal literature*)이라는 표현을 사용하는 것이 적절하다.[24]

이상돈 교수가 지적하는 바와 같이, "법에 내재해 있는 문학, 문학에 내재해 있는 법"으로서 법문학은 이제 '법학의 한 분과 내지는 문학의 한 분과'로 간주되어야 한다. 위에서 검토한 것처럼 법문학은 고유의 학문 대상과 영역, 그리고 방법론을 가지고 있다. 또 오랜 세월 동안 법과 문학은 각자의 영역에서 서로 관여하고, 영향을 주고받으며 서로 밀접한 관계를 유지하면서 발전해 왔다.

법문학이 독자적인 학문 분야로 자리 잡기 위해서는 무엇보다 학문 간 경계를 굳건히 쌓고 상호 교류와 연구가 제대로 정착하지 못

---

24) 이상돈·이소영, 위의 책, 23~24쪽.

하고 있는 국내 학계의 풍토를 개선해야 한다. 법과 문학이 서로에 대해 단순히 호기심을 갖거나 "법(문학)이 어떻게 문학(법)을"이라는 식의 냉소를 보내는 시각은 법과 문학 혹은 법문학이란 독자적인 학문 분야의 발전에도 전혀 도움이 되지 않기 때문이다.

마지막으로, 이 논의와 관련하여 미국의 법철학자 마사 누스바움(Matha Nussbaum)이 주장하는 '시적 정의(poetic justice)'에 대해 귀 기울일 필요가 있다. 그는 법학을 비롯한 학문이 공리주의적 사고와 방법론에 지나치게 치중하고 있다고 비판하면서 시적 정의를 주장한다. 그에게 있어 시적 정의란 문학적 감수성과 공적 합리성의 조화라고 할 수 있다. 누스바움이 말하는 시적 정의는 문학작품을 법규정의 해석과 이해를 위한 방법으로 사용하는 것, 즉 '문학에 내재해 있는 법'의 실제 사용례가 될 것이다.

우리의 법문화를 살펴보면, '법에 내재해 있는 문학'의 적용 사례를 찾기가 쉽지 않다. 그 이유는 법규정을 만들고, 이를 해석하는 법률가들이 지나치게 '이성(logos)적' 사고를 하도록 교육을 받았기 때문이다. 하지만 이제는 법률가들도 이성 이전에 혹은 그와 더불어 세상과 사람에 대한 따뜻한 연민(pahos)과 감성(mythos)의 눈을 가질 필요가 있지 않을까? 법적 정의가 차갑고 예리한 매의 눈이라면, 시적 정의는 따뜻하고 포근한 어버이의 눈과 같다. 이제 법과 문학은 서로에 대한 냉소를 버리고 화합해야 한다. 또한 법'과' 문학이란 간극과 이질성을 해소하고 포용함으로써 법문학으로 다시 만날 수 있어야 한다. 법과 문학 혹은 법문학이 낯선 만남에서 벗어나 익숙한 만남을 하는 데 있어 시적 정의는 훌륭한 중매자 역할을 하리라 믿는다.

왜 시적 정의를 말하는가

'법과 문학' 혹은 '법문학'은 미국을 비롯한 다른 나라에서도 독립 학문으로 자리를 잡았다고 말하기는 어렵다. 하지만 미국의 경우, 대부분의 로스쿨은 '법과 문학'을 개설하여 미래의 법조인들이 될 학생들에게 문학적 상상력을 바탕으로 법논리적으로 사고하는 교육을 하고 있다.

미국과 달리 우리나라의 법학전문대학원(로스쿨)의 교육과정(커리큘럼)을 살펴보면, 오로지 실정법 중심의 강의가 개설되어 있다. 날이 갈수록 이런 상황은 심각해져 이제는 변호사 시험과 연계되지 않는 선택과목은 폐강을 면치 못하고 있는 실정이다.

이런 국내 법학교육은 문제가 없을까? 만일 로스쿨 학생을 비롯하여 재조와 재야의 법조인들이 문학적 감수성이 결여된 상태에서 오로지 실정법에 의거하여 법규정을 해석하고 적용하는 데만 매몰되어 있다면, 과연 그것이 바람직하다고 볼 수 있는가? 나아가 기계적인 법해석과 적용을 과연 합리적인 법적 판단으로 볼 수 있는가? 이런 현실의 문제를 개선하기 위해서는 '시적 정의'를 바탕으로 법학 일반에 대한 새로운 이해와 접근이 필요하다.

대학의 현실을 살펴보면, 법학 분야뿐 아니라 학문 전반이 이성과 논리에 지나치게 의지하여 일종의 공리주의적 사고와 방법론에 치중하고 있다. 이런 상황이니 학문에 종사하고 있는 학자들도 사회와 사람에 대한 연민의 감정을 마치 비합리적이고, 또 불합리한 것으로 간주하고 있다. 따라서 이제는 이성과 논리 중심의 학문에 시적 정의로 대변되는 문학적 감수성 혹은 문학적 상상력을 어떻게 접목시킬 것인가에 대해 진지하게 고민할 필요가 있다. 본고에서는 특히 법학 분야에 한정시켜 왜 시적 정의를 말하느냐 또는 왜 시적 정의가 필요한가에 대한 문제제기를 하고자 한다. 이에 대한 이해를 돕기 위해 몇 가지 '사건'을 살펴본다.

〈사건 1〉 쌍용자동차사태

1997년 *IMF* 외환위기로 경영에 어려움을 겪고 있던 쌍용자동차가 2004년 중국의 상하이차에 매각되었다. 그러나 상하이차 경영진은 신차 개발 등은 전혀 하지 않고, 경영 쇄신 노력도 하지 않다가 핵심 기술을 유출시키는 등 문제를 일으킨 채 먹튀 행각을 벌인다. 이로 인해 기업차원에서 대규모 구조조정이 진행되면서 대량 해고 사태가 발생한다. 그때부터 쌍용자동차에서 해고된 노동자들이 집단행동을 함으로써 소위 '쌍용차사태'가 시작된다. 쌍용자동차 노조원들은 2009년 5월 22일부터 8월 6일까지 약 76일간 사측의 일방적인 구조조정 단행에 반발해 쌍용자동차의 평택 공장을 점거하고 농성을 벌인다. 이 사건으로 민주노총 쌍용차 지부의 지부장인 한상균을 비롯한 64명의 노조원들이 구속되었다. 그리고 노조원 90여 명이 경찰에 연행되거나 구속되었으며, 마지막까지 농성을 한 200여 명은 해고되었다.

2010년 인도의 마힌드라그룹이 쌍용자동차를 인수하였으며, 몇 차례의 노사 합의를 거쳐 노사분쟁은 어느 정도 해결된다. 하지만 이 과정에서 해고노동자들은 경제적으로 심각한 타격을 입는다. 노동조합은 사용자 측을 대상으로 해고무효소송을 제기했으나 1심법원은 파업노동자들에게 46억 원의 손해배상 판결을 내린다. 사용자 측은 이 판결에 의거하여 노동자들의 자산을 가압류하여 노동자들의 재산권 행사를 제한함으로써 노동자와 가족의 생존권 자체가 심각하게 위협받는다. 해고와 복직 협상 과정에서 불행하게도 30명 이상의 노동자가 목숨을 끊는다.

〈사건 2〉 현대자동차사태

2010년 11월 현대자동차의 비정규직단체노조가 비정규직 직원의 전원 정규직화를 요구하면서 울산 1공장에서 25일간 무단점거를 한다. 그 이후 노사 간 아주 심각한 충돌이 있었다. 사용자 측은 노조를 대상으로 소송을 제기하였으며, 울산지법은 노조에게 업무방해죄로 유죄를 선고한다. 이 판결에 의거하여 현대자동차는 노조를 대상으로 민사소송을 제기한다. 2013년 12월 19일 울산지법 민사5부는 비정규직단체노조에게 90억 원을 배상하라는 판결을 내린다.

사용자에 의해 해고된 노동자들은 자신들의 권리 보장을 위한 마지막 수단으로 해고무효를 구하는 소송을 제기한다. 그들은 내심 사법부가 그들의 권리를 구제해 줄 것이란 상당한 기대를 하고 있는 것이다. 하지만 현실은 냉정하다 못해 냉혹하다. 노동자들의 바람과는 달리 법원은 사용자의 손을 들어줌으로써 노동자들을 궁지로 내모는 판결을 내리고 있다. 이 세상에서 기댈 수 있는 마지막 의지처를 잃어버리고 사지로 내몰린 노동자들이 어떤 선택을 할 수 있을까?

극한의 고공투쟁이다. 잘 알려진 사례인데, 김진숙 민주노총 부산본부 지도위원은 크레인 위에서 무려 309일간 농성을 했다. 그의 뒤를 이어 최병승·천의봉(현대자동차 울산공장 비정규직 해고노동자, 송전철탑 농성), 차광호(스타케미칼 해고노동자, 45미터 공장굴뚝 농성), 이정훈(유성기업 영동지회장, 충북 옥천 광고탑 농성), 이창근(민주노총 정책기획실장)·김정욱(금속노조 쌍용자동차지부, 쌍용자동차공장 굴뚝 농성) 등 많은 노동자들이 '슬픈 마천루-굴뚝'으로 올라갔다. 사용자와 정부여야당 정치권을 비롯하여 언론은 이들의 요구를 철저히 외면하였다. 다행히 노사합의로 이들이 굴뚝에서 땅으로 내려온다고 해도 적어도 200일 이상 오랜 시간 동안 고공농성이나 투쟁을 해야 했다. 참담한 현실을 지켜보면서도 그들을 위해 아무런 도움도 주지 못하는 심경을 한 편의 시로 찍어내렸다.

땅에 깃들지 못한 자
오욕의 삶을 등에 메고 하늘로 오른다

디딜 땅이 없는 자
비바람 피할 길 없는 굴뚝에 둥지를 튼다

땅에서 태어나 살다 죽어갈 땅의 자식들
한 번 오르면 영영 내려올 수 없는
말콩포르 독방*에 스스로를 가둔다

차광호 408일
김진숙 309일
최병승·천의봉 296일
이정훈 260일

고공투쟁
언제부터 굴뚝은 슬픈 마천루가 되었나

비나이다, 비나이다
천지신명께 비나이다

갈갈이 찢긴 온몸에서 쏟아진 피 성난 강물로 흐를지라도
하늘이 아니라 땅에서 싸울 수 있기를

하늘에서 올리는 피 끓는 기도
땅에서 이루어지이다 (졸시, 「굴뚝」 전문)

*알베르 카뮈의 소설 『전락』에 나오는 한번 들어가면 평생 잊히고 마는 독방

몇 년의 세월이 흘렀고, 여러 차례 정부도 바뀌었지만 노동자들이 처한 현실은 여전히 크게 개선되지 않고 있다. 이 글을 쓰는 지금도 여전히 일부 노동자들이 굴뚝 위에 올라가서 농성 중에 있으니 그들의 고통은 계속되고 있다.

우리 사회에서 사회적 약자나 소수자들이 겪는 현실적 어려움은 비단 노동자들에게만 한정되지 않는다는 데 문제의 심각성이 있다. 노동자들로 대변되는 약자와 소수자들이 땅을 딛고 싸우지 못하고 굴뚝을 올라 고공투쟁이란 극한의 방식을 선택하고 있음에도 여론은 싸늘하다. "법이 그러니 어쩔 수 없다."라며 국가와 정부, 그리고 사법부가 헌법과 제정법에 따른 조치를 취하고 판단을 할 수밖에 없다는 입장을 취하는 것만으로 모든 문제가 해결될 수 있을까? 이 질문은 법학자로서 필자가 평소 가지고 있는 현실에 대한 문제의식이자 법적 정의에서 시적 정의로 사고와 학문의 접근방식을 전환하려는 본질적 이유이기도 하다. 노동자들의 파업이나 단체행동권은 우리 사회에서 논란의 중심에 서있다. 이 문제를 중심으로 몇 가지 질문을 던지고, 시적 정의의 시각에서 검토해 보기로 한다.

〈질문 1〉 파업은 선한 폭력인가, 나쁜 폭력인가?

만일 노동자의 파업을 폭력의 행사로 본다면, 그 폭력의 정당성은 어떻게 확보되어야 하는가. 물론 파업을 폭력의 유형으로 보고, 폭력을 선한 폭력과 나쁜 폭력으로 나누는 접근방식은 적잖은 문제가 있다. 또한 어떻게 나누든 폭력이라는 수단을 빌려 파업을 하는 경우, 그 행사의 정당성에 대해서는 많은 논란이 있을 수 있다. 하지만 오로지 학문적 담론을 형성할 목적으로 이를 노동조합의 단체행동권과 파업권 및 손해배상책임에 국한하여 바라보면, 노동자가 행사할 수 있는 이러한 권리는 헌법 제33조 1항과 민법 제390조에 그 법적 근거를 두고 있다.

헌법 제33조 1항을 보면, "근로자는 근로조건의 향상을 위하여 자주적인 단결권, 단체교섭권, 단체행동권을 가진다."고 규정하고 있다. 이처럼 헌법은 노동삼권을 기본권으로 보장하고 있다. 이 가운데 단체행동권은 노사 양 당사자가 합의에 이르지 못한 경우 노동자들이 선택하는 물리적 수단으로 통상 파업의 형태로 나타난다. 파업은 노동자들이 자신들의 요구를 관철시키기 위한 집단행동이다. 노동자들이 파업을 하는 이유는 다양하겠지만 헌법이 보장하는 단체행동권을 행사함으로써 사용자와 행하는 협상을 유리하게 타결하고자 하는 목적을 가지고 있다. 그런데 노동자들이 파업을 선택하게 되면 상당한 수준의 법적 제재를 받을 각오를 해야 한다. 위의 사례에서 보듯이 사용자 측은 노동자들의 파업으로 인하여 회사에 야기된 금전적 손해배상책임을 묻고 있기 때문이다.

사용자가 노동자에 대해 손해배상책임을 묻는 법적 근거는 "채무자가 채무의 내용에 좇은 이행을 하지 아니한 때에는 채권자는 손해배상을 청구할 수 있다."고 규정하고 있는 민법 제390조이다. 결국 헌법이 보장하고 있는 노동삼권이 일반법인 민법에 따라 제한되는 형국이다. 이렇게 되면 헌법상 보장돼 있는 공법적인 권리행사가 사법(私法)에 의해 중대하게 제한 내지 침해될 수밖에 없는 불합리한 결론으로 이어진다. 최근 노사 간 손해배상책임을 둘러싸고 공법적 권리와 사법적 권리의 충돌이 일어나는 경우가 적지 않다. 또한 개인의 사법상의 권리 역시 국가공권력의 행사에 의하여 제한되거나 침해받기도 한다. 따라서 이 문제는 헌법상 보장된 개인의 기본권 행사의 정당성과 그 한계에 관한 것이기도 하다. 국가의 권력과 개인의 권리 가운데 과연 어느 것이 더 우선되어야 할까?

〈질문 2〉 법적 정당성에 의거한 국가공권력의 행사 vs 개인의 권리 행사의 충돌: 생존권과 관련하여

국가(권력) vs 개인(권리) 중에서 어느 것이 우선하는가?

> 대한민국은 민주공화국이다.
> 대한민국의 주권은 국민에게 있고, 모든 권력은 국민으로부터 나온다.

헌법 제1조 1항과 2항의 이 문언은 2016년 촛불정국을 거치면서 일반인에게 가장 많이 회자된 말일 것이다.

대한민국은 '민주공화국'을 국가의 정체로 삼고 있다. 헌법 제1조 1항이 의미하는 바를 2항과 연결하여 살펴보면, 민주공화국인 대한민국이 국가로서 행사할 수 있는 모든 권력과 권한은 주권자인 국민에게 있고, 국가가 행사하는 모든 권력은 국민으로부터 나온다. 하지만 헌법 제1조와는 달리 주권이 국민에게 있다는 주권재민의 원칙은 여전히 위협받고 있다. 국가는 주권자인 국민으로부터 권한을 양도받고 위임받은 권력만을 행사할 수 있다. 이를 '위임권력'이라 한다. 그럼에도 불구하고 현실에서는 국가가 위임받은 권력으로 오히려 주권자인 국민의 권리를 중대하게 제한하거나 침해하는 일이 다반사로 일어나고 있다. 이런 상황이니 헌법에 비추어볼 때 국가권력과 개인의 권리 가운데 과연 그 우선권이 누구에게 있는가란 문제가 제기되고 있다.

그리고 국가권력과 개인권리의 상관관계에 대해 정하고 있는 헌법 제37조 1항과 2항도 다양한 해석의 여지가 있다.

헌법을 보면, 기본권 목록은 명확하게 명문의 규정으로 열거돼 있다. 헌법에서 기본권에 관한 조문을 두고 있지만 모든 보장 목록은 확정하여 열거할 수는 없다. 이런 문제를 해결하기 위해 헌법은, "국민의 자유와 권리는 헌법에 열거되지 아니한 이유로 경시되지 아니한다."는 제37조 1항을 두고 있다. 기본권을 보다 두텁게 보호할 목적으로 이 조항을 두고 있으니 달리 문제될 게 없다. 문제는 "국가안전보장·질서유지 또는 공공복리를 위하여 필요한 경우에 한하여 법률로써 제한할 수 있다."는 제37조 2항이다. 이 조항의 해석과 적용을 둘러싸고 적잖은 논란이 야기되곤 한다. 헌법이 기본권을 보장하고 있음에도 불구하고 법률가들은 제37조 2항에 의거하여 국민의 자유와 권리를 제한하는 법적 판단을 내리고 있기 때문이다.

위에서 헌법의 두 개 조문만 예시로 들었지만, "당신은 헌법 규정을 얼마나 알고 있는가?"란 질문을 받으면 우리는 어떤 대답을 할까. 예를 들어, "헌법 제1조 1항이 규정하고 있는 대한민국의 정체란 무엇인가?"란 질문을 받았다고 하자. 이 질문에 대해 우리는 얼마나 정확하게 대답을 할 수 있을까. 대한민국은 민주공화국이라고 한다. 민주공화국은 어떤 정치체제인가? 2항과 관련한 질문에 대해서도 마찬가지다. 주권은 국민에게 있다고 한다. 주권은 무엇인가? 국민은 누구인가? 모든 권력은 국민으로부터 나온다고 한다. 이때 권력은 어떠한 내용을 말하는 것인가? 권력은 국민으로부터 나온다고 하면서 왜 국가의 권력은 과도하게 행사되는 경우가 많은가? 국민은 일방적으로 국가권력의 행사를 수용해야 하는가? 이로부터 파생될 수 있는 저항권의 문제는? 쿠데타 혹은 혁명의 문제는? 헌법 제1조와 관련한 수많은 질문이 파생될 수 있음에도 우리는 진지하게 질문하고 토론하지 않는다.

개인적으로 판단하건대 우리는 헌법을 제대로 이해하지 못하고 있다. 아니, 헌법 전문을 한 번이라도 제대로 읽어본 사람들이 거의 없다고 해도 무방하다. 헌법을 제대로 읽어보거나 이해하고 있지 못하면, 민주공화국 대한민국에서 주권자로서 개인이 가지고 있는 자유를 행사할 수 없고, 권리를 보호받을 수 없다. 그만큼 우리가 주권자로서 헌법상 보장된 권리를 제대로 행사하기 위해서는 헌법이 가지는 가치와 의미는 물론 헌법이 규정하고 있는 자유와 권리의 내용에 대해 정확하게 이해하고 있는 것이 중요하다.

법과 권리, 그리고 개인은 어떤 관계에 있는가?

성문법체제를 채택하고 있는 대한민국은 그 국내법으로 헌법을 최고규범으로 법령(법률, 대통령령, 총리령 및 부령) 및 조약(헌법에 따라 체결·공포된 조약) 등을 두고 있다.[25] 이처럼 법적 효력이 인정되는 모든 규범을 일컬어 (넓은 의미의 혹은 일반적 의미의) 법이라 한다. 이와는 달리 좁은 의미의 법도 있는데, 두 가지 유형이 있다. 하나는, 헌법과 조약을 제외하고 국회의 의결절차를 거쳐 제정·시행되고 있는 법으로 민법, 형법, 상법 등이 이에 해당한다. 이를 일반적으로 법률이라 한다. 다른 하나는, 국회의 의결을 거치지 않고 헌법 제75조 및 제95조에 따라 행정기관에 의하여 제정되는 입법형태가 있는데, 이를 명령이라 한다. 대통령령, 총리령 및 부령 등 좁은 의미의 법인 법률보다 하위의 규범이 이에 속한다. 「법령정보의 관리 및 제공에 관한 법률」은 법률과 명령을 합하여 법령으로 부르고 있으나 통상 양자를 통칭하여 법률이라 한다.

이처럼 법체계는 복잡하지만 중요한 것은 법 혹은 법률(이하 '법')에 따라 개인의 권리와 의무가 나온다는 점이다. 우리가 흔히 권리와 의무를 말할 때 '법적'이란 수식어를 붙이는 이유는 개인이 타인에게 어떤 요구를 할 때 이를 강제할 수 있는 힘이 법에 의해 보장되기 때문이다. 개인의 권리가 법에 의해 오늘날처럼 두텁게 행사되고 보장되기 시작한 것은 그 역사가 그리 오래되지 않았다. 구한말 유럽의 근대법이 수용되기 전에는 법과 권리는 개념적으로 명확하게 구

---

25) 「법령정보의 관리 및 제공에 관한 법률」 제2조 2항 가호.

분되지 않았다. 특히 당시에는 개인이 법에 의거하여 자신의 권리를 주장한다는 것은 상상하기 힘든 현실이었다. 일본을 통해 유럽의 대륙법이 수용될 당시 우리나라를 포함한 아시아 국가에서는 국내법상 법과 권리는 분화돼 있지 않았다. 그런 상황에서 법과 권리의 관계가 비교적 명확한 유럽법을 수용하여 적용하다 보니 법체계에 혼란이 일어나는 것을 피할 수 없었다. 이에 대해 프랑스법을 예로 들어 설명한다.

프랑스어로 법을 르 드롸(le droit), 법률은 라 롸(la loi)라고 부른다. 법과 법률을 용어 면에서 구분하는 프랑스(어)와는 달리 영어의 로(the law)는 양자를 포함하는 의미로 사용되고 있다.

프랑스법은 법이 가지는 성질에 따라 르 드롸 오브젝티프(le droit objectif)와 르 드롸 쉬브젝티프(le droit subjectif)로 나누고 있다. 전자는 '객관적 법'(혹은 '객관법'), 후자는 '주관적 법'(혹은 '주관법')으로 부른다.

객관법은 "인간관계를 규율하는 모든 공식적 법규", 드 드롸를 말한다. 법은 다양한 존재형식, 즉 법이 어떤 형태로 존재하는가를 의미하는 법의 연원(the sources of law)을 가진다. 헌법과 법률(lois)은 물론 명령(데크레 décrets), 협약(conventions) 등 국내법률(혹은 법령)과 조약이 이에 속한다.

이에 반해 주관법은 "객관법의 존재에 의해 각 개인에게 부여되는 특권, 능력 및 활동"을 말한다. 즉 주관법은 객관법에 의거하여 개인 간의 관계를 규율하는 규범으로 구체적으로는 권리(les droits, 레 드롸)와 의무(les obligations, 레조블라가시옹)를 말한다. 권리와 의무를 뜻하는 영미법의 라이트[right(s)]와 오블리게이션[obligation(s)]과 같은 말이다.

이처럼 프랑스를 비롯한 유럽 국가들은 객관법과 주관법을 엄밀히 구별하고 있다. 그러나 이와는 달리 근대 동아시아 국가들은 양자를 명확하게 구분하고 있지 않다. 이러한 사정은 아시아에서 가장 먼저 대륙법을 계수한 일본도 마찬가지였다. 일본은 르 드롸 오브젝티프에 해당하는 객관법, 즉 르 드롸(법)와 라 롸(법률) 등 실정법을 중심으로 유럽법을 계수했다. 이에 반하여 르 드롸 쉬브젝티프, 즉 주관법에 해당하는 권리(les droits)와 의무(les obligations)의 개념은 낯설고 생소할 뿐 아니라 일본국내법체계와 법감정 및 정서와도 부합하지 않았다. 현실이 이러하니 당시 일본의 정치권력자와 식자층의 고민이 깊을 수밖에 없었을 것이다. 몇 가지 예를 들어 살펴본다.

법과 권리를 뜻하는 프랑스를 살펴보면, *les droits*(권리)는 *le droit*(법)의 복수형으로 표기된다. 이것이 의미하는 바는, 개인의 권리인 *les droits*는 *le droit*, 즉 법에 의거하여 행사될 수 있다는 것이다. 당시 일본을 비롯한 동아시아는 전체주의 내지는 집단주의적인 사회와 국가체제로서 개인이 독립적인 법적 주체라는 인식이 결여되어 있었다. 하물며 그런 개인이 법에 의거하여 국가권력을 대상으로 자신의 권리를 적극적으로 주장하고 이를 관철시킨다는 생각을 하기 어려운 상황이었다.

개인을 프랑스어로 엥디비뒤(*individu*), 영어로 인디비듀얼(*individual*)이라 한다. *in+dividu*(*al*)로 이뤄져 있는 이 단어는 *divine*(나누다)에서 기원하고 있다. 즉, *dividu*(*al*)에 부정접두사 *in*이 붙은 형태다. 따라서 *individu*(*al*)을 직역하면, 둘 이상으로 나눌 수 없는 혹은 둘 이상으로 나누어지지 않는, 즉 불가분(不可分)의 '무엇'

이란 뜻이다. 사람을 둘 이상으로 '나누거나' 또는 '나눌 수 없는' 독립된 개체나 존재로 이해하고, 이것을 '개인'으로 번역하여 사용하기 위해서는 엄청난 철학적 고민과 상상력이 필요했을 것이다. 당시의 일본인들은 '나눌 수 없는' 또는 '나누어지지 않는' 개인이 도무지 이해되지 않았다.[26]

그 과정이야 어쨌든 엥디비뒤, 즉 개인의 권리에 해당하는 주관적 법인 르 드라 쉬브젝티프가 성립되기 위해서는 먼저 객관적 법인 르 드라 오브젝티프가 정립되어 있어야 한다. 하지만 위에서 살펴본 것처럼, 아시아 국가들의 국내법에서는 유럽법이 말하는 법과 권리의 개념이 부재한 상태였으므로 양자의 관계를 규정하는 게 쉽지 않았다. 일본도 대륙법을 계수하면서 많은 고민을 했지만 자신들이 이해하는 범위 안에서 법과 권리와 관련한 법률용어를 번역하고 수용할 수밖에 없었다. 일제강점기를 거치면서 일본이 번역한 법체계를 그대로 수용하다 보니 우리나라 법체계에서도 법과 권리의 관계는 모호한 측면이 있다. 이런 상황이니 법적 정의의 문제까지 끌어들이면 상황은 더욱 혼란스럽고 복잡하다. 이 주제에 대해서는 우리에게 비교적 친숙한 자연법주의와 실정법주의를 중심으로 살펴보자.

법적 정의의 목적과 수단은 무엇인가?

법이 추구하는 정의, 즉 법적 정의의 목적과 수단은 무엇인가. 전통적으로 자연법(*natural law*)주의와 실정법(*objective law*)주의는 이 주

---

26) 平野啓一郎, 『私とは何か』─「個人」から「分人」へ, 講談社, 2012, 67-72面

제를 대하는 입장에 큰 차이가 있다.

유럽에서 법적 정의에 관한 관념이 형성되는 시기에는 다분히 기독교에 입각한 신의 섭리나 이성에 따라 이론을 전개하는 자연권 내지는 자연법사상이 우세했다. 심지어 절대왕정체재가 구축되는 과정에서도 자연법이 이용되었다. 그러나 그 후 오히려 자연법사상은 점차 쇠퇴하고 실정법주의가 득세한다. 또한 근대주권국가가 성립된 이후 실정법주의는 일반법학, 개념법학 또는 순수법학으로 이어졌고, 20세기에 들어와서는 히틀러에 의해 나치정권의 정당성을 뒷받침하는 법적·이론적 근거로 원용된다. 제2차 세계대전이 끝난 후 나치정권에 대해서는 신랄한 비판이 가해졌지만 실정법주의가 가진 효용성은 오히려 강화되었다. 그 결과 오늘날 우리나라를 비롯한 세계 대다수 국가에서 자연법주의보다는 실정법주의에 입각한 법해석과 적용이 보편적으로 이뤄지고 있다.

자연법주의 혹은 법실증주의 어느 것에 의하든 법은 인간사회나 국가체제를 유지하는 데 필요불가결한 수단이다. 소위 법의 지배(rule of law) 내지는 법치주의는 사회와 국가의 질서를 유지하는 기본 이념이다. 문제는 이것이 자꾸 형식적 제도 내지는 수단으로 이용되는 경향이 심화되고 있다는 사실이다. 정치권력자들은 법적 안정성을 이유로 법치주의를 내세워 법의 지배(rule of law)가 아니라 rule by law, 즉 '법에 의한 지배' 체제를 구축함으로써 국가공권력 행사의 법적 정당성을 확보하려고 한다. 이러한 경향은 법치주의가 위협받고 있는 주된 이유이다.

그렇다면 어떻게 하면 법의 지배 내지는 법치주의의 실현을 통해 법적 정당성을 인정받을 수 있을까? 이 질문은 "법적 정의를 실현하기 위한 수단과 그 정당성을 확보하기 위한 방법은 무엇일까?"의 문제이기도 하다. 그 방법을 도식화하면 다음 네 가지로 나눌 수 있다.

① 목적도 정당하고, 수단도 정당한 경우
② 목적은 정당하나, 수단이 정당하지 않은 경우
③ 수단은 정당하나, 목적이 정당하지 않은 경우
④ 목적도, 수단도 정당하지 않은 경우

이 질문에 대한 대답은 일부 사상가들이 말한 주장을 통해 들어본다.

파스칼(Blaise Pascal)은 『팡세(Pensées)』에서 말하기를, "힘없는 정의는 무기력하다. 정의 없는 힘은 전제적이다. 정의 없는 힘은 비난받는다. 따라서 정의와 힘을 결합해야 한다. 그리고 이를 위해선 정당한 것이 강해지거나 강한 것이 정당해져야 한다."라고 주장한다. 그에 따르면, 정의의 존재를 인정한다 할지라도 이 정의가 실현되기 위해서는 힘이 바탕이 돼야 하는데 힘없는 정의는 무력하다고 한다. 결국 힘과 정의는 결합해야 되고, 이를 위해서는 강한 것이 정당화되거나 정당한 것이 강해져야 한다. 이렇게 함으로써 목적과 수단이 상호보완적 관계에 있어야 한다. 그리고 양자가 조화로운 관계를 유지하는 상태에서 힘과 정의는 서로를 이용함으로써 궁극적으로는 정의가 실현돼야 한다는 주장이다.

그리고 데리다(Jacques Derrida)는 『법의 힘(Forces de loi)』에서 말하

기를, "우리는 법들이 정당하기 때문이 아니라 권위를 갖고 있기 때문에 그것들에 복종한다."라고 주장한다. 데리다는 법적 정의가 보장되기 위해서는 일종의 힘, 즉 파워가 상호 협력 관계에 있어야 한다고 보고 있다. 또 그는 여기에서 한 걸음 더 나아가 정의라는 관념 그 자체를 인정하지 않고 아예 해체시켜 버린다. 그러고는 왜 우리가 법에 복종하는가, 또한 법이 정의롭다 아니다 여부도 중요하지 않다고 본다. 그의 주장에 따르면, 법이 정당하기 때문에 복종하는 것이 아니라 법이 *authority*, 즉 권위를 갖고 있기 때문에 복종한다는 것이다. 데리다 입장에서 본다면, '법=정의'라는 관념보다는 권위가 어떻게 설정되어 있는가, 법이 정당한 권위를 갖고 있는가의 문제가 더 중요하다. 법이 아무리 정의롭다고 할지라도 그 법이 정당한 권위를 가지고 있지 않다면 그에 복종할 수 없기 때문이다.

파스칼과 데리다의 주장을 종합하면, 법적 정의가 보장되기 위해서는 법적 정당성이 확보되어야 한다. 또한 법적 정당성이 있다고 할지라도 법은(법적) 정의가 침해 혹은 위협받는 경우 이를 강제할 수 있는 강제력과 처벌할 수 있는 처벌권을 행사할 수 있어야 한다. 한마디로 법은 구속력을 가지고 이를 행사함으로써 비로소 법질서 내지는 법적 안정성을 확보할 수 있다는 말이다. 이때 법적 정당성에 의거한 법적 정의의 확보라는 전제가 설정되어 있어야 함은 물론이다.

이 논리를 위에서 검토한 자연법주의와 실정법주의에 비춰 살펴보면, 전자보다는 후자가 간명하고 명쾌하다. 자연의 이법에서 논리를 이끌어내는 자연법주의와는 달리 실정법주의는 명문의 규정으로 제정된 실정법에 따라 사안별로 해석하고 적용하면 된다. 그러니 실정법주의는 자연법주의에 비하여 논란의 여지도 적어 법질서와 법적 안정성을 보다 용이하게 확보할 수 있는 장점이 있다.

근대 국가가 형성되고 이성의 관념이 실정법주의와 결부되면서 이것이 절대적인 이념으로 확립된다. 소위 '이성법학'의 문제이다. 그런데 우리가 '이성'을 말할 때 여러 복잡한 철학적 의문이 제기된다. 따라서 다음과 같은 질문을 할 수 있다.

> 이성적인 것 내지는 이성이란 무엇인가?
> 이성적인 것이 가장 합리적 혹은 논리적인 것이라 간주할 수 있는가?
> 이성적인 것이 가장 법적인 것이라고 할 때 어떤 것이 가장 이성적일까?

이 질문에 대해 다음과 같은 반론도 제기할 수 있다.

> '이성적인 것' 속에는 감정적 내지는 감성적인 요소는 배제되어야 하는가?
> 감정적 내지는 감성적 요소는 불합리하고, 비논리적인 것인가?

근대법학을 이성법학으로 부르기도 하지만 지나치게 이성 혹은 이성적인 것에 집착하다 보니 감정 혹은 감성적이란 것은 비이성적·비합리적·비논리적인 것으로 간주해 버리는 경향이 짙다. 또한 인간의 내면에 깃들어 있는 감정이나 감성을 배제해 버린 상태에서 행한 법해석이 가장 중립적이라는 인식이 보편화되는 지경에까지 이르렀다면 지나친 말일까. 요컨대 이런 법해석이 이성법학에 가장 부합하는 법해석과 적용의 방식이라는 식으로 논리가 정립되어 왔고, 또 정립되어 있다는 데 문제의 심각성이 있다. 이러한 주류적 법해석과 판단의 태도에 대해 다음과 같은 의문을 제기할 수 있다.

이성과 감성을 대비시켜 특히 전자, 즉 이성에 의거하여 내린 판단이 객관적·중립적 가치판단이고, 또한 이것이 오로지 이성적이라고 볼 수 있는가?

법관이 어떤 법적인 판단을 내릴 때 자신의 가치관이나 경험을 배제한 상태에서 판결이라는 법적인 문언을 빌려 오로지 이성적으로만 판단을 한다고 어떻게 믿을 수 있는가? 법관도 인간인 바에야 그것이 가능할 것인가?

이와 같은 이유로 최근 법해석과 판단이 가지는 한계와 문제점을 어떻게 보완할 것인가를 둘러싸고 여러 대안이 모색되고 있다. 그중의 하나가 바로 법관은 문학적인 감수성과 감성에 바탕을 두고 공적인 판단을 내려야 한다는 '시적 정의'라는 담론이다.

시적 정의란 무엇인가

　‘시적 정의’라는 용어는 미국 철학자 마사 누스바움이 쓴 저서『시적 정의: 문학적 상상력과 공적인 삶』[27]의 제목에서 따온 것이다. 누스바움은 시카고대학 로스쿨에서 ‘법과 문학’ 강의를 한 내용을 단행본으로 묶어 내면서 시적 정의를 그 책의 제목으로 삼았다. 누스바움은 이 책에서 시적 정의에 대한 명확한 개념정의를 내리고 있지는 않다. 이 책의 부제인 “문학적 상상력과 공적인 삶”을 바탕으로 ‘시적 정의’를 개념 정의하면, “문학적 상상력에 바탕을 둔 공적 합리성”이 될 것이다. 누스바움도 그렇게 보고 있는 것 같다.

　누스바움은 왜 시적 정의를 제안하고 있는가?

　그의 견해에 따르면, 문학은 생생하고 구체적인 방식으로 개별적 등장인물과 그들의 삶을 묘사하고 있으므로 독자들에게 문학작품을

---

27)　마사 누스바움(박용준 옮김),『시적 정의: 문학적 상상력과 공적인 삶(Poetic Justice: The Literary Imagination and Public Life)』, 궁리, 2013, 284쪽.

통하여 타인에 대한 공감을 불러일으킬 수 있다. 누스바움은 미국의 일부 시인들, 예를 들어, 휘트먼(Walt Whitman)의 시 「풀잎(Leaves of Grass)」이 실린 시집의 서문을 인용하면서, "Literary artist, 즉 문예가란 정치에 깊이 참여하는 자이다. 특히 시인은 다양성의 중재자이자 자신의 시대와 영토에 형평을 맞추는 자"라고 설명하고 있다.

누스바움이 이 시집의 서문에서 말하고자 하는 바를 요약하면 다음과 같다.

> 문예가나 시인들은 정치로부터 떠날 수 없다. 그렇기 때문에 문학 활동을 하는 이들이라 할지라도 사회현상에 대해 깊은 관심을 가지고 정치에 깊은 관여를 해야 한다. 문학 활동을 하는 이들은 다양성에 대한 중재자로 역할을 하면서 자신이 살고 있는 그 시대, 그리고 자신이 몸담고 있는 그 현실에서 영토의 형평을 맞추는 역할을 해야 한다. 시인의 넓은 상상력은 남자들과 여자들 사이에서 영혼을 봐야 하고 남자들, 여자들을 단지 허황된 꿈이나 점으로 봐서 안 된다.

누스바움은 공적인 합리성에 입각한 문학적 상상력에 바탕을 둔 공적인 시(public poetry)의 가능성과 그 필요성을 제안하고 있다. "스토리텔링과 인문학적 상상력이 합리적 논리에 반하는 것이 아니다. 스토리텔링과 인문학적 상상력이 공적인 상상력과 결부되면서 법관들이 법적인 규정들을 해석하고 판정하는 데 오히려 도움을 줄 수 있다. 문학이 절대로 추상적이거나 모호한 것이 아니며, 또한 그저 개인의 개별적인 상황에 대한 감성적인 면에 머물러 있는 것이 아니다. 문학적 상상력이 바탕이 되어야 공적인 합리성이 추구될 수 있다."라는 것이 누스바움의 결론이다.

누스바움은 이와 같은 자신의 논지를 전개하면서『시적 정의』에서 몇 가지 소설을 그 예로 들고 있다. 그중에서 가장 많이 인용을 하고 있는 것이 찰스 디킨스의『어려운 시절(Hard Times)』[28]이다. 누스바움이『어려운 시절』이란 소설을 택한 이유가 무엇일까? 그에 대해 이렇게 말한다.

첫째, 소설 읽기가 타당한 도덕 및 정치이론을 정립하는 데 중요한 역할(무비판적 근거로서가 아니라)을 하는 통찰을 제공해 준다.

둘째, 소설 읽기가 도덕 및 정치이론의 규범적 결론으로부터 −그것이 얼마나 완벽하든 간에− 시민들이 현실을 구성하는 데 필수적인 도덕적 능력들을 발달시켜준다(이것 없이는 현실 구성에 실패할 것이다).

셋째, 소설 읽기가 사회정의에 관한 모든 이야기를 들려주지는 않을 것이다. 하지만 소설 읽기는 정의의 미래와 그 전망의 사회적 입법 사이에 다리를 놓아줄 수는 있을 것이다.

이러한 목적에 비춰볼 때, 찰스 디킨스의『어려운 시절』은 활용하기에 아주 좋은 재료인 셈이다. 디킨스는 이 소설에서 철저하게 공리주의를 비판하고 있다. 그 내용 중에서 한 토막을 예로 들어본다.

"비쩌," 토머스 그래드그라인드가 말했다. "말에 대해 정의해 보아라."

"네발짐승, 초식동물. 이빨은 마흔 개로 어금니 스물네 개, 송곳니 네

---

28) 찰스 디킨스, 장남수 옮김,『어려운 시절(Hard Times)』, 창비, 2012, 494쪽.

개, 그리고 앞니 열두 개. 봄철에 털갈이를 하고 습지에서는 발굽갈이도 함. 발굽은 단단하지만 편자를 대어붙여야 함. 나이는 입 안쪽의 표시로 알 수 있음." 비쩌는 이런 식으로(그리고 더 많이 보내서) 말을 정의했다.

"자, 20번 여학생," 그래드그라인드 씨가 말했다. "이제 말이 어떤 동물인지 알았지."

여기 나오는 토마스 그래드그라인드는 학교 교장이다. 그는 철저하게 경제학에 입각한 공리주의적 입장을 대변하는 인물이다. 그는 학생들을 부를 때 절대 이름을 부르지 않는다. 몇 번 학생 몇 번 학생 전부 숫자를 부여하고, 그 숫자로 부른다. 만일 어떤 학생이 사진이나 형상 등을 설명할 때 아주 수학적·과학적·객관적이지 않으면 인정하지 않는다. 그래서 어떤 학생이 문학적 상상이나 공상을 한다, 이런 것들도 인정하지 않는다. 위 예문에 나오는 비쩌라는 학생이 늘 문학적 상상이나 공상에 빠져 있는 학생이다.

어느 날 그래드그라인드가 교실에 들어와서 비쩌라는 학생에게 질문을 한다. "말에 대해서 정의해 보아라." 그 질문에 비쩌라는 학생이 말을 정의하면서 네발짐승, 이빨은 마흔 개 등 그래드그라인드 교장이 원하는 대로 수학적·과학적·객관적으로 묘사한다. 비쩌의 묘사에 교장은 아주 만족한다. 그가 말한다. "자, 20번 여학생, 이제 말이 어떤 동물인지 알겠지."

이것은 일례에 불과하다. 그래드그라인드의 딸은 상당히 문학적인 감수성을 가지고 있다. 그래드그라인드는 자신의 딸이 그와 같은 문학적 상상을 한다는 것 자체를 용납하지 않는다. 이러한 사례를 통해 찰스 디킨스는 미국 사회를 지배하고 있는 공리주의를 신랄하게 비판한다. 이러한 비판을 통해 누스바움은 자신의 책『시적 정의』에서 문학적 상상력을 바탕으로 어떻게 하면 법적 정의를 추구할 수 있는가에 대해 질문하고 대안을 제시하고 있다.

법적 정의 vs 시적 정의

그렇다면 시적 정의는 법적 정의와 어떤 관계에 있을까?

정의의 문제는 법과 문학을 접목하는 경로가 되는 동시에 법과 문학의 가치가 공유될 수 있는 영역이다.

최경도 교수가 "법과 문학: 정의의 문제"라는 논문에서 한 말이다.[29] 이 논문에서 그는 법적 정의와 시적 정의(혹은 문학적 정의)를 비교하면서 양자의 관계에 대해 상세하게 분석하고 있다.

---

29)   최경도, "법과 문학: 정의의 문제", 새한영어영문학 제46권 1호, 2008.

법적 정의 vs 시적(혹은 문학적) 정의	
법적 정의	시적(혹은 문학적) 정의
법의 목표와 기능은 정의의 이념을 현실의 지배 원리로 내세운다.	문학은 인간이 겪는 갈등과 체험을 내면화하여 정의의 문제가 삶의 본질과 직결된 가치가 된다는 점을 부각시킨다.
법적 정의는 분쟁이나 갈등의 해결에서 조정과 균형을 중시한다.	법적 정의와 구별되는 문학적 정의를 규명하는 작업은 문학의 본질을 다시 살피는 작업이 된다. 왜냐하면 명시적이든 묵시적이든 정의는 개인과 공동체의 도덕적, 윤리적 가치의 기초로서 문학작품의 주제나 소재로 설정되었기 때문이다.
법적 정의는 도덕적이고 초월적 성격에서 벗어나 인간 행위에 대해 적용되고, 객관성과 보편성을 지향한다.	문학에서의 정의는 대개의 경우 개인의 가치와 대립되는 사회적 혹은 집단적 힘을 제시하여 공동체 속에서 개인의 존립이 상징적 갈등과 투쟁을 통하여 이뤄진다는 점을 부각시킨다.
법적 정의의 개념과 이론은 주로 법전문가 혹은 법률가에 의하여 판단되고 해석됨으로써 흔히 형식요건이나 증거주의에서처럼 단지 '법적' 측면에서 정의를 규정하는 문제가 있다.	문학작품에서 정의의 개념은 객관적 규범을 통하여 발휘되는 법적 정의와 다를 수밖에 없다.
도덕적이고 초월적 의미가 배제된 상황에서 정의가 단지 법에 의해서만 규정되고 해석되는 경우, 정의의 개념은 개별화, 파편화, 규격화의 위험을 내포한다. 즉, 무수한 규범이나 법률의 제정을 통한 정의의 다양화나 전문화는 곧 정의의 본질에 대한 위기를 불러온다.	법의 해석이 규범적이고 기능적이며 사회적 영향력과 구속력을 가지는 반면, 문학의 해석은 주관적이고 자유로운 지적·정신적 활동이다.

법정에서 판결이 정의에 대한 개인이나 집단의 가치나 이념과 일치한다면 그러한 결정은 정당성을 갖게 된다. 하지만 법정에 의한 결정이 정의에 대한 인식과 어긋난다면 그것은 정의가 아닌 불의로 간주될 수 있다.	법은 문학과 구별되는 명징한 목표를 가지므로 법적 정의의 문제에서 불명확하고 대립적 해석을 경계한다. 반면, 문학작품의 경우, 추상적이고 불명확한 의미를 남겨 둠으로써 내용의 해석에서 '의미의 유보'가 가능하다.

법적 정의는 완성된 스토리를 기초로 하는 문학과는 구별되는 구성의 원칙을 갖지만, 법 자체의 해석만으로 규정하기 힘든 정의의 문제가 문학이 갖는 서사 기능으로 보완된다는 점은 법과 문학이 결합할 수 있는 요인이 된다. 나아가 법과 문학이 공통적으로 개인과 공동체의 관계를 다루고 있다는 점에서 두 영역을 연관시켜 정의를 규정한다는 것은 공동체 속에서 개인의 존재를 실체적 혹은 상징적 차원에서 해석하여 개인과 공동체의 관계를 정립하는 계기가 된다.

출전: 최경도, "법과 문학: 정의의 문제", 새한영어영문학 제46권 1호, 2008.

위 도표의 마지막 부분에 보면, 이런 설명이 있다.

법적 정의는 완성된 스토리를 기초로 하는 문학과는 구별되는 구성의 원칙을 갖지만, 법 자체의 해석만으로 규정하기 힘든 정의의 문제가 문학이 갖는 서사 기능으로 보완된다는 점은 법과 문학이 결합할 수 있는 요인이 된다.

이 말은 문학가들이 문장을 쓰는 것처럼 법률가들도 서면으로 자신의 견해를 서술할 수밖에 없다는 것을 의미한다. 이를테면, 법관(판사)도 문학가들처럼 결국은 언어로서 자신의 견해를 담은 문장, 즉 판결문을 서술하지 않을 수밖에 없다. 그 점에서 판결문도 서사의 기능을 갖고 있다.

이처럼 법과 문학은 공통적으로 개인과 공공의 문제를 다루고 있으므로 두 영역을 유기적으로 결합할 수 있다. 그리하여 공동체 속에서 개인의 존재를 실체적으로, 또 상상적 차원에서 해석하여 개인과 공동체의 관계를 개념 정의할 수 있다. 최경도 교수도 시적 정의와 법적 정의는 상호보완적 관계에 있고, 서로 이질적이거나 별개의 기능을 한다고 보고 있지 않다. 그러나 이와 같은 주장이 성립하기 위해서는 다음 질문에 대답할 수 있어야 한다.

판사가 시인이 되고, 시인이 판사가 되는 것이 가능한가?

다시 말하여 이 질문은 "판사—시인(*Judge Poet*) 혹은 시인—판사(*Poet-Judge*), 즉 문학적 판사(*Literary Judge*)가 가능한가?"의 문제이다.

누스바움은 저서 『시적 정의』에서 휘트먼의 시 「나 자신의 노래」를 예로 들면서 모든 법관은 재판관—시인, 시인—재판관이 되어야 한다면서 이렇게 결론을 맺고 있다.

휘트먼이 보여주듯, '시적 정의'는 꽤 많은 비문학적 장치들—전문적인 법률 지식, 법의 역사와 판례에 대한 이해, 적합한 법적 공평성에 대한 세심한 주의 등—을 필요로 한다. 재판관은 이 모든 것을 고려하는 훌륭한 재판관이어야 한다. 하지만 충분히 이성적이기 위해 재판관들은 공상과 공감에 또한 능해야 한다. 그들은 자신들의 기술적인 능력뿐만 아니라, 휴머니티를 위한 능력까지도 배워야 한다. 이 능력 없이는, 그들의 공평성은 우둔해질 것이고 그들의 정의는 맹목적이 될 것이다. 이 능력 없이는, 자신들의 정의를 통해 말할 수 있기를 추구했던 '오랫동안 말이 없던' 목소리들은 침묵 속에 갇힐 것이며, 민주적 심판의 '태양'은 그만큼 장막에 가려질 것이다. 이 능력 없이는, '끝없는 노예 세대들'이 우리 주변에서 고통 속에서 살아갈 것이며, 자유를 향한 희망은 점점 줄어들 것이다.(252쪽)

"충분히 이성적이기 위해 재판관들은 공상과 공감에 또한 능해야 한다." 누스바움의 이 말은 울림이 크다. 이성과 논리, 그리고 합리와 효율이라는 공리주의적 가치를 물신처럼 떠받들고 있는 법관들은 이 말을 어떻게 받아들일까? 공상과 공감에 능하지 못한 법관들은 이 말을 비이성적이고, 비논리적이며, 또한 비합리적일 뿐만 아니라 비효율적인 것으로 인식하고, 이를 폄하하고 무시할지도 모른다. 물론 한국 법학계와 법조실무계도 시적 정의를 중심으로 한 법과 문학의 관계에 대해 관심을 가지지 않는 것은 아니다. 하지만 시적 정의를 적용하여 변론하고 서면으로 작성하여 활용하는 사례는 거의 없다고 해도 과언이 아니다. 아래에서는 시적 정의를 활용한 몇 가지 사례를 살펴본다.

〈사례 1〉 조선시대 신응시의 명판결
땅은 주인에게, 복은 부처에게

첫 번째 소개할 판결은 조선시대에 내려진 것이다. 어느 사람이 복을 빌기 위해서 만복사라는 절에 집문서를 포함한 자신의 모든 재산을 보시해 버렸다. 그런데 재산을 모두 보시하고 나니 정작 자

신의 생계가 곤경에 처했으므로 호남어사로 파견된 신응시(辛應時)
(1532~1585년)에게 호소했다. 신응시가 들어보니 이미 재산은 보시를
했고, 전임관찰사도 이미 이 사건에 대해 조치를 내린 상태라 다시
판결을 내리기가 아주 곤란하였다. 신응시는 사건을 검토한 후 다음
과 같이 멋진 한시로 판결을 내렸다.

捨施田土 本爲求福
身旣飢死 子又行乞
佛之無靈 據此可決
還田於主 收福於佛.

논밭을 시주함은 본시 복을 빌려는 바
몸은 굶어 죽고 자식 또한 빌어먹으니
부처의 영험 없음 이로써 결판나누나
땅은 임자에게 복은 부처께 돌려주라

신응시는 한시를 지어 땅은 주인에게, 복은 부처에게 돌려주라고
판결하여 분쟁을 해결했다. 한시를 활용한 시적 정의에 부합하는 명
판결이라 아니할 수 없다.

〈사례 2〉 김귀옥 판사의 명판결
일어나서 힘차게 외쳐라!

　두 번째 사례는 김귀옥 판사의 구두판결이다. 김 판사가 어느 비행청소년이 저지른 형사사건에 관한 재판을 하고 있었다. 최종 판결을 내리기 전에 김 판사가 이 청소년에게 모성적인 연민의 정을 가지고 격려를 하면서 법정에서 구두판결을 내렸다. 김 판사는 일정한 처분을 내리는 등 사법적 판단을 할 수 있었으나 그에 앞서 이 청소년에게 구두로 용기를 준다. 김 판사는 이 청소년이 비행이나 범죄를 저지른 것은 개인만의 문제가 아니라 사회적 보호책임의 문제가 있다고 판단했다. 이 청소년을 보호하지 못한 책임은 우리 사회에도 있으므로 김 판사는 그가 가지고 있는 내면의 상처를 보듬는다.

　최종 판결에 앞서 김 판사는 청소년을 일으켜 세운 상태에서 자신의 말을 따라 하게 했다. "이 세상은 나 혼자가 아니다." "세상에 혼자라도 두려울 게 없다." 이렇게 함으로써 김 판사는 그 청소년으로 하여금 "이 세상은 혼자가 아니다."라는 것을 깨닫게 한다. 김 판사의 구두판결은 따뜻한 연민의 정을 불러일으키게 만들었다. 이 구두판결은 당시 언론에 기사화되면서 인터넷에서 많이 회자되었다.

〈사례 3〉 배리 데이비스 판사의 시로 쓴 판결문
과연 무엇이 바지선을 전복시켰을까

몇 해 전 법원 내부 정보통신망(코트넷)에 캐나다 출신 배리 데이비스(Barry Davies) 판사가 시(詩)로 쓴 판결문을 소개하는 글이 올라온 적이 있다. 이 판결문은 《해외사법소식》(46호)에 실린 것을 다시 소개한 것이다.

코프리노호(號)는 작은 목조 바지선을 이끌고서 케이프 빌을 벗어나 서녁으로 향했다.

두 척의 배는 바람을 타고서 순조롭게 조용하고 평온한 바다를 가르고 있었다.

바지선과 본선을 잇는 견인선이 시야에서 벗어날 줄 모르며 함께 밤을 향해 흐르고 있었다.

그러나 카마나를 지났을 때 거센 바람이 불자 바다는 더 이상 예전의 바다가 아니었다.

작은 바지선은 이내 가라앉고 말았지만 코프리노호는 가라앉지 않았다.

과연 무엇이 바지선을 전복시켰을까?

갑판원이었을까 아니면 갑판의 풍우방책이었을까?

또 다른 의문은… 보험 측면에서 볼 때 과연 누구에게 손해배상의 책임이 있을까?[30]

---

30) 김태완, "메마른 秀才들의 惡文 판결문: 無罪가 안 나오는 이유는 판사들의 문장력 부족 때문?", *http://monthly.chosun.com/client/news/viw.asp?nNews Numb=201104100038*(방문일: 2020. 12. 22.)

이 판결문은 바지선과 본선 사이에 벌어진 전복사고의 배상 사건을 다룬 것이다. 이 판결문은 비록 시의 형식을 빌렸지만 문학적으로 그리 아름다운 문장은 아니다. 다만 통상의 판결문과는 전혀 다르게 시(운문) 형식으로 작성되어 있어 참신한 느낌이다. 이보다는 오히려 아래 소개하는 박철 판사의 판결이 시적 정의에 부합하는 문학적 판결이다.

〈사례 4〉 박철 판사의 명판결
차가운 머리만이 아니라
따뜻한 가슴도 가지고 있어야 한다.

네 번째 사례는 박철 판사가 내린 판결이다. 어느 노인이 임대주택에 살고 있었는데, 대한주택공사가 집을 비워달라는 소송을 제기했다. 만일 임대주택이 가압류되거나 처분되면 그 노인은 길거리에 나앉게 될 상황에 처했다. 박철 판사는 상당히 문학적인 문장으로 판결문을 작성했다. 그 말미에 이런 내용이 있다.

가을 들녘에는 황금물결이 일고, 집집마다 감나무엔 빨간 감이 익어 간다. 가을걷이에 나선 농부의 입가엔 노랫가락이 흘러나오고, 바라보는 아낙의 얼굴엔 웃음꽃이 폈다. 홀로 사는 칠십 노인을 집에서 쫓아내 달라고 요구하는 원고(대한주택공사)의 소장에서는 찬바람이 일고, 엄동설한에 길가에 나앉을 노인을 상상하는 이들의 눈가엔 물기가 맺힌다. 우리 모두는 차가운 머리만을 가진 사회보다 차가운 머리와 따뜻한 가슴을 함께 가진 사회에서 살기 원하기 때문에 법의 해석과 집행도 차가운 머리만이 아니라 따뜻한 가슴도 함께 갖고 하여야 한다고 믿는다. 이 사건에서 따뜻한 가슴만이 피고들의 편에 서있는 것이 아니라 차가운 머리도 그들의 편에 함께 서 있다는 것이 우리의 견해이다.

"법의 해석과 집행도 차가운 머리만이 아니라 따뜻한 가슴도 가지고 있어야 한다고 믿는다."는 문장에서 시적 정의를 지향하는 시인-판사, 판사-시인이 나아가야 할 바람직한 방향을 찾을 수 있다. 문학적 판결문을 거의 찾을 수 없는 한국 현실에서 박철 판사가 쓴 판결문은 꽃보다 아름답다.

시적(혹은 문학적) 정의는 어디를,
무엇을 지향하고 있는가

위의 사례에서 알 수 있는 것처럼 아주 드물기는 하지만 일부 판사들은 시적 정의 혹은 문학적 정의에 따른 판결을 내리고 있다. 누스바움이 그의 저서 『시적 정의』에서 결론적으로 말하듯이 충분히 이성적이기 위해 판사들은 공상과 공감에 능해야 한다. 누스바움은, "이것이 결국 휴머니즘을 법적으로 실행할 수 있는 방법이다."라며 판사들이 '차가운 머리'로 이성적인 판결을 내리기 위해서는 공상과 공감이 충만한 '따뜻한 가슴'을 가져야 한다고 주장한다. 한마디로 판사를 비롯한 법률가는 '차가운 머리와 따뜻한 가슴'으로 법적 정의와 함께 시적 정의를 추구해야 한다는 말이다. 그렇다면 법률가는 법적 정의와 함께 왜 시적 정의를 지향해야 하며, 그 이유는 무엇일까?

박치완 교수는 "과학적 상상력과 시적 상상력의 구분은 정당한

가?"라는 논문에서 인류의 보편적 역사는 지적인 공상의 역사라고 주장한다.[31] 일반적으로 근대 이후 지식은 인간의 정신이 어떤 대상에 대해 합리적·논리적·객관적 혹은 과학적으로 사고하고 인식한 작용의 결과로 형성된다고 보고 있다. 이 시각에서 보면, 인류의 보편적 역사도 지적인 이성의 역사라고 할 수 있다. 하지만 많은 사상가와 문학예술가들은 인류의 지식 내지는 역사는 '지적인 이성'보다는 '지적인 공상'에 의해 성장해 왔다고 보고 있다.

예를 들어, 데카르트는 『방법서설』에서 "코기토 에르고 숨"(*cogito ergo sum*), 즉 "나는 생각한다, 그러므로 존재한다."(*je pense, donc je suis*)고 주장한다. '코기토-생각한다'에 대해 데카르트는 『성찰』에서, "생각한다는 것은 의심하고, 이해하고, 긍정하고, 부정하고, 의지하며, 의지하지 않으며, 또한 상상하며, 감각하는 것이다."라고 설명한다. 상상하는 것은 인간 사고의 절대 부분을 차지한다. 따라서 데카르트에게 생각하는 인간이 상상할 수 없는 존재라는 것은 도저히 상상할 수 없는 것이다.

가스통 바슐라르(*Gaston Bachelard*)는 데카르트보다 한 걸음 더 나아간다. 그의 저서 『대지와 의지의 몽상(*La terre et les reveris de la volonté*)』에서 바슐라르는, "상상력은 볼 수 없는 것을 보고 싶어 하며, 실체의 핵을 만지고 싶어 한다."고 말한다. 그에게 상상력은 곧 휴머니즘이다. 또한 『공기와 꿈(*L'Air et Songes*)』에서는 "미래에 다가올 세상에 대해 시적으로 안다는 것은 곧 대상(객체)에 대해 아는 것이

---

31) 박치완, "과학적 상상력과 시적 상상력의 구분은 정당한가?", 철학연구 제49집, 고려대학교 철학연구소, 2014. 3.

다."라고 주장한다. 이 문장에서 '시적으로 안다는 것'은 '라 꼬네상스 포에티크(*la connaissance poétique*), 즉 영어로 포에틱 나우리지(*poetic knowledge*)를 번역한 것이다. 그에 따르면, 인류 역사의 선험적 지식과 경험에 대해서 시적으로 아는 것이야말로 객관적인 대상에 대해 아는 것이다. 바슐라르는 자신의 주장을 『공기와 꿈(*L'Air et Songes*)』에서 다음과 같이 문학적으로 표현하고 있다.

> 푸르스름한 밤을 커다란 도화지로 삼아, 꿈꾸는 수학자(상상에 빠진 수학자)는 도표를 그렸다. 그 도표는 완전히 잘못된, 기분 좋게(매력적으로) 잘못된 별들(성좌)이다.

수학자가 하늘에 떠있는 별(성좌)을 보면서 수학적으로 도표를 그렸는데 그 도표가 수학적으로 완전히 잘못되었다. 하지만 비록 그 그린 도표가 완전히 잘못되었을지라도 "푸르스름한 밤을 커다란 도화지로 삼아 꿈꾸는 수학자"에게는 그 사실은 중요하지 않다. 상상에 빠진 수학자에게는 그 도표는 "완전히 잘못"되었지만, 그래도 "기분 좋게 또는 매력적으로 잘못된(*délicieusement fausses*) 별들"이기 때문이다. 그러니 그 수학자에게 도표가 옳다 그르다는 전혀 문제되지 않는다. 단지 별들의 아름다운 모습을 보고 그에 매료되어 그것을 수학적으로 상상하고 이래저래 도표로 구성해 보는 그것만으로도 충분하다는 것이다.

마지막으로 프랑스의 시인 샤를 보들레르(*Charles Baudelaire*)를 예로 든다. 어느 나라든 비슷하지만 프랑스에서도 예술 분야가 쇠퇴하고 있다는 비판에 대해 보들레르는 『샤를 보들레르 시전집(*Les oeuvres complètes de Charles Baudelaire*)』에서 이렇게 반박한다.

> (…) 하지만 그것은 꿈꾸는 자의 행복이고, 또 그것은 우리가 꿈꾼 것을 표현하는 영광이기도 하였다. 나는 이렇게 말한다. 여전히 이 행복을 알고 있느냐고!

예술가는 꿈꾸고, 꿈꾼 것을 표현하는 것만으로도 행복하고, 충분히 영광이다. 예술가에게 이런 삶이면 충분하지 무슨 다른 이유가 필요한가? 그러니 이러쿵저러쿵 잔말 말라는 게 보들레르의 주장이다. 이 말에 대다수의 예술가는 할 말이 많을 것이다. 요컨대 현실이 아무리 어렵고 힘들지라도 예술가는 꿈꾸고 상상하고 공상하는 행복을 포기해서는 안 된다. 보들레르는 우리에게 요구하고 있다. 그러니 인간들이여, 꿈꾸는 자의 행복을 누리고, 그 꿈꾼 것을 표현하는 영광을 누리자고.

법적 정의에서 시적 정의로

시인-판사, 판사-시인을 위하여

　법적 정의와 시적(혹은 문학적) 정의의 관점에서 볼 때 법과 문학 혹은 법문학이 궁극적으로 지향하는 목적은 무엇일까? 법학의 입장에서 바꾸어 말하면 이 질문은, "우리는 과연 어떤 법학을 지향해야 하는가?"의 문제이다.

　1990년대 접어들어 미국과 소련을 중심으로 동서 양대 이념체제가 와해되고, 국제사회는 신자유주의경제체제로 급속하게 재편된다. 이 과정에서 휴머니즘은 실종되어 버리고 인간은 무한 경쟁의 경제와 체제에 갇혀 버리고 말았다. 유엔을 비롯한 국제기구에서는 이 문제를 해결하기 위한 많은 논의가 행해졌다. 그 결과 국제사회는 '인간의 얼굴을 한 무엇(*XX with a Human Face*)'을 지향해야 한다는 주장이 제기되었다. 이를테면, '인간의 얼굴을 한 세계화(*Globalization with a Human Face*)', '인간의 얼굴을 한 세계무역기구(*WTO with a Human Face*)' 등이다. 이 표현법에 따르면, 법학도 '인간의 얼굴을 한 법학(*Jurisprudence with a Human Face*)'을 지향해야 한다. 이것이 바로 누스바움이 말한 시적 정의를 추구하는 법률가들이 판사가 시인이 되고, 시인이 판사가 되는 세상이다. 이 관점에서 법률가들은 버틀런드 러셀이 『자서전』 서문에서 밝힌 "나는 왜 지식을 추구하게 되었는가"에서 들고 있는 세 가지 이유를 가슴에 새겨야 한다.

　나는 사랑을 찾아 헤매었다. 그 첫째 이유는 사랑이 희열을 가져오기 때문이다. 얼마나 대단한지 그 기쁨의 몇 시간을 위해서라면 남은 여생을 모두 바쳐도 좋으리라 종종 생각한다. 두 번째 이유는 사랑이 외로움—이 세상 언저리에서, 저 깊고 깊은 차가운 무생명의 심연을 들여다보며 몸서리치도록 만드는 그 지독한 외로움—을 덜어주기 때문이다. 마지막으로, 성인들과 시인들이 그려온 천국의 모습이 사랑의 결합 속에 있음을, 그것도 신비롭게 축소된 형태로 존재함을 발견할 수 있었기 때문이다. 이것이 내가 추구한 것이며, 비록 인간의 삶에서 찾기엔 너무 훌륭한 것인지도 모르지만 어쨌거나 나는 결국 그것을 찾아냈다.

　사랑과 지식은 나름대로의 범위에서 천국으로 가는 길로 이끌어 주었다. 그러나 늘 연민이 날 지상으로 되돌아오게 했다. 고통스러운 절규의 메아리들이 내 가슴을 울렸다. 굶주리는 아이들, 압제자에게 핍박받는 희생자들, 자식들에게 미운 짐이 되어버린 의지할 데 없는 노인들, 외로움과 궁핍과 고통 가득한 이 세계 전체가 인간의 삶이 지향해야 할 바를 비웃고 있다. 고통이 덜어지기를 갈망하지만 그렇게 하지 못해 나 역시 고통받고 있다.

러셀은 자신이 이 세상에 사는 이유는 현실의 삶에서 억압과 핍박으로 고통받고 있는 우리 사회의 수많은 소수자와 약자들에 대한 사랑과 연민을 버리지 못했기 때문이라고 한다. 러셀은 그들의 고통이 덜어지기를 간절히 원했지만 현실에서 그들이 겪는 고통은 가시지 않았다. 그로 인해 러셀 자신도 고통받고 있다. 그래서 러셀은 이 땅의 가난하고 핍박받는 이들을 위해 자신이 가지고 있는 지식과 사랑을 모두 베풀려고 한다. 러셀처럼 법률가들도 이 세상에 대한 무한한 사랑과 연민의 정을 가져야 하지 않을까. 러셀은 말한다.

이것이 내 삶이었다. 하지만 나는 그것이 살 만한 가치가 있다는 것을 알았으므로. 만일 기회가 다시 주어진다면 기꺼이 다시 살아 볼 것이다.

러셀처럼 사람만이 고통받고 있는 세상을 위해 연민을 느끼는 것은 아니다. 히틀러가 강고한 법을 무기로 유럽을 공포로 몰아넣고 있던 1940년대 초반 영국의 시인 오든(Wyston Hugh Auden)은 차가운 법도 사랑의 눈물을 흘린다고 노래했다.

법은 사랑처럼 우리들이 어디에 있는지, 왜 사랑하는지 모르고 있는 것,
법은 사랑처럼 강요하거나 벗어날 수도 없는 것,
법은 사랑처럼 우리가 흔히 눈물 흘리는 것,
법은 사랑처럼 우리가 거의 지키기 어려운 것.[32]

법은 사랑처럼 우리를 구속하기도 하고, 자유롭게도 한다. 우리가

---

32) 위스턴 휴 오든, 「법은 사랑처럼(Law Like Love)」, 추홍희, 『창의력과 상상력 River of Words』, 67~68쪽에서 재인용함.

법을 떠나 살 수 있다면, 법을 버려도 좋다. 하지만 법을 떠나 살 수 있는 현실이라면, 우리가 법을 사랑하든 법이 우리를 사랑하게끔 만들어야 하지 않을까? 이제 우리 모두 고전(古典)의 배를 타고 사랑을 찾아 법과 함께 꿈같이 달콤한 밀월 여행을 떠나보자.

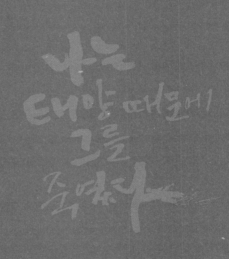

나는
태양 때문에
그를
죽였다

왕의 권리가 내 권리를 가로막을 수는 없어

———

소포클레스, 『안티고네』
(B.C. 441년)

소포클레스(*Sophoklēs*: 기원전 496~기원전 406년)는 아이스킬로스·에우리피데스와 함께 그리스의 3대 비극 시인으로 꼽힌다. 그는 극·송가·비가·잠언 등 123편의 작품을 썼다고 하나 8편만 남아있다. 현전하는 작품인 『안티고네』와 『오이디푸스왕』 등에서 보듯이 그는 주로 비극적인 상황에서 발생하는 도덕적 문제에 직면한 영웅들의 내면에서 일어나고 있는 고뇌를 심리적 측면에서 역동적으로 묘사하고 있다.

작품 배경과 줄거리

소포클레스의 작품 『안티고네』[33]의 배경을 이해하려면 오이디푸스와 그 가족의 내력에 대해 알아야 한다. 오이디푸스는 테베의 왕라이오스와 그의 아내 이오카스테 사이에서 왕자로 태어난다. 하지만 그의 탄생은 곧 그 가족이 겪어야 하는 비극의 시작이었다. 오이디푸스가 태어나기 전 라이오스는 델포이의 아폴론신전에서 태어날 아들이 왕인 자신을 죽이고 어머니인 이오카스테와 결혼할 것이란 신탁을 받는다. 라이오스는 오이디푸스가 태어나자마자 부하에게 그의 발목을 묶어 산에 버리라고 명령한다. 차마 어린 아기를 버릴 수 없었던 부하는 그를 이웃나라 코린토스의 목동에게 넘겨준다.

---

33) 이 글의 인용문은 다음 책을 바탕으로 작성하였다. 소포클레스(강태경 역), 『안티고네』, 홍문각, 2018, 168쪽.

목동은 그를 코린토스의 왕인 폴뤼보스와 그의 아내 메로페에게 바친다.

폴뤼보스와 메로페를 친부모로 알고 지내던 오이디푸스는 자신이 아버지를 죽이고 어머니와 결혼할 것이란 신탁의 내용을 듣고는 길을 떠난다. 테베로 가던 중 오이디푸스는 길거리에서 어느 행인과 통행 문제로 싸우고는 그를 죽이고 만다. 그 행인은 다름 아닌 오이디푸스의 친아버지 라이오스였다. 그리고는 어려운 수수께끼를 내어 테베 사람들을 괴롭히던 스핑크스[34]를 죽이고 테베로 돌아와 왕이 되어 자신의 어머니인 줄 모르고 이오카스테와 결혼한다. 오이디푸스와 이오카스테 사이에는 에테오클레스와 폴리네이케스라는 두 아들과 안티고네와 이스메네라는 두 딸이 태어난다. 운명은 거스를 수 없는 것일까. 신탁이 실현되었지만 정작 오이디푸스 자신은 이 사실을 알지 못한다.

오이디푸스가 테베의 왕이 된 이후 흉작과 전염병이 돌았다. 오이디푸스는 그 원인을 알아보기 위해 이오카스테의 남동생이자 재상을 맡고 있는 크레온을 델포이의 아폴론 신전으로 보내 신탁을 받아오게 한다. 흉작과 전염병은 선왕 라이오스를 살해했기 때문에 생긴 것이므로 살해자를 잡아 테베에서 추방하라는 신탁을 얻는다. 오이디푸스는 테베시민들에게 살해자를 감싸는 사람이 있으면 처벌받을 것이라는 포고를 낸다.

어느 날 오이디푸스는 크레온이 데려온 예언가 테이레시아스에게

---

34) 이 신화는 "두 발로도 걷고, 세 발로도 걸으며, 네 발로도 걷는 것이 무엇인가?"라는 스핑크스의 질문에 오이디푸스가 "인간"이라고 대답한 것으로 잘 알려져 있다.

서 찾고 있는 살해자가 바로 오이디푸스 자신임을 알게 된다. 그리고 코린토스의 왕 폴뤼보스의 죽음을 알리러 온 사자와 자신을 버린 목동을 통해 모든 진실을 확인한다. 진실을 알게 된 오이디푸스는 이를 확인하러 이오카스테의 방으로 갔지만 이미 그녀는 줄에 목을 매어 자살한 뒤였다. 죄책감을 견딜 수 없었던 오이디푸스는 이오카스테의 브로치로 눈을 찔러 스스로 맹인이 되고 만다. 오이디푸스는 테베를 크레온에게 맡기고 딸 안티고네에게 의지하여 이리저리 떠돌다가 죽는다. 이 이야기까지가 소포클레스의 작품 『오이디푸스왕』의 주요 내용이다.

『안티고네』는 오이디푸스가 죽은 후 그의 두 아들 폴리네이케스(장남)와 에테오클레스(차남)가 서로 싸우다가 모두 죽자 안티고네가 폴리네이케스의 시체를 묻어줌으로써 테베의 왕이 된 크레온의 칙령을 어긴 이야기부터 시작된다.

친부 라이오스를 죽이고 친모와 결혼한 사실이 밝혀져 오이디푸스가 테베에서 추방되면서 그의 두 아들이 한 해씩 교대로 테베를 통치하게 되었다. 먼저 통치권을 차지한 에테오클레스는 임기가 다가오자 양위를 거부하고 폴리네이케스를 국외로 추방한다. 이에 불만을 품은 폴리네이케스는 아르고스의 군대를 이끌고 잃어버린 왕위를 되찾기 위해 테베를 공격하지만 지고 만다. 두 형제는 전투에서 치열하게 싸우다 서로 죽고, 외삼촌이자 재상 크레온이 오이디푸스의 자녀들과 가장 가까운 혈육이자 친족의 권리로 왕좌와 왕권을 취함(75쪽)으로써 테베의 새로운 왕이 된다.

크레온은 테베를 위해 싸우다 전사한 에테오클레스의 장례는 성대하게 지내주지만 외국군을 끌어들여 테베를 공격한 폴리네이케스는 반역자로 취급한다. 그러고는 그의 시체를 거두는 자는 사형에 처하겠다는 칙령을 내린다. 폴리네이케스의 여동생인 안티고네는 왕의 칙령을 어기고 폴리네이케스의 시체를 흙으로 덮어주었다. 이를 안 크레온은 분노하여 사형 대신 굶어 죽도록 산 채로 그녀를 무덤에 가둔다. 크레온은 자신의 아들이자 안티고네의 약혼자 하이몬이 그녀를 살려달라고 부탁하지만 거절한다. 그 후 크레온은 마음을 돌려 안티고네를 살려주려고 동굴로 달려간다. 하지만 안티고네는 이미 자살하였고, 하이몬도 그녀 곁에서 죽는다. 안티고네의 동생 이스메네는 언니를 잃은 슬픔에, 크레온의 아내 에우리디케는 아들을 잃은 슬픔에 절망하여 자살한다. 크레온은 제 아들을 죽이고 아내를 죽인 어리석고 허영심에 찬 자신을 원망하고 때늦은 후회를 한다.

안티고네, 세상의 도리와 이치를 묻다

소포클레스의 작품 『안티고네』는 안티고네와 크레온의 갈등을 통해 도덕과 윤리, 그리고 법적 질서가 깨져버린 세상의 도리와 이치가 무엇인가를 묻고 있다. 그 질문에 답하기 위해 소포클레스는 인간세상의 이상과 정의는 인륜에 바탕을 두어야 한다는 대전제를 설정하고, 혈연으로 얽히고설킨 복잡한 가족관계를 전면에 내세운다.

『안티고네』의 배경은 테베라는 고대 그리스의 폴리스 공동체다. 고대 그리스의 국가체제는 아테네를 중심으로 정치적·지리적으로 연결된 폴리스로 구성되어 있었다. 이러한 국가체제를 바탕으로 고대그리스는 기원전 5세기 무렵부터 소위 '아테네 민주주의(*Athenian democracy*)'를 확립한다. 오늘날 민주주의를 뜻하는 그리스어 데모크라티아(δημοκρατία, *dēmokratiā*)는 '민중'을 뜻하는 데모스(δῆμος, *dêmos*)와 '권력'을 뜻하는 크라토스(κράτος, *krátos*)가 합쳐져 생긴 말이다.[35] 데모스는 부족(*phyle*) 혹은 씨족(*genos*)과 함께 아테네 민주주의의 한 축을 담당하였다. 이들 집단은 자체의 고유한 권한을 가지면서 동시에 그들이 속해 있는 폴리스와 유대를 갖는 양면성을 지니고 있었다. 하지만 노예제를 기반으로 한 아테네 민주주의는 오늘날의 민주주의와는 사뭇 다른 구조를 띠고 있었다. 아테네 민주주의는 데모스와 부족 등 집단이 가지고 있는 권력에 좌우되는 경향이 강하였다. 또한 아테네와 긴밀한 관계를 맺고 있는 주요 폴리스와의 지역적 원근성 및 정치·사회적 상황에 의해서도 많은 영향을 받았다.[36]

테베는 그리스 중부 보이오티아에 있는 도시로 그리스어로 테바이, 시바, 시베라고도 한다. 그리스의 주요 폴리스의 하나인 테베는 보이오티아 지역의 한가운데 위치하고 있었고, 그 지역에서 가장 큰 도시국가─폴리스였다. 또한 군사방위가 잘 되어 있어 자연스레 주변 지역 맹주로서 지위를 확립했으며,[37] 사람들이 모여들어 상업과 물자의 교류가 활발하게 이뤄졌다.

그리스로마신화에 의하면, 테베는 페니키아에서 건너와 그리스에

---

35) 위키피디아: 아테네 민주주의
36) 최자영, "엘레우시스와 아테네: 고대 그리스 폴리스의 정치적·지역적 연계의 유연성", 서양고대사연구 *vol.* 22, 2008, 69~70쪽.
37) 위키피디아: 고대 테베

알파벳을 전해 준 카드무스에 의해 건설되었다고 전해진다. 카드무스는 아버지인 왕 아게노르의 명령을 받고 제우스가 납치한 페니키아 왕 아게노르의 딸 에우로페를 찾으러 떠난다. 카드무스는 에우로페를 찾지 못하자 귀국하지 못하고 대신 아레스의 용을 토벌하고 테베를 세운다. 그 후 카드무스는 하르모니아와 결혼하여 여러 자녀를 낳았지만 모조리 불행한 죽음을 당했다. 그 공주 중 하나인 세멜레가 제우스와의 사이에 낳은 아이가 풍요와 포도주와 주정의 신 디오니소스이다. 이런 신화적 배경을 둔 테베에는 그리스 비극의 소재가 된 신화와 전설이 많다.

이런 배경 탓일까? 테베는 『안티고네』의 무대이기도 하다. 카드무스의 손자인 오이디푸스가 친아버지를 죽이고 친어머니를 아내로 삼아 왕이 되어 통치를 한 곳이 바로 이 도시다. 선정을 베풀며 평온하게 생활하던 오이디푸스의 삶은 친아버지를 죽이고 친어머니를 아내 삼아 네 명의 자식까지 두고 있다는 출생의 비밀이 밝혀지면서 곤두박질치고 만다. 어머니이자 아내인 이오카스테는 자신의 방에서 목을 매 죽고, 오이디푸스는 이오카스테의 브로치로 자신의 눈을 찔러 눈이 멀고 만다. 인륜을 거슬러 패륜의 삶을 살았다는 이유로 오이디푸스는 테베에서 추방되고, 안티고네에게 의탁하여 세상을 떠돌다 한 많은 생을 마감한다. 하지만 비극은 여기서 끝나지 않는다. 두 아들은 권력다툼으로 싸우다 죽고(형제 살해), 테베의 왕 크레온의 칙령을 어긴 죄로 동굴에 갇힌 큰딸 안티고네마저 자살하고 만다.

『안티고네』의 비극적 서사는 오이디푸스 가문의 선조 카드무스 가족의 불행을 그대로 닮아있다. 다른 것이 있다면 가족관계다. 카드무스의 가족은 통상의 혈연으로 맺어졌지만 친아버지 라이오스를 죽이고 친어머니 이오카스테와 결혼하여 네 명의 자녀를 둔 오이디푸스의 가족관계는 복잡하기 이를 데 없다. 즉, 오이디푸스와 이오카스테는 아들과 어머니 사이면서 남편과 아내이기도 하다. 그러니 둘 사이에서 "핏줄과 자궁을 함께 나누고"(56쪽) 태어난 자녀들과의 관계도 상당히 복잡하게 얽혀있다. 그들이 낳은 자녀들은 이오카스테에게는 자식이지만 오이디푸스에게는 자식이면서 동생인 셈이다.

  오이디푸스와 이오카스테 가족 관계를 정리해 보면, 폴리네이케스와 에테오클레스는 오이디푸스의 아들 겸 남동생이면서 이오카스테의 큰아들(장남)과 작은아들(차남)이다. 안티고네와 이스메네는 오이디푸스와 그의 생모이자 아내 이오카스테 사이에서 태어난 큰딸과 작은 딸(막내)이다. 이런 복잡한 가족관계는 안티고네에게 있어 오이디푸스는 아버지이자 오빠이며, 폴리네이케스는 오빠이자 조카이다. 그러니 그녀에게는 '오빠'와 '아버지'라는 기표가 가지는 의미조차도 혼동을 불러일으킨다.[38] 그리고 크레온은 이오카스테의 남동생이자 오이디푸스의 처남이며, 폴리네이케스, 에테오클레스, 안티고네 및 이스메네에게는 외삼촌이자 큰 외할아버지다. 이처럼 아들이 아버지를 죽이는 친부살해와 아들이 어머니와 혼인하는 모자결혼으로 얽히고설킨 가족관계는 급기야 형제살해로 이어진다. 그리고는 외삼촌의 조카살해를 거쳐 아내와 아들의 자살로 부모와 부자지간

---

38) 이선정, "『안티고네』독서를 통한 라캉의 윤리적 주체에 대한 고찰", 인문과학 23, 2011. 12., 84쪽.

의 관계는 비극적 파국으로 치닫는다. 이런 상황 속에서 재앙 말고 무슨 일이 일어날 수 있을까?[39] 테베라는 작은 공동체에서, 그것도 이 도시를 통치하는 왕족 사이에 일어난 불행한 사건은 연극의 훌륭한 소재가 될 충분한 조건을 갖추고도 남는다.

하지만 소포클레스가 없었다면 테베라는 작은 도시에서 일어난 이 사건은 묻히고 말았을 것이다. 테베의 역사적 배경을 문학적으로 가공하여 오이디푸스 가족이 겪은 전율할 만한 곤경을 '이해 가능한 불가피성'으로 바꾸어 놓은 것은 소포클레스의 천재성 덕분이다. 소포클레스는 '일상적인 것의 파괴'를 소재로 삼아 크레온과 안티고네의 갈등과 대립을 흥미진진한 이야기로 풀어놓음으로써 관객(독자)들의 관심을 이끌어내는 데 탁월한 재능이 있다고 볼 수 있다. [40]

그의 작품 『안티고네』에서 소포클레스는 근친상간·형제살해와 같은 골육상쟁을 통하여 과연 이 세상의 이치와 도리가 무엇인가를 묻는다. 특히 고대 그리스는 신화와 현실이 씨줄과 날줄로 얽혀있고, 모권제(母權制)에서 부권제(父權制)로 이행하는 과도적인 현상을 보이고 있는 등 현대인의 정의 관념과는 많은 면에서 차이가 있다. 하지만 모권의 상징인 안티고네는 당시 사회를 지배하는 정의를 내세워 부권의 상징인 크레온에 저항하고, 그를 파멸에 이르게 함으로써 승리를 거둔다. [41] 크레온에 당당하게 맞서는 안티고네의 모습은 오늘날

---

39)   *Jerome Seymour Bruner*(강현석·김경수 옮김), 『법/문학/인간의 삶을 말하다-이야기 만들기』, 교육과학사, 2010, 132쪽.
40)   *Jerome Seymour Bruner*(강현석·김경수 옮김), 위의 책, 131~132쪽.
41)   모권(母權)과 부권(父權)의 갈등과 충돌로 보는 시각에 대해서는, 장경학, 「소포클레스 [3대 비극]」, 『법과 문학-소포클레스에서 카뮈까지-』, 교육과학사, 1995, 206~216쪽.

우리에게 무한한 상상의 원천이기도 하다.

현대의 많은 사상가와 작가, 그리고 심리학자들은 이 작품에서 많은 영감을 받았다. 특히 에리히 프롬과 칼 구스타프 융은 『안티고네』에서 오이디푸스 콤플렉스(*Oedipus Complex*)와 엘렉트라 콤플렉스(*Electra Complex*)라는 심리학 용어를 만들었다. 심리학에서는 3~5세의 남자아이가 아버지를 경쟁상대로 보고 콤플렉스를 느끼며 증오하며, 어머니에 대해 품는 무의식적인 성적 애착 내지는 어머니의 사랑을 독차지하려는 욕망을 '오이디푸스 콤플렉스(오이디푸스 증후군)'로 부른다. 오이디푸스 콤플렉스와는 반대의 심리현상을 '엘렉트라 콤플렉스(엘렉트라 증후군)'라 하는데, 여자아이가 동성인 어머니를 증오하고 이성인 아버지에게 집착하는 현상을 말한다.

『안티고네』가 미친 영향이 어디 심리학뿐이겠는가? 안티고네와 크레온 두 사람의 대화는 현대 법학의 여러 명제들을 되새겨볼 수 있는 훌륭한 법률 텍스트이기도 하다.

하늘의 법 vs 땅의 법

크레온은 '왕께서 세우는 법'인 칙령을 공포함으로써 "산 자와 죽은 자를 모두 지배"하는 법률을 시행한다.(78쪽) 그 법률인 칙령을 어긴 죄로 동굴에 끌려가면서 안티고네는 테베의 시민들에게 마지막으로 호소한다.

테베의 시민들이여,

오, 테베 왕가 혈통의 마지막 가지인 나를 보시오!

불경한 인간들이 나를 무참히 짓밟았소,

거룩한 법을 지켰다는 이유로!(133쪽)

위 호소에서 드러나 있듯이 안티고네와 크레온은 '거룩한 법'인 '신의 법' 혹은 '하늘의 법'과 '왕의 법'이자 '국가의 법'인 '인간의 법'과 '땅의 법', 그리고 '도시의 법'을 둘러싸고 격렬하게 대립하고 충돌한다. 칙령의 위반 여부에 대해 나누는 두 사람의 논쟁은 법철학적 시각에서 바라보면, 자연법과 실정법의 관계 혹은 정의란 무엇인가란 법학의 본질에 관한 문제이기도 하다.

작품 『안티고네』에서 두 사람이 대립하는 일차적 이유는 안티고네가 왕인 크레온이 제정한 칙령을 위반했다는 사실이다. 그 칙령의 핵심 내용은, 폴리네이케스를 위해서는 "어떤 매장도 어떤 애도도 금한다는 것. / 그 시신을 슬픔의 눈물로 씻지도 말고 땅에 묻지도 말라는 것. / 죽음의 들판에 버려진 채로 굶주린 새떼의 먹이로 주라는" 것이다. 하지만 이와는 반대로 안티고네는 "에테오클레스를 위해서는 망자에 합당한 예식에 / 온갖 영예로운 의식을 더해 장례를 치르게 했"다.(58쪽) 안티고네가 보기에 에테오클레스와 폴리네이케스는 둘 다 자신의 오빠이고 망자이다. 그러니 자신의 혈육인 "오빠의 시신을 거두는 일"은 너무나 당연한 일이다. 그녀에게 있어 이 행위는 하늘의 법이자 신의 법인 동시에 거룩한 법이다. 다시 말하여 정의에 부합하는 일이다.

하지만 동생 이스메네는 언니 안티고네와 생각이 다르다. "내가 하려는 일에 네 손을 모아 함께 하겠니?"라며 동참할 것인가 묻는 안티고네에게 이스메네는 "대체 무슨 위험한 생각을 하고 있는가?"라며 한마디로 거절한다. 그러고는 둘 사이에 이어지는 대화에서는 두 사람의 생각은 분명하게 갈린다.

> **안티고네** 폴리네이케스 오빠의 시신을 거두는 일.
> **이스메네** 뭐? 오빠를 매장한다고? 왕명을 어기고?
> **안티고네** 혈육을 저버릴 순 없어.
> 난 내 오빠를 땅에 묻겠어. 내 혈육이니까.
> 네 혈육이기도 하지, 설령 네가 원치 않는다 해도.
> **이스메네** 제정신이야, 언니?
> 크레온 숙부께서 왕권으로 금지한 일을?
> **안티고네** 왕의 권리가 내 권리를 가로막진 못해.(60쪽)

동생 이스메네는 비록 혈육인 오빠의 시신이라고 해도 매장은 '왕권으로 금지한 일'이므로 왕명을 어길 의사가 없다. 이스메네는 아무리 부당하고 정의롭지 못한 법이라고 해도 지켜야 한다는 소시민적 사고와 자세를 가지고 있다. 그녀와는 달리 안티고네는 다분히 정의의 사도이자 영웅적 면모를 가지고 있다. "왕의 권리가 내 권리를 가로막진 못해." 이 말은 안티고네가 가지고 있는 저항정신과 결기를 잘 드러내고 있다. 언니와 달리 이스메네는 자신이 남성보다 약한 여성이라는 존재의 한계를 순순히 받아들이고, 남성이 지배하고 통치하는 권력에 순응한다. 그녀에게는 "이기지도 못할 싸움에 끼어드는 것은/ 눈먼 어리석은 짓"에 지나지 않으므로 "이 세상의 권력 앞에 무릎을 꿇을 수밖에 없다."(63쪽) 하지만 안티고네는 "너는 네가 선택한 대로" 하라며 동생의 선택을 존중한다. 그러면서도 "안 될 때 안 되더라도 해야만 해./ 할 수 있는 데까지는 하고 말겠어."라며 "오빠의 시신 위에 흙을 덮"겠다는 자신의 의지를 굽히지 않는다.(65쪽)

하지만 하늘의 법인 자연법과 땅의 법인 실정법에 관한 입장 차이는 안티고네와 크레온의 대화에서 극명하게 드러난다.

테베의 왕으로서 "이 나라의 통치권을 맡은" 크레온은 "시민들의 안전을 위협하는 파괴적 행위에 대해/ 결단코 잠자코 있지 않을 것이오."라며 자신의 믿음은 '위대한 도시국가 수호'에 있다는 점을 분명히 밝힌다.(76쪽) 그와 '동일한 믿음으로' 크레온은 오이디푸스의 두 아들과 관련한 칙령을 선포한다.

조국을 위해 용맹하게 싸우다 자신의 목숨을 바친 자,
곧 에테오클레스에게는 정결한 매장의 의식과
명예로운 죽음에 바쳐지는 온갖 성대한 예우를 베풀 것이오.
그러나 그의 형, 곧 폴리네이케스라는 수치스런 이름을 가진 자,
망명에서 돌아와 자신의 조국을 침탈하고
조상신들의 신전을 불태우고 형제동포의 피를 들이켜며
우리 모두를 노예로 삼으려 한 자에 대해서는
나는 모든 테베인들 앞에 엄정하게 선포하오.
누구도 그에게 장례를 베풀지 말고 어떤 애도도 드리지 말라!

누구도 그의 시체를 땅에 묻지 말고 광야에 버려진 채
굶주린 들개와 탐욕스런 새 떼의 먹이가 되게 하라!
이것이 내 뜻이며 곧 국가의 명령이오.
악한 자가 올바른 자보다 더 큰 명예를 얻는 일 따윈
내 통치하에서는 결코 없을 것이오.
반대로 살아서든 죽어서든
이 도시에 충성과 사랑을 바치는 자는
반드시 나의 칭송과 보답을 얻을 것이오.(76쪽)

이처럼 크레온은 '왕이 세우는 법'인 칙령을 공포함으로써 "산 자와 죽은 자를 모두 지배"하는 법률을 시행한다.(76~77쪽) 그때 폴리네이케스의 시신을 지키고 있던 파수병이 왕의 칙령을 어긴 사람이 있다고 보고한다. 파수병은 "누군가가 그 시체를 슬쩍 묻어주고는 사라졌습니다./ 시신 위에 마른 흙을 좀 뿌려준 거죠./ 최소한의 장례의식이랄까, 뭐."라며 대수롭지 않은 투로 왕에게 보고한다. 하지만 파수병의 보고에 크레온은 "뭐라고? 시체를 매장했다고?/ 감히 어떤 자가 내 명을 거역했단 말인가?"며 크게 화를 낸다. 그러고는 칙령을 어긴 자를 찾아서 데려오라고 명령을 내린다. 칙령을 어긴 자는 다름 아닌 안티고네였다. 문제의 심각성은 안티고네가 칙령의 내용을 알고도 어겼다는 사실이다. "알고 있었다? 알면서도 감히 법을 어길 생각을 했더란 말이냐?"란 크레온의 질문에 안티고네는 태연하게 대답한다.

그 칙령은 제우스신께서 선포하신 법이 아니니까요.

또한 망자의 영토를 다스리는 그 어떤 신들도

그런 법을 인간에게 내리지는 않으실 거니까요.

더욱이 저는 인간인 당신이 내리신 칙령이

하늘의 법도를 넘어설 수 있다고 생각지 않습니다.

하늘의 법은 인간의 문자로 쓰여 있지 않으며

그렇기에 오히려 불변하는 것입니다.

하늘의 법은 오늘이나 어제를 다스리지 않고

인간의 시간을 넘어선 영원을 다스립니다.

인간이 알 길 없는 태초에 탄생한 영원한 법이지요.(78쪽)

"그 칙령은 제우스신께서 선포하신 법이 아니니까요."라는 안티고네의 답변에는 고대 그리스인들의 자연법에 관한 관념이 녹아있다. 자연법이란 인간 이성을 통하여 발견한 자연적 정의 또는 자연적 질서를 사회 질서의 근본 원리로 생각하는 법이다. 자연법은 자연의 보편적 이법 혹은 법칙에서 도출되는 인간의 이성(*logos*)에서 그 근원을 찾고 있다. 그 이성에 바탕을 둔 자연법은 정의(피타고라스)로 나타나거나 혹은 양심과 그 소리에 따라 인식되는 신이 정한 세계질서(소크라테스)를 지향하기도 한다. 이처럼 고대의 자연법은 자연이법(*naturalis ratio*) 혹은 신성(神性)과 같이 인간을 지배하는 보편적이고 영구적인 근본규범으로 간주되었다.(95쪽)

자연법에 관한 위의 설명에서 보는 것처럼 그리스인들의 절대숭배대상인 제우스신이 선포한 법은 곧 하늘의 법도를 뜻한다. 즉 하늘의 법은 인간의 문자로 쓰여 있지 않기에 불변의 법칙이다. 또한 하늘의 법은 인간의 시간을 넘어선 영원을 다스리므로 인간이 알 길

없는 태초에 탄생한 '영원한 법'이다. 그러므로 하늘=신이 내린 영원한 법=자연법은 인간이 내린 칙령보다 우월하다. 따라서 안티고네는 인간의 문자로 쓰인 칙령인 실정법은 하늘의 법인 자연법을 넘어설 수 없다는 확고한 생각을 가지고 있다.

하늘의 법 혹은 신의 법으로서 자연법에 대한 고대 그리스인들의 확고한 믿음은 에우리피데스의 『헤카베』에서도 그대로 드러나 있다. 오이디푸스의 포로로 잡혀 '고통의 왕관'을 쓴 불행한 여인으로 끌려가면서 헤카베는 노래한다.

> 그러나 신들은 강합니다.
> 모든 인간들이 따라야 할 법도를 정하셨어요.
> 이 법이 있기에 우리가
> 신들의 존재를 믿으며, 이 법으로
> 옳고 그름을 구별하면서 살아갑니다.
> 신이 정하신 손님과 주인의 법도가 무너져
> 자기 집 손님을 죽이거나
> 감히 신전을 약탈한 자가 벌을 피한다면
> 인간 만사에 형평과 정의는 더 이상 없습니다.[42]

하늘의 법=신의 법=자연법과는 달리 실정법은 성문법·관습법·판례법 등 경험적·역사적 사실에 의하여 성립되고, 현실적인 제도로서 시행되고 있는 법이다. 자연법에 대비되는 실정법은 그 성질에

---

42) 에우리피데스(김종환 옮김), 『헤카베』, 지만지드라마, 2019, 68쪽.

있어 여러 가지 차이점이 있다. 즉, 자연 혹은 신의 이성 혹은 본성에 의거하여 성립되는 자연법과 달리 실정법은 주권자인 개인과 국가의 의사에 중점을 두고 제정된다. 테베의 왕으로서 크레온은 자신이 제정하여 공포한 실정법인 칙령을 집행함으로써 법의 실효성을 확보할 권리와 의무가 있다. 그런 그에게 "내가 인간이 두려워 그런 신들의 법을 어기고/ 영원한 심판대 위에 서겠습니까?"라며 안티고네는 왕인 자신은 물론 국가의 법(=국법)의 권위를 인정하지 않는다.(95쪽) 이제 실정법의 화현으로서 크레온에게 남은 방법은 단 하나. 비록 안티고네가 "내 조카라 할지라도, 아니,/ 그보다 더 가까운 혈육이라 할지라도 이 일에 대해서는"(97쪽) 엄정하게 다스려야 한다. 크레온은 조카인 안티고네에게 "이 도시가 아는 가장 혹독한 형벌"인 사형에 처할 것을 명령한다.(97쪽)

그런데 이 지점에서 궁금한 점이 있다. 왕이자 외삼촌인 크레온과 조카인 안티고네는 도대체 무슨 이유로 하늘의 법과 땅의 법을 내세워 극한의 대립을 할까? 결정적 이유는 다름 아닌 '망자의 권리'에 관한 각자의 생각이 다르기 때문이다. 크레온은 조국을 위해 용맹하게 싸우다 자신의 목숨을 바친 에테오클레스에게는 정결한 매장의 의식과 명예로운 죽음에 바쳐지는 온갖 성대한 예우를 다하여 장사를 지내준다. 그러나 테베의 역적이 된 폴리네이케스에게는 누구도 그에게 장례를 베풀지 말고 어떤 애도도 하지 말고, 누구도 그의 시체를 땅에 묻지 말고 광야에 버려진 채 굶주린 들개와 탐욕스런 새 떼의 먹이가 되게 하라고 명령한다. 동생 에테오클레스와 달리 그의 형 폴리네이케스는 망명에서 돌아와 자신의 조국을 침탈하고, 조상

신들의 신전을 불태우고 형제동포의 피를 들이켜며, 테베시민들을 노예로 삼으려 했기 때문이다. 이처럼 죽은 폴리네이케스를 어떻게 예우할 것인가를 두고 안티고네와 크레온은 대립한다.

그 당시 테베는 사람이 죽으면 모든 사람들의 시체를 땅에 묻어서 죽은 사람의 영혼을 내세로 인도하는 것이 관습이었다. 죽은 사람이 애국자이든 반역자이든 묻지 않고 땅에 묻어(매장) 애도하는 것이 그리스의 관습이었던 것이다. 크레온은 칙령을 내세워 이 관습을 어기고 폴리네이케스를 들판에 버림으로써 안티고네와 갈등을 유발한다.[43] 죽은 자가 제대로 매장되지 않고 원혼이 되면 공동체에 해를 끼칠 것이라고 봤다는 점에서 고대 그리스에서 매장은 사자의 권리일 뿐 아니라 공익적 측면도 있었다. 안티고네에게 죽은 오빠의 시신 매장은 테베를 지키는 것만큼이나 중대하고 심각한 문제였다.[44] 따라서 안티고네는 땅의 법인 크레온의 칙령은 하늘의 법(=신들의 법)보다 우월하지 않으므로 죽은 형제의 망자로서의 권리를 존중하는 것은 수치가 아니며, 애국자든 반역자든 두 오빠 모두 같은 아버지

---

43) 고준석, "대학으로 안티고네의 미덕과 법 사이의 헤게모니 읽기", 동서비교문학 저널(41), 2017. 9., 12쪽. 쿨랑주(Numa Denis Fustel de Coulanges)는 고대도시(The Ancient City)에서 "영혼이 지하세계에 누워있기 위하여, (…) 영혼이 집착하는 육체는 흙으로 덮여져야 할 필요가 있었다. 무덤을 갖지 못한 영혼은 (…) 유생 혹은 환영의 형태로 영원히 방황해야 한다."고 주장한다.(고준석, 같은 논문, 12쪽에서 재인용함.) 마찬가지로 죽은 자는 그 사람이 선한 사람인가 악한 사람인가를 불문하고 신성한 존재로 취급되고 신에 버금가는 존중을 받았다고 한다.(임철규, 『그리스 비극』, 한길사, 2007, 320쪽.) 그리고 다음 논문은 매장 문화를 둘러싸고 인류학적 관점에서 안티고네를 분석하고 있는데, 일독을 권한다. 이은정, "죽은 자들의 권리와 매장의 수행성―매장의 인류학을 통한 안티고네 재해석", OUGHTOPIA 34(1), 2019. 5., 127~169쪽.
44) 홍은숙, "소포클레스의 『안티고네』에 나타난 도덕 개념과 법적 정의", 영미어문학 106, 2013. 3., 45쪽.

와 같은 어머니의 자식인 혈육이므로 죽음의 신 하데스도 '같은 장례'를 요구한다고 주장한다. 안티고네와 크레온이 나누는 아래 대화에서 망자의 예우에 관한 법과 관습에 대한 두 사람이 가지고 있는 생각의 확연한 차이를 알 수 있다.

크레온　　이 도시의 시민들은 법을 지킬 줄 안다. 그렇지 못한 네 자신이 수치스럽지 않으냐?

안티고네　죽은 형제의 망자로서의 권리를 존중하는 것은 결코 수치가 아닙니다.

크레온　　그렇다면 테베를 위해 싸우다 죽은 오빠는? 그 오빠는 네 형제가 아니더냐?

안티고네　두 오빠 모두 같은 아버지와 같은 어머니의 자식이었습니다.

크레온　　반역자인 형제를 존중한다면 애국자인 형제를 모욕하는 격이다.

안티고네　테베를 위해 죽은 오빠도 땅속에 묻혀서는 그렇게 생각하지 않을 겁니다.

크레온　　암! 그렇게 생각하고말고. 반역으로 죽은 형제가 자신과 같은 대우를 받는다면 말이다.

안티고네　그 죽은 형제는 다른 사람 아닌 자신의 혈육이었단 말입니다!

크레온　　형제 하나는 테베를 공격하다 죽었고 다른 하나는 테베를 구하고 죽었다.

안티고네　그렇다 해도 죽음의 신은 같은 장례를 요구합니다. (100쪽)

위 대화를 통해 우리는 이 당시 테베라는 폴리스 공동체에는 인륜의 영역과 법적 영역 혹은 대대로 전승된 신화와 새로이 만들어진 신화와 같은 다양한 영역과 개념 및 가치가 혼재하고 있다는 사실을 알 수 있다. 안티고네와 크레온의 갈등은 단순히 망자의 매장을 둘러싸고 일어나는 것에 그치지 않고 테베공동체를 지배하던 하나의 단일한 도덕질서라는 이상이 깨져 버린 시대의 갈등이라고 할 수 있다.[45] 사회적 위계질서와 자신의 권위에 도전하는 안티고네의 과감한 행동에 크레온은 적잖은 불안감을 느꼈을 것이다. 테베공동체의 질서와 시민의 안위를 지킬 임무를 부여받은 크레온은 "죽음이 적을 친구로 만들진 못한다!"라며 단호한 입장을 굽히지 않는다. 하지만 안티고네는 "설령 두 오빠가 서로를 증오한다고 해도/ 저는 두 오빠를 똑같이 사랑합니다."라며 맞선다. 결국 크레온은 "그렇다면 너도 따라 저승으로 가거라!/ 그곳에서나 네 사랑을 베풀어라!/ 내가 살아 있는 한 여자의 주장이 득세하진 못하리라."라며 처벌의 뜻을 굳힌다.(101쪽)

아무리 자신의 혈육인 조카이고 또 죽은 두 사람이 형제라고 해도 크레온에게는 폴리네이케스는 테베를 공격하다 죽은 반역자이고, 에테오클레스는 테베를 구하고 죽은 애국자이다. 시민의 안전과 국가의 안보를 수호해야 할 왕인 크레온이 두 망자의 예우를 달리하는 칙령을 선포한 것은 어쩌면 너무나 당연한 일이다. 하지만 안티고네는 "그렇다 해도 죽음의 신은 같은 장례를 요구합니다."라며 맞선다. 반역자와 애국자인 두 망자를 어떻게 예우할 것인가를 둘러싸고 크레온과 안티고네는 한 번 더 대립한다. 하지만 하늘의 법과 땅의 법

---

45)   홍은숙, 위의 논문, 39쪽.

에 관한 견해의 차이만 다시 확인했을 뿐 두 사람은 의사의 합치를
이루지 못한다.

안티고네와 크레온은 매장을 둘러싸고 입장이 갈린다. 하지만 엄
밀히 말하면, 모든 사람을 땅에 묻는 매장 방식은 고대 그리스의 관
습이다. 안티고네는 "죽음의 신은 같은 장례를 요구합니다."라며 매
장이 '하늘의 법'임을 내세워 크레온에게 맞서고 있다. 안티고네가
내세우는 것은 고대 그리스의 관습(법)이고, 오늘날 말하는 자연법에
해당하는 '하늘의 법'이라고 할 수는 없다. 오늘날처럼 자연법과 실
정법의 관계가 명확하지 않은 고대 그리스인에게 '땅의 법'을 내세우
는 크레온보다는 '하늘의 법'으로 관습에 호소하는 안티고네의 주장
이 훨씬 설득력이 있었을 것이다.

한편 약혼자 안티고네가 위기에 처했다는 사실을 전해들은 크레
온의 아들 하에몬이 달려와 아버지에게 탄원한다. 하지만 크레온은
아들의 간청을 물리치고 뜻을 굽히지 않는다. 아버지 크레온에게 예
의를 다하면서도 하에몬은 테베시민들의 의견을 전한다.

"어떤 여자도 안티고네만큼 고귀한 행동으로 인해
이토록 참혹하게 박해받은 적은 없었다.
전쟁이나 죽은 형제가 땅에 묻히지도 못하고
들개 떼와 독수리 떼의 먹이가 되는 것을 막겠다는 것 아닌가?
이것은 처벌이 아니라 칭송받을 일이 아닌가?"
시민들은 그렇게 말하고 있습니다.
도시 구석구석에서 수군거리고 있습니다.

(…) 그래서 말씀드립니다. 제발 아버지의 말씀만이 옳고 다른 모든 것은 그르다는 생각에 사로잡히지 마십시오. (115쪽)

하지만 크레온은 어린아이라도 그의 말이 옳다면 나이를 떠나 배워야 한다는 하에몬의 말에 크게 화를 낸다. 그리고 정의의 여신에 맞서지 말고 왕의 권한도 신의 뜻을 거스른다면 마땅히 포기해야 한다는 하에몬의 태도에 "왕은 나라의 주인이며 지배자다."라며 "왕의 정당한 권한으로 하는 일을 포기하라는 거냐"며 아들의 요청을 일언지하에 거절한다. 아들의 반박에 화가 날 대로 난 크레온은 "그 애가 무덤에 들어가기 전에는/ 넌 그 애와 결혼할 수 없을 것이다."라며 격노한다. 그 말에 하에몬은 "그녀가 정녕 죽어야 한다면/ 그렇다면 혼자 죽지는 않을 겁니다."라고 대꾸한다. (119쪽) 하에몬이 물러가자 크레온은 안티고네를 동굴에 감금하라는 명령을 내린다. 동굴로 끌려가기 전 안티고네는 "이제 오빠의 죽은 손이 살아 있는 내 손을 잡아/ 잔인한 신랑, 죽음의 신이 나를 데려가는군요."(130쪽)라며 애끓는 노래를 부른다. 안티고네의 애끓는 노래도 크레온의 마음을 움직일 수 없었다. 크레온은 "그만하면 됐다!/ 눈물과 한탄으로 죽음을 미룰 수 있다면/ 끝없이 울고 탄식할 수도 있겠지."라며 병사들에게 "당장 저 여자를 끌고 가라"며 명령한다.

거기서 살든지 죽든지 그건 그녀의 선택, 내 손은 더럽혀지지 않을 것이다. 다만 나의 책무는 산 자들의 세상에서 그녀를 영원히 추방하는 일이다. (131쪽)

크레온의 이 말은 로마총독 빌라도가 예수에게 사형을 선고하는 장면을 떠올리게 한다. 빌라도는 예수가 무죄라고 생각하지만 군중들의 의견에 따라 예수에게 사형을 내린다. 그러고는 자신의 의사에 반하여 내린 이 결정이 자기와는 무관하며, 자신은 결백하다는 뜻에서 대야의 물로 손을 씻는다. 죄가 없는 예수에게 사형선고를 내림으로써 빌라도의 손은 이미 더럽혀진 상태였다. 동굴에서 살든지 죽든지 그건 그녀의 선택이라며 "내 손은 더럽혀지지 않을 것이다."라며 크레온은 모든 책임을 안티고네에게 돌렸다. 그리고는 자신의 책무인 "산 자들의 세상에서 그녀를 영원히 추방하는 일"을 했지만 운명은 크레온이 원하는 대로 움직여주지 않는다. 빌라도처럼 크레온의 더럽혀진 손은 씻는다고 하여 다시 깨끗해질 수 없었다.

그러나 어쩌면 크레온에게는 자신의 과오를 되돌릴 수 있는 마지막 기회가 있었다. 안티고네가 동굴에 갇힌 후 테베의 예언가 티레시아스가 크레온을 방문한다. 그는 크레온에게 "왕께서는 제 말에 귀를 기울이셔야 합니다. (…) 지금 왕께서는 칼날 위를 걷고 계십니다."라며 신들의 계시를 전한다. "칼날 위라니 그게 대체 무슨 뜻이오?"라는 크레온의 반문에 티레시아스가 답한다.

> 망자들에게 예를 베푸십시오.
> 한 번 쓰러진 자를 다시 내리치는 일을 삼가십시오.
> 이미 죽은 자를 다시 죽인다면 그게 무슨 용맹이겠습니까?(143쪽)

크레온은 자신의 왕좌에 앉히는 데 큰 도움을 준 티레시아스의 충고마저 "돈에 팔려 입을 열지는 마라!"라며 무시한다. 그 말에 티레시아스는 "내가 정말 돈을 바라고 여기 왔을 것 같소?"라며 반박한다. 크레온은 "네 자신을 팔아먹은 돈이 아무리 크다 해도/ 왕의 칙령을 사고 팔 수는 없을 것이다."라며 고집을 꺾지 않는다.(145쪽) 티레시아스는 크레온에게 저주가 섞인 예언을 한다.

> 그렇다면 이 말씀을 드릴 수밖에요.
> 하늘을 가로질러 질주하는 태양이 채 한 바퀴도 돌기 전에 당신은 당신이 저지른 살인의 대가로 당신의 몸에서 나온 자식을 드리게 될 것이오.(145쪽)

자신의 예언에 덧붙여 티레시아스가 크레온에게 말한다. "테베의 시민들이 당신에게 화살을 쏜다고 했소?/ 그렇다면 이 말이 내가 쏘는 화살이오./ 또한 당신 자신의 불경이 번 화살이오./ 이 화살은 결코 빗나가지 않을 것이오./ 그 날카로운 화살촉을 당신은 절대 피할 수 없을 거요."(146쪽) 티레시아스의 이 예언은 허언이 아니었다.

그가 물러간 후 크레온은 "스스로 뜻을 굽혀 굴복하는 것은 이 얼마나 힘든 일인가./ 하지만 인간이 운명에 맞설 수는 없는 일./ 내가 무릎을 꿇을 수밖에."라며 자신의 주장을 철회한다. 그리고는 "내가 내린 칙령을 내 스스로 뒤집었으니/ 그 애를 가둔 내가 직접 그 애를 풀어주어야 한다./ 신들의 영원한 법도를 내 진작 지켰어야 했거늘." 이렇게 말하며 병사들과 동굴로 향한다.(148~149쪽) 하지만 크레온의 결정은 운명을 되돌리지 못했다. 동굴에 갇혀있던 안티고네는 자신의 옷을 찢어 밧줄 삼아 스스로 목숨을 끊었고, 그 모습을 본

하에몬도 "아버지에 대한 분노에 휩싸인 나머지" 자결한다.(155쪽) 아들이 죽었다는 소식을 들은 크레온의 아내 유리디케도 "아들을 잃은 슬픔에 자신의 가슴팍에 칼을 꽂고" 자살한다.(159쪽·163쪽) 크레온은 "죽음이 죽음을 불러 잔치를 벌였더란 말이냐?"며 절규한다.(163쪽)

결과적으로 보면 인간의 법인 실정법의 편에 선 크레온의 참패다. 자연법을 고수한 안티고네는 자신의 목숨을 던지면서도 신들의 영원한 법도인 '거룩한 법'을 포기하지 않는다. 이에 반하여 크레온은 처음에는 강경하고 냉혈한 실정법주의자의 면모를 보이지만 결국 자신이 내린 칙령을 스스로 뒤집고 안티고네를 직접 풀어주려고 동굴로 향한다. 이 장면에 이르면 우리는 스스로 되묻게 된다.

안티고네와 크레온 중에 누가 더 인간적이며, 정의로운가? 자연법과 실정법에 대해서도 똑같이 물을 수 있다. 자연법과 실정법 중에 어느 것이 더 인간적이며, 정의로운가? 신의 법 혹은 하늘의 법으로서 거룩한 법인 자연법은 항구적이고 불변적인 성질을 가지고 있다.

이와는 달리 신의 명령 혹은 자연의 이법에 부합하지 않는 인간의 법 혹은 땅의 법인 실정법은 가변성과 역사적 상대성을 그 특징으로 한다. 그러니 안티고네는 자신이 믿는 자연법에 대한 확고부동한 소신에 따라 죽음도 두려워하지 않는다. 마치 자연의 이법은 진리이기에 그것은 시대나 상황에 따라 바뀔 수 없는 것과 같다. 하지만 실정법은 자연법보다 더 유연하고 탄력적으로 제정되고 적용될 수 있는 유연성이 있다. 무소불위의 권력을 가진 테베의 왕으로서 시민들 위에 군림하던 절대강자인 크레온은 결국은 자신의 뜻을 꺾고 안티고네를 살리러 동굴로 뛰어간다. 초개처럼 목숨을 버린 안티고네와 자신의 과오를 뉘우치고 그녀를 살리기 위해 허둥지둥 동굴로 달려가는 크레온의 모습에서 우리는 자연법과 실정법의 본질적 차이를 찾을 수 있는가? 문제는 법이 아니다. 자연법과 실정법 가운데 어느 것이 '인간의 얼굴'을 하고 있는지, 타인의 아픔 혹은 고통에 진정으로 공감하고 있는지, 법을 대하는 사람이 가지고 있는 가치관과 태도가 관건인 셈이다.[46]

---

46) 자연법에 비하여 실정법이 비판받는 중심에 법실증주의가 있다. 법실증주의란 법학의 연구 대상을 실정법에만 국한하려는 학문 방법이다. 이 개념 정의에서 보듯이 법실증주의는 실정법, 즉 법률로 제정되어 시행되고 있지 않는 이상 그 법 규범력을 인정하지 않는다. 절대주의를 거치면서 시민들은 국가권력(왕권)의 남용을 통제함으로써 개인의 권리행사를 보장받고자 하였다. 그 정치 이념적 근거로 국민주권사상의 규범통제를 위해 법실증주의를 확립하였다. 이로써 법치주의와 죄형법정주의를 통해 개인의 인권을 보장할 수 있게 되었다.
법실증주의가 완벽하게 작동하려면 국가가 주도하여 제정한 실정법이 완결된 법체제 혹은 자기완비적 체제여야 한다. 이것이 의미하는 바는, 실정법은 인간이 예측할 수 있는 모든 범죄를 제정법으로 규율할 수 있어야 하고, 적어도 조문의 해석을 통해 모든 법문제를 해결할 수 있어야 한다는 것이다. 하지만 현실은 어떤가?
법실증주의는 법을 실정법에만 국한함으로써 자연법이 지향하는 보편적 이성이나 법칙 또는 정의와 같은 가치를 배척하는 한계가 있다. 또한 유추해석과 확대해석을 지나치게 경계하다 보니 법실증주의는 법을 그저 법조문에 적힌 문언에만 치중하여 해석할 수밖에 없다. 법실증주의가 개념법학이라고 비판받는 주된 이유이기도 하다.
법실증주의가 가지고 있는 이러한 한계를 비판하여 19세기 말에는 신토마스주의자를 중심으로 새로운 자연법이론인 자연법의 재생 혹은 신자연법론이 주창되었다. 이 이론을 처음 주창한 프랑스의 샤르몽(Joseph Charmont)은, 자연법은 더 이상 항구불변의 가치나 이념이 아니라 실정법과 마찬가지로 현실에서 진화하고, 변화한다고 주장하였다. 이로써 자연법은 '과거의 응고된 법'에서 벗어나 현실에서 그 모습을 바꾸어 '다시 나타남(재생)'으로써 비로소 실정법에 내재하게 되었다.
이처럼 자연법의 재생은 19세기 법실증주의에 대항하는 법이론으로 주창되었으나 종국에는 법실증주의가 가진 한계를 보완함으로써 두 법체계가 상호 공존하는 계기가 되었다. 이제 더 이상 자연법과 실정법은 서로 대립하고 갈등하는 관계가 아니다. 자연법은 실정법이 가진 시대의 가변성과 역사적 상대성을, 반대로 실정법은 자연법이 가진 항구불변의 자연이법과 가치를 수용함으로써 상호 성장하고 발전하는 법체계이다.

'여성' 안티고네, 불복종과 저항을 통해
'욕망의 주체'인 인간으로 다시 태어나다

안티고네(*Anti-gone*)는 축자적으로는 '반(反)-자궁'이란 뜻이다. 자궁을 거부한다는 점에서 종족보존을 부정하고 가문의 대를 끊는다는 의미로 풀이될 수도 있고, 가부장적 사회 내에서 여성의 주어진 자리를 거부함으로써 남성적 질서와 왕권에 저항할 뿐 아니라 그 자신이 남성의 위치에 선다는 의미도 내포될 수 있다. 또한 출산이 아니라 죽음의 모태를 상징하거나 자궁에서 나오는 것이 아니라 자궁 속으로 되돌아가고자 하는 무의식적 욕망의 비유가 되기도 한다.[47] 이런 면에서 안티고네가 감금된 장소가 동굴이라는 점도 의미가 있다. 동굴을 자궁으로 해석하면, 남성중심주의의 거대질서와 권력에 불복종하고 목숨으로 저항한 그녀는 자신의 생명을 낳은 시원의 장소인 자궁으로 회귀한다. 그리고 자신의 옷을 찢어 밧줄 삼아 스스로 목숨을 끊음으로써 자신을 다시 모성으로 연결한다. 그녀의 죽음은 관계의 단절이나 굴절이 아니라 존재의 시원 내지 기원으로의 회귀다.

이름부터 '반-자궁'이라는 다분히 반골적이고 도전적인 안티고네와 달리 동생 이스메네(*Ismene*)는 '지식을 가진'이라는 뜻이다. 그녀의 이름은 세속적·현실적 지혜 내지는 중용의 의미를 내포한다.[48]

---

47) 소포클레스(강태경 역), 앞의 책, 56쪽 주해 2.
48) 그리고 크레온(*Creon*)은 '다스리는 자'[소포클레스(강태경 역), 앞의 책, 74쪽 주해 25], 에테오클레스(*Etocles*)는 '참으로 영광스러운'[소포클레스(강태경 역), 앞의 책, 76쪽 주해 29], 그리고 폴리네이케스(*Polyneices*)는 '몇 곱절의 다툼'

안티고네가 다분히 격정적이고 정의를 위해서라면 목숨까지 던지는 투사형이라면, 이스메네는 사리를 분별하여 자신의 현실적인 능력의 한계 범위 안에서 행동하는 신중한 유형이다. 안티고네가 "폴리네이케스 오빠의 시신을 거두는 일"을 '위험한 생각'으로 보고 이스메네는 "뭐? 오빠를 매장한다고? 왕명을 어기고"라며 당황한다. 자신의 반대에도 불구하고 안티고네가 '왕권으로 금지한 일'을 결행하려 하자 이스메네는 언니를 설득하려 한다.

> 그래서 마지막 남은 언니와 나, 우릴 생각해 봐.
> 우리가 왕의 권한을 무시하고 법을 어겨 죽음을 맞이한다면 먼저 돌아가신 부모형제들보다 더 수치스러운 죽음이 될 거야.
> 또 달리 생각하면, 우린 여자야. 언니.
> 남자들에 맞서 싸우기에는 너무 약해.
> 이 세상에서 우릴 다스리는 자들은 우리보다 강해.
> 그러니 이 일이나 이보다 더한 일에서도 우린 그들에게 복종할 수밖에 없어.
> 그러니 내 힘으로는 어쩔 수 없는 이 일에 대해 난 먼저 돌아가신 분들과 지하의 신들께는 용서를 구하고 이 세상의 권력 앞에 무릎 꿇을 수밖에 없어.
> 이기지도 못할 싸움에 끼어드는 것은 눈먼 어리석은 짓이니까.(62~63쪽)

이 말에는 이스메네와 안티고네의 현격한 생각의 차이가 드러나

이라는 뜻이다.[소포클레스(강태경 역), 앞의 책, 76쪽 주해 29]

있다.

첫째, '지식을 가진' 이스메네는 왕명을 어기고 자신들이 죽으면 "먼저 돌아가신 부모형제들보다 더 수치스러운 죽음이 될 거야."라고 주장한다. 하지만 동생과는 달리 언니 안티고네는 '반-자궁'이라는 이름에 걸맞게 왕명을 어길지라도 혈육인 오빠 폴리네이케스의 시신을 거두지 않는 것이 오히려 수치라고 생각한다.

둘째, 이스메네는 남자들에 맞서 싸우기에 여자인 자신들은 너무 약하고, 이 세상에서 자신들을 다스리는 자들은 자신들보다 강하다고 생각한다. 그러니 그녀는 "이 일이나 이보다 더한 일에서도/ 우린 그들에게 복종할 수밖에 없어."라며 체념한다. 반면 안티고네는 "난 오빠의 시신을 찾아 묻어줄 거야./ 이 경건한 범죄의 대가로 내가 죽어야 한다면 그걸로 만족해./ 죽은 오빠 곁에서 나도 함께 영원한 안식을 찾을 테니까."(63쪽)라며 상대가 자신들보다 강하여 죽는다고 할지라도 자신이 하려는 일을 결행하고자 한다.

셋째, 이스메네는 세상을 떠난 부모와 오빠들과 지하의 신들께는 용서를 구하고 이 세상의 권력 앞에 무릎 꿇을 수밖에 없다고 여기고 있다. 그녀가 이렇게 생각하는 이유는, "이기지도 못할 싸움에 끼어드는 것은/ 눈먼 어리석은 짓이"기 때문이다.(63쪽) 더 이상 동생을 설득할 수 없다는 것을 확인한 안티고네는 "하지만 이스메네, 너는 네가 선택한 대로/ 신들이 정한 성스러운 법을 저버려도 좋아."라며 혼자 일을 결행할 뜻을 밝힌다. 그런 언니에게 이스메네는 "신들의 법을 저버리는 게 아니야./ 다만 이 도시의 법에 맞설 힘이 우리에겐 없다는 거야."라며 항변한다. 그러자 안티고네는 "그건 너를 위한 변명으로나 삼아!/ 난 가서 사랑하는 오빠의 시신 위에 흙을 덮을 테니까."(64쪽)라며 최후통첩을 한다.

넷째, 안티고네가 자신의 뜻을 바꿀 의사가 전혀 없음을 밝혔음에도 이스메네는 "언니는 제정신이 아니야!/ 언니 목숨을 잃을까 겁이나."라며 안티고네를 말린다. 그런 동생에게 안티고네는 "네 목숨이나 걱정하고 내 걱정일랑 말아."라며 단호한 입장을 굽히지 않는다. 그러고는 자신은 결코 아무에게도 말하지 않을 테니 오빠의 시신에 흙을 덮는 일을 비밀리에 하라는 동생의 권고에 "아니, 가서 나를 고발하렴!/ 네가 이 일을 비밀에 부치고 세상에 알리지 않는다면/ 난 널 더욱 미워할 거야."라며 의지를 굽히지 않는다. 더 이상 안티고네를 설득할 수 없음을 알고 이스메네는, "언닌 마치 불덩이와도 같아./ 섬뜩한 행위에 가슴 뜨거워지는 인간,/ 그래, 그게 안티고네, 바로 언니야!"라고 말한다. 동생의 말에 안티고네는, "난 내가 가슴 깊이 섬겨야 하는 사람을 섬길 뿐이야."라며 되받는다.(64쪽)

상대가 이 정도로 확고한 의사를 밝혔다면 보통은 말리기보다는 격려하거나 체념하는 법이다. 하지만 '세속적·현실적 지혜'라는 뜻을 가진 이름답게 이스메네는 아주 집요하다. 이스메네는 "하지만 과연 언니가 해낼 수 있을까?/ 왕명이 그렇다면 경비가 삼엄할 텐데./ 도저히 불가능한 일이야!"라며 안티고네를 한 번 더 말린다. 동생의 그 말에 안티고네는 "안 될 때 안 되더라도 해야만 해./ 할 수 있는 데까지는 하고 말겠어."라며 거듭 자신의 의지를 밝힌다. 그럼에도 이스메네가 "하지만 애초부터 되지 않을 일을 시작하는 게/ 대체 무슨 의미가 있다는 거지?"라며 반문하자 안티고네는 "오, 제발 그만해./ 그렇지 않으면 널 증오할 거야."라며 동생의 말을 자른다. 그러고는 "날 그냥 내버려 둬, 어리석든 미쳤든 그게 나야!/ 널 그렇게도 떨게 하는 위험을 난 당당히 마주할 거야."라며 의연한 모습을 보인다. 안티고네가 이런 태도를 취하는 이유는, "그 위험은 겁쟁이로 죽는 것보다 더 무섭지는 않"기 때문이다.(65쪽)

　이스메네와 대비되는 성격을 가진 안티고네의 행위와 태도는 어떻게 봐야 할까? 헤겔은 그의 저서 『정신현상학 2』에서 안티고네와 크레온의 관계를 친족과 국가의 대립, 혹은 신의 법칙과 인간의 법칙 간의 대립 관계로 보고 있다. 그러므로 사회와 국가질서를 유지하는 규범의 관점에서 볼 때 오빠의 시신을 매장하려는 안티고네의 행위는 도덕윤리규범의 측면에서는 바람직하지만 실정법규범을 위반했으므로 명백히 범죄를 저지른 것이다. 어떠한 경우라 할지라도 안티고네는 '행위'를 했으므로 그 '행위'의 결과인 '범죄'는 도덕윤리적으로는 용서될지라도 법적으로는 처벌받아야 한다는 것이 일반적인 결론이다.[49] 하지만 라캉은 크레온을 범죄자로, 반영웅 혹은 제 2영웅(counterhero or secondary hero)으로 축소시키며 확실하게 안티고네의 편에 선다. 라캉에게 안티고네는 극의 유일한 주인공이자 비극적 영웅이다. 나아가 그는 안티고네를 정신분석의 윤리적 모델로 격상시키고 있다. 이처럼 라캉이 안티고네를 정신분석의 윤리적 주체가 형성되는 과정의 모범사례로 제시하는 이유는 무엇일까?

　라캉이 안티고네에게 그러한 지위를 부여하는 근거는 단순히 그

---

49)　이선정, 『안티고네』 독서를 통한 라캉의 윤리적 주체에 대한 고찰", 인문과학 23, 2011. 12., 73쪽.

녀가 불굴의 의지로 신들의 법(*dike*)에 따라 친족에 대한 의무를 수행했고 그로써 죽음에까지 이르게 되었다는 사실 자체에 있지 않다. 라캉은 안티고네의 행위는 전통윤리학을 넘어, 보편적 선의 개념을 넘어, 선과 악의 저편(*jenseits von Gut and Bose*)에 위치한 새로운 차원에서 평가되어야 한다고 보고 있다고 할 수 있다.[50] 즉, 라캉의 시각에서 볼 때 죽음을 불사하고 오빠의 장례를 치르려는 안티고네의 고집스러움은 사물(*das Ding*)을 향한 주체의 집요한 욕망에 비견된다. 그것은 곧 죽음욕동(*death drive*)으로 드러나며, 안티고네는 그러한 죽음욕동을 승화로 대치시키고 만족시킨다.[51] 죽음과 결혼하러 동굴로 들어가는 그녀의 당당한 모습에서 우리는 안티고네를 '주이상스의 주체'이자 '욕망의 주체'로 보아야 한다.

그녀는 법으로 금지된 것을 알면서도 위반의 '행위'를 하고, 엄연히 처벌받고 죽을 것을 감수하면서도 '오빠이자 조카'인 폴리네이케스의 시신에 흙을 뿌리는 '행위'를 한다. 라캉의 언술에 따르면, 안티고네의 이 '행위'는 욕망과 아름다움의 관계가 가장 선명히 나타나는 장소로써 '두 죽음 사이의 지대'이다.[52] 또한 라캉은 안티고네의 이러한 '행위'를 '욕망', 즉 '사물을 향한 욕망' 내지는 '위반하는 욕망'으로 본다. 그녀의 이 욕망은 어머니의 욕망에서 기원하고 신탁의 말(*oracular speech*)에서 시작되는 타자의 욕망에서 이미 분리된 것이다. 오직 '사물'에만 고착되어 있는 그녀의 욕망은 법과 권력, 체제를 넘

---

50) 이선정, 위의 논문, 38쪽.
51) 이선정, 위의 논문, 73쪽.
52) 이에 대한 자세한 분석은, 양석원, "욕망과 주이상스 사이: 라캉의 『안티고네』 읽기와 카타르시스의 윤리", 비평과 이론 제22권 1호, 2017. 봄, 80쪽.

어서는 순수한 욕망이다.[53]

"그대(자신)의 욕망에 대해 양보하지 말라!" 라캉의 이 말처럼 안티고네는 죽음마저 욕망하며 법을 넘어서는 세계로 나아간다. 그 세계는 오로지 주체적으로 욕망하는 숭고한 아름다움의 땅이고, 삶과 죽음이 교차하고 부딪히면서 끊임없이 명멸하는 상상계와 상징계, 그리고 실재계가 혼재하는 경계의 땅이다. 무소불위의 권력에 바탕을 둔 법에 대해 불복종하고 저항함으로써 '여성' 안티고네는 마침내 '욕망의 주체'인 인간으로 다시 태어난다. 그녀는 자신의 욕망을 포기하지 않고, 주이상스의 단계로 승화시킴으로써 어느 누구도 이르지 못한 숭고한 아름다움의 전형을 보여주고 있다.[54] 반면, 정신분석학적 또는 미학적 관점을 떠나 그녀의 죽음을 바라보면, 강고한 가부장사회와 국가체제에 도전하는 '여성' 안티고네의 한계가 여실히 드러난다. 죽음을 통해서만 '여성' 안티고네가 숭고한 아름다운 존재로 승화될 수밖에 없다는 점은 쓸쓸한 여운을 남긴다.

고난, 인간 자신이 나아갈 길을 만들어내다

외형상으로 크레온과 안티고네가 하늘의 법과 땅의 법에 대해 팽팽한 의견의 대립을 보이는 사유는 외국군대를 이끌고 조국 테베를 공격하다 죽은 반역자 폴리네이케스의 예우를 어떻게 할 것인가이

---

53) 이선정, 앞의 논문, 86쪽.
54) 이에 대한 자세한 내용은, 김숙현, "라캉의 주이상스 주체로 본 소포클레스의 〈안티고네〉", 한국연극학 제38호, 35~69쪽.

다. 하지만 소포클레스의 작품 『안티고네』 전편을 지배하는 주된 관념은 인간이 겪는 고난이다. 친아버지를 죽이고 친어머니를 아내로 삼은 오이디푸스는 스스로 눈을 찔러 맹인이 되고는 이리저리 떠돌다 죽는다. 오이디푸스의 자식들에게 그는 아버지이기도 하고, 형과 오빠이기도 하다. 네 명의 자녀 가운데 형제는 서로 죽고 죽이고, 죽은 오빠 폴리네이케스의 시신을 묻어준 안티고네는 테베의 왕이 된 외삼촌 크레온에 의해 동굴에 감금되었다가 스스로 목숨을 거둔다. 불행은 오이디푸스 가문에게만 그치지 않고 크레온 역시 아들과 아내를 잃는다. 그에게 남은 것은 왕의 자리와 권력이지만 이 고난 앞에서 좌절하고 고통으로 울부짖는다.

> **크레온** 오너라, 내 생애 최고의 날, 내 삶의 마지막 날이여! 죽음의 축복을 가져오는 날이여! 그대, 여명이 오지 않을 영원한 밤이여, 어서 오너라!(167쪽)

고통에 빠진 크레온은 "나는 죽기를 기도할 뿐이오. / 그것 외에 내가 바라는 것은 없소."라며 울부짖는다. 그런 그에게 합창대장은 "그렇다면 그 기도를 멈추십시오."라며 매몰차게 몰아친다. "기도하지 않아도 필멸의 인간에게/ 고난과 죽음은 반드시 찾아올 것이기 때문입니다."(167쪽) "눈이 멀어 아들을 죽이고 아내를 죽인/ 어리석고 허영심에 찬" 크레온에게 합창대가 마지막 노래를 한다.

> 지혜야말로 행복의 근원이요

신에 대한 공경이야말로 행복의 조건이로다.

교만한 자의 기세등등한 언행은

그 교만만큼이나 큰 대가를 치르게 하니.

인간이 지혜를 얻는 것은

어찌 늘 이리도 늦단 말인가.(168쪽)

헤겔은 『안티고네』를 관통하고 있는 고난을 '인륜적인 것의 비극'이라고 부르면서, 이 작품을 서양 비극작품 중 "가장 탁월하고 가장 만족스러운 예술작품"으로 보고 있다. [55] 인간이 저지른 과거의 잘못을 지금 여기 고난의 현재를 통해 인정할 수 있는 것은 신의 법칙에 의거하지 않는다면 불가능할 것이기 때문이다. 이에 반해 잘못을 인정하고 나서 고난을 받아들이는 것은 인간의 법칙이다. 이 두 법칙들의 분리와 대립, 그리고 비극적 파국은 헤겔이 보기에 근대정신의 고통스러운 산통(産痛)이 시작되는 곳이다. [56]

---

[55]   *Hegel: Vorlesungen über die Ästhetik* Ⅲ, 550쪽. 남기호, "법철학적 관점에서 본 헤겔의 『안티고네』 해석―법의 문자와 비판정신―", 시대와 철학 제29권 3호(통권 84호), 2018, 39쪽에서 재인용함.

[56]   남기호, 위의 논문, 42~43쪽. 이 논문에서 남기호는 『정신현상학』에서 전개된 헤겔의 『안티고네』 해석을 법철학적 관점에서 재조명하고 있다. 그가 보기에 『안티고네』의 비극은 신적인 법칙과 인간적 법칙, 가족과 정치 공동체, 여성과 남성을 원리적으로 대변하는 조형적 인물로서 안티고네와 크레온이 일면적으로 자신을 관철하려는 충돌에서 빚어지는 결과이다. 이 결과는 안티고네뿐 아니라 크레온에게도 비극으로 나타난다. 여기서 조형적이라는 것은 추상적으로 "하나의 인륜적 힘만을 현실화"함으로써 자신의 성격 전체를 마치 조각상처럼 형성한다는 말이다. 이를테면, 조각 작품은 하나의 규정성에 따라 전체 형태를 드러내는 조형적 완결성(*Abgeschlossenheit*)을 갖추고 있다. 남기호는 이러한 성격을 가진 안티고네와 크레온의 충돌은 흡사 신들의 투쟁 같다고 보고 있다.(남기호, 같은 논문, 47쪽.)

여기서 주목해야 할 점은 헤겔이 명명한 '인륜적인 것의 비극'을 다루고 있는 『안티고네』의 배경이 고대 그리스라는 사실이다. 이 시기는 신의 법칙과 인간의 법칙이 엄격히 구분되거나 분화되지 않았고, 인륜의 핵심주체로서 개인과 집단은 물론 민족과 국가, 그리고 사회의 상호관계도 분명하지 않았다. 따라서 크레온은 왕인 자신이 제정한 칙령(=국가의 법: 국법)을 시행함으로써 테베의 질서와 이익을 지키려는 생각에 강하게 사로잡혀 있었다. 이런 측면에서 바라보면, 테베의 국법과 그 국법에 따라 국가를 통치하는 자신에 대한 크레온의 과신이 결국 스스로의 몰락을 가져온 원인이라고 할 수 있다.[57]

그러나 『안티고네』에서도 반복하여 언급되는 바와 같이, 혈육과 혈통, 가족과 가문으로 얽히고설키어 생기는 운명과 함께 다가온 고난은 결국 신보다 약한 존재인 인간이 감당해야 하는 몫이다. 인간은 신이 자신에게 내린 아무리 험난한 고난일지라도 묵묵히 참고 견뎌야 한다. 그 고난을 초래한 것은 인간 자신의 교만이며, 지혜가 없기 때문이다. 결국 그 고난을 예방하고 견디고 극복하는 최고의 방편은 지혜와 신에 대한 공경이다. 고대와 중세, 그리고 근현대를 거치면서 인간은 더 이상 고난에 빠지지 않는가, 그 고난을 헤쳐나갈 정도로 충분히 지혜로운가, 신을 공경함으로써 불행하지 않고 행복해졌는가를 되묻게 된다.

신은 죽었다(*God is dead*)!

---

57) 이선정, 앞의 논문, 85쪽.

독일의 철학자 프리드리히 니체의 이 선언으로 인간은 자신이 공경하고 숭배하던 일체의 가치를 무너뜨리고 비로소 삶의 주체이자 지배자로 우뚝 서고 있을까. 신을 죽이고 신과의 결별을 선언한 인간은 더 이상 신을 공경하거나 찾지 않는가. 수없이 나타나고 사라져 간 사상과 이념, 체제와 권력 속에서 인간이 얻은 지혜는 무엇일까. 인간을 옭아매고 억압하는 신은 아직도 죽지 않았다. 인간은 여전히 자신에게 내린 형벌과 같은 고난을 거두어 달라고 두 무릎 꿇고 신에게 매달리고 있다.

고뇌에 찬 크레온이 궁정으로 퇴장하고 난 뒤 텅 빈 무대에서 합창대가 부르는 마지막 노래가 흐른다.

인간이 지혜를 얻는 것은 어찌 늘 이리도 늦단 말인가.

이 노래는 스스로 이성의 힘과 결단으로 지혜를 구하지는 않고 맹목적으로 신에게 매달려 구원의 기도를 올리는 인간들의 어리석음을 꾸짖고 있다. 인간들이여, 더 이상 신에게 매달리고 애원하지 마라. 그대의 접힌 두 손은 지금 숨 막혀 죽을 지경이다. 차라리 잘라라, 기도하는 그 손을![58]

잘라라 기도하는 그 손을
공중

---

58) 사사키 아타루는 첼란의 시구를 자신의 책 제목으로 하고 있다. 사사키 아타루, 『잘라라, 기도하는 그 손을』, 자음과모음, 2012, 287쪽.

에서

눈(目)의

가위로,

그 손가락을 잘라라

너의 입맞춤으로…

접힌 것이 지금

숨 막힐 지경이다.[59]

---

59) 파울 첼란(*Paul Celan*), 『빛의 강박』(1970년) 중에서

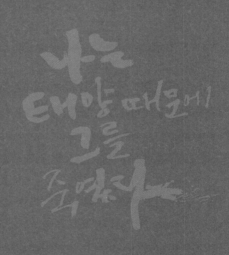

양은 온순한 동물이지만
영국에서는 인간을 잡아먹는다

토마스 모어, 『유토피아』
(1516년)

토마스 모어(*Thomas More*, 1478년 2월 7일~1535년 7월 6일)는 영국의 법률가·사상가이자 인문주의자다. 대법관까지 올랐으나 헨리 8세에 의해 반역죄로 처형되었다. 1516년 모어는 정치·사회를 풍자하고, 인간사회의 이상향을 다루는 소설 『유토피아』를 저술·발간하였다. 사후 400년인 1935년에 교황 비오 11세는 성 토마스 모어(라틴어: *Sanctus Thomas Morus*, 영어: *Saint Thomas More*)로 시성하였고, 이후 교황 요한 바오로 2세에 의해 反종교 공산주의에 반대하고 항거하는 정치가의 수호성인으로 선언되었다.

작품 배경과 줄거리

토머스 모어는 1478년 런던의 법률가 집안에서 태어났다. 세인트 안토니에 입학한 모어는 7세 때부터 라틴어를 배우기 시작하였고, 12세 때 캔터베리 대주교이자 대법관인 존 모튼의 집에 시종으로 들어갔다. 1492년부터 옥스퍼드대학에서 2년 동안 라틴어를 배우다 중퇴하고, 아버지의 권고로 1494년 링컨법학원에서 법률을 공부했다. 1501년 변호사 자격을 취득한 모어는 1504년 하원 의원으로 선출되었으며, 1516년 『유토피아』를 저술하였다.[60] 1515년부터 영국의 왕 헨리 8세에게 발탁되어 런던 부시장, 대법관 등을 역임하였다.

---

60) 이 글의 인용문은 다음 책을 바탕으로 작성하였다. 토마스 모어(전경자 옮김), 『유토피아』, 열린책들, 2019, 272쪽.

승승장구하던 그의 인생은 헨리 8세와 왕비의 이혼 문제에 대해 불복하면서부터 급반전한다. 헨리 8세는 그의 맏형 아서가 죽자 형수 캐서린과 혼인한다. 그러나 왕비 캐서린이 후계자인 아들을 낳지 못하자 그녀와 이혼하고 왕비의 시녀 앤 블린과 혼인하려 한다. 헨리 8세는 추기경과 교황에게 캐서린과의 혼인을 무효로 해줄 것을 요구했지만 거절당하자 토머스 모어를 대법관으로 임명하고는 이 문제를 논의하도록 지시한다.

하지만 모어는 헨리 8세의 혼인무효요청 편지에 서명하는 것을 거부하고, 영국이 로마 교황청으로부터 벗어나 성공회(*Church of England*)를 설립하는 것에도 반대한다. 모어는 대법관에서 사임하고, 새로운 왕비가 된 앤 블린의 대관식에도 참석하지 않는다. 1534년 4월 13일 모어는 의회에서 제정한 계승법에 충성을 맹세하라는 명령을 받았으나 교황권을 부정하는 조항에 대한 서약을 거부한다.

헨리 8세는 그를 반역죄로 몰아 런던탑에 유폐시켰으며, 1535년 7월 6일 모어는 교수형에 처해졌다. 사형을 당하면서 그는 "왕의 선량한 종과 하나님의 첫 번째 종으로 죽는다(*I die the King's good servant, and God's first*)."고 말했다고 한다.[61] 잘린 그의 목은 런던 다리에 걸렸다. 이 처형은 "법의 이름으로 행해진 영국 역사상 가장 어두운 범죄"[62]라는 평가를 받았다.

---

61) *https://www.thomasmorestudies.org/quotes_1.html*(방문일: 2020. 7. 27.)

62) トマス・モアとイギリスの人文主義女子教育石井美樹子 人文学研究所報 *No.52*, 2014. 8. 25., 23面. *http://human.kanagawa-u.ac.jp/kenkyu/publ/pdf/syoho/no52/5203.pdf*(방문일: 2020. 7. 27.)

모어가 『유토피아』를 저술하게 된 직접적 계기는 인클로저 (enclosure)다. 인클로저는 15~16세기의 제1차 인클로저와 18~19세기의 제2차 인클로저로 나뉜다. 모어가 『유토피아』에서 비판의 대상으로 삼고 있는 것은 15세기 말부터 사회문제로 대두된 제1차 인클로저이다. 16세기 영국의 봉건영주를 비롯한 특권층들은 소유지에서 농사를 짓는 대신 너도나도 양을 키웠다. 농업보다는 목축업으로 양을 키워 양모를 파는 것이 경제적으로 훨씬 이득이었기 때문이다. 이로 인하여 공동경작지들이 사유화되었고, 소작농과 영세농민 등 빈농들은 땅을 잃고 반강제로 쫓겨나 런던을 비롯한 대도시로 이동하였다. 이른바 '공유지의 비극(Tragedy of the commons)'이다. 대도시로 유입되어 떠돌게 된 빈농들은 절도를 비롯한 크고 작은 범죄를 저질렀으며, 영국 정부는 이들을 사형으로 처벌하는 극단적인 법을 시행하였다.[63]

이때의 상황을 모어는 『유토피아』에서 '잉글랜드 법에 박식한 평신도 한 사람'의 입을 빌려 "교수대 하나에 스무 명이나 달려 있을 때"도 있다고 말하고 있다. 문제는 "교수형을 면할 길이 거의 없는데도 불구하고 도처에서 도둑들이 횡행하는 까닭을 자기로서는 도저히 이해할 수 없다."는 사실이다.(31쪽) 그의 말에 대해 모어는 "단순 절도는 목숨을 앗아 가야 할 정도로 중한 범죄가 아닙니다."라며 "처벌 자체가 지나치게 가혹하고 게다가 효과적인 억제책도 못 됩니다."라며 반박한다.(31쪽) 한마디로 단순 절도와 같은 경한(가벼운) 범

---

63) 김재철, "토마스 모어의 유토피아에 나타난 사목 권력과 통치성: 미셸 푸코의 철학과 비교 연구", 동서비교문학저널 46, 2018. 12., 80쪽.

죄를 교수형(사형)으로 처벌하는 것은 범죄예방효과가 없다는 말이다. 대법관을 역임한 법률가답게 모어는 거지와 도둑이 생기는 이유를 진단하고, 도둑을 처벌하는 올바른 방법은 교수형과 같은 강한 처벌만이 능사가 아니라는 견해를 제시하고 있다. 모어의 이러한 문제의식은 기독교에 바탕을 둔 그의 엄격한 종교관과 결합하여 이상적 정치공동체인『유토피아』를 그려내는 정신적·이념적 기초를 구성하고 있다.

모어는 아메리고 베스푸치의『신세계』(1503년)와 에라스무스의『우신예찬』(1511년)의 영향을 받아『유토피아』를 썼다. 이 책의 초판은 1516년에 벨기에의 대학 도시 루뱅에서 출간되었다. 이 책에서 모어는 현실세계에는 존재하지 않는 장소인 유토피아를 통해 인간이 꿈꾸는 이상향(happy place)을 제시한다. 유토피아(utopia)는 그리스어의 ou(없다)와 topos(장소)를 합친 말로 "어디에도 없는 장소(no place)"라는 뜻이다.『유토피아』제1권에서는 잉글랜드의 사회현실을 비판하고, 제2권에서는 가상의 나라인 유토피아의 제도와 관습을 소개하고 있다. 모어는 이 책을 통해 당시 영국의 비민주적이고 불합리한 법제도와 사회를 비판하고 있다. 그가 말하는 유토피아는 평화와 사랑이 넘치는 이상향일까, 아니면 전체주의가 지배하는 무서운 세상일까.

유토피아는 적도 남쪽에 있는 섬나라다. 모어는 가상의 인물인 친구 피터 자일스와 탐험가 라파엘 히드로다에우스(이하, '라파엘')를 만들어 낸다. 라파엘은 5년간 유토피아에 머물렀는데, 모어는 그에게 이야기를 듣고 제2권을 쓴 것으로 설정하고 있다. 결국 모어는 작중 인물 라파엘의 입을 빌려 이상사회에 대한 자신의 생각을 피력하고 있다.

모어가 그린 유토피아는 인간의 꿈꾸는 이상향으로 이 지구상에서 가장 살기 좋은 나라이다. 유토피아는 '공동 노동·공동 생산·공동 배분'의 원칙으로 돌아가는 일종의 원시적 공산주의 사회라고 할 수 있다. 하지만 현실의 공산주의 혹은 사회주의체제처럼 독재가 이뤄지지 않고, 일반 시민이 국정의 대표를 선거로 선출하는 민주주의가 실현되고 있다. 그리고 농업을 중시하고 있다는 것도 유토피아 사회의 특징이다. 유토피아인들은 농촌과 도시를 2년마다 번갈아 가며 생활한다. 하루의 노동시간도 6시간으로 정해져 있고, 관리나 학자 등 일부 극소수의 사람을 제외하고는 남녀 모두 한 가지 이상의 직업에 종사한다. 나머지 여가시간은 교양이나 지식을 쌓는데 활용한다.

유토피아 사회의 또 다른 특징의 하나는 화폐가 없는 무상경제제도를 채택하고 있다는 점이다. 도시의 시장은 생산물이 종류별로 저장되어 있으며, 가장은 자신의 가족에게 필요한 물건을 원하는 만큼 가져가도 좋다. 또한 유토피아에서는 남녀의 권리가 거의 동등하게 인정되고 있다. 노동과 학문은 물론 강력한 군사훈련 및 전투조차도 남녀가 함께 참여한다. 결혼에 대해서도 독특한 관행이 있는데, 결혼 전에 남녀 서로의 알몸을 서로 보여주는 것이다. 중매의 입회 아래 신체에 이상이 없는지 사전에 확인한다. 유토피아는 엄격한 일부일처제로 상당한 이유가 없는 한 이혼도 인정되지 않으므로 신체적 결함은 미리 확인하고 결혼해야 한다.

유토피아는 전쟁을 혐오하고 평화를 사랑하는 사회다. 유토피아인들이 전쟁을 대하는 방법은 가급적 직접 싸우지 않고 분쟁을 해결하는 것이다. 경제적으로 부유한 유토피아는 상대국의 관리를 돈으로 회유하거나 매수를 해서라도 전쟁을 피하려 한다. 또 하나의 방법은 자국민보다는 용병이나 우방국의 군대를 동원하여 대리전쟁을 치르는 것이다. 이 방법 역시 유토피아가 부국이기 때문에 가능하다. 유토피아는 조약을 맺지 않는다. 조약을 체결하고, 파기 혹은 수정을 반복하기보다는 동맹국과의 자연적 결합이나 신뢰를 더 믿을 수 있기 때문이다.

유토피아는 다종교사회로 종교의 자유가 보장된다. 그러나 절대다수의 유토피아인들은 '좀 더 현명한 견해'를 가지고 있는데, 그들은 기꺼이 기독교로 개종한다. 유토피아 헌법에서 가장 오래된 원칙은 종교적 관용이다. 이에 따라 유토푸스 왕은 종교의 선택은 개개인의 생각에 따라 자유로이 결정할 문제라고 본다. 시민들은 자신의 종교를 믿도록 전도를 할 수 있지만 종교 논쟁에서 지나치게 공격적인 경우는 국외로 추방하거나 노예로 만든다.

라파엘이 보기에 유토피아는 세계에서 가장 좋은 국가일 뿐 아니라 공화국이라 부를 수 있는 유일한 국가이다. 다른 나라에서는 겉으로는 공공의 이익을 말하지만 실제로는 개인의 이익만을 추구하고 있다. 그러나 유토피아에서는 사유재산이 없기 때문에 사람들은 사회에 대한 의무를 성실히 수행하고 있다.

하지만 아쉽게도 유토피아에도 한계가 있다. 유토피아 사회를 유지하는 데 필요한 육체노동은 노예가 담당하고, 이웃 나라를 침략하여 식민지로 삼고, 전쟁이 나면 용병을 동원한다. 이처럼 유토피아의 경제와 평화는 기본적으로 노예와 용병에 의해 유지되는 전근대적인 모습의 사회다. 이러한 서술은 모어 개인과 16세기 당시의 시대가 가지고 있는 인식과 사고의 한계라고 할 수 있다. 그럼에도 『유토피아』는 기독교(가톨릭) 중심의 사회에서 종교적 관용과 남녀 평등한 교육을 비롯하여 다양한 주장을 담고 있다. 이 책이 나온 1516년으로부터 500년이 지난 오늘날의 시각으로 바라봐도 『유토피아』는 진보적이고 혁신적인 내용이 적지 않다. 모어가 시대를 뛰어넘어 얼마나 앞선 사고를 한 작가이자 사상가인지 알 수 있다.

양은 온순한 동물이지만 영국에서는 인간을 잡아먹는다

모어가 『유토피아』를 쓰게 된 직접적 계기는 당시 영국의 사회문제로 대두되고 있던 인클로저라는 점에 대해서는 기술한 바와 같다. 그는 자신이 보기에 잉글랜드인들에게만 해당되는 도둑질을 불가피하게 만든 유일한 상황이 무엇인가 묻는 추기경에게 말한다. "양입니다."(36쪽) 원래 양은 온순한 동물이지만 이제 영국에서는 인간을 잡아먹고 있는 형국이라며 특권층들을 직접 비판한다. 모어는 당시 상황을 심각하게 받아들이고, 현실에서 나타나고 있는 문제점을 정확하고도 예리한 필치로 묘사하고 있다. 양이 인간을 잡아먹고 있는 인클로저의 폐해에 대해 눈감거나 외면하지 않고 폭로하는 그의 모습에서 정의는 어떻게 추구되어야 하는지, 또한 정치가·법률가·작가는 어떤 정신과 자세를 가져야 하는지에 대해 생각하게 한다.

　　예전에는 지극히 온순했고 먹는 양도 매우 미소했었지요. 그러던 것이
이제는 몹시 게걸스럽고 사나워져서 사람도 먹어 치운다고 들었습니다.
양들은 논밭과 가옥을 황폐시키고 마을을 강탈합니다. 귀족들과 영주들
은, 아 그리고 다른 일에서는 고결한 분들이신 일부 수도원장들까지도,
이 나라 어느 곳이든지 가장 부드럽고 값비싼 양모가 산출되는 지역이라
면 자기 조상들이 그 땅에서 받았던 지대(地代)에 만족하지 않게 되었습니
다. 이들은 사회에 득이 되는 일은 하지 않으면서 나태하고 사치스럽게
사는 것만으로는 더 이상 만족할 수가 없어서 이제는 적극적인 악행을
시작합니다. 경작할 수 있는 땅을 모두 없애 버리고, 목초지를 조성하기
위해 울타리를 돌려놓으며, 집을 부수고, 마을을 없애 버리고, 양 우리로
사용할 건물과 교회만 남겨 놓습니다. 그리고 삼림과 금렵구(禁獵區)로 이
미 국토가 낭비된 것만으로는 충분치 않다는 듯이 이 높으신 분들께서는
모든 주거지와 경작지를 황야로 되돌려 놓고 있습니다. 그리하여 자신의
모국에 끔찍한 재앙이요, 게걸스럽고 탐욕스러운 폭식가 한 사람이 수천
에이커의 땅을 단 하나의 울타리로 둘러막아 놓습니다. 소작농들은 쫓겨
나든지 아니면 속임수나 폭력이나 끈질긴 시달림에 못 이겨 자기 소유물
을 팔 수밖에 없습니다. 성인 남녀, 남편과 아내, 고아와 과부, 어린 자
식 딸린 부모, (농사일은 일손이 많이 필요하므로 가난함에도 식구 수는 무척 많은) 이
모든 불쌍한 사람들을 온갖 술책을 동원해서 강제로 쫓아냅니다. 어디에
고 달리 갈 곳이라고는 없으면서도 이들은 자기들에게 유일하게 친숙한
고향을 떠납니다. 그리고 자기네 세간을 사겠다는 사람을 기다릴 여유가
없기 때문에, 어차피 큰돈이 되는 물건들은 아니지만, 단돈 몇 푼에 모

든 걸 팔아 버립니다. 그 얼마 안 되는 돈마저 여기저기 떠돌아다니다가 다 써버리고 나면 도둑질 말고 뭘 하겠습니까? 그러고는 교수형을 당하고… 당연하다고 하시겠죠! 아니면 떠돌아다니면서 구걸할까요? 그러나 부랑자로 돌아다니면 영락없는 거지로 취급하고 감옥에 집어넣습니다. 일을 하고 싶어도 이들을 고용하는 사람은 아무도 없습니다. 이들이 잘 할 수 있는 일은 농사일인데 경작할 땅이 남아 있지 않기 때문에 농사꾼은 필요 없습니다. 경작과 수확을 위해서는 많은 일꾼이 필요할 넓은 땅에 가축을 풀어놓으면 목동이나 양치기 한 명이면 충분하게 되었답니다.

방목을 위해 울타리를 쳐서 목초지를 만드는 현상으로 인하여 많은 지역에서 곡물 가격이 인상되었습니다. 게다가 양털 가격이 폭등하여 가난한 직조공들은 양털을 구입할 수 없어 일을 못 하고 놀 수밖에 없게 되었습니다. 이렇게 된 이유 중 하나는 목초지 확장 후에 디스토마가 발생하여 엄청난 수의 양이 떼죽음을 당했기 때문입니다. 마치 하느님께서 인간의 탐욕을 벌하시기 위해 가축들한테 역병을 내려보내신 것 같았습니다만, 역병은, 공정하게 하자면 주인들한테 떨어졌어야 했습니다! 그러나 설혹 양의 수효가 대단히 증가했다고 하더라도 양모 가격은 한 푼도 하락하지 않았을 것입니다. 그 이유는 양모업은 단 한 사람이 쥐고 있는 것이 아니기 때문에 독점이라고 할 수는 없지만 과점(寡占)이라고 볼 수 있을 정도로 극소수의 수중에 들어가 있는데, 이 극소수가 엄청난 부자들이어서 팔고 싶은 마음이 생길 때까지는, 다시 말해서 받고 싶은 가격을 받을 수 있을 때까지는 수중의 양모를 절대로 풀지 않기 때문입니다.

이와 동일한 이유로 다른 가축들의 가격도 터무니없이 급등했는데 이는 수많은 마을이 폐쇄되고 농장이 황폐된 상태에 쉽사리 발생하는 현상이지요. 부자들은 새끼 양을 사육하듯 송아지를 사육할 생각이 없고, 그

대신 비쩍 마른 송아지를 헐값에 구입하여 자기 목장에서 비육(肥肉)한 후 고가에 팝니다. 이 나쁜 관행의 영향이 아직은 총체적으로 드러나지 않고 있는 것 같습니다. 거래자들이 살찐 송아지를 팔 때 가격을 올린다는 것은 우리도 압니다. 그러나 일정 기간에 송아지가 사육되는 것보다 더 빠른 속도로 구입이 지속되면 점차적으로 공급이 수요를 충족시킬 수가 없게 되므로 종국에는 육류의 광범위한 부족이라는 사태로 이어질 수밖에 없습니다. 그리하여 지금까지는 이 문제에서 운이 좋았던 이 섬나라가 앞으로는 소수의 우둔한 탐욕으로 인하여 몰락될 것입니다. 왜냐하면 곡물값이 오르면 부자들은 가능한 한 많은 수의 시종을 해고할 터인데, 그렇게 해고된 시종들이 도둑질이나 구걸 이외에 무슨 일을 할 수 있겠습니까? 그리고 용기 있는 사람이라면, 구걸보다는 도둑질을 할 가능성이 높습니다.

이 어처구니없는 빈곤을 더욱 악화시키는 것은 방탕한 사치입니다. 귀족들의 시종들만이 아니라 상인, 농부, 그리고 사회 모든 계층의 사람들이 보란 듯이 화려한 옷차림과 지나치게 호사스러운 음식에 탐닉하고 있습니다. 밥집, 창녀집, 그리고 이에 못지않게 질이 나쁜 선술집, 주류점, 맥줏집을 보십시오. 주사위, 카드놀이, 백개먼, 정구, 볼링, 고리 던지기 같은 사행성 노름을 보십시오. 이런 노름을 하느라 돈이 걷잡을 수 없이 나갑니다. 이런 것들을 상습적으로 하는 이들이 도둑질로 직행하지 않을 수 있겠습니까? 이런 병폐를 몰아내십시오. 그리고 농장과 농촌을 황폐시킨 자들로 하여금 스스로 복구해 놓도록 하든지, 아니면 재건할 사람들에게 그것들을 임대하도록 하십시오. 부자들이 무엇이든지 모든 것을 구매하여 일종의 독점권을 행사하는 권리를 제한하십시오. 나태하게 살아가는 사람들의 수효를 감소시키십시오. 농업을 복구시키고 양모 직물

업을 되살려서 현재 나태한 삶을 살아가는 사람들의 무리에게, 즉 빈곤으로 이미 도둑이 된 사람들이나 방황 생활과 나태한 시종 생활이 습관으로 장차 도둑이 될 것이 분명한 사람들에게, 유용한 일자리를 마련해 주십시오.

만약 이러한 악폐의 치유책을 찾지 못한다면 절도에 대한 가혹한 처벌을 자랑한다는 것은 아무런 의미도 없습니다. 현 정책이 피상적으로는 공명정대하게 보일지는 모르지만 실제로는 공정하지도 않고 실용적이지도 않습니다. 아이들을 엉망으로 키워서 어릴 적부터 기질적으로 점점 타락하며 자라도록 방일한다면, 그리고 초년의 습성에 따라 저지른 범죄에 대해 그들을 성인으로서 처벌한다면, 그렇다면 이는 먼저 도둑으로 만들어 놓고 나서 도둑질을 했다고 나중에 처벌하는 것과 무엇이 다른지 묻고 싶습니다.(36~40쪽)

모어는 라파엘의 입을 빌려 추기경에게 이 말을 하고 있지만 실은 군왕인 헨리 8세에게 인클로저가 야기하고 있는 현실의 문제점을 진단하고, 이를 타개하기 위한 해결책을 제시하고 있다. 봉건영주와 귀족, 심지어 교회의 성직자들마저 양(농부)들을 목초지에서 내몰아 범죄자로 만드는 불의한 현실을 날카롭게 질타하고 있는 그의 모습에서 법적 정의를 추구하는 '대법관 모어'의 진면목이 여과 없이 드러난다. 모어는 온순한 양이 사람을 잡아먹는 현실상황을 타개하기 위해서는 모든 사람들이 생계를 유지할 수 있는 일거리를 마련해 줘야 한다고 주장하며 이렇게 말한다.

절박한 상황에 몰려서 도둑질을 하다가 목숨을 잃게 하는 대신에 모든 사람들이 생계를 유지할 수 있도록 일거리를 마련해 주는 것이 훨씬 더 바람직한 일임에도 불구하고 도둑질에만 가혹하고 끔찍한 처벌을 시행하고 있습니다.(31쪽)

그의 이 말은 오늘날 사회적 이슈로 등장한 '기본소득' 개념의 기원으로 회자되고 있다.[64] 16세기 영국 사회가 겪고 있는 문제는 오늘날 일자리와 소득의 양극화로 인한 분배의 위기로 직접 연결된다. 1997년 *IMF* 외환위기와 2008년 금융위기를 거치면서 노동시장의 불안정성이 확대·심화되고 있으며, 인터넷과 인공지능(*AI*) 기술의 발달로 인한 산업의 급속한 재편으로 고용이 불안해지는 등 개인 삶의 안정성은 심각한 위협을 받고 있다. 이와 함께 지구온난화로 대표되는 기후위기도 개인과 집단의 삶을 위험한 상태로 몰아가고 있다. 개인은 날로 무한경쟁으로 내몰리고 있으며, 자본과 권력의 결탁으로 이 사회는 승자독식 구조가 보다 공고하게 자리 잡아 가고 있는 형국이다. 총체적인 위기에 빠져있는 개인을 구할 수 있는 효율적인 정책 혹은 대안은 없는 것일까? 이와 같은 고민 끝에 나온 것이 바로 '기본소득'이다.

기본소득(*basic income*)이란 "국가(중앙정부) 또는 지방자치단체(지방정부)가 개인 누구에게나 아무런 조건 없이 정기적으로 지급하는 소득"을 말한다. 기본소득과 유사한 것으로 기존의 (기초)생활보장제도

---

64) *https://basicincomekorea.org/all-about-bi_history/*(방문일: 2020. 7. 29.)

가 있으나 양자는 다음과 같은 점에서 차이가 있다. 즉, 기초생활보장제도는 생활이 어려운 사람에게 필요한 급여를 실시해 이들의 최저생활을 보장하고 자활을 돕고자 실시된다.(「국민기초생활 보장법」 제1조) 이에 반하여 기본소득은 다음과 같은 특징이 있다.

첫째, 기본소득은 보편적 보장소득이다. 즉, 국가 또는 지방자치단체가 모든 구성원들에게 지급하는 소득이다.

둘째, 무조건적 보장소득이다. 즉, 자산 심사나 노동 요구 없이 지급하는 소득이다.

셋째, 개별적 보장소득이다. 즉, 가구 단위가 아니라 구성원 개개인에게 직접 지급하는 소득이다. [65]

한마디로 기본소득은 개인에게 최소한의 물질적 토대를 보장함으로써 인간의 존엄성이 침해받지 않고 행복한 삶을 살 수 있는 복지제도라고 할 수 있다. 기본소득은 어느 사회의 구성원이라면 국민과 외국인을 묻지 않고 누구에게나 지급하는 보편적이고 무조건적 보장소득이다. 따라서 기본소득은 별도의 심사 없이 구성원 개개인에게 직접 지급하므로 행정비용이 들지 않는다. 또한 무상급식의 사례에서 보듯이 선별 혹은 심사에 따른 소위 '낙인효과'도 생기지 않는다. 실제 알래스카에서는 알래스카영구기금이라는 이름으로 벌써 30년 넘게 매년 모든 주민에게 기본소득으로 무조건 '배당금'을 지급

---

65) *https://basicincomekorea.org/all-about-bi_definition/*(방문일: 2020. 7. 29.)

하고 있다.[66]

　하지만 알래스카의 사례를 다른 모든 국가나 지역에 그대로 적용하기에는 기본소득이 넘어야 할 현실적 장벽은 높다. 그 일례로 월 300만 원 기본소득 지급을 둘러싸고 실시된 스위스의 국민투표를 들 수 있다. 2016년 4월 30일 실시된 투표의 결과 유권자의 77퍼센트가 기본소득 헌법개정안에 반대했으며, 찬성은 23퍼센트에 그쳐 부결되었다. 물론 스위스는 이미 다른 복지제도가 잘 갖춰져 있어 굳이 기본소득을 실시할 필요성이 다른 국가에 비하여 상대적으로 낮다. 이 결과를 두고 기본소득이 도입될 필요가 없다고 단정적으로 말할 수는 없는 이유다.

　오히려 스위스의 사례는 우리나라는 물론 기본소득에 대한 논의를 세계적으로 확산시키는 계기가 되었다. 실제 서울시와 경기도 등 일부 지방자치단체는 청년기본소득을 지급하고 있으며, 최근에는 중앙정부와 지방자치단체별로 코로나19 사태가 장기화됨으로 인하여 침체된 경기를 부양하고, 생계지원을 위한 긴급지원금(긴급재난지원금)을 지급하기도 하였다. 기본소득의 완전한 도입과 실시에는 보다 많은 논의와 시간이 필요하다. 하지만 온순한 양이 사람을 잡아먹는 극단적 상황을 막기 위해서는 일자리를 만들어줘야 한다는 모어의 주장은 500년이란 시간을 거슬러 오늘날에도 강한 설득력이 있다. 그의 주장을 보다 정교하게 다듬고 논의를 확산시켜 현실제도로 실시할 책임은 현재를 살고 있는 우리에게 달려있는 셈이다.

---

66)　김종철, "기본소득과 민주주의", 녹색평론 144호, 2015년 9~10월, 23쪽.

도둑을 처벌하는 올바른 방법:
최소한의 법률로 유지되는 도덕 사회

유토피아 법제도의 특징은 간단하다는 점이다. 즉, 유토피아는 제정법이 몇 개밖에 없는 최소한의 법률로 유지되는 사회라고 할 수 있다. 법률이 너무 많으면 다 읽을 수도 없고 너무 난해해서 이해할 수도 없다. 유토피아인들은 그런 법률로 사람들을 속박하는 것은 전적으로 부당하다고 생각한다. 이런 사회에서는 변호사는 필요하지 않다. 변호사에게 말할 동일한 내용은 차라리 판사들에게 직접 말하는 게 더 낫다. 이처럼 유토피아에서는 법률이 몇 개밖에 없고, 어떤 법이든 그 법의 가장 명료한 해석이 가장 공정하다고 생각하기 때문에 모든 사람이 법률전문가이다. (149쪽)

그럼에도 유토피아가 법을 공포하는 유일한 목적은 무엇일까? 그 이유는 모든 사람들에게 자신의 의무를 가르쳐 주기 위한 것이다. 법의 의미가 매우 간단하고 명료하면 모든 사람들이 이해할 수 있고, 각자는 자신의 의무가 무엇인지에 대해 이해할 수 있다. 그러니 만약 법이 명확하지 않다면, 그러한 법은 쓸모가 없다. (150쪽)

법제도와 마찬가지로 형벌제도도 간단명료하다. 유토피아에서는 간통 이외의 다른 범죄에는 정해진 처벌이 없다. 형사처벌 여부의 결정은 원로원이 담당한다. 공익을 위하여 공개처벌을 할 정도로 심각한 범행(중범죄)이 아닌 경범죄의 경우는 남편이 아내를 벌하고, 부모가 자식을 벌한다. (146쪽) 후자는 소위 '사적 제재(*Vigilantism*)'의 문제이다.

현대 법치주의 국가에서는 헌법과 형법 등 관련 법률에서 정하고 있는 사법 절차를 거치지 않고 개인이나 집단에게 임의로 가하는 형벌인 '린치(lynch)' 혹은 '사형(私刑)'과 같은 사적 제재는 금지하고 있다. 또한 부모가 자식을 벌하는 체벌도 논란의 대상이다. 남편이 아내를 벌하는 것은 전근대적인 법률관이 반영된 것이다. 반대로 남편이 잘못을 범한 경우, 아내가 그를 벌할 수 있다는 내용에 대해서는 언급하고 있지 않다. 만일 아내가 남편을 벌할 수 없다면, 누가 남편을 처벌할 수 있을 것인가의 문제가 남는다. 이와 동일한 문제는 부모와 자식과의 관계에서도 나타난다. 부모가 경범죄를 범한 경우, 자녀는 그들을 처벌할 수 있을 것인가, 아니면 적어도 처벌해달라고 요구할 수 있을 것인가. 자못 궁금한 대목이다. 하지만 위 범죄와는 달리 유토피아는 간통죄에 대해서만은 처벌 규정을 두고 있다.

일반적으로 간통이란 배우자가 있는 사람과 그의 배우자가 아닌 이성(異性)이 정조의 의무를 위반하여 자발적으로 성교하는 것을 말한다. 유토피아는 간통을 구체적으로 실행한 행위는 물론 시도하는 것만으로도 처벌을 받는다. 즉, 여자를 유혹하고 시도한 남자는 실제로 유혹한 것과 동일한 처벌을 받는 것이다.(147쪽)

통상 범죄는 ① 내심 의사 ② 범죄 실행 준비 ③ 실행 착수 ④ 결과 발생의 네 단계를 거쳐 실현되고, 원칙적으로 범죄의 고의와 기수범을 처벌의 대상으로 본다. 하지만 유토피아에서는 상대를 유혹하려는 시도마저 실제로 유혹한 것과 동일한 처벌을 받는다. 간통의 고의와 내심의 의사 여부는 물론 범죄 실행의 준비와 착수로 볼 수 없는 '유혹 행위'마저 간통죄로 처벌하고 있다. 이 점에서 보면, 유토피아의 간통죄는 법치주의보다는 기독교적 도덕윤리에 의한 처벌이라는 성격이 강하다. 20세기에 들어 대부분의 유럽 국가는 간통죄를 폐지하였다. 우리나라도 "형법 제241조(간통)는 헌법에 위반된다."라는 2015년 2월 26일 자 헌법재판소 결정에 따라 2016년 1월 6일 형법에서 당해 조문이 삭제되었다. 오늘날의 이 모습을 보면 유토피아인들은 어떤 생각을 할까?

이 모든 논의를 떠나 사적 제재의 경우와 마찬가지로 『유토피아』는 간통에 있어서도 여자를 유혹하는 남자는 처벌받는다. 반대로 남자를 유혹하는 여자도 처벌받는가에 대해서는 아무런 내용도 기술하고 있지 않다. 이 내용만 보면 『유토피아』는 남성보다 여성의 권리가 보다 두텁게 보장되는 사회라고 할 수 있다. 하지만 여기에는 토머스 모어의 남녀차별적인 여성관이 여실히 드러나 있다. 즉 그가 보기에 상당수의 남자들이 아름다움 하나만으로 여자에게 매혹되기도 하지만 미덕과 순종이 결여된 여자에게 사로잡히는 남자는 없다. 왜냐하면 남편이 중히 여기는 것은 아내의 육체적 아름다움보다는 성실과 공경이기 때문이다. 이를 위해 여성은 자신의 타고난 아름다움을 가꿔야 한다. 여성이 아름다움을 등한히 하는 것은 심약하고 나태한 성격의 징표이고, 화장은 혐오스러운 가장이다. 이 대목에 이르면 유토피아는 이상향이 아니라 남성우월주의가 지배하는 지옥 같은 사회체제라는 생각마저 든다.(148쪽)

하지만 처벌을 통해 범죄를 막는 것과 마찬가지로 공개적 영역을 통해서 미덕을 격려한다(148쪽)는 내용에 이르면 모어가 꿈꾸는 사회의 모습을 이해할 수 있다. 모어는 법이면 무엇이든 가능하다는 법률만능주의보다는 최소한의 법률로 유지되는 도덕적 사회를 지향하고 있다. 그의 사상은 마치 노자의 『도덕경』 80장에 나오는 소국과민(小國寡民)과 같은 나라를 연상케 한다. 유토피아란 크기가 작고 인구가 적은 나라로, 법이 많으면 범죄도 많으므로 좋은 국가는 될 수 있는 대로 법을 적게 만드는 나라인 셈이다. 이런 나라는 "군주조차도 의상이나 왕관으로는 시민들과 구분되지 않"는다. "대사제가 양초를 들고 걷는 것으로 일반인과 구분되는 것과 마찬가지로 군주는 곡물 한 단을 들고 있는 것만으로 그의 신분이 밝혀"지기 때문이다.(148쪽) 현실세계에서 과연 이런 국가사회가 실현된 적이 있었을까? 하지만 인간은 앞으로도 계속 이상사회를 꿈꾸는 것을 그만두지 않을 것이다. 인간이 그 꿈을 포기하지 않는 한 토머스 모어의 『유토피아』는 개인의 이상으로 머물지 않고 현실의 질곡을 벗어나 이상사회를 꿈꾸는 사람들의 고전으로 남을 것이다.

유토피아: 실질적 사형폐지국

유토피아에서 중범죄에 대한 처벌은 노예형이다. 이 형벌은 범법자의 재범을 불가능하게 한다는 면에서 사형과 다를 바 없다. 또한 사형보다는 국가에 보다 이익이 된다고 보고 있다. 그뿐만 아니라 노예를 통해 유토피아인들로 하여금 범죄에 대한 교육 및 사전예방 효과를 높이는 효과가 있다. 이처럼 유토피아에서는 중범죄에 대해 노예형을 부과함으로써 원칙적으로 사형을 집행하지 않는다. 만약 노예가 자신이 처한 상황에 반항하면, 몽둥이나 사슬로 길들일 수 없는 짐승과 마찬가지로 즉각 사형에 처한다.(146~147쪽) 이처럼 유토피아는 사형제는 두되 원칙적으로 사형집행은 하지 않는다. 하지만 유독 반항하는 노예들은 "몽둥이나 사슬로 길들일 수 없는 짐승"으로 보고 즉각 사형에 처한다.

유토피아가 노예제는 찬성하면서 사형제를 반대하는 이유는 무엇일까? 라파엘의 입을 빌려 토머스 모어는 크게 두 가지 이유로 사형제를 반대한다.

첫 번째 이유는, 도덕 윤리적 및 종교적 차원에서 반대한다. 하느님은 인간에게 "살인하지 말라"고 했다. 돈 몇 푼 훔쳤다고 그토록 쉽게 사람을 죽이는 것은 살인을 금한 하느님의 법이 살인을 허용하는 인간의 법에는 적용되지 않는 것이다. 또한 하느님은 살인만이 아니라 자살의 권리도 인간에게서 앗아 갔으며, 모세의 율법도 절도에 대한 처벌은 사형이 아니라 벌금이었다. 이런 이유로 라파엘은 도둑을 사형에 처하는 것을 위법이라고 생각한다.(42쪽)

두 번째 이유는, 범죄인을 사형에 처하기보다는 노예로 삼아 강제 노역을 시키는 게 더 공익에 부합하는 것이다. 두 번째 반대 이유에 대한 사례로 라파엘은 페르시아의 폴리레리트라고 불리는 사람들이 사용하는 방식을 든다. 이 방식에 따르면, 절도행위가 일어나면 절도범이 지닌 재산을 추산하여 피해자가 잃어버린 물건에 상응하는 대가로 변상한다. 남은 재산은 절도범의 아내와 자식들에게 넘어가고, 절도범 자신은 중노동형을 선고받는다. 절도범은 교도소에 가는 대신 공공사업에서 강제노역에 종사하고, 필요한 사람이 일당을 지불하면 고용되어 일을 해야 한다.(45쪽) 한마디로 절도범들은 노예처럼 강제노역형에 처해지게 되는 것이다. 이들에 대해 라파엘은 이렇게 설명한다.

　이들은 모두 동일한 특정 색깔의 옷을 입습니다. 머리는 밀지 않았지만 귀 언저리까지 짧게 깎고 한쪽 귀 끝을 자릅니다. 친지들은 이들에게 음식이나 음료수는 줄 수 있지만 옷은 지정된 색깔이어야만 하고, 돈의 경우는 주는 사람이나 받는 사람이나 모두 사형에 처해집니다. 이유를 막론하고 자유인이 이들에게서 돈을 받는 것도 중범죄이고, (이 나라에서 죄수를 지칭하는) 노예가 무기를 소지하는 것 또한 사형입니다. 나라 전역에 걸쳐 지역마다 이들에게 특별한 배지를 착용토록 합니다. 배지 파기, 구역 이탈, 그리고 타 구역 노예와의 대화는 모두 사형에 해당합니다. 탈주 모의는 탈주 자체보다 조금도 더 안전한 것이 못 됩니다. 탈주 모의에 관한 정보를 알면서도 신고하지 않는 경우, 노예이면 사형에 처해지고, 자유인이면 노예형에 처해집니다. 반면에 신고자에게는 포상이 있습니다. 자유인은 돈을 받고 노예는 자유를 얻으며 자유인이나 노예는 모두 사면을 받습니다. 그러므로 탈주 계획을 고수하는 것보다는 단념하는 것이 훨씬 더 안전합니다.(46쪽)

라파엘은 자신이 묘사하는 유토피아의 절도 처벌정책이 온건하고 실용적임을 설명하며, "형벌의 목적이 악덕을 타파하고, 사람을 구제하자는 것"에 있다는 점을 강조한다. 결국 라파엘은 범죄자들로 하여금 정직의 필요성을 깨닫고 남은 생애 동안 자신이 지은 죄를 보상하면서 살아가도록 대우하고자 한다. 유토피아의 이 형벌제도에 "순종하는 품행"을 가진 노예들은(47쪽) 사면을 받지만 반항하는 노예들은 채찍질을 당하거나 사형에 처해지게 된다. 유토피아의 절도범 처벌제도에 대해 설명하고 나서 라파엘과 변호사, 그리고 추기경의 이어지는 대화에서 우리는 절도죄를 비롯하여 중범죄를 저지른 범죄인에 대해 사형을 집행할 것인가에 대한 의견의 차이를 볼 수 있다.

> **라파엘** "나는 이 제도가 채택될 수 없는 이유를 모르겠고, 잉글랜드에서도 이런 제도를 채택하면 나의 법조계 적대자가 그토록 칭송했던 '정의'보다 훨씬 더 큰 이점이 있을 것이다."
>
> **변호사** "그러한 제도를 잉글랜드가 채택했다가는 나라 전체가 심각한 위험에 빠질 것이라고 하더군요."(고개를 절레절레 흔들고 얼굴을 찡그리며 그는 입을 다문다.)
>
> **추기경** "아직까지는 아무도 이 안을 시도해 본 적이 없으니 이것의 효과 여부를 추측하기는 어렵겠소. 그러나 어느 절도범에게 사형이 언도되었을 때 국왕이 사형수에게 비호권 없이 일정 기간 동안 집행을 유예해 줄 수도 있으니 그 기간을 이용해서 이 안을 시험해 봅시다. 효력이 있으면 국왕은 이를 법으로 제정하고, 없으면 그 사형수를 즉시 처형하면 되고, 이렇게 하면 사형 선고를 받은 사람이 진작 처형되지 않았던 것보다 더 불편할 것도 없고 불법적이지 않으면서도 이 시험으로 인한 피해는 전혀 없어요. 내 생각에는 유랑민들 문제도 이 방식으로 대처해 볼 수 있지 않나 싶소. 그 사람들에 관한 법도 많이 통과시켰지만 아직까지는 아무런 효과도 보지 못했으니까."(48~49쪽)

추기경의 말 가운데 "국왕이 사형수에게 비호권 없이 일정 기간 동안 집행을 유예해" 주는 방안은 이를테면, 사형제는 유지하되 실제로 사형집행은 유예함으로써 사형제 존속과 폐지의 영향을 평가해 보자는 것이다. 이를 현대적 제도로 표현하면 사형제는 유지하되 사형집행은 하지 않는 것을 말한다. 국제사면위원회(국제앰네스티)는 10년 이상 사형을 집행하지 않으면 '실질적 사형 폐지국'으로 분류한다. 2018년 말 기준으로 모든 범죄에 대해 사형제를 법적으로 폐지한 국가는 106개국이고, 법적 또는 실질적 사형 폐지국은 142개국이다.[67] 우리나라는 후자에 속하는데, 1997년 12월 30일 사형수 23명에게 사형을 집행한 이래 더 이상 사형을 집행하지 않고 있다.[68]

하지만 사형제도 존폐론을 둘러싸고 여전히 논의는 진행 중이다. 사형제도 폐지론자들은 주로 다음과 같은 이유로 사형제를 반대하고 있다.

① 인간의 생존권은 불가침의 것으로 국가가 인간의 귀중한 생명을 박탈할 수 없다.(인도주의적 관점)

② 사형은 인간의 생명을 박탈하는 것으로서 회복불가능하기 때문에 오판의 가능성이 만에 하나라도 있다면 인정될 수 없다.(오판의 가능성)

③ 사형은 극형이고 무거운 형벌이다. 따라서 사형에 처해진다는 공포심이 발생하고 이로써 범죄 억지력이 있다고 믿고 있을 뿐이지

---

67) *https://amnesty.or.kr/campaign/2018-death-sentences-executions/*(방문일: 2020. 8. 4.)

68) *https://www.facebook.com/Insightnews.page/posts/1548446648619243/* (방문일: 2020. 8. 4.)

사실상 범죄 억지력이 있느냐 하는 점은 의문점이 많고, 확실한 증거도 없다.(범죄 억지력 없음)

④ 국가의 가해자에 대한 사형집행이 피해자 가족에게 응보적인 감정적 만족을 줄지는 모르지만 피해자와 가해자 양측의 가족 모두를 경제적 궁핍과 결손 가정에 빠지게 하여 범죄 원인을 양성케 하는 두 가지 부정적 결과를 초래한다. 따라서 사형제도는 범죄인의 생명박탈에만 몰두하고 피해자 구제는 전혀 고려치 않고 있다.(피해보상 차원)[69]

폐지론자들의 위 주장은 사형존치론자들이 내세우는 반대 논거이기도 하다. 하지만 존치론자들이 사형제도를 유지해야 한다고 하는 주장의 핵심은 아무리 흉악한 살인자라 할지라도 누구나 죽음에 대한 공포심을 가지고 있으므로 사형은 범죄를 사전에 예방하고 억지하는 효과가 있다고 보는 데 있다.

사형제에 대해 우리나라 사람들은 어떻게 생각하고 있을까? 2019년 6월 14일 리얼미터의 여론조사에 따르면, 응답자의 51.7%가 사형집행에 찬성하고 있고, 37.95%는 반대하고 있다. 그리고 7.8%는 사형제도 자체를 폐지해야 하는 것으로 보고 있다. 현재로서는 사형집행 찬성 여론이 사형제도 폐지 또는 집행 반대 여론보다 앞서고 있는 셈이다.[70]

사형제 존폐론의 핵심은 사형이 과연 범죄예방효과가 있는가에

---

69) 박영숙, "사형제도 존폐론에 관한 연구", 교정복지연구 제12호, 2008. 6., 53~56쪽.
70) *CBS* 현안조사, "사형제도에 대한 국민여론", 2019. 6. 14., 9쪽.

있다고 할 수 있다. '고유정 전남편 살해사건'을 비롯하여 최근에도 끔찍한 살인사건이 일어나 사회의 공분을 불러일으키고 있다. 위 여론조사는 살인과 같은 흉악한 범죄를 저지른 범죄인을 사형으로 처벌해야 하고, 사형제를 없애기에는 시기상조라는 일반인들의 의식을 반영하고 있다. 하지만 법적으로 사형제를 폐지한 국가가 이미 106개국이며, 법적 또는 실질적 사형 폐지국이 142개국에 이르고 있다는 점에 주목해야 한다. 그리고 사형제에 관한 국제앰네스티 사무총장 쿠미 나이두의 말을 가슴에 새겨야 하지 않을까?

우리는 모두 안전한 세상에서 살기를 원하지만 사형제는 결코 그 해결책이 될 수 없다. 전 세계적 지지를 통해 우리는 사형제의 완전한 폐지를 이루어낼 수 있으며, 또한 이루어낼 것이다.[71]

유토피아: 노예노동으로 유지되는 이상향

토머스 모어는 그의 저서 『유토피아』의 사상적 기원을 플라톤의 『국가』에서 구하고 있다. 라파엘의 이야기를 통해 이상향으로서 유토피아의 법제도와 관습을 소개하지만 모어는 완전한 '국가'를 바랄 뿐 '국가'의 해체 혹은 소멸을 바라지 않는다. 그런 연유로 플라톤의 말을 인용하며 그는 이렇게 말한다. "국가가 행복해지기 위해서는

---

71)   *https://amnesty.or.kr/campaign/2018-death-sentences-executions/*(방문일: 2020. 8. 4.)

철학자가 왕이 되든지 아니면 왕이 철학자가 되어야만 합니다."(54쪽) 하지만 정치현실에서 왕이 철학자가 되기는 요원한 일이니 결국 철학자가 왕이 되어 국가를 통치하는 것이 바람직한 일이다. 해결책은 무엇일까? 철학자가 왕에게 도덕정치를 베풀도록 조언하는 것이다. 철학자가 왕에게 정책을 조언하는 데는 수완이 필요하다. 즉 정책에는 간접적으로 영향을 미치도록 노력하고, 상황은 요령 있게 처리하도록 최선을 다하여야 하며, 좋게 만들 수 없는 것은 가능한 한 최소로 나쁘게 만들도록 힘쓰는 것이다. 모든 사람을 좋은 사람으로 만들지 않는 한 모든 제도를 좋은 제도로 만든다는 것은 불가능한 일이기 때문이다.(68쪽) 그런데 철학자가 왕에게 조언조차 해주기를 꺼려하면 어떤 일이 생길까? 인민들은 "행복과는 거리가 먼" 삶을 살 수밖에 없다.(54쪽) 모어는 플라톤의 철인정치가 실현되는 이상향으로서 현실에는 존재하지 않는 유토피아를 꿈꾼다. 하지만 그가 꿈꾸는 유토피아는 노예노동으로 유지되는 이상향이다.

라파엘이 전하는 유토피아는 사유재산을 금지하고 재산의 공유를 원칙으로 하고 있다. 그리고 대부분의 전쟁도 직접적인 전쟁보다는 용병이나 매수 등의 계략으로 해결해 버리는 엄청나게 부유한 나라다. 유토피아인들은 생각해 낼 수 있는 모든 방법을 동원하여 금은보석을 경멸의 대상으로 취급한다. 예를 들어, 음식과 물을 담는 그릇은 값이 저렴한 도기 그릇과 유리잔을 사용하고, 요강과 변기, 공동 회관이나 개인 집에서 사용하는 가장 변변찮은 용기를 모두 금과 은으로 만든다. 노예를 묶는 사슬이나 묵직한 족쇄도 금이나 은으로 만든다. 마찬가지로 범죄자들은 죽을 때까지 수치스러운 행위의 표시로 귀에는 금귀고리를 달고, 손가락에는 금반지를 끼고, 목에는 금목걸이를 걸고, 머리에는 금관까지 써야 한다. 이처럼 모르는 사람이 보면 그냥 왕이라고 봐도 될 정도로 노예와 범죄자들에게 금과 은으로 아주 화려한 치장을 해준다.(113쪽) 심지어 다이아몬드나 루비와 같은 보석은 어린이들의 장난감으로 준다.(113쪽) 유토피아의 시민들이 귀금속이나 보석을 전혀 귀하게 여기지 않는 바람에 보물의 거의 전부가 국고로 들어간다. 유토피아 정부는 이렇게 확보한 귀금속과 보석을 외국과의 무역에서 마음껏 사용한다.

한번은 아네몰리우스라는 나라에서 대사들을 유토피아의 아마우로툼에 파견한 적이 있다. 유토피아인들은 모두 똑같이 옷을 평이하게 입는다는 소리만 들었기 때문에 그들은 유토피아인들이 제대로 입을 옷이 없어서 못 입고 있다고 생각했다. 그들은 가난한 유토피아인들을 눈부시게 만들려고 마치 신들처럼 휘황찬란하게 차려입기로 결정했다. 그리하여 대사 세 사람은 각종 색깔의 비단옷을 휘감은 1백 명의 수행원들을 거느리고 귀금속과 보석으로 화려하게 치장한 채 거창하게 입장했다. 이런 차림새는 유토피아에서는 노예를 벌하거나 범죄자에게 수치심을 느끼게 하거나 또는 아기를 달래는 데 사용한다는 사실을 그들은 알지 못했다. 그리하여 군중들은 가장 비천한 하인들을 귀족으로 보고 그들에게 고개 숙여 인사하고, 금사슬을 목에 걸고 있는 대사들은 노예로 생각해서 공경의 표시를 전혀 하지 않고 지나가 버렸다.(115쪽) 유토피아인들의 관습을 알게 된 아네몰리우스의 대사들은 그제야 스스로 부끄럼을 느끼고 그토록 거만스럽게 활보할 때 입었던 화려한 의상을 모두 벗어버렸다.(116쪽)

도주한 노예 한 명에게 채운 사슬과 족쇄에 들어간 금과 은의 양이 아네몰리우스 대사 세 사람의 외양을 치장하는 데 들어간 금과 은보다 더 많을 정도로 유토피아는 부자나라다. 유토피아인들의 걱정거리란 게 금사슬이 너무 엉성해서 어떤 노예라도 끊을 수 있고, 또 너무 헐거워서 노예가 원하면 언제든지 벗어 던지고 달아날 수 있다는 정도다.(116쪽) 금은보석에 목을 매는 현실세계를 살아가는 사람들의 눈에 유토피아는 확실히 성경의 신명기에 나오는 가나안과 같이 '젖과 꿀이 흐르는 땅'(신 31:20) 혹은 '약속의 땅'이다. 하지만 유토피아인들이 누리는 이상적인 삶은 노예들의 노동과 희생의 대가라는 사실에 주목해야 한다.

유토피아인들이 노예를 만드는 방법은 크게 세 가지가 있다.

첫째, 전쟁에서 잡힌 포로를 노예로 만든다. 다만, 노예는 세습되지 않는다. 부모가 노예라고 하여 그 자식이 자동적으로 노예가 되지는 않는다. 이 원칙은 외국에서 노예였던 사람에게도 해당된다.

둘째, 유토피아 시민으로서 극악무도한 범법자이거나 외국인으로서 자기 나라에서 사형 선고를 받은 사람을 노예로 삼는다. 노예의 대부분은 주로 후자에 속하는 사람들이다. 유토피아인들은 사형수들을 아주 저렴한 가격에 구입하거나, 또 그냥 달라고 해서 무상으로 넘겨받아 상당수의 사형수를 데려와 노예로 삼기도 한다. 이 종류의 노예들에게는 항상 족쇄를 채우고 끊임없이 일을 시킨다.

셋째, 타국에서 온 빈민들로서 이들은 유토피아에서 노예가 되기를 자처해서 유토피아로 온 사람들이다. 이런 사람들에게는 이미 노동에 익숙해 있다는 이유로 가욋일을 좀 더 시키는 것을 제외하면

거의 시민처럼 대우를 잘해 준다. 혹시라도 이들 중에서 누가 유토피아를 떠나고 싶어 하면 얼마든지 떠날 수 있고 또한 빈손으로 가게 두지도 않는다.

유토피아인들은 외국인 노예보다 자국인 노예를 더 가혹하게 다룬다. 훌륭한 교육과 최상의 도덕 훈련을 받고서도 옳지 못한 일을 행하려는 자신을 제지하지 못했기 때문에 그들의 죄는 더 무거우니 벌도 더 엄해야 한다는 것이 이들의 주장이다.(140~411쪽) 하지만 외국인 노예에 비하여 자국인 노예를 더 가혹하게 다룬다고 하여 유토피아가 노예노동에 기대어 유지되고 있다는 사실은 변하지 않는다. 모어는 독실한 가톨릭신자로서 기독교적 도덕정치가 구현되는 나라의 전형으로 유토피아를 그리고 있다. 노예제도와 기독교적 도덕정치는 서로 양립할 수 없다. 그럼에도 불구하고 모어는 노예를 희생시키면서도 자신만의 기독교적 도덕정치로 다스리는 이상향으로 유토피아를 꿈꾸고 있다.

유토피아: 노예노동에 기반한 기독교적 도덕정치의 나라

『유토피아』에서 묘사하고 있는 노예에 관한 내용에서 두 가지를 유추할 수 있다. 바로 플라톤의 『국가』와 기독교적 엄숙주의다.

토머스 모어가 『유토피아』의 사상적 이념을 플라톤의 『국가』에 두고 있다는 점은 기술한 바와 같다. 플라톤이 생각하는 이상적 국가는 철학자(철인)로 대표되는 소수의 엘리트에 의해 통치되는 정치체제이다. 플라톤의 철인은 개인의 이익보다는 사회와 시민 전체의 이익과 선을 위해서만 자신의 이성을 사용해야 하며, 자신의 삶과 가족을 포기해야만 한다. 또한 돈에도 아무런 관심이 없어야 하며, 돈에 욕심을 내서도 안 된다.[72] 철인은 마치 세속적 욕망을 버리고 세상을 위한 헌신의 삶을 살려는 성직자와도 같다. 하지만 여기에는 여러 가지 문제가 있다.

철인정치는 소수 엘리트에 의한 지배와 통치가 이뤄지는 정치체제로서 시민을 '어리석은 개인(집단)'으로 보고 있으며, '민주주의를 가장한 반민주적·독재정치'의 가능성이 있다는 점이다. 또한 당시 그리스의 민주주의가 노예제를 두고 있었다는 점이다. 물론 그리스의 노예제는 서구 열강에 의한 노예무역이 본격화된 이후의 노예와는 다른 대우를 받았다는 점에서 달리 평가되어야 하는 측면이 있다. 프리드리히 엥겔스는 그의 저서『가족』에서 다음과 같은 논거를 들어 그리스의 노예제를 평가하고 있다. 즉, ① 그리스의 노예는 그리스의 사회생활과 경제에서 큰 역할을 하지 않았고, ② 노예의 대부분은 가사 노예였으며, ③ 나중에 노예들의 수가 증가했고, 적어도 그 수는 시민들의 수만큼 되었다. ④ 그리하여 민주주의가 한창이었을 때도 그리스에는 많은 노예들이 있었고 그들은 비록 시민권은 없었지만 보통의 그리스 시민처럼 일상을 영위했다고 한다. 엥겔스뿐만이 아니라 다수의 학자들도 그리스의 노예들이 시민들과 별다른 차별적 대우를 받지 않았다고 주장한다. 그들은 자신들이 주장

---

72) 생각공장, "소수의 지배를 정당화시키는 플라톤의 국가론: 플라톤의 국가론이 아직도 서울대 추천도서라고?", 2017. 3. 28. *https://brunch.co.kr/@ntdntg*/84(방문일: 2020. 7. 30.)

하는 논거를 플라톤이 한 말에서 찾고 있다.

어느 날 플라톤이 길을 가다가 노예를 만났는데, 자기와 같은 특출한 시민인 '자유시민'이 방해를 받지 않도록 노예한테 길에서 물러나도록 명령할 수 없었다. 이렇게 명령하는 게 불가능한 이유는 노예들의 옷차림이 일반시민의 복장과 흡사해서 누가 시민이고 누가 노예인지 구별할 수 없었기 때문이다. 실제로, 플라톤은 그리스 민주주의를 지독히 혐오했다. 그는 노예들을 빗대어 말들이나 당나귀들도 마치 자유를 허락받은 존재인 양 거리를 여기저기 돌아다니고 있다고 불평했다.[73]

토머스 모어는 플라톤이 『국가』에서 제시한 철인정치와 노예제에 관한 생각에 기독교의 도덕철학에 바탕을 둔 자신의 종교관을 덧붙여 유토피아의 노예제를 구상하고 있다고 하면 지나칠까? 모어는 『유토피아』에서 '도덕철학'이란 주제에 대해 상당히 많은 분량을 할애하여 자신의 견해를 밝히고 있다.

유토피아인들은 모든 종류의 즐거움에서 행복을 찾을 수 있는 것이 아니라 오로지 선하고 정직한 즐거움에서만 찾을 수 있다. 덕 자체가 우리의 본성을 최상의 선으로 이끌어 가며, 우리는 그러한 종류의 즐거움으로 이끌려 간다. 유토피아인들에게 덕이란 자연에 따라 사는 삶이다. 그리고 신은 그러한 목적으로 우리를 창조하셨다. 인간이 이성의 명령에 복종하여 어떤 것은 선택하고, 또 어떤 것은 회피할 때 그는 자연에 따르고 있는 것이다. 이성의 첫 번째 법칙

---

73) *C.L.R.* 제임스, "고대 그리스 민주주의", 녹색평론 통권 제141호, 2015. 3. 7. *http://greenreview.co.kr/greenreview_article*/1296/(방문일: 2020. 7. 30.)

은 우리에게 존재를 부여해 주시고 우리가 누릴 수 있는 모든 행복을 부여해 주신 신을 사랑하고 숭배하는 것이다. 이성의 두 번째 법칙은 가능한 한 불안에서 벗어나 기쁨으로 충만한 삶을 이어 가면서 다른 모든 사람들도 그러한 삶을 향하여 살아가도록 도와주는 것이다. 따라서 타인의 고통을 덜어 주고, 그들의 슬픔을 달래 주고, 그들 삶의 모든 비탄을 제거하여 줌으로써 그들에게 기쁨을, 즉 즐거움을 되찾게 하여 주는 것보다 더 인간적인 것은 없다.(121~122쪽)

　　토마스 모어는 화려한 수사를 동원하여 도덕정치의 장점에 대해 역설하고 있다. 하지만 그의 기본사고는 플라톤의 입장에서 한 걸음도 나아가고 있지 못하다. 플라톤은 그리스의 사람들을 시민과 노예로 나누고 전자에 비하여 후자를 차별적으로 대우하는 것이 정당하다는 기본 사고를 가지고 있었다. 그와 마찬가지로 모어는 유토피아 사회가 노예제를 두고 있다는 점에 대해 아무런 문제의식도 가지고 있지 않다.

　　유토피아에서는 노예를 세 가지 유형으로 나누어 전쟁포로나 중형을 받은 범죄자나 스스로 노예가 되기를 원하는 타국의 빈민들을 노예로 삼고 있다. 노예의 세습이 금지되고, 외국인 노예보다 자국인 노예를 더 가혹하게 다루는 등 유토피아 나름대로 노예의 인격을 존중하는 제도를 두고 있다. 하지만 사형수들을 저렴한 가격에 구입하고, 이 종류의 노예들에게는 항상 족쇄를 채우고 끊임없이 일을 시킨다는 대목에 이르면 마치 근대노예제도의 전형을 보는 듯한 착각이 든다. 한마디로 모어가 말하는 유토피아는 노예들의 노동과 희생 없이는 존속될 수 없는 기독교적 도덕정치의 나라인 셈이다.

『유토피아』를 읽어보면, 모어는 기본적으로 인간은 모두 선하고 정직해야 한다는 기독교적 도덕윤리관을 가지고 있다. 인간이 누리는 행복은 이성에 의거한 것이어야 하고, 그 이성은 인간을 창조한 신을 사랑하고 숭배함으로써 나오는 것이다. 우리는 타인의 고통을 덜어 주고, 그들의 슬픔을 달래 주고, 그들 삶의 모든 비탄을 제거하여 줌으로써 다 함께 기쁨으로 충만한 삶을 살아야 한다. 모어는 타인에게 즐거움을 되찾게 하여 주는 것보다 더 인간적인 것은 없다고 밝히고 있다. 하지만 우리가 누리는 이 행복과 기쁨이 타인(특히, 노예)의 고통과 슬픔, 그리고 비탄에서 나오고 있다면 어떻게 해야 할까? 그와 우리가 꿈꾸는 이상향 유토피아에서 노예는 '우리'라는 인간에게 속하지 못하고 있다. 만일 '그들'이 '인간'도 '뭣'도 아닌 존재라면, 우리가 사는 현실이 유토피아인들 무슨 의미가 있을까? '그들'과 함께 살 수 없다면, 우리는 차라리 유토피아를 꿈꾸는 것을 그만두어야 한다.

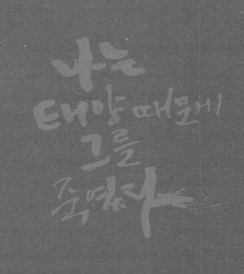

그가 만약 계약을 지키지 않으면
심장을 가질 테다

셰익스피어, 『베니스의 상인』
(1596년)

윌리엄 셰익스피어[*William Shakespeare*, 1564년 4월 26일(세례일, 정확한 출생일자 모름)~1616년 4월 23일]는 영국의 극작가이자 대문호다. 그는 생전에 '영국 최고의 극작가'로 추앙받았으며, 희·비극, 시, 소네트 등 많은 작품을 썼다. 『햄릿』(1601년), 『리어왕』(1605년), 『맥베스』(1605년), 『오셀로』(1604년)를 셰익스피어 4대 비극, 『말괄량이 길들이기』(1593년), 『십이야』(1599년), 『베니스의 상인』(1596년), 『뜻대로 하세요』(1623년), 『한여름 밤의 꿈』(1596년)을 5대 희극이라 한다.

작품 배경과 줄거리

셰익스피어가 1596년에 써서 발표한 희비극『베니스의 상인(*The Merchant of Venice*)』[74]은 사랑과 우정, 자본과 윤리, 약속과 계약, 유대인 혐오와 차별 등 많은 주제를 담고 있다. 이 작품은 워낙 유명하여 직접 읽어보지 않더라도 영화나 연극 등을 통하여 세인들에게 잘 알려져 있다. 그 줄거리를 요약하면 다음과 같다.

바사니오는 포셔에게 구혼하려고 하지만 여비가 없어 베니스의 상인 안토니오에게 돈을 빌려달라고 부탁한다. 친한 친구의 요구를 거절할 수 없는 안토니오는 바사니오가 유대인 고리대금업자 샤일록에게 삼천 다카트의 돈을 빌릴 때 보증을 선다.

---

74) 이 글의 인용문은 다음 책을 바탕으로 작성하였다. 윌리엄 셰익스피어(최종철 옮김),『베니스의 상인』, 민음사, 2015, 151쪽.

돈을 빌려주면서 샤일록은 안토니오에게 무리한 조건을 내건다. 만일 바사니오가 기한 내에 돈을 갚지 않으면 보증인인 안토니오는 자신의 '심장에서 가장 가까운 살 1파운드'를 샤일록에게 제공해야 한다는 것이다. 안토니오는 샤일록의 제안을 기꺼이 받아들이고는 약속을 지키겠다며 계약서에 서명한다.

한편 포셔는 아버지의 유언에 따라 구혼자들에게 금·은·납으로 봉한 세 개의 상자(櫃) 중 하나를 고르게 한다. 군주와 백작을 비롯한 여러 쟁쟁한 구혼자들이 있지만 포셔는 바사니오에게 마음이 있다. 모로코 군주와 아라공 군주는 금과 은으로 봉한 상자를 뽑아 실격하고, 바사니오는 납으로 봉한 상자를 뽑아 포셔와 결혼한다. 포셔는 바사니오에게 결혼반지를 주며 무슨 일이 있더라도 반지를 빼지 말라고 언약하게 한다.

계약 기한이 다가왔지만 바사니오는 샤일록에게 빌린 돈을 갚지 못한다. 안토니오 소유의 무역상선이 전부 침몰하면서 그 자신이 파산 위기에 몰려 바사니오의 돈을 갚을 여력이 없는 탓이다. 샤일록은 안토니오에게 빌린 돈을 갚지 못하는 대신 계약서에 명시된 대로 '심장에서 가장 가까운 살 1파운드'를 요구한다. 남편 바사니오와 그의 친구 안토니오가 궁지에 몰리자 포셔는 법학박사로 분장하고 직접 재판에 나선다. 포셔의 기지로 안토니오는 생명을 구하고, 샤일록은 가진 모든 재산을 몰수당한다.

이 작품은 이탈리아의 베네치아, 파두아(Padua), 제노아(Genoa), 그리고 가상의 지역인 벨몬트(Belmont)를 배경으로 하고 있다. 이 가운데 『베니스의 상인』은 주로 베네치아와 벨몬트를 오가며 이야기가 전개된다.

주 무대인 베네치아는 이탈리아 북동부 베네토의 중심도시로 영어식 발음인 베니스로 널리 알려져 있다. 셰익스피어도 본인의 작품에서 베네치아가 아니라 베니스로 사용하고 있다.[75] 베니스는 물의 도시로 유명하며 세계적인 관광지이기도 하다. 이 작품에서 안토니오와 비사니오, 그리고 샤일록은 베니스를 배경으로 활동하고 있다.

벨몬트는 실재하지 않는 가상의 지역으로 포셔가 살고 있는 곳이다. 비사니오는 벨몬트를 그리스신화에 나오는 "황금양털이 있는 콜키스 왕국"이라며 칭송한다.

> **바사니오** (…) 그녀 관자놀이에 황금의 양털처럼 드리운 빛나는 머리
> 칼로 벨몬테의 그녀 집은 콜키스의 해안이 되었고 수많은
> 이아손이 그녀를 얻으려고 온다네.(19쪽)

콜키스 왕국에는 날개 달린 황금빛 양의 털가죽이 있는데, 영웅이아손이 이끄는 아르고호의 원정대가 콜키스 왕국의 공주 메데이아의 도움을 받아 훔쳐가 버렸다고 한다. 벨몬트는 이상향으로 그려지지만 포셔는 죽은 아버지의 법에 지배받고, 얼굴이 검은 구혼자를 배척하는 등 가부장적인 세계와 인종차별적 시각이 공존하는 공간이다.[76]

지리적 공간과 함께 시간적 조건을 이해하는 것도 『베니스의 상

---

75) 작품 제목에 따라 '베니스'로 부르기로 한다.
76) 이지훈, "벨몬트는 어디인가? 『베니스의 상인』의 지리적 문제", 현대영미어문학회 학술대회 발표논문집, 2008. 5., 11쪽.

인』의 의미를 파악하는 데 아주 중요하다. 이 작품에서는 주인공들이 베니스와 벨몬트를 오가며 안토니오의 부채 상환 기간인 3개월 동안 일어나는 일이 극적으로 전개되고 있다. 안토니오는 샤일록에게 삼천 다카트를 석 달 동안 빌린다. 이 기간 내에 빚을 갚지 못하면 안토니오는 샤일록에게 '심장에서 가장 가까운 살 1파운드'를 내줘야 한다. 3개월이란 채무의 상환기간은 안토니오의 목숨이 걸려있는 선결조건인 셈이다. 셰익스피어는 작품의 도입부에서 샤일록의 입을 빌려 3개월을 반복적으로 언급함으로써 관객의 흥미를 사로잡으며 극의 흥미와 긴장을 돋우고 있다. 또한 발타자르란 이름을 빌려 법학박사 복장으로 분장한 포셔를 등장시켜 법정에서 재판하는 장면의 클라이맥스를 연출하는 더없이 중요한 극적 단서로 기능하고 있다.

팍타 순트 세르반다: 계약(혹은 약속)은 지켜야 한다

Pacta Sunt Servanda!(팍타 순트 세르반다) "계약(혹은 약속)은 지켜야 한다"는 이 말은 유명한 법격언 중의 하나다. 라틴어 *pacta*는 '계약' 이외에도 '합의' 또는 '약속'이라는 뜻도 포함하고 있다. 이 법격언은 신의성실의 원칙으로 사용되는 로마법의 *bona fide*(보나 피데)와 함께 근대사법(私法)과 국제법(특히 조약법)의 근간을 이루고 있다. 한마디로 팍타 순트 세르반다는 '사적 자치의 대원칙'으로 현대 법치주의의 주요 원리라고 할 수 있다.

셰익스피어는 여러 작품에서 법적 문제를 다루고 있다. 그중에서 『베니스의 상인』은 "계약(혹은 약속)은 지켜야 한다"는 근대 사법의 원칙을 충실하게 다루고 있다. 이 작품에는 세 가지의 계약, 즉 포셔 아버지의 유언에 따른 사위 선택 계약, 안토니오와 샤일록이 맺은 인육 계약, 그리고 포셔와 바사니오의 반지 계약을 소재로 하고 있다. 인육 계약을 제외한 다른 두 가지는 서면 계약이 아니라 구두 계약이다. 특히 반지 계약은 부부 사이에 맺은 일종의 '사랑의 맹세 혹은 서약'이다. 반지는 그 약속을 보증하는 증표이고, 이를 바탕으로 한 부부의 언약은 엄밀하게 말하면 법적인 의미의 계약이라고 볼 수는 없다. 다만, 팍타 순트 세르반다에 의거한 사적 자치의 취지를 이해하기 위한 소재로 활용한다.

포셔 아버지의 유언: 사위 선택 계약

포셔의 아버지는 "죽음에 임박해서" 한 가지 유언을 남긴다. 금, 은, 납 세 가지 궤(상자)를 제비뽑기하여 딸 포셔의 초상이 들어있는 궤를 선택한 사람이 포셔와 결혼할 수 있도록 한 것이다. 구혼자들은 궤를 선택하기 전 세 가지 약속을 지켜야 한다.

첫째, 그 누구에게도 어느 궤를 택했는지 절대로 밝히지 않을 것.
둘째, 옳은 궤를 찾는 데 실패하면 살아서는 절대로 혼인을 목적으로 처녀에게 구애 말 것.

셋째, 운 나쁘게 선택에 실패하는 경우에는 그 즉시 포셔와 작별하고 떠날 것.(63쪽)

각 궤에는 다음과 같은 글이 적혀있다.

금궤: 선택하면 다수가 원하는 걸 얻으리라.

은궤: 선택하면 너 자신의 가치만큼 얻으리라.

납궤: 선택하면 다 내놓고 위험 감수해야 한다.(56쪽)

구혼자들은 위의 글을 읽어보고 각 궤를 선택해야 한다. 금궤와 은궤를 선택한 모로코 군주와 아라공 군주는 포셔와 혼인에 실패한 다. 궤 안에 들어있는 두루마리에 다음과 같은 글이 적혀있었다.

금궤: 빛난다고 다 금은 아니다.

　　　　그런 말을 여러 번 들었겠지.

　　　　나의 이 겉모습을 보려고

　　　　많은 이가 목숨을 팔았다.

　　　　금빛 묘엔 구더기만 들어 있어.

　　　　담력만큼 지혜만 있었어도

　　　　젊은 몸에 노인 판단 갖췄어도

　　　　이 대답을 글로 받진 않았겠지.

　　　　잘 가게. 자네 청혼 싸늘하네.

　　　　정말로 싸늘하고 헛수고였구나.

　　　　그럼, 열은 식고 서리여 오너라!(58~59쪽)

은궤: 일곱 번 불에 달군 말인데,

　　　일곱 번 시련 거친 판단만이

　　　절대 잘못 선택하지 않는 법.

　　　그림자에 입 맞추는 자들은

　　　행복의 그림자만 누리는 법.

　　　바보들은 살아 있어, 아무렴,

　　　머리는 이것처럼 은색이지.

　　　어떤 아내 얻어서 같이 자든

　　　내가 항상 가장이 되어 주지.

　　　그럼 가 봐, 볼 장 다 봤으니까.(64~65쪽)

　결국 행운은 납궤를 선택한 바사니오에게 돌아간다. "친절한 두루마리"에는 행운의 내용이 집약되어 있다.

납궤: 보는 대로 선택 않은 그대는

　　　운 좋았고 선택 또한 옳았다.

　　　이 행운이 그대에게 왔으니

　　　만족하고 새 사람 찾지 마라.

　　　이 결과에 큰 기쁨을 느낀다면

　　　또 행운을 지복이라 생각하면

　　　그대 부인 쪽으로 몸을 돌려

　　　사랑의 키스로 그녀를 요구하라.(78쪽)

　바사니오가 납궤를 선택하자 포셔는 "바사니오 주인님, 보잘것없는 저는/ 여기 서 있습니다."라며 그를 남편으로 맞는다.(79쪽) 이처럼 딸 포셔는 배우자를 선택할 아무런 권한이 없고, 미래의 배우자를 선택할 권한은 '죽은 아버지'에게 있다. 소위 '사위 선택 계약'이다. 그녀에게 구혼하러 온 모로코 군주에게 포셔가 푸념하듯이 자신의 "운명을 결정하는 추첨에는/ 자발적인 선택권이 배제되어 있"다. 그 이유는 "아버님이 본인의 뜻대로" 자신을 속박하고, 아버지가 정한 방법에 따라 자신을 얻는 사람의 아내가 되도록 만들어 놓았기 때문이다.(35쪽) 그녀의 아버지가 일종의 '상자트릭'을 쓰면서까지 딸 포셔에게 최고의 사윗감을 직접 골라 주려는 위험한 도박을 하는 이유는 무엇일까?

이 작품이 발표된 당시의 영국 사회는 가부장적인 전통이 지배하고 있었다. 특히 자녀의 결혼은 재산의 상속과 보존의 수단으로 간주되었고, 그 과정에서 아버지의 권한은 거의 절대적이었다. 만일 자식이 아버지의 결정을 거부하는 경우에는 상속권을 박탈할 수도 있었다.[77] 실제 셰익스피어는 유언장을 134번이나 고쳐 썼으며, 뉴 플레이스와 헨리 가의 주택과 런던에 마련한 거처까지 모든 것을 큰딸 수재너에게 남기고 작은딸 주디스에게는 한 푼도 남기지 않는다. 주디스와 혼인할 남자에게는 다른 애인이 있었고, 심지어 그녀는 아이를 낳다가 죽는다. 자신의 유산과 업적을 먼 미래에까지 남기고 싶었던 셰익스피어는 상속자로 큰딸을 선택한다.[78]

---

77) 한도인, 「『베니스의 상인』에 나타난 부녀관계의 두 양상」, *Shakespeare Review* 52.4, 2016, 691쪽.

78) 클래식 클라우드, "셰익스피어는 왜 작은딸에게 유산을 한 푼도 남기지 않았을까?" *https://post.naver.com/viewer/postView.nhn?volumeNo=7151824&*

벨몬트의 부호였던 포셔의 아버지는 자신의 모든 재산을 딸에게 남기면서 그 재산을 관리할 수 있는 사윗감을 어떻게 고를지 고민하지 않을 수 없었다. 어린 딸이 재산을 제대로 관리할 수 있을지 알 수 없고, 또한 자신의 딸이 결혼하여 남의 아내가 되면 재산권은 남편(사위)에게 귀속되었기 때문이다. 당시 영국 사회의 이러한 상속제도는 포셔의 입을 빌려 작품의 여러 곳에서 묘사되고 있다.

그 가운데 한 곳에 제 초상이 들었는데/ 그것을 택하시면 저는 당신 것입니다.(56쪽)

또 최고로 다행한 건 온순한 제 마음을/ 당신에게 맡기고 당신의 지시를/ 주인, 총독, 임금의 지시처럼 받겠단 거예요./ 저 자신과 제 것이 이제는 당신에게 넘어가/ 당신 것이 되었어요. 조금 전만 하더라도/ 이 저택과 하인들과 저에게 군림하는/ 여왕은 저였어요. 그런데 이제는, 지금은/ 이 집과 하인들과 변함없는 저 자신이/ 당신 것—주인님 거예요!—이 반지와 함께요.(80쪽)

결혼과 동시에 포셔 자신은 물론 모든 재산과 하인들은 '남편 것'이 되고 만다. 포셔가 자신의 모든 것을 바사니오에게 넘기면서 유일하게 남편에게 요구할 수 있는 것은 반지를 "빼 놓거나 잃거나 남에게" 주지 말라는 것뿐이다. 그리고 만일 그렇게 한다면 "그것은 당신의 사랑이 몰락할 징조이고/ 제가 당신을 비난할 기회도 될 거예

memberNo=36645901(방문일: 2020. 7. 15.)

요."라는 원망을 담은 다짐을 받을 수밖에 없다.(80쪽)

현실 상황이 이러하니 포셔의 아버지로서는 유언으로 상자트릭을 써서라도 미래의 사위와 본인이 직접 혼인계약을 맺는 것 외에 다른 방도가 없다. 반대로 포셔로서도 아버지가 남긴 유언을 충실히 이행할 수밖에 없다. 아버지의 그늘 아래 유복한 환경에서 자란 그녀는 지금은 '여왕'처럼 군림하고 있지만 아버지의 유언은 단순한 종이쪼가리가 아니다. 자신의 운명을 언제든지 뒤바꿀 수 있는 가부장-절대군주의 칙령과도 같은 법률문서인 것이다. 아버지의 지시와 명령을 위반한 대가로 얻을 수 있는 것은 없다. 반대로 모든 것을 잃을지도 모르는 그녀에게는 자신의 안위를 보증하는 증표가 필요하다.

포셔와 바사니오의 반지 계약

납궤를 뽑아 자신의 남편이 된 바사니오에게 포셔는 "이 집과 하인들과 변함없는 저 자신이 당신 것-주인님 거예요!"라며 모든 재산권을 넘긴다는 의사를 밝힌다. 다만 "이 반지와 함께요."라며 그것을 빼 놓거나 잃거나 남에게 주지 않도록 하라는 전제조건을 단다.(80쪽) 포셔의 요구에 바사니오도 "이 반지가/ 이 손가락을 떠날 때면 생명 또한 떠납니다./ 오, 그럼 감히 바사니오 죽었다고 하십시오."라며 사랑의 서약을 한다. 이 대화는 당시 가부장적인 사회 분위기를 여실히 드러내고 있다. 포셔가 아무리 여왕처럼 군림하고 있다고 해도 여성은 사회적 약자이고, 아무런 지위도 없다. 반면 경제적 능력도 없는 바사니오는 남성이라는 이유로 강자의 지위에 있다. 결혼과 동시에 포셔는 남편 바사니오를 주인으로 모시고, 순종적이고 헌신적인 아내가 되어야 한다. 이런 현실 상황에서 포셔는 반지트릭을 사용함으로써 바사니오를 압박할 수 있는 카드를 손에 쥐게 된다. 이 트릭을 통해 포셔는 극이 진행될수록 점점 가부장적 질서를 위협하는 인물로 부각된다.[79] 특히 남편의 친구 안토니오를 구하기 위해 법학박사로 분장한 포셔는 남장을 통해 남성의 권위를 전유하며, 나아가 반지트릭을 통해 남성의 힘을 무력화시킨다.[80]

포셔의 기지로 친구 안토니오의 목숨을 구한 바사니오는 그녀에게 감사의 표시로 '거절을 마실 것'과 '용서해 주실 것' 두 가지를 허락해 달라고 부탁한다. 그에 대해 포셔는 '장갑'과 '반지'를 가지겠다고 한다. 바사니오는 "이 반지는 아내가 준 것으로/ 이걸 끼워 줬을 때 팔지도 주지도/ 잃지도 말라고 맹세하게 했답니다."라며 아내와의 약속을 지킨다. 하지만 "그의 공과 내 사랑을 합쳐서 평가하면/ 자네 아내 명령보다 더 크지 않겠나."라는 안토니오의 강요를 이기지 못하고 친구 그라티아노를 보내 포셔에게 반지를 건네주게 한다.(117쪽) 바사니오는 친구와의 우정과 아내와의 사랑(의 서약) 사이에서 고민하지만 마지막에는 우정을 선택한다. 재산을 포함하여 자신의 모든 것을 남편 바사니오에게 넘긴 포셔로서는 여간한 고민이 아닐 수 없다. 우정과 사랑, 친구와 아내 사이에서 위험한 줄다리기를 하는 우유부단한 성격을 가진 바사니오를 확실하게 구속하고 통제

---

79) 김종환, "포셔의 남장과 반지 트릭–『베니스의 상인』 연구", 영어영문학 제53권 4호, 2007, 676쪽.
80) 김종환, 위의 논문.

할 수 있는 수단이 필요하다. 포셔가 반지트릭을 쓸 수밖에 없는 이유이다.

재판이 끝나고 포셔는 "여보, 무슨 반지 줬어요?/ 바라건대 제게서 받으신 건 아니겠죠."라며 포문을 연다. "목숨 걸고 그 반지는 여자가 가졌어요!"라며 다그치는 포셔에게 바사니오는 "여자가 아니고 어떤 민법 박사가 가졌소."라며 중언부언 변명한다.(129쪽) 포셔는 "이번 잘못 용서해요. 그럼 내 영혼에 맹세코/ 절대로 당신 서약 다시 깨진 않으리라."는 남편의 말만으로는 미덥지 못했는지 안토니오를 담보로 삼는다. 그리고 안토니오에게 반지를 주며 바사니오에게 다시 건네라 요구한다.(131쪽) 이로써 포셔는 바사니오와 안토니오 사이의 우정보다 남편과 자신의 사랑이 우위에 있으며, 또한 바사니오를 구속하고 통제할 수 있는 힘과 능력이 아내인 자신에게 있음을 확인시킨다. 반지트릭을 통해 포셔는 가부장적 권위가 지배하는 사회에서 아내의 주도권을 확보함으로써 여성을 그들의 삶의 주체로 부각시키고 있다.

안토니오와 샤일록이 맺은 인육 계약

일금 3천 다카트를 빌리려는 바사니오를 위해 안토니오는 보증을 선다. 이자를 한 푼도 받지 않는 친절을 베풀며 샤일록은 "무담보 계약에 서명하고 유쾌한 장난삼아" 안토니오에게 한 가지 제안을 한다. 만일 조건에 명시된 일정한 금액 또는 총액을 되갚지 못할 경우, 그에 대한 벌칙으로 안토니오의 '고운 살 정량 일 파운드'를 그의 몸 어디든지 샤일록이 좋아하는 부위에서 잘라낸 뒤 가진다고 명기해 두자는 것이다.(32쪽) 이 작품에서 세인들에게 가장 잘 알려져 있고 회자되는 소위 '인육 계약'이다. 샤일록의 제안에 바사니오는 "나를 위해 그따위 계약 서명 못 해."라고 반대하지만 안토니오는 "좋소이다, 샤일록, 이 계약을 맺겠소."라며 동의한다.(33쪽) 채무를 갚지 못할 상황이 되자 샤일록은 이 계약조건에 따라 안토니오에게 "심장에서 가장 가까운 살 1파운드"를 요구한다.

이 계약의 핵심은 안토니오의 살 1파운드이다. 만일 바사니오가 샤일록과 체결한 계약의 채무를 이행하지 못하는 경우, 안토니오는 몸(신체)의 일부인 '살 1파운드'를 담보로 제공한 것이다. 신체 혹은 인체를 채무이행을 위해 제공하는 담보물(즉, 물건)로 볼 수 있는가란 도덕 윤리적인 논쟁은 이 상황을 이해하는 데 별다른 도움이 되지 않는다. 어차피 이 내용은 셰익스피어가 연극의 효과를 극대화하기 위해 도입한 정교한 장치이기 때문이다.

안토니오가 파산하고 빌린 돈을 갚지 못하게 되자 샤일록은 "계약대로 할 거요. 내 계약을 비난 마오."라며(87쪽) 자비라고는 도무지 찾을 수 없는 고리대금업자 '유대인'의 모습을 보인다. 바사니오가 "왜 그렇게 열심히 칼을 갈고 그러나?"라고 묻자 샤일록이 대답한다. "저기 저 파산자의 몰수물을 자르려고!"(102쪽) 법학박사로 분장한 포셔가 나타나기 전까지 샤일록은 베니스의 국법을 내세워 "나는 법과 계약서의 벌칙과 벌금을 갈구하오."라며 의기양양하게 계약을 이행할 것을 요구한다.(106쪽) 샤일록의 주장에 포셔도 "이 계약은 파기됐소."라며 샤일록의 주장을 인정하면서도 조정을 시도한다.

> **포셔** 이 계약은 파기됐소. 그에 따라 유대인은 살덩이 일 파운드를 이
> 상인의 심장 가장 가까운 곳에서 적법하게 잘라 낼 수 있소. 자
> 비를 베푸시오. 세 배의 돈을 받고 계약서를 찢게 하오.(107쪽)

하지만 샤일록은 "판결을 내리시오. 내 영혼에 맹세코/ 인간의 혀
가 가진 힘으로 날 바꿔 놓지는/ 못할 거요. —난 여기서 내 계약을
고집하오."라며 뜻을 굽히지 않는다.(108쪽) 이때까지만 해도 샤일록
은 판결을 고집하는 자신의 주장이 곧바로 자신의 목을 옭아매는 족
쇄가 되리라는 사실을 알지 못한다. 포셔는 "살덩이를 달아 볼 저울
은 여기에 있습니까?"라고 묻고는 샤일록이 "준비해 놨습니다."라고
대답하자 드디어 판결을 내린다.

> **포셔** 저 상인의 살덩이 일 파운드 당신 거고. 이 법정은 그것을 수
> 여하고 법은 준다.
> **샤일록** 최고로 올바른 판관이오!
> **포셔** 또 당신은 그 살을 가슴에서 잘라야 하는데 법은 그걸 허락하
> 고 이 법정은 수여한다.
> **샤일록** 참 박식한 판관이요! 판결이다. 자, 준비하라.

안토니오의 살을 자를 기대에 들떠 있던 샤일록에게 포셔가 말한
다. "잠깐만 멈추시오, 다른 게 있소이다." 이 말 한마디에 상황이

급변한다. 포셔가 최종 판결을 내린다.

> **포셔** 그러므로 살을 자를 준비를 하시오. 피 흘리지 말 것이며, 정확
> 히 일 파운드 이상도 이하도 자르지 마시오. 정확히 일 파운드
> 이상 또는 이하를 취했는데 그 수치가 하찮은 스무 낱알 무게에
> 서 한 톨만큼이라도 가볍거나 무거운 결과가 나온다면, 아니 만
> 약 저울이 머리카락 한 올의 예상치만큼만 기울어도 당신은 죽
> 을 거고 재산은 다 몰수되오.(111~112쪽)

이 판결에 샤일록은 "원금을 주시고 날 가게 해 주시오."라며 뒷
걸음쳐 보지만 포셔는 전혀 타협하지 않는다. 샤일록이 자신의 권리
를 주장하며 내세웠던 베니스국법에 따라 포셔는 그의 재산을 몰수
하고 그의 생명 박탈에 대한 결정은 공작에게 넘긴다. 공작은 샤일
록의 목숨을 뺏는 벌을 사면하지만 그의 재물의 절반은 안토니오에
게, 국고로 들어가는 나머지 절반은 벌금으로 돌린다. 하지만 벌금
으로 돌린 나머지 절반의 재산도 안토니오의 제안으로 샤일록이 죽
었을 때 그의 사위 로렌초와 딸 제시카에게 선물하도록 법정 기록으
로 남긴다.

위에서 살펴본 내용이 안토니오와 샤일록이 맺은 인육 계약과 그
이후 판결을 통해 처리된 전말이다. 인육 계약에 대한 일반적 해석
은 우리 민법 제103조가 규정하고 있는 "선량한 풍속 기타 사회질서
에 위반한 사항을 내용으로 하는 법률행위"로써 당연히 무효라는 것
이다. 즉, 인육 계약은 공서양속에 부합하지 않은 '반사회질서의 법

률행위'이므로 그 효력을 부인하고 있다. 물론 이 작품이 발표된 16세기 말은 근대민법이 정립되기 이전이고, 사적자치 혹은 계약자유 원칙의 한계에 대한 규정을 적용할 수 없다. 따라서 채무자의 인권을 극단적으로 유린하는 것을 허용하는 12표법[81]이 그대로 유지되고 있었기에 이 계약을 반사회적 질서의 법률행위로 보고 이를 무효라고 판단하는 것은 무리가 있다는 입장도 있다. 이와는 달리 인격의 존중 및 공공의 질서유지 등 실정법을 넘어서는 자연법상의 정의 원칙에 따라 인육 계약은 무효라는 주장도 있다.[82] 하지만 이 작품에서 묘사되고 있는 계약과 유무효의 문제는 오로지 법적인 관점에서 바라보기보다는 사회 환경의 변화와 그에 따른 당시 사람들의 경제논리와 윤리의 갈등 관점에서 이해하여야 한다.[83]

이 작품이 발표된 시기인 1596년은 르네상스의 마지막 시기에 해당한다. 유럽에서는 르네상스의 시작으로 중세시대는 종언을 고하였고, 르네상스를 거쳐서 근대로 접어들게 되었다. 흔히 르네상스는 문예부흥으로 불리듯이 문화와 예술, 그리고 과학문명을 토대로 인

---

81) 12표법은 B.C. 452~449년 사이에 12개의 표로 공시된 사법(私法)에 관한 최초의 법으로 로마법의 시초가 되었다. 이 법은 특히 개인의 재산과 관련된 분쟁 조정, 상해나 절도에 관한 불법행위 등에 관한 내용을 담고 있다.[이재규, "고대 동·서양의 법에 대한 비교 연구−한대(漢代)의 춘추결옥(春秋決獄)과 로마시대의 12표법을 중심으로−", 인문과학 제53집, 2014. 2., 152쪽.] 키케로는 당시 로마의 청소년들이 12표법을 달달 외웠다고 언급하고 있을 정도로 이 법은 중시되었다. 하지만 현재 12표법은 그 전문이 비문이나 그 어떤 문서로도 전해져 오고 있지 않고, 판본을 달리하는 일부 조문만 전해지고 있다.(허승일, "12표법", 지중해지역연구 제19권 제3호, 2017. 8., 157쪽.)

82) 김세준, "계약의 유효성과 공서양속−샤일록과 안토니오의 계약을 중심으로−", 아주법학 제11권 제2호, 2017, 17쪽.

83) 김문규, "베니스의 상인에 나타난 경제논리와 윤리의 문제", 신영어영문학 15, 2000. 2., 2쪽.

간중심의 인본주의 사상의 기반이 마련되었다. 또한 경제구조에도 급격한 변화가 일어나 자본을 축적한 신흥자본가계급이 정치와 사회의 신흥세력으로 등장하였다. 특히 르네상스는 피렌체 등 일부 도시를 중심으로 상업 활동이 왕성했던 이탈리아에서 활발하게 전개되었다. 실제 르네상스 예술문화활동을 지원한 메디치 가문은 오늘날에도 이름이 알려져 있는데, 셰익스피어가 이 작품의 배경으로 베니스를 설정한 것도 이와 무관하지 않다.

이 관점에서 바라보면 유대인 고리대금업자 샤일록과 기독교인 무역상 안토니오는 인종과 종교적으로 갈등하고 적대적인 관계에 있지만 금전거래를 하지 않을 수 없다. 돈(금전)을 매개로 한 경제적 관계는 철저히 개인의 이해와 필요에 따라 형성되는 대가적 관계다. 여기는 종교와 이념을 떠나 자본의 논리가 지배하는 세계다. 샤일록의 입장에서 보면 돈을 빌려주는 대가로 연대보증을 요구하는 것은 너무나 당연하다. 돈을 빌리면서 안토니오가 "이보게 걱정 말게, 위약하지 않을 거야—"라고 말하자 샤일록이 발끈하며 대꾸한다.

> **샤일록** 만약 그가 날짜를 못 지켰을 경우에 몰수물을 강요해서 내가 뭘 얻는데요? 사람에서 떼어 낸 사람 고기 일 파운드 그것은 양고기나 소고기, 염소 고기만큼도 값지거나 이득 될 것 없소이다.(33쪽)

안토니오와 샤일록은 기독교인과 유대인으로서 서로를 불신하고 경멸하며 증오하고 있다. 하지만 돈을 빌리는 금전대차는 결국 거래

일 뿐이다. 고리대금업자인 샤일록에게는 '사람 고기 일 파운드'와 '양고기나 소고기, 염소 고기 일 파운드'는 등가관계에 있다. 그러니 처음에는 '유쾌한 장난삼아' 인육 계약을 제안하고 체결하지만 약속은 지켜야 한다. 샤일록과 달리 같은 상인이면서도 안토니오는 경제 관념에 철저하지 못하다. 친구와의 우정으로 자신 몸의 일부를 보증으로 제공하고, 기독교를 내세워 도덕적 우위 혹은 윤리적 정당성을 내세워 샤일록을 무시하고 증오한다. 이런 장면들에서 우리는 기독교가 절대윤리로 지배하고 있던 중세에서 근대자본주의로 급속하게 이행하는 과정에서 당시 영국 사회와 영국민들이 겪고 있는 가치관의 혼란을 짐작할 수 있다. 이제 유럽 사회에는 종교 혹은 윤리를 대체하여 정의로 빙의한 돈(화폐)이 근대의 전지전능한 새로운 신(神)으로 등장했다.[84] 일찍이 마르크스가 샤일록에게서 근대자본가의 형상을 읽었다[85]는 말은 소름 끼치도록 정확하다.

유대인 혐오: 이유가 뭐냐고요?

　　셰익스피어는 인도와도 바꿀 수 없다.

　　역사가이자 비평가인 토머스 칼라일(*Thomas Carlyle*)이 한 말이다. 이 말에서 보듯이 영국민들의 셰익스피어에 대한 애정과 자부심을

---

84)　강희원, "악마(惡魔)의 「정의(正義)」: 「정의」로 빙의(憑依)한 「돈」", 법철학연구 제 21권 제2호, 2018, 362쪽.
85)　김문규, 앞의 논문, 2쪽에서 재인용.

알 수 있다. 하지만 현대적 시각에서 볼 때 셰익스피어도 유대인 혐오라는 당시의 인식을 넘어서지 못했다고 평가할 수 있다. 그의 작품『베니스의 상인』에는 기독교인의 시각에서 유대인을 차별하고 멸시하는 유럽인들의 반유대주의(antisemitism) 관념이 여실히 드러나 있다.

유대인 박해는 오랜 역사적 기원을 가지고 있다. 반유대주의가 언제부터 시작되었는지는 확실하지 않다. 적어도 그리스와 로마 시대에는 유대인에 대한 반감이나 혐오가 종종 있었지만 정식화되지는 않았다.[86] 그러다가 콘스탄티누스 대제 이후 유대인 박해는 공식 정책이 되었다. 그 내용을 보면, 유대인의 권리 박탈(콘스탄티누스와 리키니우스), 유대인과의 결혼 금지, 유대인의 관직 및 군대조직에서 직업 활동 금지(테오도시우스 1세), 유대인의 토지 소유 및 상업 활동 금지(유스티니아누스 황제) 등 다양하였다.[87]

그 이후 서유럽에서는 유대인의 기독교 강제개종[88]과 추방이 이뤄졌으며, 동유럽으로 강제이주를 당하기도 했다. 하지만 유대인들

---

86) 유대인에 대한 기독교인들의 뿌리 깊은 멸시와 적대감의 근거를 예수 박해라는 역사적 사실에서 찾는 견해도 있다. 기독교인의 시각에서 볼 때 유대인은 하느님이 독생자인 예수를 구세주로 인정하지 않고, 예수를 십자가에 못 박는 데 관여한 종족이다. 이 사건 이후 기독교가 세력을 확장하면서 유대인에 대한 박해도 점차 확산되었다.(김병희, "베니스의 상인에 나타난 유태인 샤일록", 신학과 목회 16, 2001. 12., 396쪽.)

87) 이종원, "반유대주의의 원인과 해결방안", 철학탐구 54, 2019. 5., 6쪽.

88) 개종의 문제는 이 작품에서도 다뤄지고 있다. 샤일록의 딸 제시카도 아버지를 배신하고 그의 재산을 훔쳐 연인 로렌초에게 달아난다. 제시카는 유대인 아버지를 부끄러워할 뿐 아니라 자신의 종교를 버리고 기독교로 개종한다. "아, 아버지의 자식임을 부끄러워하다니/ 내게는 이 얼마나 가증스런 죄인가!/ 하지만 내가 비록 혈연으론 딸이지만/ 성향은 물려받지 않았어. 오, 로렌초./ 당신이 약속을 지키면 이 갈등을 끝내고/ 기독교인, 당신 아내, 둘 다 될 거예요!"(47쪽)

에 대한 증오와 혐오가 보다 공식화되게 된 계기는 십자군 전쟁이라고 할 수 있다. 교회는 십자군의 유대인 학살을 묵인하거나 방조 혹은 조장하였다. 반유대주의 정서는 중세 유럽에서도 좀체 수그러들지 않았다. 중세 유럽에서 페스트가 창궐하자 유대인들이 우물이나 샘에 독을 탔다는 근거 없는 소문으로 다시 수많은 유대인들이 희생되었다. 또한 18세기 러시아에서는 100만 명 이상의 유대인들이 강제이주를 당했고, 지속적인 탄압을 받거나 학살당했다. 20세기에 접어들면서 나치에 의해 자행된 홀로코스트는 반유대주의가 정점을 찍은 비극적 사건이다. 홀로코스트로 약 6백만 명의 유대인이 학살되었는데, 그 당시 유럽에 거주하던 유대인의 약 2/3에 해당하는 숫자이다. 홀로코스트는 유대인을 지구상에서 아예 말살하려는 의도를 가지고 기획되었다는 점에서 반인륜적이고 야만적이며 흉악무도한 범죄라고 할 수 있다. [89)]

위 설명에서 알 수 있는 바와 같이, 유대인 혐오와 증오에 의거한 반유대주의는 기독교인의 인종차별주의에 그 뿌리를 두고 있다. 『베니스의 상인』에는 유대인 샤일록뿐 아니라 유색인종을 차별하고 멸시하는 기독교인들의 인종차별주의가 작품의 저변에 깔려 있다. 모로코 왕 '모로코'가 금궤를 열어 잘못 선택하고 떠나자 포셔는 이렇게 말한다. "조용하게 치웠네./ 자, 커튼을 닫아라./ 그와 같은 혈색은 다 그렇게 택하라지." 포셔에게 유색인종은 "조용하게 치"워야 하는 대상 혹은 물건에 불과할 뿐 자신과 혼인할 수 있는 기회의 커튼

---

89) 이에 대한 자세한 내용은, 이종원, "반유대주의의 원인과 해결방안", 철학탐구 54, 2019. 5., 5~10쪽.

은 처음부터 열려있지 않았다. '그와 같은 혈색'으로 대변되는 유색
인종은 '모로코'처럼 "다 그렇게 택"할 수밖에 없는 운명에 지나지 않
는다. 이러한 사정은 유대인 샤일록이라고 하여 다르지 않다. 아니
오히려 유대인이라는 이유로 샤일록은 자신이 가진 모든 것을 잃고
길바닥에 내쫓기고 만다. 셰익스피어는 무슨 이유로 샤일록을 내세
워 유대인을 차별하는 내용을 작품에 담고 있을까? 그 주된 이유는
두 가지다. 하나는 위에서 살펴본 역사적으로 유럽인들의 유대인에
대한 혐오정서이고, 다른 하나는 유대인들의 상업 활동, 특히 고리
대금업을 규제하는 현실정책이다.

성경은 고리대금업을 금지하는 여러 내용을 담고 있다. 그중에서
몇 가지 인용하면 다음과 같다.

> 가난하게 사는 나의 백성에게 돈을 빌려줄 때는 고리대금업자처럼 행
> 세하며 이자를 받으려 하지 마라.(출애굽기 22:25)

> 동족에게 이자를 받고 돈을 꿔주어서는 안 된다. 돈이든 곡식이든 또
> 그 밖의 어떤 것이든 이자를 받아서는 안 된다. 이방인에게는 이자를 받
> 아도 되지만 동족에게는 이자를 받으면 안 된다.(신명기 23:19~20)

> 아무런 대가도 기대하지 말고 꿔 주어라.(누가복음 6:35)

위와 같은 성경에 의거하여 교회는 성직자와 신자들의 고리대금
업을 금지하였다. 이후 점차 그 범위가 확대되어 기독교인뿐 아니라
이방인의 고리대금업도 금지하였다. 당시 엘리자베스 여왕을 비롯

한 영국인들도 이와 같은 인식을 하고 있었다. 영국은 법률을 제정하여 고리대금업을 범죄로 규정하고, 이를 금지하려 했지만 10%의 이자율로 돈을 빌려주는 것을 허용할 수밖에 없었다. 이 작품이 나온 당시 영국 사회는 중세의 농업사회에서 근대 상업사회로 급속하게 변화하고 있었다. 상업 자본으로 부를 축적한 신흥계급은 자연스레 돈이 필요한 사람에게 빌려주고 이자를 받음으로써 근대금융거래질서가 형성되고 있었다. 이러한 중상주의 사회에서 고객은 형제이고, 상업적 라이벌은 타자이다.[90]

성경이 고리대금업을 금지하는 이유는 여러 가지가 있을 수 있다. 성경은 고리대금업이 돈을 빌려주고 높은 이자를 받는 것은 '땀 흘려 일하지 않고' 얻는 불로소득이라는 인식을 바탕에 깔고 있다. 성경이 이천 년 이전의 사회상과 당시 사람들의 관념을 반영한 기록이라는 점에서 이해하지 못할 바는 아니다. 하지만 15~6세기를 전후한 유럽은 '땀 흘려 일하는' 농업 중심의 1차산업에서 금융서비스 중심의 3차산업으로 사회경제질서의 급속한 재편이 이뤄지고 있는 시기이다. 『베니스의 상인』의 배경이 된 베니스는 경제활동이 활발하게 일어나고 있는 상업도시로서 이 작품은 그 시대상을 반영하고 있다.

이 작품의 작중 인물인 안토니오는 기독교인 상업자본가이고, 샤일록은 유대인 금융자본가이다. 샤일록이 자신의 금융자본을 이용하여 돈이 필요한 안토니오에게 빌려줌으로써 경제적 이익을 얻는 것 자체가 비난받을 일은 아니다.[91] 오히려 이보다는 기독교인들의

---

90)   김병희, "베니스의 상인에 나타난 유태인 샤일록", 신학과 목회 16, 2001. 12., 398쪽.

91)   오늘날에는 법이 정한 이율보다 지나치게 높은 이자를 받는 고리대금업은 엄격히

유대인에 대해 가지고 있는 지독한 인종차별적 시각이 비난받아야 한다. 돈을 빌리러 온 안토니오가 "자, 샤일록, 우리가 신세 좀 져 볼까요?"라고 하자 그동안 억눌려 있던 샤일록의 감정이 폭발한다.

> **샤일록** 안토니오 선생, 여러 차례 여러 번 당신께선 내 돈과 고리에 대하여 리알토[92] 안에서 날 꾸짖었지요.
>
> 그래도 난 그걸 묵묵히 떨치며 참았어요.(고난은 우리 종족 모두의 징표니까.)
>
> 당신은 날 오신자(誤信者), 무자비한 개라 하고 내 유대인 저고리에 가래침을 뱉었는데 그 모두가 내 것을 사용하는 대가였죠.
>
> 근데 이젠 내 도움이 필요한 모양이오. 아, 그래서 당신은 내게 와서 말하기를 "샤일록, 돈이 좀 필요하오." 이렇게 말합니다.
>
> 자기 침을 내 수염에 쏟아 놨던 당신께서, 이 몸을 낯선 개 내차듯이 문지방 너머로 발길질한 당신께서 돈을 간청합니다.
>
> 뭐라고 답할까요? 이런 말은 안 될까요?
>
> "개가 돈이 있나요? 개가 삼천 다카트를 꿔 주는 게 가능하단 말입니까?" 아니면
>
> 몸을 낮게 구부리고 노예 같은 어조로 숨소리를 죽이고 겸손하게 속삭이며 이렇게 말할까요?

금지되고 있다. 우리나라도 「이자제한법」(법률 제12227호, 시행 2014. 7. 15.)으로 금전대차에 관한 계약상의 최고이자율은 연 25퍼센트를 초과할 수 없다고 정하고 있다.(제2조 1항) 최고이자율을 초과하는 부분의 이자는 무효로 한다.(제2조 3항)

92) 리알토(*Rialto*)는 이탈리아 베니스의 한 지역으로 리알토 다리가 유명하다.

"선생께선 지난번 수요일 제게 침을 뱉었고 어느 날은 저를
발로 찼으며 또 한 번은 개라고 부르셨죠. 그러한 예우의 대
가로 이만큼 돈을 빌려 드립니다."라고요? (31쪽)

샤일록의 이 말에는 당시 유대인들이 겪는 차별과 설움이 적나
라하게 묘사되고 있다. 기독교인 안토니오는 유대인 샤일록을 오신
자(誤信者) 혹은 무자비한 개로 부르며, 침을 뱉고 발로 차기까지 한
다.[93] 개라고 부르며 그토록 무시하던 자신에게 안토니오가 돈을 빌
려달라고 간청하고 있으니 샤일록이 "개가 돈이 있나요? 개가 삼천
다카트를/ 꿔 주는 게 가능하단 말입니까?"라고 대꾸하는 심정을 충
분히 이해할 수 있다. 하지만 기독교인 안토니오는 "난 너를 다시 한
번 그렇게 부르겠다./ 다시 한 번 침을 뱉고 차기도 하겠다."라며 생
각을 바꾸지 않는다. 만일 우리가 샤일록이라면 어떻게 할 것인가?
삼천 다카트라는 큰돈을 빌려주는 대가로 확실한 보증(담보)을 요구
하지 않겠는가? 하지만 이 계약을 체결할 때만 해도 '살덩이 일 파운
드'라는 문구가 자신의 모든 삶을 집어삼킬 것이란 사실을 샤일록은
알지 못했다.

재판관으로 분장한 포셔는 "계약서는 당신에게 피 한 방울 주지
않소."라고 하면서 "계약대로 살덩이 일 파운드 가지시오./ 하나 그

---

93) 이러한 시각은 샤일록의 하인인 란스롯의 말에서도 여실히 드러난다. "내 양심의
    명을 따르자면 난 유대인 주인과 함께 살아야 하는데, 이 주인이란 사람이 (하느
    님 맙소사) 마왕 같아. 그리고 유대인에게서 도망치려면 악마의 명을 따라야 하
    는데, 이 악마가 죄송합니다만 마왕 그 자신이야. 유대인은 바로 이 화신의 마왕
    임에 틀림없어."(37쪽)

걸 잘라낼 때 기독교인 핏물을/ 한 방울만 흘려도 당신 땅과 재물은/ 베니스 국법에 의하여 베니스 정부로/ 몰수될 것이오."라는 판결을 내린다.(110~111쪽) 베니스 국법에 따라 샤일록은 돈을 빌려주는 대가로 '살덩이 일 파운드'를 가질 권리를 가졌지만 기독교인을 계약의 당사자로 삼은 것에 대한 철저한 응징을 받는다. 처음부터 유대인 샤일록은 기독교인 안토니오의 살덩이 일 파운드는 물론 핏물 한 방울도 취할 수 없었던 것이다. 포셔의 입을 빌려 "저 상인의 살덩이 일 파운드 당신 거고,/ 이 법정은 그것을 수여하고 법은 준다."라고 했지만 법과 법정은 유대인의 것이 아니었다. 이런 상황은 근대를 거쳐 현대에서도 계속되었다. 법과 법정은 기독교인의 기득권을 지키는 방패막이가 되었고, 제2차 세계대전 당시 나치에 의한 유대인의 대량학살인 홀로코스트를 막지도 못했다. 이 세상의 법과 법정에서 소외된 '그들'에게 과연 법적 정의는 있는가? 역사는 우리에게 이 질문에 대답할 것을 요구하고 있다.

'남장여인' 포셔: 저 작은 촛불이 참 멀리도 비치네!

작품의 초반부에 나오는 포셔의 모습은 가부장적 권위에 복종하고 순종하는 여성의 전형이다. 하지만 남편 바사니오의 친구 안토니오를 구하기 위해 남자로 변장하고 법학자의 복장을 하고 법정에 들어서면서부터는 더 이상 연약하고 유순한 여성이 아니다. 오히려 남성의 권위를 초월하고 가부장적 질서를 조정하고 조율하는 강인하고 능력 있는 모습으로 바뀐다. 남장여성 포셔의 등장으로 얽히고 꼬인 남성들의 문제는 한꺼번에 해결된다. 특히 포셔는 계약 관련 문언을 해석하고, 재판 절차를 능숙하게 진행하는 등 인정에 얽매여 우왕좌왕하는 남성들보다 탁월한 능력을 발휘한다. 포셔는 남성 중심의 강고한 가부장적 사회질서를 위협하는 존재로 인식된다. 하지만 포셔가 남장을 하지 않고, 여성 복장을 한 상태로도 이러한 역할을 할 수 있었을까? 남장으로 자신의 여성성을 가리고 감춘 채 남성의 권위를 빌린 후에야 비로소 포셔는 '재-탄생'될 수 있었다. '재-탄생'이란 사전적 의미를 가진 '르-네상스(Re-naissance; Re-born)'의 역설이 아닐 수 없다.

포셔의 남장처럼 이성의 복장을 착용하는 것을 복장전도(transvestism)라 한다.[94] 르네상스 희곡에서 남장여성은 주로 청중들에게 커다란 즐거움을 선사하기 위한 것이었고, 남장여성이 여성의 옷을 입은 여성보다 성적으로 더 매력적이라는 인식이 있었기 때문이다. 당시에도 무대에서의 남장여성에 대한 신학적 및 윤리적 논쟁이 있었다. 이 때문에 연극무대에서 복장전도가 작품의 플롯에 필요불가결한 요소이고, 또 여성들이 남성의 옷을 입고 나와야 한다면 허리 이상 상반신만 남성의 옷을 입고 나올 수 있도록 규제하였다.[95]

이 규제의 근거는 16세기 말 청교도나 개종 유대인, 이슬람인들

---

94) 김종환, "포셔의 남장과 반지 트릭―『베니스의 상인』 연구", 영어영문학 제53권 4호, 2007, 673쪽.

95) 임주인, "르네상스 소설에서의 복장전도가 갖는 상징적 의미", 비교문화연구 제19집, 2010. 4., 152쪽.

을 색출해내는 종교재판에서 적용되던 엄격한 트렌트(혹은 트리엔트) 공의회 교령이다. 가톨릭교회는 1545년부터 1563년까지 이탈리아 북부 트렌트와 볼로냐에서 개신교(이단)를 근절하고, 가톨릭 사제와 신자의 행실을 개혁할 목적으로 트렌트 공의회를 소집했다. 이 공의회에서 채택한 다양한 교령과 법규를 연극무대에 출연하는 여성의 남장복식에도 적용했던 것이다. 당시의 이런 현실 상황을 감안하여 셰익스피어도 자신의 작품에서 포셔를 남장여인으로 둔갑시킬 수밖에 없었을 것이다.

사실 여성에 대한 차별적인 시각은 뿌리 깊은 연원을 가지고 있다. 신학과 의학에서는 남성과 여성을 창조의 경위, 성차 및 생물학적 특징을 중심으로 나누어 여성을 열등한 존재로 차별하였다. 심지어 "여자도 인간인가?"라는 허무맹랑한 질문을 두고 제법 진지한 논의를 하기도 하였다. 논리적이고 합리적으로 사고한다고 평가받는 법률가들도 여성들에 대한 차별적이고 편향된 시각을 가지고 있기는 별반 차이가 없었다. 르네상스 당시 영국법은 결혼한 여성을 법적 주체로서 개인이 아닌 남편에 귀속된 존재로 취급했다.[96] 또한 여성은 증인 참석, 계약 체결, 재산 관리 등을 할 수 없었고, 여성의 법정 참석을 제한하였다. 심지어 여성들은 법관이나 행정관 또는 변호사가 될 수 없었고, 법정에서 타인을 위해 중재도 할 수 없는 등 남성에 비해 불평등한 대우를 받았다.[97]

이러한 현실을 너무나 잘 아는 포셔의 아버지는 죽기 전 유언을

---

96) 이윤주, 『베니스의 상인』: 포오샤를 중심으로 본 성 역할의 문제", 영미문학 페미니즘 제6집 1호, 1998, 173쪽.
97) 이윤주, 위의 논문, 181쪽.

남겨서라도 딸에게 가장 적격한 배우자를 찾을 수 있는 방법을 써야 했다. 하지만 안토니오가 납상자를 열고 포서와 결혼하는 순간 이 모든 것은 전복되고 만다. 여왕처럼 군림하던 포서가 자신의 남편 안토니오에게 "그런데 이제는, 지금은/ 이 집과 하인들과 변함없는 저 자신이/ 당신 것—주인님 거예요!"(80쪽)라며 무릎을 꿇을 수밖에 없다. 자신의 모든 재산과 하인을 넘기면서도 그녀는 남편에게 "이 반지와 함께요."라며 죽을 때까지 반지를 빼지 말아 달라고 애원할 수밖에 없는 것이다. 또한 여성의 법정 참석을 제한하고 있는 영국법에 따라 포서가 선택할 수 있는 방법은 제한적이다. 여성이라는 생물학적 성을 숨기고 남성의 복장으로 위장한 다음 민법 분야의 법학박사의 권위를 빌릴 수밖에 없다.

안토니오와 샤일록 사이의 재판을 마치고 하녀 네리사와 함께 자신의 집으로 돌아가는 길에 잠시 멈추어 선 포서가 말한다.

저 작은 촛불이 참 멀리도 비치네!(124쪽)

이 말에는 포서의 복잡한 심사가 그대로 드러나 있다. 그녀의 선행은 칭찬할 만한 일이지만 포서가 민법박사로 위장하고 법관으로 판결을 하는 행위는 엄연히 불법이다. 권한 없는 자가 내린 판결이니 그 법률행위로부터 당사자가 의도한 법률상의 효과는 생기지 않는다. 포서가 내린 판결은 당연히 무효다. 하지만 실정법의 합치 여부를 떠나 문학작품의 극적 효과와 플롯 조작을 통한 작가적 창조성에 중점을 두고 '포서의 남성적 역할'에 더 초점을 맞추고 이 작품을 읽어야 한다. 이 관점에서 포셔의 역할을 재평가한다면, 그녀는 법의 객관적 명확성을 제시하면서도 법이 가지고 있는 창조적 해석의 가능성을 열고 있다.[98] 포셔는 엄정한 법관의 입장에서 법의 객관적 명확성을 제시함으로써 인육 계약이 가지는 반사회적 성질을 드러내어 안토니오의 생명을 구한다. 그러나 샤일록에게는 계약대로 '살덩이 일 파운드'를 가지되 기독교인 핏물 한 방울도 흘리지 말도록 함으로써 법을 창조적으로 재해석하는 기지를 발휘한다. 하지만 포셔의 역할은 남성과 기독교, 그리고 실정법(베니스 국법)이 누리는 기득권 혹은 특권의 유지에 그칠 뿐 그 폐지나 개혁으로는 한 걸음도 나아가지 않는다.

이 작품의 마지막은 샤일록을 제외한 모든 사람들의 해피엔딩으로 끝난다. 파산한 것으로 보이던 안토니오의 "큰 상선 세 척이 갑자기 항구로/ 부자로 돌아온 사실"(132쪽)은 마치 삼류영화의 결말처럼 보이기도 한다. "당신이 그 박사였고, 내가 몰라봤다고요?"(132쪽)라는 바사니오의 놀라움은 눈썰미 없는 남성의 '아재 개그'로 치부해도 좋다.

> "여보, 무슨 반지 줬어요?
> 바라건대 제게서 받으신 것은 아니겠죠." (128쪽)

남편 바사니오에게 자신이 준 반지를 끼고 있는가 확인하는 포셔의 이 말에서 우리는 가부장적 사회체제 아래서 고통받고 있는 수많은 여성의 모습을 읽을 수 있다.

---

98) 이윤주, 위의 논문, 182쪽.

안토니오, 바사니오, 그리고 포셔:
동성애와 이성애의 경계를 넘나들다

안토니오와 바사니오는 친구가 가진 우정 이상으로 서로 사랑하고 있다고 할 정도로 친밀하다. 두 친구는 서로에게 동성애적 관심을 가지고 적극적 애정을 표시한다. 그런 장면은 작품의 여러 군데서 묘사되고 있다.

첫 번째 장면은 포셔에게 청혼하는 데 필요하다며 바사니오가 안토니오에게 돈을 마련해 달라고 부탁하는 데서 나타난다. 머뭇거리는 바사니오에게 안토니오는 말한다.

> 안토니오 자넨 나를 잘 알아. 이렇게 내 사랑의 변죽을 울려 봤자 시간만 낭비할 뿐이네.
> 그리고 내가 다할 최선에 의문을 표하다니 내가 가진 모든 걸 탕진하는 것보다 더 커다란 잘못을 내게 하는 거라고.
> 그러니 자네가 알기에 내가 할 수 있는 일 그 일을 하라고 말만 해 준다면 준비는 다 돼 있네. 그러니 말하게.(18쪽)

안토니오는 "내 사랑의 변죽을 울려 봤자 시간만 낭비할 뿐"이라며 친구 바사니오에게 무엇이든 "말만 해 준다면 준비는 다 돼 있"다며 말만 하라고 요구한다. 하지만 자신의 재산을 해상무역에 투자해 버린 안토니오는 바사니오에게 돈을 빌려줄 여력이 없다. 상황이 이러하니 안토니오는 고리대금업자 샤일록에게 석 달 내에 갚겠다며 3

천 다카트란 거금을 빌린다. 샤일록은 이 돈을 빌려주는 대가로 "유쾌한 장난삼아" 안토니오에게 한 가지를 제안한다. "만약에 나에게 아무 날 아무 데서/ 조건에 명시된 일정한 금액 또는 총액을/ 되갚지 못할 경우, 그에 대한 벌칙으로/ 당신의 고운 살 정량 일 파운드를/ 당신 몸 어디든지 내가 좋은 곳에서/ 잘라낸 뒤 가진다고 명기해 놓읍시다."(32쪽) 무역 거래로 선적한 선박이 적어도 두 달 안에는 돌아올 것이라 확신한 안토니오는 바사니오의 만류에도 불구하고 "좋소이다, 샤일록, 이 계약을 맺겠소."(33쪽)라며 목숨을 담보로 채무 계약에 서명한다. 결국 인육 계약은 친구 이상으로 사랑하는 동성의 애인을 위해서는 자신의 심장이라도 기꺼이 내놓겠다는 연인을 위한 희생정신이 없이는 맺을 수 없다.

두 번째 장면은 법학박사로 위장한 포셔가 진행하는 재판 과정에서 나타난다. "자, 상인은 무슨 할 말이라도 있습니까?"라며 포셔가 두 사람에게 말할 기회를 준다. "자네 손을 잡아 보세."라며 안토니오가 바사니오에게 말한다.

> **안토니오** 내가 자넬 얼마나 사랑했나, 얘기하고 죽음에 든 나를 아름답게 말해 주게.
> 얘기가 끝나거든 판정해 보시라 해.
> 바사니오를 사랑한 이, 한때 있지 않았는지.(109쪽)

안토니오가 자신에게 느끼는 동성애적 사랑만큼은 아니지만 바사니오에게도 친구의 존재는 아내 포셔보다 훨씬 더 소중하다. 안토니오의 '사랑 고백'에 바사니오가 대답한다.

> **바사니오** 안토니오, 난 결혼한 아내가 있는데 그녀는 나에게 생명 그
> 자체만큼 소중하네.
> 하지만 생명 자체, 내 아내, 이 세상 모든 것도 나에겐 자네
> 생명 그 이상의 가친 없네.
> 자네를 구원하기 위하여 여기 이 악마에게 그 모든 걸 내줄
> 거야. 암, 희생할 것이야.(109~110쪽)

이 작품이 쓰인 16세기 말은 르네상스 시기이고, 그 당시에는 동
성애라는 개념 자체가 없었다. 마리오 디간기(*Mario Digangi*)에 따르
면, 이성애 중심의 성 규범으로부터 구분되는 성적 정체성으로서의
동성애를 일컫는 호모섹슈얼리티(*Homosexuality*)는 근대 이후에 생긴
개념으로 르네상스 시기에 존재했던 이와 가장 유사한 단어는 남색을
뜻하는 소도미(*Sodomy*)였다. 그러나 소도미는 호모섹슈얼이나 게이와
같이 동성만을 성적 대상으로 여기는 뚜렷한 성적 지향을 가진 집단이
아니라 다른 남성과 관계를 맺어 본 경험이 있는 남자라는 의미에 더
가까웠다고 한다.[99] 이 관점에서 보면, 기독교 경전인 히브리성서와
신약성경은 동성애라는 개념을 "알지 못한다"는 주장이 옳다. 동성애
라는 개념은 19세기 성과학 문헌에서 성적 도착의 일종으로 처음 등
장했고, 성적 지향으로 당사자 정체성의 일부로 받아들여진 것은 20
세기 이후의 일이기 때문이다. 종교학자 한승훈은 "고대에 작성된 종

---

99) 조경, "『베니스의 상인』: 안토니오의 멜랑콜리와 동성애", *Shakespeare Review*
55.3, 2019, 499쪽 각주 3)에서 재인용.

교 경전이 동성애를 반대 혹은 허용하고 있다고 주장하는 것은 해석의 차이 문제가 아니라 그냥 시대착오"라고 주장한다.[100]

이 의견대로 안토니오와 바사니오가 서로에 대해 가지고 있는 감정은 호모섹슈얼리티보다는 소도미에 가깝다고 할 수 있다. 그리고 둘 사이에 성관계가 있었는지는 확인되지 않지만 서로는 남성친구에 대해 가지는 우정 이상의 성적 관심과 호의를 가지고 있음은 분명하다. 그렇지 않은 관계임에도 남자가 동성 친구에게 "생명 자체, 내 아내, 이 세상 모든 것도/ 나에겐 자네 생명 그 이상의 가친 없네."라고 고백하는 것은 흔치 않은 일이다. 더욱이 "자네를 구원하기 위하여 여기 이 악마에게/ 그 모든 걸 내줄 거야, 암, 희생할 것이야."라는 말을 우정의 발현이라고 믿을 수 있는 남성이 몇 명이나 될까.

한편 남편 바사니오와 친구 안토니오 사이에서 오가는 대화를 지켜보는 포셔의 심정은 어떠할까?

일찍이 바사니오는 포셔에 대해 "벨몬테에 유산 많은 한 숙녀가 사는데/ 그녀는 아름답고, 그보다 더 아름답게/ 놀라운 미덕을 가졌다."라며 "그녀의 눈에서 난 무언의 호감을 전달받은 적이 있"다며 그녀에 대한 사랑의 감정을 밝혔다.(18쪽) 하지만 "바람 따라 사방에서 유명한 구혼자가 몰려"올 정도로 인기가 많은 포셔(19쪽)는 사랑의 감정보다는 자신의 재산과 지위를 지키기 위한 현실적 목적으로 학자이자 군인인 바사니오를 선택했을 가능성이 높다. 심지어 포셔는 배우자를 직접 선택할 권한이 없다. 결과적으로 포셔는 옳은 선택을 한 바사니오와 결혼한다. 그러나 이 선택으로 벨몬트의 저택에서 여

---

100) 한승훈, "[숨&결] 성경은 동성애를 모른다", 한겨레신문, 2020. 7. 20. 칼럼.

왕으로 군림하던 포셔는 "온순한 제 마음을/ 당신에게 맡기고 당신의 지시를/ 주인, 총독, 임금의 지시를 받겠"다며(79~80쪽) 바사니오의 명령을 받드는 충직한 신하이자 종이 될 것이라 서약한다. 그러고는 "저 자신과 제 것이 이제는 당신에게 넘어가/ 당신 것이 되었어요."(80쪽)라며 자신의 재산권마저 남편에게 넘길 수밖에 없다.

이런 상황에서 포셔는 남편인 바사니오가 안토니오와 친구 이상의 관계를 유지하는 것에 대해 깊숙이 관여할 수 없다. 둘의 관계에 대해서는 눈감아 주는 대신 포셔는 바사니오에게 한 가지 조건을 제시한다. 재산권을 넘기되 바사니오에게 절대 반지를 빼지 말아 달라는 것이다. 바사니오는 죽을 때까지 그 반지를 끼고 있을 것이라고 약속하지만 법학박사로 분장한 포셔의 제안으로 그 약속을 지키지 못한다. 포셔는 약속을 지키지 못한 남편을 질책하는 대신 안토니오를 담보로 삼아 바사니오에게 반지를 지킬 것을 맹세하게 한다. 모든 일은 포셔가 꾸미고 의도한 대로 진행되고, 종국에는 모든 것을 얻는다. 최후의 승자는 포셔─그녀다. 이 말로 결론을 맺지만 가슴 한편에서는 여전히 의문이 가시지 않고 있다. "정말 그럴까?"

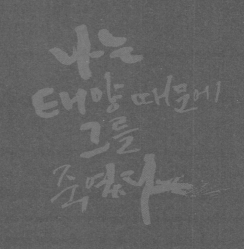

자비를 베풀 자에게는 자비를 베풀고,
아니 베풀 자에게는 아니 베푼다

———

셰익스피어, 『자에는 자로』
(1604년)

윌리엄 셰익스피어[*William Shakespeare*, 1564년 4월 26일(세례일. 정확한 출생일자 모름)~1616년 4월 23일]는 영국의 극작가이자 대문호다. 그는 생전에 '영국 최고의 극작가'로 추앙받았으며, 희·비극, 시, 소네트 등 많은 작품을 썼다. 『햄릿』(1601년), 『리어왕』(1605년), 『맥베스』(1605년), 『오셀로』(1604년)를 셰익스피어 4대 비극, 『말괄량이 길들이기』(1593년), 『십이야』(1599년), 『베니스의 상인』(1596년), 『뜻대로 하세요』(1623년), 『한여름 밤의 꿈』(1596년)을 5대 희극이라 한다.

작품 배경과 줄거리

셰익스피어가 1604년에 써서 발표한 『자에는 자로(*Measures for Measure*)』[101]는 정치극이다. 이 작품은 스위스의 빈을 배경으로 하고 있지만 17세기 초반 런던의 현실상황을 반영하고 있다. 당시 영국은 제임스 1세가 통치하고 있었다. 연회기록장(*Revels Accounts*)에 따르면, 『자에는 자로』로 추정되는 작품이 1604년 12월 26일 화이트홀의 연회실에서 공연되었다고 한다. 크리스마스 다음 날인 12월 26일은 성 스티븐 축일이었고, 이 작품은 '국왕 극단'이 궁정무대에 올렸으므로 아마 제임스 1세도 지켜보았을 것이다.[102] 작중 주인공인

---

101) 이 글의 인용문은 다음 책을 바탕으로 작성하였다. 셰익스피어(김종환 옮김), 『자에는 자로』, 지만지드라마, 2019, 243쪽.

102) 이미영, "『자에는 자로』: 권위를 문제 삼은 '문제극'", *Shakespeare Review vol. 40 No. 4*, 913쪽. 이에 반하여 제임스 1세가 지켜봤다고 단정하는 견해도

빈센티오 공작을 통해 셰익스피어는 제임스 1세의 권위와 권력을 정당화시키는 한편 극 중 많은 저항 담론들을 통해 공작의 가부장적 권위를 직간접적으로 비판·풍자하고 있다.[103]

1603년 9월 16일 제임스 1세는 런던 외곽의 유곽을 전부 폐쇄하라는 포고령(*Proclamation*)을 시행한다.[104] 이 조치는 『자에는 자로』에서 폼피의 입을 빌려 그대로 재현된다. "뭔 포고령 말인가?"라고 묻는 런던 외곽의 유곽 포주인 오버던에게 그녀의 급사로 일하는 폼피는, "빈 교외에서 영업하는 유곽들이 전부 헐리게 된다(*All houses in the suburbs of Vienna must be plucked down*)는 포고 말입니다."라며 유곽 폐쇄 사실을 알려준다.(19~20쪽) 이 포고령은 런던 시내에서 영업하는 유곽도 폐쇄할 예정이었으나 런던시민의 탄원으로 "씨를 받기 위해 남겨" 두었다며 폼피는 앤젤로가 공포한 유곽폐쇄 포고령의 시행에 대해 비판한다.(20쪽)

그리고 이 조치와 함께 제임스 1세는 오랫동안 적용되지 않아 사문화되어 있던 간음죄(*lechery*: *adultery*) 처벌에 관한 규정을 부활하여 시행한다. 작품에서 클로디오는 줄리엣과 혼인 언약을 했으나 혼전에 그녀와 동침하여 "구멍에 말뚝을 집어넣는 장난을 즐기다가"(26쪽) "아이를 갖게 한 죄"(18쪽)를 범한다. 빈센티오 공작은 앤젤로에게 모든 권한을 위임하고 빈을 떠난다. 수사로 변장한 공작은 빈을 떠나지 않고 암행을 하면서 시민들의 동태와 반응을 살핀다. 공작이

있다.[셰익스피어(김종환 옮김), 위의 책, 221쪽 해설 참조.]
103) 이미영, 앞의 논문, 914쪽.
104) *https://www.british-history.ac.uk/cal-state-papers/domestic/jas*1/1603~10/*pp*26~43(검색일: 2020. 6. 29.)

부재한 동안 대리로 부임한 앤젤로는 "19년이란 오랜 세월 동안 벽에 걸어 두고/ 한 번도 써 본 적 없는/ 먼지투성이 갑옷 같은 법률을 끌어내"(24쪽) 클로디오에게 적용하여 간음죄로 처벌한다. 이 두 가지 조치 가운데 『자에는 자로』는 이 법률의 시행과 관련하여 간음죄를 주된 주제로 다루고 있다.

클로디오는 전옥(典獄)에게 자신을 빈 거리로 끌고 다니면서 세상 사람들의 구경거리로 만들지 말고 감옥으로 곧장 데리고 가라고 부탁한다. 하지만 전옥은 앤젤로의 특명으로 클로디오를 끌고 가는 것일 뿐 자신의 악의로 이렇게 하는 것은 아니라고 변명한다. 클로디오는 전옥에게 말한다.

> 신처럼 절대 권력을 행사하는 분께서 우리 죄를 저울에 달아, 그 대가를 치르게 하고 있어.
> '자비를 베풀 자에게는 자비를 베풀고 아니 베풀 자에게는 아니 베푼다'는 하느님 말씀은 언제나 공명정대하지.(21쪽)

클로디오의 이 말은 『로마서』 9장 15절에 나오는 "긍휼히 여길 자는 긍휼히 여기고 불쌍히 여길 자는 불쌍히 여기리라"를 반영한 대사다. 이 작품의 제목인 "자에는 자로" 또는 "죄에는 죄로", "눈에는 눈" 등은 여기에서 따온 것이다.

클로디오는 친구 루시오에게 수도원에서 수녀수습을 받고 있는 이사벨라에게 찾아가서 자신을 구명해 줄 것을 부탁한다. 루시오는 이사벨라에게 '불쌍한 오빠'인 클로디오가 사형선고를 받은 상황을 설명하고, 공작대리 앤젤로에게 오빠의 목숨을 구해달라며 청원하라고 요구한다. 이사벨라는 앤젤로를 만나 자비를 베풀어 오빠의 사면을 간청한다. 앤젤로는 "이사벨라 당신이/ 날 사랑하면 그를 처형하지 않겠소."(89쪽)라며 그 대가로 동침을 요구하며 정조를 빼앗으려 한다. 수사로 변장한 공작은 이사벨라와 클로디오를 살리기 위한 계략인 '베드 트릭(*bed trick*)', 즉 '잠자리 바꿔치기'를 꾸민다.

　앤젤로는 마리아나와 약혼을 파기한 적이 있다. 약혼녀의 집안이 파산하여 자신이 기대한 만큼의 결혼지참금을 받을 수 없게 되자 앤젤로는 마리아나와의 약혼을 파기해버린 것이다. 공작이 꾸민 계략에 따라 이사벨라는 앤젤로와 캄캄한 밤 시간을 정하여 동침 약속을 하고, 자기 대신 마리아나를 보낸다. 앤젤로는 공작이 놓은 덫에 걸려들어 이사벨라가 아니라 실은 약혼녀 마리아나와 동침했다는 사실을 전혀 알지 못한다. 한편 앤젤로는 이사벨라에게 동침의 대가로 오빠 클로디오를 석방하겠다고 약속한다. 하지만 그는 전옥에게 사신(私信)을 보내 클로디오를 신속하게 처형하라고 지시함으로써 약속을 지키지 않는다.

　공작은 암행을 끝내고 빈으로 귀환한다. 이 자리에서 공개재판을 열어 앤젤로를 고발한 이사벨라의 주장과 마리아나의 증언을 듣는다. 공작은 처음에는 앤젤로의 편에 서서 그의 입장을 두둔한다. 그리고 자신에 관계된 일이니 앤젤로가 이 재판을 주재하라고 지시한다. 그리고 또다시 수사로 변장하여 당사자의 주장을 경청한다. 루시오가 갑자기 수사의 두건을 잡아당기면서 드디어 공작은 모습을 드러낸다. 공작은 앤젤로를 용서하고 클로디오는 석방함으로써 자비를 베푼다. 다만 루시오를 창녀와 결혼하게 함으로써 루시오만은 용서하지 않는다. 이유는 하나, 그가 군주인 자신을 비방했기 때문이다. 그러고는 정작 본인은 "나의 것은 당신 것, 당신 것은/ 내 것이 될 것이오."(218쪽)라며 이사벨라에게 청혼한다.

낡은 법: 법률은 잠자고 있었으나 죽은 것은 아니다

공작대리로 부임한 앤젤로는 "19년이란 오랜 세월 동안 벽에 걸어 두고/ 한 번도 써 본 적 없는/ 먼지투성이 갑옷 같은 법률"(24쪽), 즉 "낡은 법 하나"(35쪽)를 꺼내어 클로디오를 "줄리엣에게 아이를 갖게 한 죄"(18쪽)인 간음죄로 처벌한다. 하지만 사람들은 클로디오가 무슨 죄를 지었는지 이해하지 못한다. 앤젤로가 적용하여 처벌하는 간음죄는 클로디오에게는 "자기 개울에서/ 자기 송어를 잡"은 '여자 문제'에 지나지 않는다.(19쪽) 사실 클로디오는 간음죄를 범했다며 감옥으로 끌려가는 게 억울하기 짝이 없다. "그런데 간음을 이렇게 엄하게 다스리는가?"란 루시오의 질문에 클로디오는 이렇게 대답한다.

> **클로디오** 내 경우에는 그렇다네. 진심으로 혼인 언약을 하고, 나는 줄
> 리엣과 동침했네.
> 자네도 그녀는 알 거야. 그녀는 분명 내 아내야.
> 다만 사람들에게 널리 알리지 않았을 뿐이지.
> 그것은 그녀의 친척 손에 맡겨 둔 지참금을 가능한 한 많이
> 받아 내기 위해서라네. 시간이 무르익어, 친척들이 우리 둘

관계를 인정할 때까지 숨겨 두는 게 좋겠다고 생각했으니까. 그런데 그녀와 내가 남몰래 은밀한 정사를 벌인 결과, 아이라는 엉뚱한 표적이 그녀 몸에 생겨났네.(23쪽)

　　간음(姦淫·姦婬)은 부부가 아닌 남녀가 성관계를 맺는 것을 말한다. 강간이나 간통, 성매매는 물론 미혼인 사람과의 성관계도 간음으로 본다. 대한민국 형법 제304조는 혼인을 빙자하거나 기타 위계로써 음행의 상습 없는 부녀를 기망하여 간음하는 죄인 혼인빙자간음죄를 처벌하는 규정을 두고 있었다. 하지만 헌법재판소는 2009년 11월 26일 "형법 304조 혼인빙자간음죄 조항은 남성만을 처벌 대상으로 해 남녀평등에 반할 뿐 아니라, 여성을 보호한다는 미명 아래 여성의 성적(性的) 자기결정권을 부인하고 있어 여성의 존엄과 가치에 역행하는 법률"이라 하여 위헌결정을 하였다.[105] 이 결정에 따라 형법 제304조는 효력이 상실되어 현재는 더 이상 적용되지 않고 있다.

　　사실 간음죄는 중세시대 기독교적 성 관념을 반영하고 있다. 당시 성적 쾌락은 남성의 전유물로만 인식되었고, 성적 자기결정권이 없는 여성을 보호한다는 명목으로 간음죄를 제정하였다. 그리고 이 죄의 처벌은 남성만을 대상으로 하고 있어 남녀평등에 어긋난다는 비판을 받고 있었다. 현재 우리나라를 비롯한 대부분의 국가에서는 합의에 의한 강제성이 없는 간음을 처벌하지 않고 있다. 간음죄의 한 종류인 간통에 대해서는 형법 제241조[106]에 따라 처벌하였으

---

[105]　헌법재판소 2009년 11월 26일 자 결정 2008헌바58.
[106]　형법 제241조(간통) ① 배우자 있는 자가 간통한 때에는 2년 이하의 징역에 처

나 2015년 2월 26일, 대한민국 헌법재판소의 위헌결정으로 동조의 효력이 상실되었고, 2016년 1월 6일 형법에서 삭제되었다.[107]

그런데 최근 '비동의 간음죄'의 도입 유무를 둘러싸고 논쟁이 제기되고 있고, 일부 정당과 국회의원은 이 죄를 도입하는 내용의 형법 개정안을 발의하였다. 이 발의안의 핵심 내용은, "자기결정권을 침해하는 강제적 간음은 유형력(폭행·협박 등 넓은 의미의 물리력) 유무와 상관없이 처벌돼야 하고 폭행과 협박이 수반되면 가중 처벌해야 한다."라는 것이다. 요컨대 강간죄의 구성요건을 폭행·협박 등 '가해자의 유형력 행사'에서 '피해자의 동의 여부'로 강화하자, 즉 강압이 없다 할지라도 상대방이 동의하지 않은 성행위라면 처벌하자는 것이다.[108] 여기서 쟁점은 피해자의 동의와 가해자의 인식 여부를 사법부가 명확하게 판단할 수 있는가 하는 점이다. 안희정 전 충남도지사의 비서 김 모 씨 성폭행 사건을 비롯해 각계에서 일어난 미투(Me Too)를 통해 여성계는 비동의 간음죄를 신속하게 도입하라고 주장하고 있다. 하지만 이를 반대하는 목소리도 적지 않으므로 사회적 공론화를 통한 입법이 필요하다.

그렇다면 오늘날의 관점에서 볼 때 클로디오와 줄리엣의 동침을 간음죄로 처벌할 수 있을까? 결론적으로 말한다면, 두 사람의 성행

한다. 그와 상간한 자도 같다.

② 전항의 죄는 배우자의 고소가 있어야 논한다. 단, 배우자가 간통을 종용 또는 유서한 때에는 고소할 수 없다.

107) 이로써 간통은 형법상 처벌은 받지 않지만 민사상 손해배상청구의 대상은 된다. 그리고 성매매는 여전히 처벌된다.(『성매매방지 및 피해자보호 등에 관한 법률』, 시행 2018. 9. 4., 법률 제15450호)

108) *http://news.kbs.co.kr/news/view.do?ncd*=4470082(방문일: 2020. 7. 1.)

위는 간음죄로 처벌할 수 없다.

　대부분의 국가에서 서로의 합의에 의한 강제성이 없는 간음죄는 폐지되었다. 다만 문제가 되는 것은 서로의 합의에 의하지 않고, 강제성이 있는 성행위이다. 이를테면, 고의적이고, 상대의 의사에 반하는 신체에 대한 유형력을 행사하여 성행위를 한 경우는 폭행죄에 해당한다. 최근 사회문제로 등장하고 있는 데이트폭력을 그 전형적인 사례로 들 수 있다.

　이와 관련하여 부부 사이에도 강간 혹은 간음죄가 성립할 수 있는가도 논쟁 중인 사안이다. 소위 '부부강간'의 문제인데, 부부라 할지라도 일방 배우자의 동의 없이 성행위를 한 경우 이를 강간으로 봐야 한다는 것이다. 2013년 5월 16일 대법원 전원합의체 판결을 통해 혼인관계가 유지되고 있던 부부 사이의 강간을 처음으로 인정하였다.[109] 대법원이 부부강간을 인정하는 취지를 담은 판결 내용을 살펴보면 아래와 같다.

　헌법이 보장하는 혼인과 가족생활의 내용, 가정에서의 성폭력에 대한 인식의 변화, 형법의 체계와 그 개정 경과, 강간죄의 보호법익과 부부의 동거의무의 내용 등에 비추어 보면, 형법 제297조가 정한 강간죄의 객체인 '부녀'에는 법률상 처가 포함되고, 혼인관계가 파탄된 경우뿐만 아니라 혼인관계가 실질적으로 유지되고 있는 경우에도 남편이 반항을 불가능하게 하거나 현저히 곤란하게 할 정도의 폭행이나 협박을 가하여 아내를 간음한 경우에는 강간죄가 성립한다고 보아야 한다.

---

109)　대법원 (2013.5.16. 선고) 2012도14788 · 전도252(병합) 판결.

그러나 이 판결에 대해 대법관 이상훈, 김용덕은 반대의견을 제시하고 있다.

그런데 '간음'의 사전적 의미는 '부부 아닌 남녀가 성적 관계를 맺음'이다. 강간은 '강제적인 간음'을 의미하므로 강간죄는 폭행 또는 협박으로 부부 아닌 남녀 사이에서 성관계를 맺는 것이라 할 것이다. 그리고 강간죄는 '부녀'를 대상으로 삼고 있으므로, 결국 강간죄는 그 문언상 '폭행 또는 협박으로 부인이 아닌 부녀에 대하여 성관계를 맺는 죄'라고 해석된다.

형법을 제정하여 강간죄를 규정하면서 '성관계'라는 용어 대신에 위와 같이 '간음'이라는 용어를 사용한 것은 부부 사이의 동거의무 내지는 부부관계의 특수성을 고려하여 강간죄의 처벌대상에서 부부관계를 제외하려고 한 것으로 보인다.

부부간 상대방의 동의 없이 강제적으로 하는 성행위를 강간 혹은 간음의 어느 것으로 보든 중요한 것은 유형력을 행사하여 상대방을 폭력 혹은 협박하여 강제적으로 성행위를 해서는 안 된다는 데 있다. 대한민국 헌법은 인간의 존엄과 가치 및 행복추구권을 보장하고 있고(제10조), 혼인과 가족생활이 개인의 존엄과 양성의 평등을 기초로 성립되고 유지되어야 함과 아울러 국가는 이를 적극적으로 보장하여야 하는 의무를 부담함을 천명하고 있다.(제36조) 특히 개인의 성적 자기결정권은 위 헌법 규정이 정한 개인의 존엄과 가치, 양성의 평등, 행복추구권에 기초하고 있으므로 혼인한 부부 사이의 성생활

에서도 개인의 성적 자기결정권은 보장되고 보호되어야 한다.[110]

위 논의를 클로디오와 줄리엣의 동침 사례에 적용해 보면, 간음죄가 성립하지 않는다는 사실을 알 수 있다. 두 사람은 결혼을 약속한 사이로 서로 합의에 의해 성관계를 맺었으며 상대의 의사에 반하는 신체에 대한 유형력, 즉 강제성이 전혀 없다. 비록 두 사람이 부부는 아니라고 할지라도 이미 결혼을 약속한 사이이므로 남녀 간에 이루어지는 성생활에 앤젤로가 '낡은 법'을 적용하여 당사자의 사생활에 부당하게 개입한 것이다. 그러니 클로디오로서는 간음죄로 사형을 당할 처지에 놓였으니 억울하기 그지없을 것이다. 오히려 여기에서 우리는 공작대리 앤젤로가 왜 19년이란 오랜 세월 동안 "벽에 걸어 두고/ 한 번도 써 본 적이 없는/ 먼지투성이 갑옷 같은 법률을 끌어내" 클로디오에게 적용했는가 하는 점에 관심을 가질 필요가 있다. 전옥에게 끌려가면서 클로디오는 앤젤로의 조치를 비꼬며 이렇게 비아냥댄다.

> **클로디오** 그래. 그런데 불행하게도, 공작 권한을 위임받은 새 대리인께서, ―그것이 새로 번쩍이는 것에는 늘 따르는 결점인지, 혹은 대중이 통치자가 타고 다니는 말과 같은 존재여서, 새롭게 그 자리에 앉은 사람은 자신이 명한 것의 효과를 시험하기 위해 그 말에 사정없이 박차를 가해 보는 것인지, 아니면 그 직책에서 자연히 행사하게 되는 폭정 때문인지, 혹은 갑자기 출세한 것 때문인지 몰라. 뭐라고 단정할 수 없지

---

110) 대법원 (2013. 5. 16. 선고) 2012도14788·전도252(병합) 판결

만―

(…)

잠자고 있던 온갖 법률을 두들겨 깨워 새삼스럽게 내게 적
용한 셈이지. 이는 분명 자기 이름을 날리기 위해서야. (24쪽)

법률이 실효성을 가지기 위해서는 보편타당성을 가져야 한다. 즉, 실효성과 보편 타당성은 법이 사회질서를 유지하는 최후의 보루로써 가져야 하는 당위의 조건인 셈이다. 모든 실정법이 보편타당해야겠지만 설령 그렇지 못하다 할지라도 만일 실정법이 최소한의 실효성이라도 가진다면 사람들은 법이 가지는 규범력을 인정한다. 하지만 클로디오는 19년간 적용되고 있지 않던 낡은 법을 자신에게 적용하여 간음죄로 처벌하는 것을 도무지 인정할 수 없다. 그로서는 앤젤로가 "자기 이름을 날리기 위해서" 자신을 "본보기로 삼"아(35쪽) 실정법을 적용했다고 볼 수밖에 없는 것이다.

하지만 앤젤로의 입장은 단호하다. "오빠의 죄는 벌하시되/ 제 오빠는 벌하지 말아 주십시오."라며 클로디오의 사면을 청원하는 이사벨라에게 앤젤로가 말한다. "죄를 벌하되, 죄를 범한 자는 벌하지 말라고?/ 죄를 범하기 전부터/ 모든 죄는 처벌되도록 정해졌소. / 기록에 올라 있는 죄만을 벌하고,/ 죄를 범한 죄인을 그냥 방치하는 것은/ 내 직무상 있을 수 없는 일이오."(64쪽) 이 말에 이사벨라는 "아, 정당하지만 가혹한 조치입니다."라며 그의 자비를 호소한다.(64쪽) 하지만 앤젤로는 "정의롭게 집행하는 게/ 가장 큰 자비를 베푸는 것이오."라며 그녀의 청을 거절한다. 이사벨라는 "각하께서도 생각해 보세요. / 이런

죄로 사형당한 사람이/ 한 사람이라도 있었나요?"라며 반문을 하지만 앤젤로는 이에 대해 즉답을 피하면서 이렇게 말한다.

> 법률은 잠자고 있었으나 죽은 것은 아니었소.(68쪽)

앤젤로의 이 말은 많은 함의를 내포하고 있다. "잠자고 있었으나 죽은 것은 아"닌 법률이라 함은 제정된 후 시행되어 법률효과가 있는 실정법이라는 것을 의미한다. 다만 그 법률이 상당기간 동안 적용되고 있지 않았을 뿐 현재 시점에서 필요사안에 대해 적용하는 것은 법적 측면에서는 아무런 문제가 없다. 문제는 법률의 시행이다. 법률은 시행되어야만 효력을 가지고, 그 법률이 규정한 효과(법률효과)를 발생하기 때문이다. 대부분의 법률은 부칙에 시행일에 관한 규정을 두고 있다. 하지만 시행일을 따로 정하지 않은 법률도 법률효과를 가지는가?

일반적으로 국내법은 헌법과 법률, 법령(대통령, 총리령, 부령), 규칙의 순으로 이루어져 있다. 헌법을 제외한 나머지를 통상 법령으로 부른다. 법령의 법률효과가 발생하려면 우선 그 법률의 효력이 발생해야 한다. 그리고 법령의 효력 발생은 그 법령이 시행됨으로써 확보되는데, 모든 법령은 부칙에 시행일을 정하고 있다. 만일 법령의 부칙에 시행일을 정하지 아니하면, 그 법령은 대한민국 헌법 제53조 제7항 및 「법령 등 공포에 관한 법률」(법령공포법) 제13조에 따라 공포한 날부터 20일이 경과함으로써 그 효력이 발생한다. 현재 법령의 부칙에 시행일을 정하지 아니하는 사례는 없다. 만일 시행일을 따로 규정하지 않은 법령의 효력은 어떻게 될까? 이 경우라도 헌법과 「법령 등 공포에 관한 법률」의 일반 규정에 따라 그 법령이 효력을 발생하는 데에는 별다른 문제가 없다.[111]

『자에는 자로』에 묘사되고 있는 내용만으로는 19년 동안 잠자고 있던 법률이 시행일을 정하고 있었는지, 아니면 시행에 관한 별도의 규정을 두고 있지 않았는지는 알 수 없다. 앤젤로가 이 낡은 법률을 현재에 불러내어 클로디오에게 적용한 것을 보면 시행일에 관한 별도의 규정을 첨부하고 있는가 여부를 떠나 실정법으로 제정되어 시행되고 있었던 것만은 분명하다. 앤젤로가 정치적 목적으로 이 법률을 클로디오라는 개인을 본보기로 삼아 적용한 것은 도덕적 혹은 사회적으로 비난할 수는 있지만 적어도 법적으로는 문제가 없다는 말이다.

현실에서는 잠자고 있었으나 죽은 것이 아닌 일이 실제로 일어난다. 2004년 10월 21일 헌법재판소는 "신행정수도법 위헌 확인 결정"[112]에서 신행정수도의 건설을 위한 특별조치법이 헌법에 위반된다고 판시하였다. 헌재는 이 결정의 논리로 "서울은 관습헌법"을 들었다. 대한민국 헌법은 수도에 관한 명문의 규정을 두고 있지 않지만 현재의 서울 지역이 수도인 것은 그 명칭상으로도 자명한 것이다. 대한민국 성립 이전부터 국민들은 역사적·전통적 사실로, 또한 의식적 혹은 무의식적으로 인식하고 있었으며, 대한민국의 건국에 즈음하여서도 국가의 기본구성에 관한 당연한 전제사실 내지 자명한 사실로서 아무런 의문도 제기될 수 없는 것이다. 따라서 서울이

---

111) 시행일에 관한 규정에 대해서는, *https://www.lawmaking.go.kr/lmKnlg/jdgStd/info?astSeq=85&astClsCd=CF*0101(방문일: 2020. 7. 1.)

112) 헌재 결정 2004헌마554·2004헌마566, 2004. 10. 21.

대한민국의 수도인 점은 불문의 관습헌법이므로 헌법개정절차에 따라 새로운 수도 설정의 헌법조항을 신설함으로써 실효되지 아니하는 한 헌법으로서의 효력을 가진다. 헌재의 이 결정에 따라 행정수도 이전계획이 취소되고 그 후속대책으로 현재의 세종특별자치시가 행정중심복합도시로 건설되었다.[113]

베드 트릭(bed trick)—잠자리 바꿔치기: 위장으로 위장의 대가를 치르게 하다

수사로 변장한 공작은 이사벨라에게 앤젤로에게 동침의 대가로 그녀의 오빠 클로디오의 사면을 요구하라고 권고한다. 여기서 공작은 앤젤로를 속일 간계를 꾸미는데 다름 아닌 '베드 트릭', 즉 '잠자리 바꿔치기'다. 이사벨라가 앤젤로에게 한밤중에 잠자리를 하겠다고 약속을 하되 그녀 대신 앤젤로의 약혼녀 마리아나를 보내는 계책이다. 앤젤로는 약혼녀 마리아나와 혼인할 예정이었지만 그녀의 집안이 파산하자 지참금 문제로 결혼을 하지 않았다. 결국 앤젤로는 자신이 품은 여인이 이사벨라라고 믿었지만 사실은 약혼녀 마리아나와 잠자리를 한다. 이 계책을 꾸미면서 공작은 이렇게 말한다.

공작 앤젤로는 오늘 밤, 혼인 약속을 했다가 버렸던 약혼녀와 동침할

---

113) 「신행정수도 후속대책을 위한 연기·공주지역 행정중심복합도시 건설을 위한 특별법」(약칭: 행복도시법) [시행 2020. 6. 9.] [법률 제17453호, 2020. 6. 9.]

것이다. 그러나 위장으로 위장의 대가를 치르게 하고, 허위에는
허위로 맞서서, 이전에 했던 약혼 계약을 행하게 할 것이다.

(133쪽)

그리고 마리아나에게도 "이전 약혼에 따라 그는 당신 남편이오. /
그러니 두 사람을 만나게 하는 건/ 죄가 되지 않아요. 그에 대한/ 아
내로서 정당한 권리로 인해/ 이 속임수는 도리어 훌륭한 일이 될 것
이오."라며 안심시킨다.(142쪽)

한편 앤젤로는 이사벨라와 동침의 대가로 오빠를 석방하겠다고
약속하지만 전옥에게 비밀리에 사신(私信)을 보내 클로디오를 처형할
것을 명한다. 동침을 하고나서 앤젤로는 '순결한 처녀' 이사벨라와
잠자리를 한 것에 양심의 가책을 느낀다.

앤젤로 내가 한 짓 때문에 마음이 혼란스러워.
       모든 일이 따분하게 느껴지는군.
       고위 관리가 어찌 처녀의 몸을 더럽힐 수가 있는가?
       그런 짓을 금하는 법을 집행해야 할 자리에 있는 사람이…

       (172쪽)

그러고는 "떠벌리지 않으면 모를까, 만약 아니라면/ 얼마나 나를
비난하며 떠들어 댈지 몰라."라며 혹시 이사벨라가 이 일을 세상에
떠벌리고 사람들이 자신을 욕하고 비난할지도 모른다는 사실을 걱
정한다. "하지만 그녀가 지각이 있다면 그러진 않을 거야."라며 이내
그는 엄정한 권력자의 얼굴로 되돌아온다. 그가 이렇게 믿는 데는

이유가 있다. "내 권위에는 사회적 신뢰가 주어져 있으니까./ 그 어떤 사적인 추문을 폭로해도 통할 리가 없고,/ 오히려 비난하는 이가 당황하게 될 테니까…."(172쪽) 앤젤로의 철면피한 모습은 시대를 거슬러 오늘날 우리 사회에도 여실히 드러난다. 가해자의 행위를 비난하는 것이 아니라 피해자가 2차, 3차 가해를 당하고 모든 고통을 감내해야 하질 않는가.

앤젤로를 궁지로 몰아넣고 민심을 확인한 공작은 빈으로 돌아온다. 공작과 사전에 세운 계획에 따라 이사벨라는 "공정한 재판을 원합니다./ 재판, 재판, 재판을 해 주세요!"(183쪽)라며 공개재판을 요구한다. 공작은 본인이 나서는 대신 "앤젤로 경이 여기 있다./ 그가 재판할 것이다. 사정을 그에게 말하라."(183쪽)라며 자신은 뒤로 빠진다. 앤젤로와 이사벨라는 클로디오의 사형을 두고 '정당한 법적 절차'를 따랐는지에 대해 대립한다. 이사벨라는 공작에게 "공작님의 이성으로 감춰진 진실을 밝히고,/ 진실처럼 보이는 허위를 물리치십시오."(186쪽)라며 탄원한다. 이제 공작이 화려하게 등장할 무대는 마련되었다. 이성을 앞세워 '진실처럼 보이는 허위'를 물리칠 절대권력자는 오직 공작 자신뿐임을 세상에 드러내는 일만 남았다.

클로디오와 줄리엣, 앤젤로와 마리아나의 관계는 '약혼 혹은 혼인(결혼)'과 관련되어 있다.

혼인(결혼)이라는 말의 사전적 의미는 "남녀가 정식으로 부부관계를 맺음"이다. 최근 활발하게 제기되고 있는 동성혼은 별론으로 하고 전통적 관념에 따르면, 혼인 혹은 결혼은 생물학적 성을 달리하는 남녀 이성이 부부관계를 맺는 것이다. 우리 민법은 혼인적령인 만 18세 이상의 성인은 부모의 동의 없이 누구나 결혼할 수 있다.(제807조) 또한 결혼이 유효하게 성립하기 위해서는 결혼하려는 당사자 사이에 진정으로 결혼하겠다는 의사가 합치해서 결혼이 이루어져야 한다고 정하고 있다. 만일 당사자 사이에 결혼의 합의가 없으면 그 결혼은 무효가 된다.(제815조 제1호) 일단 당사자 사이의 혼인에 대한 합의가 있으면 혼인을 위한 실질적 요건이 성립되므로 그 혼인은 유효하다. 그 이후 행해지는 혼인신고는 형식적 성립요건에 지나지 않는다. 이 요건은 법률상 혼인으로 보호받기 위한 행정적 절차인 것이다. 따라서 혼인의 합의가 있으면 당사자 사이에서는 이미 혼인이 성립된 것으로 보아야 한다.

작품 『자에는 자로』가 묘사하고 있는 당사자들은 모두 약혼을 한 관계이다. 약혼이란 장차 결혼을 성립시키려는 당사자 사이의 약속을 말한다. 혼인(결혼)과 마찬가지로 만 18세 이상의 성인이라면 누구나 부모의 동의 없이 약혼할 수 있다.(민법 제801조) 약혼을 한 당사자는 결혼을 성립시킬 의무를 부담한다. 그러나 이 의무를 이행하지 않더라도 강제이행을 청구할 수는 없으며(민법 제803조), 의무위반을 이유로 손해배상을 청구할 수 있을 뿐이다.(민법 제806조) 이 점에서 약혼은 혼인(결혼)과 차이가 있다.

그러니 법적인 의미에서 본다면, 앤젤로가 약혼관계에 있던 마리아나와 결혼을 하지 않았다고 하더라도 별다른 문제가 없다. 반대로 클로디오와 줄리엣은 서로 결혼을 약속한 사이로 상호 동의하에 성관계를 맺었으니 역시 법적으로 처벌할 수 없다. 앤젤로가 '낡은 법'을 불러내어 클로디오와 줄리엣을 마치 사창가에서 창녀와 성행위를 한 것으로 보고 간음죄를 적용한 것 자체가 잘못된 행위인 셈이다.

사실 위법행위를 한 장본인은 공작이다. 베드 트릭으로 잠자리 바꿔치기를 함으로써 혼인하려는 의사의 합의가 없는 당사자인 앤젤로와 마리아나를 강제로 결혼시켰기 때문이다. 소위 '강제결혼(forced mariage)'의 문제로서 형법상 '결혼 목적 약취 혹은 유인의 죄'인데 이른바 납치혼 또는 약탈혼으로 불린다.

우리 형법은 1953년 9월 19일 법 제정 시부터 제291조에서 '결혼을 위한 약취, 유인'이라는 표제하에 "결혼할 목적으로 사람을 약취 또는 유인한 자는 5년 이하의 징역에 처한다."라고 규정하고 있었다. 이 조문은 한 차례도 개정되지 않고 적용되다가 2013년 형법이 개정되면서 대폭 수정되었다. 즉 형법 제288조 제1항에 따라 "추행, 간음, 결혼 또는 영리의 목적으로 사람을 약취 또는 유인한 사람은 1년 이상 10년 이하의 징역"으로 처벌하고 있다. 이렇게 하여 기존의 결혼목적 약취·유인죄 법조문이 추행·간음·영리목적 약취·유인죄와 결합하는 방식으로 제288조 전문이 개정되었다.[114] 개정형법 제288조가 '결혼목적'에 더하여 추행·간음·영리목적 약취 및 유인의 죄를 추가한 이유는 오늘날 약취·유인이 결혼보다는 추가된 다른 목적으로 행해지고 있는 시대 상황을 반영한 것이다.

대법원에 의하면, 형법 제288조에 규정된 약취행위는 피해자를 그 의사에 반하여 자유로운 생활관계 또는 보호관계로부터 범인이나 제3자의 사실상 지배하에 옮기는 행위를 말한다. 이때 폭행 또는 협박을 수단으로 사용하는 경우에 그 폭행 또는 협박의 정도는 상대

---

114) 주현경, "형법의 문화수용 – 결혼목적 약취·유인죄 및 독일의 강제결혼죄를 중심으로–", 비교형사법연구 21권 1호, 2019. 4., 207~208쪽.

방을 실력적 지배하에 둘 수 있을 정도이면 충분하고 반드시 상대방의 반항을 억압할 정도일 필요는 없다. [115] 그리고 유인의 수단은 기망이나 유혹이다. [116]

구형법 제291조와 개정형법 제288조를 앤젤로와 마리아나의 사례에 적용할 수 있을까. 결론적으로 앤젤로는 마리아나와 결혼할 목적이 없었으며, 그녀를 약취 또는 유인하지 않았으므로 적어도 두 사람 사이에는 어떤 범죄도 성립하지 않는다. 오히려 앤젤로가 이사벨라에게 요구한 동침이 형법상 범죄가 되는지, 또한 공작이 앤젤로의 의사에 반하여 마리아나와 결혼을 강제할 수 있는지 등이 문제된다.

공개재판에서 이사벨라는 공작에게 앤젤로가 자신에게 무엇을 요구했는지 설명한다.

> **이사벨라** (…) 그는 순결한 제 몸을 제물로 삼아 주체할 수 없는 자신
> 의 정욕을 만족시키라고 했습니다. 그러지 않으면 오빠를
> 석방할 수 없다고 했어요.
> 숙고한 뒤 그 요구에 따르기로 했지요.
> 오빠를 구하고 싶은 생각에서 정조를 버리기로 했습니다.
> 하지만 자신의 욕심을 채운 앤젤로 경은 다음 날 아침 영장
> 을 보내 제 오라비를 참수형에 처했습니다. (188쪽)

이사벨라의 증언에서 알 수 있듯이 앤젤로는 「성폭력범죄의 처벌

---

115)　대법원 1991. 8. 13. 선고, 91도1184, 판결.
116)　김태명, 『판례형법각론』, 피앤씨미디어, 2016, 108~109쪽.

및 피해자 보호 등에 관한 법률」 제11조 제1항 '업무상 위력 등에 의한 추행' 내지는 형법 제303조 '업무상 위력 등에 의한 간음'의 죄에 해당할 수 있다. 이 죄는 공히 업무·고용 기타 관계로 인하여 자기의 보호 또는 감독을 받는 사람에 대하여 위계 또는 위력으로써 추행 또는 간음하는 것을 말한다. 이 규정에서 보듯이 업무상 위력 추행죄 내지는 간음죄는 주로 가해자와 피해자가 소속된 집단 내부의 권력관계에서 발생하며, 피해자에 대한 무형의 지배력을 이용한다는 점에서 권력형 성범죄로 불리기도 한다.[117] 이 범죄 성립 유무를 판단하는 데 핵심적인 요건은 '위력'의 행사 유무이다.

업무상 위력 추행죄 관련 판결에서 대법원은, 위력이라 함은 피해자의 자유의사를 제압하기에 충분한 세력을 말하고, 유형적이든 무형적이든 묻지 않는다. 따라서 위력은 폭행·협박뿐 아니라 사회적·경제적·정치적인 지위나 권세를 이용하는 것도 가능하며, 위력행위 자체가 추행행위라고 인정되는 경우도 포함된다. 이 경우에 있어서의 위력은 현실적으로 피해자의 자유의사가 제압될 것임을 요하는 것은 아니다. 하지만 추행은 객관적으로 일반인에게 성적 수치심이나 혐오감을 일으키게 하고 선량한 성적 도덕관념에 반하는 범죄행위라고 보아야 한다.

위력에 대한 대법원의 판시는 업무상 위력 간음죄의 경우에도 다르지 않다. 요컨대 업무상 위력은 '피해자를 종속시킬 수 있는 가해

---

117) 유상진, "업무상 위력 간음죄에서 '위력'의 분석-서울서부지방법원, 2018. 8. 14. 선고, 2018고합75 판결, 서울고등법원, 2019. 2.1. 선고, 2018노2354 판결-", 서강법률논총 제8권 제2호, 114쪽.

자의 지위'에 중점을 두고 해석할 필요가 있다. 이 범죄는 피해자의 자유의사를 제압하여 성적 자기결정권을 침해하기에 충분할 정도라면 위력으로 보는 것이 타당하다.[118] 안희정 전 충남지사의 강제추행 등 사건에 대한 판결에서 대법원은 '위력'으로써 간음하였는지 여부는 행사한 유형력의 내용과 정도 내지 이용한 행위자의 지위나 권세의 종류, 피해자의 연령, 행위자와 피해자의 이전부터의 관계, 그 행위에 이르게 된 경위, 구체적인 행위 태양, 범행 당시의 정황 등 제반 사정을 종합적으로 고려하여 판단하여야 한다고 보고 있다.[119]

따라서 앤젤로는 공작대리라는 자신의 지위와 권세를 이용하여 클로디오 석방을 대가로 이사벨라의 자유의사에 반하여 성추행 내지는 간음을 시도하였다. 그러나 베드 트릭으로 앤젤로가 동침을 한 것은 이사벨라가 아니라 자신의 약혼녀 마리아나였다. "상대가 네 남편이냐?"는 공작의 질문에 마리아나는 "네, 제 남편이 맞습니다./ 그분은 바로 앤젤로 경입니다./ 그분은 침실에서 절 범했다는 것을 모른 채/ 이사벨라와 동침한 것으로 알고 있습니다."라고 앤젤로의 범행사실을 시인한다. 과연 앤젤로는 업무상 위력 추행죄 내지는 간음죄를 저지른 것일까?

상황을 종합해 보면, 앤젤로에 의한 업무상 위력은 있었으나 추행 내지는 간음의 대상이 바뀌었다. 또한 마리아나는 "그분은 아내인 저와 정을 통했습니다."라며 앤젤로와 결혼했다고 주장하고 있다. 물론 성폭행 관련 범죄는 피해자의 신고가 있어야만 범죄가 되

---

118)   유상진, 위의 논문, 133쪽.
119)   대법원 2019. 9. 9. 선고, 2019도2562. 이 외 대법원 2007. 8. 23. 선고, 2007
       도4818 판결, 대법원 2012. 4. 26. 선고 2012도1029 판결 등 참조.

는 친고죄가 아니므로 공작이 원한다면 앤젤로를 형사 처벌할 수 있다. 자신의 범행이 낱낱이 밝혀지자 앤젤로는 공작에게 요청한다.

> **앤젤로** (…) 그러니 공작님, 제 부끄러운 죄를 판결하기 위해 재판할
> 필요는 없습니다.
> 제 자백을 근거로 판결하십시오.
> 즉시 사형을 선고하시고 형을 집행하십시오.
> 그러는 것이 제게 자비를 베푸는 것입니다.(207쪽)

공작은 "이 여인과 약혼한 적이 있는가?" 묻고는 앤젤로가 "그렇습니다, 전하."라고 대답하자 의외의 처벌(?)을 내린다. 공작은 "그녀를 데리고 가서 즉시 결혼하라."며 앤젤로의 의사는 아랑곳하지 않고 '강제결혼'을 하라고 명령한다.(207쪽) 이 지점에서 우리는 궁금하다. 앤젤로는 가해자인가, 피해자인가? 베드 트릭이란 계략을 세우고 앤젤로를 함정에 빠트려 범죄행위를 유도한 것은 공작과 이사벨라, 그리고 마리아나 세 사람이다. 오히려 형사 처벌을 받아야 할 사람은 범죄를 공모한 그들이 아닐까.

권력은 사람을 어떻게 변하게 하는가

셰익스피어의 작품 『자에는 자로』에는 권력과 그것을 행사하는 권력자의 내면이 적나라하게 묘사되고 있다. 빈 공국의 절대군주인 빈

센티오 공작은 민심의 동태를 파악할 목적으로 자신의 권력을 대리인 앤젤로에게 잠시 위탁한다. 공작이 앤젤로를 '공작대리'로 선택한 이유는 "그를 특별히 신임하기 때문"이다.(8쪽) 그러고는 그의 결정 사항을 에스캘러스에게 말한다.

> **공작** 처벌 권한을 주고, 총애라는 옷을 입히고, 내 모든 권력기관을
> 관장할 권한을 그에게 주기로 결정했소.(8쪽)

"경은 이를 어찌 생각하시오?"라며 공작은 에스캘러스에게 묻는다. 하지만 절대군주가 내린 결정에 대해 신하가 어떤 이의를 달 수 있을까. 이 질문은 자신이 이미 내린 결정에 대해 신하의 의견을 구하는 것이 아니다. 순전히 형식적으로 동의를 구하는 것일 뿐이다.

공작은 앤젤로를 불러 위임장을 들고는 "내가 없는 동안 완벽하게 날 대신해 주시오."라며 그에게 자신의 모든 권한을 위임한다. "이제 이 빈에서/ 생살여탈권과 자비를 베풀 권한은/ 순전히 경의 말과 마음에 달려 있소." 이 말을 하고는 공작은 빈을 떠난다. 그를 전송하고 싶다는 앤젤로에게 한 번 더 당부한다.

> **공작** 경의 권한은 공작인 내 권한과 같소.
> 그러니 경이 옳다고 생각하는 방향으로 법을 집행하거나 조절하
> 시오.
> 손을 이리 주시오. 비밀리에 떠나려고 하오.
> 난 백성들을 사랑하오.(11쪽)

이 모습만 두고 보면 공작은 백성들을 사랑하는 지고지순한 절대 군주의 전형이다. 하지만 '2인자'의 자리를 오랫동안 지켜온 에스캘러스는 혼란스럽다. 아니 공작이 무슨 이유로 떠나는지, 앤젤로와 자신에게 위임한 권력과 권한의 내용과 한계가 무엇인지 알 수 없다. 에스캘러스의 말에는 권력의 영원한 2인자로서 끊임없이 절대군주의 말과 행동을 의심하고 회의해야만 자신의 자리를 보전할 수 있다는 노련한 신하의 동물적 감각이 드러나 있다.

> **에스캘러스** (앤젤로에게) 경과 터놓고 상의하고 싶은 일이 있으니 허락해
> 주시오.
> 나에 관한 일이오. 내 위치와 임무가 무엇인지 자세히 알고
> 싶소.
> 권력을 갖고 있지만, 그 권한이 어디까지인지, 어떤 성격
> 인지 아직 잘 모르겠소.(12쪽)

에스캘러스의 말에 앤젤로는 "저 역시 그러합니다."라고 대꾸하지만 그는 공작이 쳐놓은 정교하고 꼼꼼한 술수의 그물을 빠져나가지 못한다. 그가 공작대리로 취임하면서 맨 처음 내린 조치가 빈 교외의 유곽을 폐쇄하는 칙령의 시행이었다. 19년 동안이나 잠자고 있던 '낡은 법'인 칙령을 적용하여 앤젤로는 간음죄를 범했다는 이유로 클로디오에게 사형을 언도한다. 그의 조치는 형식과 절차상으로는 정당하고 법적으로도 아무런 문제가 없다. 하지만 그는 이 조치를 시행함으로써 공작이 던진 미끼를 아무런 의심 없이 덥석 물고 만다. 사실 공작

이 앤젤로를 자신의 권한대리로 임명하고 빈에서 자신에게 속한 절대 권력과 지위를 위임하고 떠난 이유는 그가 "근엄하고 확고한 금욕주의 자"이기 때문이다.(27쪽) 그러고는 토머스 수사에게 "내가 이렇게 하는 이유를 알고 싶지 않소?"라며 속내를 털어놓는다.

> **공작** 이 나라에는 과거 14년 이래 지금까지 잠재워 둔 엄한 법령들과 냉혹한 법이 있어요.
> 사나운 말들을 제압하기 위한 고삐요, 제갈인 셈이죠. 그런데 늙은 사자가 굴속에 틀어박힌 것처럼, 지금은 좀처럼 먹을 것을 잡으러 나가지 않습니다.
> 자식을 귀여워하는 아비가 회초리를 쓰지 않고 위협만 하기 위해 눈앞에 회초리를 내보이면, 자식들은 그걸 무서워하지 않고 멸시하는 법이지요. 법률도 집행력이 없어지면 있으나 없으나 마찬가지라고 할 수 있어요.
> 그럼 방탕한 자들은 정치를 경멸하지요.
> 그리고 젖먹이는 젖어미를 때리고, 모든 질서가 깨져 버립니다.(28~29쪽)

"앤젤로 경에게 권한을 위임하는 것보다는/ 직접 하시는 게 더 위엄이 있을 것 같습니다만…"이라며 말꼬리를 흐리는 토머스 수사에게 공작은 말한다.

> **공작** 지나치지 않았는지 걱정이오.
> 백성들에게 방종의 여지를 줬던 것은 내 잘못이었소. 방종을 가만

두고 보면서 그걸 이유로 그들을 때려잡고 처벌하는 것은 폭정일
것이오.
그동안 악행을 묵과하고 처벌하지 않은 것은 그것을 조장한 것
이나 다름없다고 할 수 있을 것입니다.(29쪽)

한마디로 공작은 자신의 손에는 피를 묻히지 않고 앤젤로를 내세
워 그(남)의 손을 빌려 대리정치를 하고 싶은 것이다. "수사님, 그래
서 나는 이 일을 앤젤로에게 맡겼습니다." 이 말에는 자신의 절대권
력과 지위를 왜 앤젤로에게 맡겼는지 여실히 드러나 있다. 공작은
이어서 말한다.

> 공작 그는 내 이름의 그늘 뒤에 숨어 법을 분명하게 집행할 겁니다.
> 난 싸움에 직접 연루되지 않았으니 비난받지 않을 겁니다.(29쪽)

이 말에서 그의 의도는 분명해졌다. 엄격한 법을 집행하면서 일어
나는 백성들의 모든 비난과 불만은 앤젤로에게 집중될 것이니 자신은
뒤로 물러서 있으면서 지켜보겠다는 것이다. 민심의 이반으로 정치현
실이 요동치면 앤젤로에게 그 모든 책임을 물으면 되니 공작에게는 꿩
먹고 알 먹고 식의 놀음인 셈이다. 그리고 공작은 '변장'이라는 무대장
치를 하나 더 마련하여 정치놀음을 할 준비를 단단히 한다.

> 공작 앤젤로가 어떻게 통치하는지 보기 위해, 종단 소속 수사 행세를
> 하면서, 통치자와 백성들 모두를 살펴보려고 합니다.(30쪽)

이 장면에서 우리는 절대권력자에게 정치는 하나의 놀음이나 유

희에 지나지 않는다는 사실을 다시 확인할 수 있다. 앤젤로는 그저 자신의 '대리' 내지는 '꼭두각시'이고, 백성들은 자신이 조종하는 마리오네트에 불과하다. 무대의 감독자로서 공작은 이 모든 과정을 지켜보고 지시하고 명령한다. 주연이라 믿는 앤젤로는 목청껏 소리치고 연기하며 자신의 역할을 다하지만 백성이란 관객의 반응은 두 가지다. 박수냐, 경멸이냐. 앤젤로는 "빈틈없고 조심스럽고/ 격정을 드러내지 않는 사람"이다. 심지어 "식욕도 절제하여/ 빵을 둘 이상으로 즐기지도 않"는 금욕주의자다.(30쪽) 공작이 앤젤로를 대리로 임명하고, 자신의 권력과 지위를 물려준 이유이기도 하다. 그러면서도 공작은 보고 싶다.

> **공작** 권력이 어떻게 사람을 변하게 하고 변하지 않을 것처럼 보이는 자들이 어떻게 변하는지를…(30쪽)

결국 모든 일은 공작이 꾸미고 예상한 대로 진행된다. 엄격한 실정법주의자이자 금욕주의자로서 앤젤로는 '낡은 법'을 불러내어 집행함으로써 백성들의 원성을 사게 되고, 클로디오를 사면한 대가로 이사벨라의 정조를 유린하려 한다. 자신이 범한 죄가 낱낱이 드러난 앤젤로가 할 수 있는 일은 없다. 그저 '신과 같은 능력'을 가진 공작에게 "제가 지은 죄를 자세히 알고 계신다는 것을 잘 알고 있습니다."라며 고백하고 "즉시 사형을 선고하고 형을 집행하십시오."라며 자비를 구하는 방법뿐이다.(206~207쪽) 한순간에 모든 권한을 빼앗긴 앤젤로에게 공작은 자신의 생사여탈을 움켜쥐고 있는 절대군주다.

공작은 앤젤로에게 마리아나와 즉시 결혼할 것을 명령하고, 그의 재산을 몰수하여 국고에 편입하는 대신 마리아나에게 귀속시키는 자비를 베푼다. 절대군주로 귀환한 공작의 '선행'은 여기서 멈추지 않는다. 사형집행 전에 몰래 살려두었던 클로디오를 사면하면서 이사벨라에게 일방적으로 청혼한다. "아름다운 그대 때문에 이러는 것이니/ 손을 이리 주고 내 사람이 되겠다고 말하시오."(215쪽) 이사벨라의 의견은 중요하지 않다. "그대를 위해 매우 중요한 일 하나를 제안하겠소."라며 공작이 말한다.

> **공작** 나의 것은 당신 것, 당신 것은 내 것이 될 것이오. 그럼 모두 궁궐로 갑시다.(218쪽)

모든 일의 시작과 끝은 공작의 생각과 손에 의해 주도되었고, 그 영광은 그에게 집중되었다. 그는 아무것도 잃지 않았고, 원하는 모든 것을 얻었다. 이런 면에서 이 작품에 나타난 절대군주 빈센티오 공작에 대한 테넌하우스(Tennenhouse)의 평가는 온몸에 소름이 돋을 만큼 정확하다.

> 군주제의 본질은 군주가 자기 주변의 신하들을 언제나 완전히 관찰할 수 있도록 구성하고, 또한 모든 사람들이 단 하나의 인물(군주)만을 바라볼 수 있도록 하는 것, 즉 군주만이 항상 대중의 주목 대상이 되도록 하는 것이다.[120]

---

[120] 김성환, 「『자에는 자로』에 재현된 절대군주의 지배전략과 그 한계」, *Shakespeare Review* 40(4), 2004. 12., 734쪽에서 재인용.

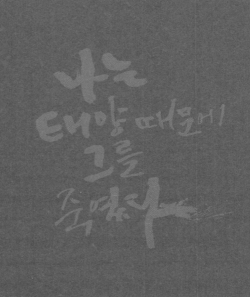

타락하는 것은 자유지만 나는 충분히 견딜 수 있도록 인간을 옳고 바르게 만들었다

―

존 밀턴, 『실낙원』
(1667년)

존 밀턴(*John Milton*, 1608년 12월 9일~1674년 11월 8일)은 영국의 시인이자 사상가로 올리버 크롬웰을 지지하였다. 1625년 케임브리지 크라이스트 칼리지에 입학하여 1629년 학사 학위를 취득하였다. 1644년 언론의 자유를 논한 『아레오파지티카(*Aeropagitica*)』를 발표하여 사회적 논란의 중심에 서기도 했다. 1652년 과로로 실명했으며, 그 후 시작(詩作)에 몰두하여 1667년 그의 대표작인 서사시 『실낙원(*Paradise Lost*)』을 발간하였다.

작품 배경과 줄거리

존 밀턴은 윌리엄 셰익스피어에 버금가는 위대한 영국작가로 평가받고 있다. 그의 작품 가운데 서사시 『실낙원』과 고전 비극 『투사 삼손(*Samson Agonistes*)』 및 가장 친한 친구의 죽음을 애도하며 쓴 목가적인 비가(엘레지 *elegy*) 『리시다스(*Lycidas*)』는 영어로 쓴 가장 위대한 시로 널리 알려져 있다. 또한 그는 문학작품 외에도 당시의 영국 정치사회에 대한 여러 편의 글을 쓰기도 했다. '존 밀턴의 언론 출판 자유에 대한 선언'이라는 부제가 달린 『아레오파지티카(*Aeropagitica*)』라는 소책자(팸플릿)에서 표현의 자유를 억압하고 있는 당시 로마 가톨릭교회를 비판하고, 언론의 자유가 천부적이며 기본적 인권이라는 점을 역설하였다. 이외에도 밀턴은 소네트 시인으로도 유명하다. 이를테면, 소네트 18번 "피에몬테 학살에 관하여(*On the Late Massacre in Piedmont*)"에서 밀턴은 1655년 이탈리아 사보이 공(公)의 군대에 의해 이탈리아 북부 피에몬테에서 자행된 프로테스탄트 발도파(*Waldenses*)를 학살한 만행을 규탄하고 있다.

위 간단한 약력에서 알 수 있듯이 밀턴은 소네트를 비롯한 시 문학뿐 아니라 교회개혁과 이혼, 표현의 자유 등 사회정치적 이슈에 대해서도 의견을 적극적으로 드러내는 다양한 글을 썼다. 작가이자 사상가로서 개인 이력과는 달리 자연인으로서 그의 생애는 파란만장하였다.

밀턴은 영국 청교도를 믿는 부모의 영향으로 성직자가 되려고 하였으나 청교도 혁명에 휘말려 크롬웰의 공화정부에서 오랫동안 외국어장관을 맡아 공직에 종사한다. 크롬웰이 죽은 후인 1660년 5월 찰스 2세가 귀국하여 공화정부가 붕괴되고 왕정복고가 이뤄진다. 친구의 집에 숨어있던 밀턴은 다행히 체포와 구금은 면했지만 세 딸에게 의탁하여 지낸다. 밀턴의 결혼생활도 평탄하지 않았다. 그는 두 번의 결혼을 했지만 첫 번째 아내 메리 파웰과 두 번째 아내 캐서린 우드콕 모두 일찍 사망한다. 1663년 2월 밀턴은 엘리자베스 미셜과 세 번째 결혼을 한다. 이 무렵『실낙원』을 써서 1667년 8월에 출판한다. 40대에 이미 실명한 그는 구술하여『실낙원』을 썼다. 그리고 1671년에는『복낙원(*Paradise Regained*)』과『투사 삼손』을 출판한다. 실명과 세 번의 결혼과 연이은 부인의 사망, 자녀의 죽음 및 정치적 실각 등으로 그의 인생 후반은 불행하였다. 1674년 7월『실낙원』은 재판을 낸다. 하지만 지병이 악화하여 그는 1674년 11월 8일 세상을 떠난다.

『실낙원』에서 묘사하고 있는 사탄의 대사는 역경에도 불구하고 자신이 지향하는 삶의 목표를 잃지 않았던 그의 인생 여정을 연상케 한다.

그러니 패전인들 어떠랴?
패한다고 모든 것 다 잃는 것은 아니다. 불굴의 투지,
불타는 복수심, 불멸의 증오심,
굴할 줄 모르는 항복도 모르는 그 용기,
이 밖에 정복될 수 없는 것이 또 무엇이겠는가?(1. 105~110)

밀턴은 말한다. "눈이 먼 것이 비참한 것이 아니다. 눈이 먼 것을 견디지 못하는 것이 비참한 것이다." 44세라는 젊은 나이에 실명했지만 그는 그에 굴복하지 않았다. 이런 밀턴의 삶의 태도에 대해 데카르트는 "보는 것은 눈이 아니라 영혼이다."라고 평가한다. 실제 『실낙원』을 비롯하여 『복낙원』 등 유명한 작품들은 그가 실명한 이후에 나왔다.

진리를 위한 수난은 숭고한 승리를 위한 용기다.

밀턴의 이 말에는 기독교적 엄숙주의가 배어 있다. 그러나 이 말대로 그는 자신의 현실에 매몰되지 않고 공화정이 민주적 제도라는 소신과 희망을 위해 왕정복고에 대해 끝까지 저항하고 싸운다.
『실낙원』은 아담과 하와(이브)가 사탄의 꾐에 빠져 에덴동산에서 쫓

겨나는 내용을 소재로 하고 있다. 이 작품은 메리 셸리가 과학 실험에 의해 만들어진 괴물을 소재로 하여 쓴 소설『프랑켄슈타인』에 지대한 영향을 미쳤을 뿐 아니라 다양한 작품의 소재로 활용되었다. 예를 들어, 작품의 구조 면에서『실낙원』의 창조주와 사탄은『프랑켄슈타인』의 빅터와 괴물의 관계로 설정되어 있다. 또한『프랑켄슈타인』에는 괴물이『실낙원』을 읽고 아담과 사탄의 감정에 이입하는 장면이 묘사되어 있다.

1667년『실낙원』초판은 10편(혹은 권)으로 구성되어 있었으나 1674년 재판이 나올 때 12편으로 재구성되어 발간되었다. 현재 보급되고 있는『실낙원』은 재판이 출간되었을 때 채택한 12편으로 구성되어 출간되고 있다.[121] 이야기의 전개 순으로 간단히 그 내용을 살펴보면 다음과 같다.

1~4편 창조주에게 패하여 지옥에 떨어진 사탄, 복수를 위해 아담과 하와를 유혹하려고 지구로 향함

5~6편 하느님은 천사 라파엘을 에덴동산으로 보내 아담에게 순종과 불순종에 대해 설명하고, 사탄의 간계에 빠지지 말도록 권고함

7~8편 아담의 요구에 따라 라파엘은 창조주가 만든 세계와 창조와 구조에 대해 설명함

9~10편 사탄의 유혹으로 아담과 하와가 타락에 빠짐

11~12편 천사 미카엘이 인류의 미래에 대해 예언하고, 아담과 하와는 에덴동산에서 쫓겨남

---

121) 이 글의 인용문은 다음 책을 바탕으로 작성하였다. 존 밀턴,『실낙원』1·2, 문학동네, 2019. 9. 19./ 2018. 12. 5., 364/ 358쪽.

위에서 알 수 있듯이 『실낙원』은 아담과 하와가 지식나무의 과일을 먹고 에덴동산에서 쫓겨나는 창세기의 이야기를 담고 있다. 이 내용은 잘 알려져 있어 그리 새로울 것은 없다. 하지만 구약의 창세기가 주로 창조주와 천사들을 중심으로 하고 있는 반면, 이 작품에서 밀턴은 사탄을 부각시킴으로써 어떠한 역경에도 굴하지 않는 피조물의 강인한 의지를 묘사하고 있다.

밀턴은 창조주 신(하느님)을 반역한 죄로 지옥에 던져진 '배신자 천사' 사탄의 이야기로 『실낙원』을 시작한다. 사탄은 자신이 '천국의 폭군'이라 불리는 것에 굴복하지 않고, 피조물인 사람(아담과 하와)을 유혹하여 그들을 만든 창조주에게 복수한다. 밀턴은 기독교에서 말하는 구원을 내세우기 전에 먼저 창조주 신에 대한 인간의 '최초의 불복종(혹은 불순종)'에 대해 생생하게 설명하고 있다. 사탄의 입을 통해 사람의 창조주에 대한 불복종은 '자기결정(권)'에 따른 선택이었고, 그에 따른 처벌을 당당하게 받아들인다는 점에서 혁명적 발상이라고 할 수 있다.

또한 『실낙원』은 과학소설(Science Fiction: SF)이라는 장르나 표현이 나오기 이전의 작품이지만 SF적인 요소를 찾을 수 있다. 타락 전 아담과 하와가 사는 에덴의 묘사는 유토피아이고, 지옥의 묘사는 디스토피아를 연상케 한다. 6편에서는 타락한 천사와 천사와의 싸움에서 사탄이 대포를 발명하여 사용하고 있다. 그리고 8편에서는 당시 일반적인 천동설뿐만 아니라 이단시된 지동설도 소개하는 등 천체의 운행에 대해 아담에게 가르치는 형태로 다양하게 말하고 있다. 실제 밀턴은 27세의 나이가 되던 해 이탈리아로 가서 당시 자택감금 상태에 있던 73세 노령의 갈릴레오 갈릴레이를 만난다. 밀턴이 지동설에 대해 얼마나 이해했는지는 알 수 없지만『실낙원』에서 지동설을 묘사하고 있고, 그가 '갈릴레오 재판'의 부당성에 대해 의분을 느끼고 있었다는 점은 분명하다.

이 외에도 밀턴은 8편에서 지구 외에 다른 행성이 있을 수 있고, 그 행성에 외계 생명체가 있을 가능성을 긍정적으로 보고 있다. 이러한 시각은 전통적인 기독교에서 이단으로 볼 수 있는 내용들이다. 일찍이 밀턴은『아레오파지티카』에서 언론과 표현의 자유는 천부적 인권임을 강조하면서 이를 억압하는 가톨릭교회를 신랄하게 비판하였다. 그의 작품『실낙원』에서 밀턴은 평소 자신이 가지고 있던 종교 개혁에 대한 열망을 드러냄과 동시에 과학이 가져올 사회의 변혁 가능성에 대해 긍정적으로 묘사하고 싶었는지도 모른다.

불복종과 타락: 주체적 인간의 탄생

세상의 모든 물질과 생명체가 무(無)의 상태에서 신에 의해 창조되었다는 이론을 창조론 혹은 창조설이라고 한다. 이 이론은 생물의 다양성이나 적응성이 오랜 시간이 지나는 동안 변화되거나 전개되어 온 과정을 연구하는 학문인 진화론과 서로 대비 내지는 대립된다. 전자가 믿음(신앙)의 대상으로 간주되는 반면 후자는 과학적 사실에 바탕을 두고 있는 것으로 인식되고 있다. 하지만 일부 과학자들은 성경의 내용을 문자 그대로 해석하여 과학적으로 증명하려고 시도하고 있는데, 이를 창조과학(*Creation Science*)이라 한다.

데니스 O. 라무뤼 외 2인이 공저한 『아담의 역사성 논쟁』은 ① 진화적 창조론, ② 원형적 창조론, ③ 오랜 지구 창조론, ④ 젊은 지구 창조론 등 네 가지 주요 창조론에 대해 설명하고 있다.

첫째, 진화적 창조론은 하느님이 모든 피조물을 만들었는데 진화를 창조의 방법으로 사용했다는 주장이다.

둘째, 원형적 창조론은 구약 창세기 1장의 창조는 물질적 기원을 기록한 것이 아니라 기능적 기원을 기록한 것으로 본다. 아담에 대한 기록 역시 물질적 기원을 기록한 것이 아니라 모든 인간을 대표하는 원형적 관점에서 기록되었으며, 성경의 관심은 거기에 있다고 주장한다.

셋째, 오랜 지구 창조론은 과거 성경해석의 핵심교리를 보존하면서도 오늘날 과학적인 증거들, 특히 물리학적인 데이터로서의 오랜 지구론을 받아들이는 입장이다.

넷째, 젊은 지구 창조론은 창조과학자들의 입장이다. 창세기의 기록을 문자적으로 해석하여 지구의 나이는 6,000~12,000년이고, 최초의 6일 동안 모든 창조가 이루어졌다고 본다. 또한 노아 홍수와 같은 대격변이 한 번 혹은 여러 번 일어났는가에 대해 전자의 입장, 즉 '노아 홍수 단일격변론'을 지지한다. 한마디로 젊은 지구 창조론은 성경의 무오성을 지키기 위해서는 성경을 문자 그대로 읽고 보존하여야 한다고 생각한다. 앞의 세 가지 창조론이 성경의 무오성을 지키면서도 과학적 성과를 수용하고 있는 반면, 젊은 지구 창조론은 과학적 증거를 수용하지 않고 있다.[122] 그들은 창조과학이라는 표현을 사용하고 있지만 실제적으로는 현대 과학자들의 의견을 전혀 수용하지 않고 대화하려고도 하지 않는다는 점에서 반과학주의라는 비판을 받고 있다.[123]

이외에도 창조에 관한 다양한 이론이 있다. 최근에는 창조에 대한 관점이 반드시 하나여야 하는가란 의견이 대두되고 있기도 하다. 그러나 창조에 관한 어떤 입장을 취하든 기독교에서는 창조주 하느님이 만물을 창조했다는 사실만큼은 의심하지 않는다. 천지창조는 기독교의 정체성을 드러내는 핵심이니 이를 의심하거나 부인하면 이단으로 간주한다. '피조물-만물-인간'은 '절대자-창조주-신'인 하느님에게 절대복종하고 순종해야 한다. 지식나무의 열매를 먹지 말라는 하느님의 명령을 거역하고 에덴동산에서 쫓겨나게 된 아담은 자신의 삶에 대해 회의하며 이렇게 말한다.

> 창조주여, 흙으로 나를 인간으로 만들어달라고
> 내가 간청하더이까? 어둠에서 나를 일으켜
> 이 즐거운 낙원에 놓아달라고 내가 원하더이까?(5. 743~745)

아담은 처음에는 하느님에게 "당신의 정의는 이해하기 어렵나이다."(5. 753)라고 항변하지만 이내 하느님의 뜻을 받아들이고 순종의 길을 선택한다.

---

122) 최석원, "창조과학과 한국교회", 창조론오픈포럼 제11권 제2호, 2017. 7., 17~21쪽.
123) 최석원, 위의 논문, 21쪽.

그러나 지금 와서 이런 말 해보아도 실은

이미 늦은 일. 그 조건이 제시되었을 때

어쨌건 거절했어야 할 일이었나이다. (5. 754~756)

　이런 아담의 태도와는 달리 하와의 태도는 단호하고 도발적이다. 하와로부터 지식의 나무 열매를 따 먹었다는 말을 들은 아담은 창조주의 명령을 어긴 죄(원죄)로 "우리의 고난을/ 늘리고 우리의 자손 (아, 불행한 자손!)에게도/ 전해질 만큼 오랜 시일에 걸치는 죽음일 것이오."(10. 963~965)라며 전전긍긍한다. 하지만 아담과는 달리 기운을 되찾은 하와는 아담에게 말한다.

만일 우리가 자손을 염려하여 마음이 괴로우면,

고난을 받으려 태어나 결국은 죽음의 먹이가 될

그들을(비참하도다. 제가 낳은 자가

불행의 원인이 되고 이 저주의 세계에

제 허리에서 고난의 족속을 낳아, 비참한 생애

끝난 뒤에 악한 괴물의 밥이 되게 하다니)

수태하기 전에, 아직 생기지 않은 불행한

그 족속을 낳지 않게 함은 당신이 힘으로

가능하리라. 당신에게 아이 없으니 아이 없이 지냅시다. (10. 979~988)

　하와의 생각은 아이를 낳지 않으면 원죄에 얽매일 필요도 없고, "죽음은 포식을/ 허탕치고 우리 둘로써 그 굶주린/ 배를 채우"고 말기 때문이다. (10. 988~990) 그 대신 부부 서로 이야기하고 쳐다보고 사랑하면서 행복하게 살자고 제안한다. 하와의 파격적인 제안은 여기서 그치지 않는다. 자식을 낳아 원죄로 인한 두려움에 사로잡혀 사는 것은 고통이니 스스로 목숨을 끊는 자살을 선택하자고 제안한다.

> 그때는 우리 자신과 후손을 모두 즉시
> 두려움의 원인으로부터 해방시키기 위하여
> 당장 죽음을 찾을 것이며, 만약 찾지 못하면,
> 우리 손으로 죽음의 임무를 수행합시다.
> 우리에게는 죽음의 여러 길 가운데서
> 가장 짧은 길을 선택하여
> 파멸로써 파멸을 깨뜨릴
> 힘이 있는데, 어째서 우리는 언제까지나
> 죽음 이외에는 끝이 없어 보이는
> 두려움 아래 떨며 서 있나이까.(10. 997~1006)

한마디로 원죄로 인한 두려움에 떨며 고통스럽게 사느니 자신들에게 "파멸로써 파멸을 깨뜨릴 힘(*Destruction with destruction to destroy*)", 즉 죽음을 선택할 수 있으니 자살로써 그에서 해방되자는 것이다. "우리 손으로 죽음의 임무를 수행합시다(*Let us seek Death*)." 이 말에서 죽음마저도 불사하겠다는 하와의 결연한 의지를 엿볼 수 있다. 그러나 아담은 하와의 제안은 '지존에게 도전하는 결과'로써 배신행위이니 "좀 더 안전한 결의를 찾"자며 이렇게 말한다.

> 그러나 그대의 제안대로
>
> 우리가 자살하거나 또는 자식 없는 생애를
>
> 택하면 그런 것은 없어지고, 우리의 적은
>
> 정해진 형벌을 면하게 되고, 그 대신 우리
>
> 머리 위에 이중의 벌이 겹칠 것이오. 그런즉 이제는
>
> 자해나 고의적인 피임을 말하지 마오.(10. 1036~1041)

아담은 하와의 제안이 그저 "원한과 오만,/ 초조와 모멸, 그리고 하나님께 대한, 또는/ 우리 목에 매인 외로운 멍에에 대한/ 반항심을 나타"내는 것으로 받아들인다.(10. 1042~1045) "그대에게 선고된 것은 다만 잉태와 출산의/ 고통뿐이고, 그것은 곧 그대의 몸에서 나오는/ 기쁨의 씨에 의해 보상되리라."(10. 10450~1052) 아담의 이 말에는 여성 피조물로서 원죄의 대가로 치러야 하는 잉태와 출산의 고통에 대한 이해와 배려는 찾아볼 수 없다. '그대=하와=여성의 몸'에서 나오는 '기쁨의 씨=자식=자손'에 의해 잉태와 출산, 그리고 양육에 따른 여성이 겪는 모든 고통이 보상되고 있는가? 오늘날에도 되짚어 보는 질문이다.

사탄은 하와보다 몇 걸음 앞으로 더 나아간다. 하와가 자살로써 창조주의 권위에 도전하자는 것이라면, 사탄은 창조주와 피조물의 관계를 원천적으로 부정한다. 사탄은, "그러면 우리가 만들어졌단 말인가? 그리고/ 아버지로부터 아들에게 전수한 하청(下請)의 작품이라고?"(5. 853~854)라 말하며 도발한다.

그것 참 괴이하고도 신기한 주장이로다.

어디서 배운 교리냐고 묻고 싶구나. 창조하는 것을

누가 보았으며, 창조주가 그대를 만들었을 때를

그대는 기억하는가? 우리는 우리가

지금과 같지 않았을 때를 모른다.

운명의 과정이 그 전(全) 궤도를 돌았을 때

우리가 태어난 곳 하늘의 완숙한 산물인 정화천의

아들로서 스스로의 활력에 의해 스스로 태어나

스스로 컸으니 그 이전은 아무도 모른다.

우리의 힘은 우리의 것. 우리의 오른손은

누가 우리의 동배(同輩)인가를 실증하기 위하여

최고의 과업을 우리에게 가르칠 것이다.(5. 855~866)

사탄은 타락한 천사들이 하느님에 의해 만들어진 것을 부정한다. 그리고 "우리의 힘은 우리의 것(Our puissance is our own)"이라며 자신들은 "스스로 태어나 스스로 컸으니 그 이전은 아무도 모른다."라며 반역을 정당화하고, 불복종의 당위성을 항변한다. 하느님이 천사를 포함한 모든 피조물을 만들었다(창조했다)는 기독교 교리 면에서 보면 이 말은 사탄의 궤변에 불과하다. 하지만 피조물인 인간이 인간을 만들 수 있으니 오로지 창조주의 손으로 모든 피조물이 창조되었다는 구약 창세기의 천지창조는 하나의 가설 내지는 신화가 되었다. 또한 누군가에 의해서가 아니라 어떤 생명이 자발적으로 생겨났다면, "스스로 태어나 스스로 컸"다는 사탄의 말은 궤변이 아니라 사실일 수도 있다.

아담과 하와, 그리고 사탄의 상호 대립적이고 모순적인 태도를 통해 우리는 인간을 속박하고 구속하는 모든 권위와 권력에 대한 복종 혹은 순종 및 거부 혹은 반역의 전형을 볼 수 있다. 아담이 전자의 전형이라면, 하와와 사탄은 후자의 전형이다. 아나키스트 바쿠닌은 인간의 권위와 권력에 대한 불복종의 기원을 창세기의 『실낙원』에서 찾고 있다.

아름답고 풍요로운 낙원에 살고 있던 인류의 조상에게 내린 신의 명령에 대해 바쿠닌은 "그것은 공포가 가득한 전제군주의 명령이었다."라고 평가한다. 만일 아담과 하와가 신의 명령에 따라 계속 그 낙원에 살았다면 어땠을까? 바쿠닌은 말한다.

> 만일 그들이 신의 명령에 복종하였다면, 인류는 가장 굴욕적인 노예 상태로 살았을 것이다. 그들의 불복종이야말로 인류를 해방하고 구제한 것이다. 그것은 신화적으로 말한다면, 인간적 자유를 위한 최초의 행위였다.

이 의미에서 인간은 자유의 침해에 대한 반역이라는 사고를 통하여 역사를 발전시켜 왔다는 것이 그의 평가다. 신의 금지명령을 거역한 인류의 조상은 '사고하는 능력'과 '반역하는 능력'을 가지고 있었다. 이처럼 바쿠닌은 모든 권위를 부정하고, 권위를 주장하는 모든 권력에 대한 반역을 주장했다. 그에 따르면, 권력은 그 본질상 필연적으로 자유를 제한하고, 자유의 완전한 부정으로 이끌기 때문이다. 신과 국가가 인간의 자유에 대한 침해의 원천인 이상 반역은 천

상(天上)과 지상(地上)의 우상에 대항해야 한다는 것이다.[124]

죽음과 사탄: 저항하는 영웅의 등장

"유대교나 그리스도교에서 인간을 신의 길에서 반하게 하려는 힘의 의인화된 것"이라는 뜻을 가진 사탄(Satan)은 '적대하는 자' 혹은 '적대자'라는 의미의 헤브라이어 *Sātān*에서 유래한다.[125] 일반인에게 사탄은 흔히 악마, 마왕, 악령, 루시퍼, 타락, 파괴자, 혼돈, 사신, 지옥, 암살자, 귀신, 어둠 등 부정적 존재로 인식되고 있다. 한마디로 사탄은 "인간에게 이득보다는 위해를 가하는 자"라는 뜻인데 『실낙원』은 사탄의 본분을 이렇게 노래하고 있다.

> 타락한 그룹이여. 약한 것은 항상 비참한 법,
> 일을 하든 당하든 간에. 그러나 이것만은 확실하도다.
> 무엇이든 선을 행하는 것은 결코 우리의 본분이 아니니,
> 언제나 악을 행하는 것만이 우리의 유일한 즐거움이로다.
> 우리가 늘 적으로 보는 그의 높은 뜻을
> 거스르면서. 그러니 만일 그의 섭리가
> 우리의 악에서 선을 찾아내는 거라면,
> 우리의 할 일은 그 목적을 꺾고
> 항상 선에서 악의 수단을 찾아내는 것이니라.(1. 157~165)

---

124)   채형복, 『19세기 유럽의 아나키즘』, 역락, 2019, 103쪽.
125)   종교학대사전: 사탄

『실낙원』은 1편부터 사탄의 독백을 들려주며 그를 작품의 전면에 내세운다. 밀턴이 『실낙원』의 전반부에서 화려한 구변을 자랑하는 사탄을 주인공으로 내세우는 이유는 무엇일까? 창조주 신의 영광을 드높이기 위함일까, 아니면 타락한 인간의 원형으로 사탄을 소환한 것일까.

이 작품을 읽는 입장에 따라 다르겠지만, 일반적으로 기독교에서는 사탄의 세력을 격멸하는 신의 섭리의 정당성을 찬양하고, 원죄로부터 구원으로 나아가는 인간 고뇌의 역정을 노래한 작품으로 본다.[126] 하지만 사탄의 불복종과 반역을 '이단' 혹은 '악마의 행위'로 보지 않고 영웅의 행위로 보는 시각도 있다. 그 대표적 예로 영국의 시인이자 화가 및 판화가인 윌리엄 블레이크(*William Blake*, 1757. 11. 28.~1827. 8. 12.)를 들 수 있다.

블레이크는 저서 『천국과 지옥의 결혼(*The Marriage of Heaven and Hell*)』(1790년)[127]의 「악마의 목소리(*The voice of the Devil*)」에서 밀턴의 『실낙원』에 묘사된 사탄에 대한 일반적 해석에 반론을 제기한다. 자신의 주장을 합리화하기 위해 블레이크는 대조방식을 사용하고 있는데, 「악마의 목소리」에서 묘사하고 있는 내용을 도표로 만들면 다음과 같다.

---

126) 송광택, "[송광택 목사의 인문 고전 읽기 21] 구원으로 나아가는 인간: '실낙원, 사탄의 세력 격멸하는 섭리의 정당성을 찬양하다'", 크리스천투데이, 2018. 1. 19. *https://www.christiantoday.co.kr/news*/308606(방문일: 2020. 8. 15.)

127) 이 작품의 영어 원문은, *http://www.itu.dk/~metb/Exercise2/index. html*(방문일: 2020. 8. 15.)

	성경의 오류	반대 사실
1	인간은 두 가지 실제 존재하는 원칙, 즉 육체와 영혼을 가지고 있다.	인간은 자신의 영혼과 별개의 육체를 가지고 있지 않다. 육체는 영혼의 일부이다.
2	악이라고 부르는 에너지는 몸에서 나오고, 선이라고 부르는 이성은 영혼에서 나온다.	에너지는 유일한 생명이며, 육체에서 나온다. 또한 이성은 에너지의 경계 또는 원주의 바깥이다.
3	하느님은 악이라고 부르는 에너지를 복종시키기 위해 영원히 인간을 괴롭힐 것이다.	에너지는 영원한 기쁨이다.

블레이크는 밀턴의 『실낙원』에 나오는 구세주(Messiah)는 욕망을 억압하는 이성이며, 사탄은 구약 「욥기」에서 신을 유혹하는 사탄과 동일한 존재라고 본다. 그러나 블레이크가 생각하는 구세주는 한 번 타락한 후 "지옥의 바닥에서 훔쳐온 것으로 새로운 천국을 만들었다."라고 간주한다. 일반적인 기독교의 교리는 타락천사는 사탄(악마)과 동일시되어 기피의 대상이다. 하지만 블레이크에게 타락천사는 천국을 형성하는 힘을 가진 '구세주적' 존재이다. 또한 성경의 여호와는 에너지와 욕망을 상징하는 불꽃 속에서 살고 있다는 이유로 메시아의 사탄적 측면을 강조한다. 따라서 그에게 구세주와 사탄은 우리의 에너지이며, 예수 그리스도의 죽음 이후 그는 여호와가 되었으므로 "그리스도 예수=여호와=사탄"은 동등한 지위에 있다는 등식관계를 제시하고 있다.[128]

128) 岡野　朱里, "ウィリアム・ブレイクの悪魔観—善／悪の対立とその両義性をめぐって—", https://www2.sal.tohoku.ac.jp/estetica/wakate62/pdf/wakate_12.pdf(방문일: 2020. 8. 15.)

사탄을 그리스도 예수 및 여호와와 동격으로 보는 블레이크의 시각은 이성과 합리, 절대적인 것을 거부하는 사조인 18~19세기 낭만주의에 와서 절정을 이룬다. 시집 『악의 꽃(Les Fleurs du Mal)』으로 유명한 샤를 보들레르(Charles Pierre Baudelaire, 1821.4.9.~1867.8.31.)는 시 「파괴(La Destruction)」에서 "노상 내 곁엔 **악마**가 꿈틀거린다."라고 노래한다. 그리고 다른 시 「악마의 연도(煉禱)(Les Litanies de Satan)」에서는 절대자 신이 아니라 "하느님 아버지가 분노하여/ 지상의 낙원에서 쫓아낸 자들의 양부"인 악마(Satan)에게 기도한다.

> 오 **악마**여, 내 오랜 비참을 불쌍히 여기소서!
> Ô Satan, prends pitié de ma longue misère!

보들레르는 사탄에게 간구하는 이 기도문을 이 시의 후렴구로 반복하여 배치함으로써 의도적으로 절대자 신을 배격하고 있다. 그의 시에서 사탄은 하느님의 노여움을 사서 천국에서 쫓겨나고 타락한 '악의 존재'가 아니다. 오히려 사탄은 절대자에게 저항하고 투쟁하는 '영웅'이다. 보들레르와 마찬가지로 19세기 유럽의 아나키즘도 "신에 대한 반역은 악마의 행위"라는 주장을 철저히 배격한다. 아나키스트 바쿠닌은 말한다. "인간은 자유다. 사탄, 그는 '영원한 반역자이자 최초의 자유사상가이며, 세계의 해방자'다."[129] 하지만 『실낙원』이 묘사하고 있는 사탄은 매우 복합적인 모습을 가진 인물이다. 밀턴은 그를 신과 인류의 적으로 그릴 때, "사탄의 영웅적인 주장과

---

129) 채형복, 『19세기 유럽의 아나키즘』, 앞의 책, 103~104쪽.

과시 이면의 애매한 속성, 군인다운 미덕과 용기, 불굴의 저항정신에 의해 나타난 공격적인 성향"을 함께 폭로하고 있다.[130]

사탄은 영웅의 면모를 과시한다. 그는 창조주인 하느님이 자신을 만들었다는 사실을 부정한다. 자신은 하느님이 창조한 것이 아니라 "스스로 태어나 스스로 컸"다고 항변한다. 자신이 하느님에 의해 창조된 '피조물'이 아니라는 사실을 부정한 것만으로도 큰 죄를 지은 것이다. 사탄은 여기에 그치지 않고 하느님의 주권에 대항하여 반란을 일으킴으로써 위대한 배반자의 길을 선택한다. 하지만 전능자와의 싸움은 실패하고, 천국(하늘나라)에서 지옥으로 떨어지는 형벌을 받는다. 즉 전능하신 하느님은 감히 전능자에게 도전한 그를 "무서운 추락과 파멸로써 쳐서 꺾고/ 정화천(淨火天)에서 불붙여 바닥없는 지옥으로/ 거꾸로 내던"진다.(1. 44~48) "얼마나 높은 데서 얼마나 낮은 구렁텅이로 떨어"지는(1. 91~92) 형벌을 받은 사탄은 자신을 따른 타락한 천사들과 함께 "영원한 사슬에 묶여 영벌의 불길 속에서 살게"(1. 48~49) 됨으로써 함께 불행을 나누는 신세가 된다. 하지만 사탄은 그 상황에 결코 굴복하지 않는다. 천국과 지옥이란 "표면의 빛은 달라졌으나, 이 굳은 마음과 자존심/ 짓밟히고 느끼는 그 모멸감은 변치 않"았기 때문이다.(1. 97~98) 결국 '모멸감'은 하느님에 대한 사탄의 저항과 반역의 절대무이한 원천인 셈이다.

모멸감이란 남이 자신을 업신여기고 얕잡아 보거나 또는 자신의 존재가치가 부정당할 때 느끼는 감정이다. 모욕이나 수모의 감정과

---

130) 최재헌, 「Ⅲ. 사탄: 고전 서사시적 영웅의 모습과 그의 변모」, 『다시 읽는 존 밀턴의 실낙원』(개정판), 경북대학교출판부, 2019. 3. 22., 55쪽.

비슷하지만 그보다 훨씬 더 강한 느낌을 주는 말이다. 상대로 하여금 모멸감을 느끼도록 만드는 사람은 자신이 절대 우위의 지위에 있으므로 타인과 수평적 내지는 호혜적 관계 맺기를 거부한다. 사탄이 한때 하늘나라의 모든 천사 중에서 가장 아름다운 천사였다고 할지라도 창조주의 입장에서 볼 때 그는 '피조물'에 지나지 않는다. 피조물−사탄과 창조주−하느님은 처음부터 평등한 관계 맺기는 불가능하다. "우리의 힘은 우리의 것"이라는 자주적이고 주체적인 사고를 가진 사탄은 "너는 나의 손에 의해 만들어졌으니 내 명령과 지시를 따르라"는 창조주의 권위에 불복종할 수밖에 없다. 사탄의 불복종 원인은 관계의 불평등에서 비롯되었으며, 그로 인한 창조주에 대한 그의 모멸감 때문이라고 할 수 있다.

스스로 태어난 자이자 자기창조자라고 생각하는 사탄이 전능자 하느님에게 맞서 싸워 패배했다는 것은 하느님에게 대적할 힘이 부족하다는 사실을 세상에 드러낸 것과 같다. 사탄은 마음속에서 끓어오르는 모멸감을 감추고 그를 믿고 따르는 타락천사들에게 호소한다.

> 마음은 마음이 제 집이라. 스스로 지옥을 천국으로,
> 천국을 지옥으로 만들 수 있으리라.
> 어디 있은들 무슨 상관이랴, 내 언제나 다름없다면?
> 다만 벼락 때문에 위대한 그보다 좀 못할 따름.
> 본연의 나 그대로라면? 적어도 여기에는
> 자유가 있겠지. 전능자가 질투심에서
> 여기를 만든 것 아니라면, 여기서 우리를 내쫓진 않겠지.

238 존 밀턴, 『실낙원』

여기서 우리는 안심하고 다스릴 수 있으니,

나로선 지옥에서나마 다스리는 것이 바람직한 일,

천국에서 섬기느니 지옥에서 다스리는 편이 낫다.(1. 254~263)

마왕 사탄은 "이곳이 바로 그곳, 그 땅, 그 나라인가."(1. 242)라며 주권자 하느님으로부터 멀수록 좋은 천국을 섬기느니 지옥을 다스리는 편을 택한다. 하지만 그의 바람과는 달리 제물(祭物)로 바친 사람의 피와 부모의 눈물로 젖은 무서운 왕 '몰록'과 모압 자손들이 두려워했던 음란한 자 '그모스', 그리고 하늘에서 떨어진 가장 부정한 영 '마몬' 등이 나서서 전능자에 맞서 싸울 것을 주장한다. 사탄은 타락천사들을 소집하여 공공연한 전쟁을 벌일 것인지, 아니면 비밀의 간계를 쓸 것인지를 두고 대회의를 연다. 처음에는 공공연한 전쟁을 하자는 의견이 우세하였지만 바알세불이 나서 비밀의 간계를 쓰자는 주장을 하면서 상황이 뒤바뀐다.

(…) 위험한

원정으로 하늘을 침범할 필요가 어디 있겠는가.

하늘의 높은 성벽은 공격도, 포위도, 지옥에서의

기습도 두려워 않는다. 그러니 보다 쉬운

계책을 찾는 것이 어떨까.(만일 하늘에서의 오랜

예언적 풍문이 틀림없다면) 힘이나 지위는 우리만 못해도

천상에서 다스리는 자의 은총을 더욱 입은,

지금쯤이면 우리와 비슷하게 창조되었을

'인간'이라고 불리는 어떤 새로운 종족의

복된 보금자리, 가히 별세계라고 할 만한

그런 곳이 한 군데 있소.(2. 341~351)

바알세불은 이렇게 말하면서 하느님이 새롭게 창조한 '사람'을 "힘으로나 간계로 어떻게 하면/ 가장 잘 유혹할 수 있는지 알아봅시다."(2. 357~358)라며 전쟁 대신 비밀의 간계를 쓸 것을 제안한다. 이 제안에 따라 사탄은 자신이 직접 에덴동산으로 가서 사람을 유혹하여 그들의 창조주에게 맞서도록 간계를 쓸 계획을 세운다. "모든 선은 내게서 가버렸다."(4. 109)라고 절규하며 사탄은 말한다.

악이여, 너 나의 선이 되라. 너로 인해 적어도

갈라진 제국이나마 하늘의 왕과 더불어 차지하고,

반 이상을 아마 내가 다스릴 수 있을 것이다.

머지않아 인간도 이 신세계도 그것을 알게 되리라.(4. 110~113)

거대한 호수를 뒤덮을 정도로 큰 몸집을 가진(1. 193~211) 사탄은 이 목적을 쟁취하기 위해 뱀으로 변신하여 에덴동산으로 숨어든다. 전능자에게 맞서는 대적자이자 영웅의 면모를 보이던 사탄이 팔과 다리도 없이 배로 밀어 땅을 기어가는 뱀으로 몸을 바꾸어 도둑처럼 에덴동산으로 숨어든 행위는 분명 수치이자 모욕이다. 사탄은 하와를 유혹하여 창조주의 명령을 어기고 지식의 나무에 열리는 열매를 먹게 만든다. 그의 남편 아담마저 그 열매를 먹음으로써 자신과 같은 배반의 길을 걷게 한다. 창조주의 명령을 어긴 대가는 추방이다.

하느님은 천사장 미카엘의 입을 빌려 말한다.

이 낙원에서 사는 것은
더 이상 허용되지 않도다. 나는 그대를 낙원에서
쫓아내어, 그대가 태어난 곳, 그 적합한
흙이나 갈며 살도록 하러 왔노라.(11. 259~262)

이때까지만 해도 사탄의 간계는 성공한 것처럼 보인다. 자신과 타락천사들과 마찬가지로 아담과 하와도 하느님을 배반하고 죄를 지어 타락하게 만들었다. 사탄은 자신이 원하던 대로 아담과 하와를 파멸로 이끌었다. 하지만 사탄 무리와 사람을 대하는 하느님의 태도는 판이하였다. 하느님은 미카엘을 통해 아담과 하와에게 인류의 미래를 보여준다. 또한 구약에서 신약의 시대로 넘어가는 시점에 예수를 보내 아담과 하와가 저지른 원죄를 구원할 길을 열어주지만 사탄 무리에게는 어떤 온정도 베풀지 않았다. 결과적으로 보면, 하느님에게 맞서 싸우던 사탄의 위대한 영웅적 모습은 사라지고, 간사한 뱀의 형상만 남는다. 하지만 우리는 하느님과의 전쟁에서 패했음에도 그에 굴복하지 않고 당당한 '영웅' 사탄에게서 '저항하는 인간'과 '패배의 기쁨'을 즐기는 모습을 찾을 필요가 있다. 사탄에게서 우리를 속박하고 있는 일체의 관념과 사상·이념·가치 및 체제와 제도 등에 저항하는 '자유로운 존재'로서 인간의 본래 모습을 발견한다.

우리가 인류·가족·모든 구성원의 타고난 존엄성과 그들의 평등하고 빼앗길 수 없는 권리를 인정할 때, 자유롭고 정의롭고 평화적인 세상의 토대가 마련될 것이다.

「세계인권선언」 전문(*Preamble*)은 위 문장으로 시작한다. 어떤 구속으로부터도 자유로운 '나—개인'을 잃어버린 우리에게 정말 필요한 것은 무엇일까? "그러니 패전인들 어떠랴?/ 패한다고 모든 것 다 잃는 것은 아니다."라며 '절대 권력과 권위'에 도전하는 사탄의 꺾이지 않는 불굴의 저항정신이 아닐까.

지식나무의 열매: 선택적 자유와 자기결정권

하느님은 에덴동산에서 아담과 하와를 살게 하면서 단 하나의 금지명령을 내린다. 다름 아닌 "갖가지 맛있는/ 열매 맺는 낙원의 여러 나무들 가운데/ 생명나무 곁에 심어진 지식의 나무만은/ 맛보지 말라."(4. 420~423)는 것이다. 천지창조의 일을 끝내고 하느님은 자신이 만든 모든 것을 보고 아주 흡족해하면서 라파엘의 입을 빌려 아담에게 말한다.

> 선악의 지식을 주는 나무의 열매는 먹으면
> 안 되리라. 먹는 날에는 그대 죽으리라.
> 형벌로써 죽음이 부과되리니, 조심하여
> 그대의 식욕을 억제하라. 그러지 않으면
> 죄와 그 검은 시종인 죽음이 그대를 덮치리라.(7. 543~547)

아담은 하느님의 요구는 "지키기 쉬운 명령"(4. 413)이라고 생각한다. 그러나 이 명령을 어긴 대가는 죽음이라는 사실도 알고 있다. 아담은 "생명나무 다음에는/ 우리의 죽음인 지식의 나무가 가까이 자라고 있다."(4. 220~221)라고 하면서 하와에게 지식의 나무를 맛보지 말 것을 누누이 당부한다. 그리고 하느님이 지식의 나무를 맛보지 말라고 한 이유는 '순종의 표징'이라며 하와에게 말한다.

> 그 나무 맛보면 곧 죽으리라 하셨으니,
> 그것은 우리에게 부여된 권력과 지배, 그리고
> 땅과 하늘과 바다에 가득 차 있는 다른 모든 생물을
> 다스리는 주권의 상징들 가운데서
> 단 한 가지 우리의 순종을 바라는 표징이랍니다.(4. 427~431)

이 부분에 대해 구약 창세기 2장 9절은, "여호와 하나님이 그 땅에서 보기에 아름답고 먹기에 좋은 나무가 나게 하시니 동산 가운데에는 생명나무와 선악을 알게 하는 나무가 있더라."고 쓰고 있다. 하느님은 자신이 만든 인류 최초의 남자와 여자인 아담과 하와에게 낙원에서 온갖 복락을 누릴 자유를 주면서도 오직 하나 지식의 나무만은 맛보지 말도록 명령한다. 아담은 그 금지명령을 자신들의 순종을 바라는 표징으로 삼은 하느님의 의도를 명확하게 파악하고 있다. 하느님이 지식의 나무에서 열리는 열매를 맛보지 말라고 한 이유는 아담과 하와가 지식을 체득하지 말라는 뜻이 아니라 그 나무를 피조물인 인간의 자신에 대한 순종의 징표로 삼은 것이다.

에덴동산 중앙에 있는 "제일 높은 나무, 생명나무 위에/ 가마우지처럼 내려앉"아 아담과 하와의 대화를 엿듣고 있던(4. 194~196) 사탄은 드디어 아담과 하와를 파멸시킬 좋은 간계를 세운다.

> 모든 것이 저들의 것만은 아닌 듯하니,
> 지식의 나무라 불리는 한 치명적인 나무가 있어
> 맛보지 못하도록 금지되었다고? 지식을 금한다고?
> 참으로 야릇하고 알아듣지 못할 소리로다. 그들의
> 주는 어째서 그것을 시샘할까? 아는 것이 죄일 수
> 있으며, 또한 죽음이 될 수 있을까? 그러면 그들은
> 무지로만 살아가는 것일까? 그것이 그들의 행복한
> 상태이며, 그들의 순종과 신앙의 증거일 수 있을까?
> 아, 그것이 저들의 파멸을 쌓아 올릴 좋은
> 토대이겠구나!(4. 513~522)

사탄이 간계를 위해 선택한 방법은 꿈이다. 그날 밤 사탄은 잠든 하와의 귓전에 두꺼비처럼 웅크리고 앉아 그녀의 상상의 기관에 접근하여 환영과 환상과 꿈을 제멋대로 꾸며내거나 독기를 불어넣는다. 이 방법으로 사탄은 하와의 혈기를 더럽히고, 불만스러운 병적인 생각, 헛된 희망과 헛된 목적, 그리고 교만을 낳는 자부심으로 부풀어 오른 과도한 욕망 등을 불러일으킨다.(4. 801~810) 다음 날 아침에 일어나 하와는 아담에게 꿈 이야기를 들려준다.(5. 28~93) 꿈에서 사탄은 하와에게 금단의 지식의 나무를 보며 말한다.

아, 아름다운 나무여, 열매도 풍성한데

너의 짐을 덜어주고 너의 향기 맛보는 자 신의 세계에도

인간의 세계에도 없구나. 이토록 지혜를 싫어하는가?

아니면 무슨 질투나 제한이 있어서

이것을 먹지 못하도록 금한단 말인가? 누가 금하든,

네가 주는 이득 이젠 아무도 못 막으리라. 그렇지 않으면 왜

여기 놓였겠는가?(5. 58~64)

이 말을 하고는 사탄은 주저 없이 팔을 내밀어 대담하게 열매를 따 먹는다. 그 모습을 보고 겁에 질려 떨고 있는 하와와 달리 사탄은 기쁨에 넘쳐 말한다.

이 열매 맛보고, 앞으로 신들 사이에서

그대 자신이 여신 되어, 지상에만 있지 말고

때로는 우리처럼 공중으로, 때로는 공도 세워

하늘로 올라가, 거기서 신들의 생활을

보고 그대도 그렇게 살라.(5. 77~81)

사탄은 이렇게 말하고는 하와 가까이 다가와 그녀의 입에 그가 딴 과실 약간을 갖다 댄다. "그 상쾌하고 맛 좋은 향기가/ 그토록 식욕을 자극하니, 먹지 않을 수 없을 것 같은/ 생각이 들더이다."(5.84~86) 하와의 꿈 이야기를 들은 아담은 "그 꿈은 악에서 나온 것 같은데, 악은/ 어디서 나왔을까?"라며 불안해한다. 그리고 "청순하게 창조된 그대 속엔/ 악이 있을 리 없는데. 그러나 이것만은 알아

245

두오."라며 당부한다.

> 영혼 속에는 이성을 지배자로 섬기고 있는
> 많은 열등한 기능들이 있다는 것을. 그 사이에서 이성의
> 다음 자리를 차지하고 있는 것이 상상이라오. 상상은
> 민감한 오관이 나타내는 모든 외부의 사물들로써
> 허황한 형상인 상상을 만들어내고,
> 이성은 그것들을 결합하고 분리하여, 우리가
> 긍정하거나 부정하는 모든 것, 우리가 지식이니
> 의견이니 하는 일체의 것을 형성한다오. 그리고
> 신체가 휴식할 때면, 이성은 밀실로 물러난다오.
> 가끔 빈틈을 타서 흉내 잘 내는 상상이
> 깨어 그 이성을 모방하지만, 형상을 잘못 결합하여
> 빗나간 일을 만들어내는 수가 많고, 특히 꿈속에서
> 오랜 옛날이나 최근의 언행을 잘못 결합한다오. (5. 101~114)

아담은 이성(*reason*)을 잃은 빈틈을 타서 하와가 헛된 상상(*imaginations*)에 빠질 것을 염려한다. 그것을 방지하기 위한 최선의 방책은 몸을 부지런히 움직여 머릿속으로 이성 이외에 다른 상상을 할 수 없도록 하는 것이다. "신체가 휴식할 때면, 이성은 밀실로 물러난다오."라는 이 말에는 하와에 대한 아담의 불안한 심경이 잘 드러나 있다. 아담의 우려는 하와가 지식나무의 열매를 따 먹음으로써 현실로 나타난다. 하느님의 금지명령을 어긴 죄를 지은 대가로 아담과 하와는 에덴동산에서 추방된다. 낙원에서 추방되기 전 미카엘이 아담에게 하는 말에는 이성

을 중시하는 기독교적 관념이 잘 드러나 있다.

> 그러나
> 그대의 원죄 이후 참된 자유가 상실되었음을
> 또한 알라. 그것은 항상 바른 이성과
> 붙어살며 갈라져서는 존재치 않느니라.
> 인간의 이성이 어둡거나 또는 복종치 않으면
> 즉시 터무니없는 욕망과 갑자기 높아진 감정이
> 이성으로부터 주권을 빼앗고, 지금까지
> 자유롭던 인간을 노예로 만드느니라.(12. 83~89)

결국 아담과 하와는 "터무니없는 욕망과 갑자기 높아진 감정"에 굴복하여 '인간의 이성'을 잃고 '참된 자유'를 잃어버리는 죄를 범한다. 이 둘과는 달리 이성에 대한 강한 확신을 가지고 있는 '신의 하인'이란 뜻의 이름을 가진 천사 아브디엘은 사탄의 꼬임에 넘어가지 않는다. 하느님에게 반역할 것을 결의한 루시퍼는 부하 천사들에게 동료가 되라고 권한다. 하지만 천사 아브디엘은 분개하여 루시퍼에게 이렇게 말한다. "이성이 폭력과 다툴 때, 비록/ 그 싸움이 야비하고 추할지라도,/ 이성이 이기는 것은 당연한 이치로다."(6. 124~126)

이처럼 기독교에서는 '인간의 이성'을 잃지 않고 헛된 상상이나 감정 혹은 욕망의 덫에 빠지지 않는 정신을 가지는 것을 중시한다. 하지만 지나친 이성중심주의는 오히려 현대교회의 진보를 가로막고 있다는 비판도 적지 않다. 프란시스 쉐퍼는 『이성에서의 도피』라는 책에서 개신교인들이 '이성으로부터 도피'했기 때문에 교회가 길을 잃고 있다고 지적하고 있다. [131] 쉐퍼는 "오직 그리스도 안에서 나타나는 하나님의 계시"가 아니라 "오직 성경"[132]이라는 종교개혁가들의 주장은 주의해야 한다고 본다. 그들은 "오직 하나님만이 자율적"이며, 인간은 전적으로 타락했으므로 결코 자율적이지 못하다고 선언한다. [133] 인간은 그리스도가 행한 사역을 오직 믿음으로만 받아들일 때 구원될 수 있다는 것이다. 이 책의 서평을 쓴 정현욱 목사는 쉐퍼가 말하는 '이성에서의 도피'는 세상을 바르게 보려는 '노력으로부터의 도피'로 이해한다. [134] 하지만 현대교회가 이성에서 도피함으로써 길을 잃은 본질적 이유는 '창조적 상상력'이 결핍되어 있기 때문은 아닐까.

상상력이란 "이성과 감성이 상호작용하면서 대상을 확장하고 연계하여 사물의 이미지를 형성할 수 있는 정신기능"이다. [135] 기독교는 이성중심의 이분법적 사고의 틀을 가지고 있다. 그 틀 안에서 상상력은 종종 이성이나 합리성과 상반되는 허상이고, 진리를 파악하는 데 저해되는 요소라는 왜곡된 인식을 하고 있는 측면이 있다. [136] 위에서 살펴본 천사 미카엘과 아담의 말에는 이런 인식이 여실히 드러나 있다. '인류의 적' 사탄의 유혹에 넘어간 하와도 마찬가지다. 금

---

131) 프란시스 쉐퍼(김영재 옮김), 『이성에서의 도피』, 생명의말씀사, 167쪽.
132) 프란시스 쉐퍼(김영재 옮김), 위의 책, 48쪽.
133) 프란시스 쉐퍼(김영재 옮김), 위의 책, 47쪽.
134) 이 책에 대한 서평은, *https://www.newsnjoy.or.kr/news/articleView. html?idxno=223634* (방문일: 2020. 8. 22.)
135) *Edward Craig, ed., Routledge Encyclopedia of Philosophy vol.* 4(*London*: *Routledge*), 1998, *p.* 705. 주연수, "기독교교육과 종교적 상상력의 기능", 장신논단 *vol.* 51 *No.* 3, 229쪽에서 재인용함.
136) 주연수, 위의 논문, 250쪽.

단의 나무 앞에서 하와는 "뱀이여, 우리 여기 오지 않아도 좋았을 걸 그랬다."라며 사탄에게 말한다.

> 그러나 이 나무는 맛보거나 손대서는 안 되리라.
> 하나님은 그렇게 명령하시고 그 명령을
> 신의 소리의 외딸로 하셨도다. 그 밖에는 우리 자신의
> 법으로 사나니 이성은 우리의 법이니라. (9. 651~654)

"이성은 우리의 법"이라는 표현에서 알 수 있듯이 이성은 하느님의 입에서 나온 유일한 명령인 "신의 소리의 외딸"을 지킴으로써 인간이 사탄의 유혹에 빠지지 않도록 하는 정신적 버팀목이다. 그러니 인간은 이성을 잃지 않게 비합리적·추상적·비현실적인 상상을 하지 않도록 금강석과 같은 강한 정신력을 가지고 있어야 한다. 이러한 바람과는 달리 "인간의 여신이여, 손을 뻗쳐 마음대로 맛보시라."(9. 732)는 간계에 찬 사탄의 말에 하와는 마음이 흔들린다. 지식의 나무 열매는 보기만 해도 유혹적인 맛과 향을 지니고 있었다. 마침 점심 때가 다가왔고, 맹렬한 식욕이 하와의 눈을 가린다.

> 아니, 이처럼
> 선과 악을 모르는 상태에서 어떻게 하나님이나
> 죽음, 율법이나 형벌이 두려움을 알 수 있겠는가. (9. 773~775)

이렇게 말하면서 하와는 악의 시간에 경솔하게 손을 뻗쳐 열매를 따서 먹는다. (9. 780~781) 집으로 돌아와 하와는 아담에게 지식

의 나무 열매를 따 먹었다는 사실을 말한다. 아담은 하와가 저지른 죽음의 죄를 듣자마자 놀라고 당황하여 얼이 빠진다. "그대 어찌하여 타락했는가."(9. 900)라고 질책하면서 "나도 그대와 함께 멸망했도다."(9. 905)라며 탄식한다.

이 대목을 우리는 어떻게 받아들이고 이해해야 할 것인가. 호기심 많은 하와가 이성을 잃고 헛된 상상에 빠짐으로써 죽음의 죄를 범한 것을 어리석다고 해야 할까. 아니면 제우스를 속이고 꺼지지 않는 불을 인간에게 물려준 프로메테우스같이 그녀를 '인간의 지성'을 일깨운 고마운 존재로 봐야 할까. 결론은 분명하다. 만일 그녀가 절대신의 금지명령을 어기는 선택을 하지 않았다면, 인류는 아직도 하느님이 설정한 이성의 틀에 묶인 채 자유롭게 상상하고 공상하는 주체적 인간으로 바로 서지 못했을 것이다.

팜 파탈 '하와': 우리에게는 파멸을 파멸로써 깨트릴 힘이 있어요

팜 파탈(femme fatale)이란 여성을 뜻하는 팜과 치명적이라는 뜻을 가진 파탈이 결합된 말이다. 고대 그리스의 헬레나, 클레오파트라, 신화에 나오는 메두사와 같은 유형의 여성들이 팜 파탈에 속한다. 팜 파탈로 불리는 여인들은 그들의 관능적인 아름다움과 그 아름다움을 통한 격정적인 사랑을 약속함으로써 남성들을 매료시키고 유혹한다. 그러고는 남성들을 죽음이나 고통으로 몰아넣어 결국 치명

적인 불행의 늪으로 빠트리고 만다.[137]

팜 파탈이란 표현은 19세기 프랑스의 대표적인 상징주의 시인 샤를 보들레르(Charles Baudelaire)의 대표적 시집 『악의 꽃(Les Fleurs du Mal)』에서 유래한다. 이 시집에서 보들레르는 잔느 뒤발(Jeanne Duval)을 흠모하는 여러 편의 시를 남겼다.[138] 보들레르는 자신을 '치명적 아름다움과 섹슈얼리티'에 빠지게 한 크레올의 신비한 여성이었던 뒤발을 '검은 비너스(Vénus Noire; Black Venus)'로 부르며 사랑하고 흠모하였다. 뒤발은 '보들레르의 여주인(La Maîtresse de Baudelaire; Baudelaire's Mistress)'이자 팜 파탈이었다. 보들레르에게 뒤발은 "막대기 끝에서 춤추는/ 한 마리 뱀"이고,[139] "**병**과 **죽음**은 모조리 재로 만"드는 초월적 능력을 가진 존재인 동시에 "**삶**과 **예술**의 검은 말살자"이다.[140] 하지만 아무리 절대적인 권력을 가진 신이라 할지라도 그의 기억 속에 남아있는 '그 여인'은 절대로 죽일 수 없다. 보들레르는 "너는 내 기억 속에서 절대로 죽이지 못하리라./ 내 기쁨, 내 영광이던 그 여인을!"[141]이라며 자신의 '여주인' 뒤발을 칭송한다.

---

137) 이미선, "슈토롬의 『하더스레프후스에서의 잔치』 연구—팜 파탈, 팜 프라길 그리고 남성의 여성성", 독어독문학(구 독일문학) 85권, 2003. 3., 114쪽.

138) 아래 열 편의 시가 뒤발을 소재로 하여 쓴 것이며, 이 밖에 간접적으로 영향을 받은 다수의 시가 있다. *Parfum exotique*(이국 향기); *La Chevelure*(머리타래); *Sed non satiata*(그러나 흡족하지 않았다); *Avec ses vêtements ondoyants et nacrés*(물결치는 진줏빛 옷을 입고); *Le Serpent qui danse*(춤추는 뱀); *Remords posthume*(사후의 회한); *Le Chat*(고양이); *Duellum*(결투); *Un Fantôme*(환영); *Je te donne ces vers*(그대에게 이 시구를 바치노라). 본고에서 인용하는 보들레르의 시는 다음 문헌에서 재인용함. 보들레르 지음(윤영애 옮김), 『악의 꽃』, 문학과지성사, 2003. 477쪽.

139) *Charles Baudelaire*, 「*Le Serpent qui danse*(춤추는 뱀)」중에서.

140) *Charles Baudelaire*, 「*Un Fantôme*(환영)」중에서.

141) *Charles Baudelaire*, 위의 시 중에서.

뒤발이 보들레르의 팜 파탈이라면 『실낙원』에서 하와는 아담을 파멸의 길로 이끄는 팜 파탈이다.

『실낙원』 4편에는 최초의 남자 아담(4. 408)과 최초의 여자 하와(4. 409)의 모습에 대한 묘사가 나온다. "지극히 고상한 두 모습", 즉 아담과 하와는 "몸이 곧고 키가 큰,/ 마치 하나님처럼 곧은 데다 나체"로 살고 있다.(4. 288~289) 두 사람은 "그 본유의/ 존귀함이 입혀져 만물의 주 같고/ 또한 그만한 가치 있어 보인다."(4. 289~291) 또한 "그 거룩한 얼굴엔/ 영광스러운 창조주의 모습, 진리와 지혜와/ 엄격하고 순결한 신성이 빛났고,/ 엄하지만 아들로서의 참된 자유가 있었는데,/ 인간의 참된 권위가 거기서 비롯된다."(4. 291~295)

이 묘사만 읽으면, 아담과 하와는 둘 다 "영광스러운 창조주의 모습"을 닮았다. 하지만 두 사람은 "성(性)이 같지 않은 것처럼 동등치 않다."라고 하면서 남성과 여성에 대한 불평등과 차별의식이 적나라하게 드러난다. 즉, "남자는 사색과 용기 위하여, 여자는 온순함과 달콤하고/ 매력 있는 우아함 위하여, 또 그는 하나님만을 위하여,/ 그녀는 그에게 나타난 하나님을 위하여 만들어졌다."(4. 297~299) 아담은 하느님을 위하여, 하와는 아담을 위하여 만들어졌으니 하느님과 아담, 그리고 하와 사이에는 수평적이 아닌 수직적인 위계와 서열관계가 형성되어 있다. 여성에 대한 이러한 차별적인 시각은 아담과 하와의 모습에 대한 묘사에서도 여실히 드러난다.

아담의 외모에 대해서는 아주 짧고 간명하게 설명하고 있다. "그의 아름답고 넓은 이마와 숭고한 눈은/ 절대권을 나타내고, 히아신스 같은 머리채는/ 숱이 많은 가른 앞머리에서 탐스럽게 늘어져/ 넓은 어깨 밑까지는 이르지 않는다."(4. 300~303) 이와는 달리 하와의 외모에 대해서는 길고 자세하게 설명한다. 하지만 하와의 "순결해 보이는/ 겉모양만 가지고 온 인류를 얼마나 속 태우고"라며 하느님에게 불순종함으로써 죄를 지은 원인이 그녀의 겉모양에 있는 것처럼 비난한다.

"하나님만을 위하여 만들어진" 아담에게 하느님은 전능자로서 "정녕 무한히 선하시고, 그 선에서도/ 역시 그는 무한히 관대하고 인색하지 않"은 존재다.(4. 414~415) 아담은 에덴동산에서 하와와 함께하는 삶에 만족한다. 자신들을 "흙에서 일으켜 여기/ 이 모든 행복 가운데 두"신 이는 하느님이다. 그 삶은 자신의 노력이나 의지, 그리고 선택이 아니라 모두 하느님이 준 것이다. 하느님은 이토록 절대적 존재이니 "그에게서/ 무엇 하나 받을 만한 공로 없고,/ 그가 필요로 하는 어떤 것도 이루어드릴 능력이" 그들에겐 없다.(4. 417~420)

하와는 아담의 "심장 가장 가까운 옆구리에서 실재적인 생명"에서 자신이 생겨났음을 믿는다. 그리고 "나의 살이요 뼈"이자 '반신(半身)'으로서 "귀여운 위안자로 내 곁에 두겠노라."라고 말하며 부드러운 손으로 자신을 붙잡기에 나는 따랐을 뿐임을 고백한다. 그러고는 하와는 아담에게 이렇게 말한다. "나를 만들고 나를 다스리는 자여, 그대/ 명령이라면 무엇이든 이의 없이 따르겠습니다, 하나님이/ 그렇게 정하셨으니. 하나님은 그대의 율법, 그대는 나의 율법/ 그 이상은 모르는 것이 여자의 가장 행복한/ 지식이며 영예. 그대와 함께 있으면, 시간도 계절도/ 그 변화도 잊게 되고, 모두가 한결같이 기쁠

뿐입니다."(4. 636~641) 아담이 하느님에게 절대 순종하듯이 하와도 남편 아담에게 절대복종하겠다는 다짐을 한다. 하와의 다짐을 듣고 아담은 "우리의 창조주가 번성을 명하시는데, 하나님과 인간의/ 적인 파괴자가 아니고야 누가 금욕을 명하겠는가?"라며 복된 결혼의 사랑을 찬미한다.(4. 749~750)

위 내용을 읽어보면, 하느님의 인간 창조는 영혼이나 정신보다는 육체(몸)의 아름다움에 중점을 두고 있는 듯이 보인다. 특히 아담보다는 하와의 몸이 가진 아름다움에 대한 예찬은 숭고와 경배의 수준이다. 밀턴이 하와의 육체적 아름다움을 예찬하는 이유는 여러 가지일 수 있다. 하나는, 하느님의 창조행위가 아담을 거쳐 하와에 이르러 완벽한 형태로 이뤄졌다는 것을 강조함으로써 그녀의 육체적 아름다움을 통해 신의 창조 작업을 드높이려는 의도가 깔려있다. 다른 하나는, 하와의 육체적 아름다움을 강조함으로써 오히려 그녀의 영적 열등함을 부각시키고 있다.

이러한 시각은 아담은 영적인 존재로, 반대로 하와는 육체적 존재로 보고 양자를 주종의 관계로 설정하는 것으로 귀결된다. 그 결과 실낙원의 책임도 아담보다는 하와에게 전가해 이를 이유로 여성에 대한 남성우월주의를 고착시키고 있다. 아담에게 하와는 "내 뼈 중의 뼈요, 살 중의 살인/ 나 자신"으로 창조되었기 때문일까? 아담은 하와를 자신과 동등한 피조물로 인정하지 않는다. 그에게 하와는 '내 뼈 중의 뼈', '내 살 중의 살'로 '나 자신'으로 간주된다. 아담의 몸의 '일부분'에 지나지 않는 하와는 영원히 '온전한 나 자신'이 될 수 없다. 히브리어로 남성과 여성을 뜻하는 말은 *Ish*와 *Isha'h*이다. 아담에게 하와는 남성을 뜻하는 어근 *Ish*에 붙은 접미사에 지나지 않는다. 하와는 자주적이고 독립적 존재로 설 수 없고, 그의 언어 속에서만 스스로를 표현할 수 있을 뿐이다.[142] 그러나 아담의 생각과는 달리 『실낙원』 제9편에서 하와는 남편인 아담에게서 벗어나 독립된 나로 서려고 시도한다.

아침에 일어나 아담과 하와는 예배를 올리고 그날 할 일에 대해 의논한다. 에덴동산의 일은 날로 늘어나 두 사람의 손으로는 넓은 땅을 가꾸고 돌보기 어려운 상황이다. 하와는 아담에게 일을 효율적으로 하기 위해 서로 분담할 것을 제안한다. 아담은 하와의 제안을 칭찬하면서도 아내를 믿지 못한다.

"그러나 내게서 떨어짐으로 그대에게

해가 오지 않을까 하는 의심이 나를 사로잡도다.(9. 252~253)

---

142)   엘레나 페란테(김지우 옮김), 『떠나간 자와 머무른 자』(나폴리 4부작 제3권), 한길사, 2017, 522쪽. 이 책에서 주인공 엘레나 그레코(레누차 또는 레누로 불림)는 천지창조에 대해 다음의 내용으로 글을 쓴다.
신은 인간, 즉 '*Ish*'를 자신의 형상에 따라 창조하는데 이때 남성형과 여성형을 만들어낸다. 어떻게 만들었냐고? 신은 먼저 흙으로 '*Ish*'의 형태를 만든 다음 콧구멍으로 생명의 숨결을 불어넣었다. 그런 다음 가공되지 않은 원자재 상태가 아니라 이미 형상을 갖추고 생명을 얻은 남성을 재료로 Isha'h, 즉 여성을 만든다. 신은 남성의 옆구리에서 여성을 취한 다음 즉시 살로 상처를 아물게 했다. 그렇기 때문에 *Ish*는 여성을 두고 이렇게 말할 수 있다.
"이는 다른 모든 창조물과는 달리 나와 다른 존재가 아니다. 그녀는 내 살의 살이며 내 뼈의 뼈. 신께서 나로부터 만드신 것이다. 내게 생명을 불어넣어 주신 다음 그녀를 내 몸에서 뽑아내신 것이다. 나는 *Ish*이고 그녀는 Isha'h이다. 여자를 부르는 명칭에서부터 그녀가 신성한 영혼의 형상을 따라 창조되고 하나님의 말씀을 담고 있는 나에게서 유래한다는 것을 알 수 있다. 그러니 여자는 내 어근에 붙는 접미사뿐이며 오직 내 언어 속에서만 스스로를 표현할 수 있다."[엘레나 페란테(김지우 옮김), 위의 책, 521~522쪽.]

위험이나 치욕이

닥칠 때, 아내는 자기를 보호하고 함께 최악을

견뎌주는 남편 곁에 머무는 것이 가장 안전하리라. (9. 267~269)

아담의 말에 하와는, "남의 도움 없이 혼자서 시련을 뚫고 나가지/ 못한다면, 신의니, 사랑이니, 덕이 무엇이리오?"(9. 335~336)라며 독자적으로 일을 하려는 뜻을 굽히지 않는다. 하지만 아담은 하와에게 "만일 그대의 충성심을 보이고 싶거든/ 먼저 그대의 순종을 보여라."(9. 367~368)며 "하나님은 그 본분을 다했으니 그대도 본분을 다하라."(9. 375)고 요구한다. 하지만 하와는 "그러면 그대의 허락도 얻었고 이처럼 주의도/ 받았으니, 특히 그대가 마지막에 논한 말에 암시된,/ 우리가 시련을 구하지 않을 때,/ 우리는 어느 때보다도 대비심(對備心)이 약해진다 하시니/ 더욱 기꺼이 가렵니다."라며 고집을 꺾지 않는다. 이렇게 말하고 하와는 남편의 손에서 살며시 손을 빼고는 숲으로 향한다. (9. 373~388)

하지만 독립된 나로 서려는 하와의 시도는 지식의 나무 열매만은 먹지 말라는 하느님의 명령을 어김으로써 좌절되고 만다. 제10편 이하에서는 하느님의 심판을 받고 아담과 하와가 낙원에서 추방되기까지의 이야기가 전개된다.

아담의 우려대로 하와는 하느님의 명령을 어기고 지식의 나무 열매를 먹고 만다. 아담과 하와가 죄를 범한 사실은 천사들의 입을 통하여 하느님에게 보고된다. 그 죄를 심판하기 위해 하느님은 성자(聖子)를 에덴동산으로 보낸다.

하느님이 아담을 부른다. "아담아, 어디 있느냐."(10. 103) 죄와 수치, 동요와 실망, 분노와 완미(頑迷), 그리고 증오와 허위의 기색을 띠고 숨어있던 아담과 하와가 나온다. 하느님은, "알몸이라고 누가 일러주더냐? 너희는/ 따 먹지 말라고 내가 일러둔/ 그 나무의 열매를 따 먹었구나!"(10. 121~123)라며 질책한다. 이에 아담은, "그녀가 그 나무의 열매를 주기에/ 그것을 먹는 것이 좋을 듯싶어서 먹었나이다."라며 자신의 잘못을 아내의 탓으로 돌린다.(10. 142~143) 하느님이 아담을 엄하게 꾸짖는다.

> 신의 명령을 듣지 않고 그 여자의 말을
> 따르다니 그 여자가 너의 신인가. 그녀가
> 너보다 우월하거나 동등하기에 너의 남성다움과
> 신이 그녀 위에 세운 네 지위를 그녀에게
> 양보했는가. 그녀는 너를 위하여 너에게서
> 창조되었고, 너의 완전함은 그 참된 위엄에 있어
> 그녀보다 훨씬 우월하도다. 정녕 그녀는
> 아름답고 사랑스러워 너의 사랑을 끌지라도
> 복종은 안 되느니라. 그녀의 재능은
> 지배당할 것이지 지배할 것은 못 되느니라.
> 그것은 너의 역할이요 일이니라.
> 네가 너 자신을 잘 안다면.(10. 145~156)

이렇게 말하고는 하와에게 묻는다.

말하라, 여인아, 네가 한 일은 무엇이냐?(10. 158)

뱀이 나를 속여 나는 먹었나이다.(10. 162)

하와가 뱀을 고발하자 하느님은 '담대한 반역의 종범자(從犯者)'(10. 519) 뱀을 심판한다.

> 뱀은 짐승이기에
> 자기 몸을 재난의 도구로 써서 그 창조의
> 목적에서 타락시킨 자에게 죄를 전가할
> 수는 없지만, 본성을 손상시킨 자로서
> 저주받는 것은 당연하다. 그 이상의 것은
> 인간으로서 알 바 아니고(인간은 그 이상
> 알지 못하기에) 그의 죄에도 변함없다.(10. 164~170)

뱀은 인간의 '본성을 손상시킨 자'로서 죽기까지 배로 기어 다니며 흙을 먹어야 하는 저주의 형벌을 받는다. "그 이상의 것은 인간으로서 알 바 아니고"라는 표현에는 인간 중심의 지독한 종차별주의 내지는 종우월주의가 드러나 있다. 뱀은 사탄의 사주를 받은 것도 아니고, 사탄이 자신의 몸을 도구로 쓰는 것을 동의하지도 않았다. 그런 뱀을 저주하고, 극한의 형벌을 내리는 것은 타당한가. 뱀은 신이 정한 금지명령과 아무런 관련이 없다. 그 명령을 어긴 것은 인간과 사탄이고, 이들이 정범(正犯)이다. 뱀은 이 사건의 정범은 고사하고 종범(從犯)이나 공범(共犯)도 아니다. 만일 기독교를 중심으로 인류의 역사를 다시 써야 한다면, 뱀의 가슴에 맺힌 억울함과 원한을 풀어줘야 한다.

하지만 '징벌의 하느님'은 피도 눈물도 인정도 없다. 자신의 절대명령을 어긴 자들을 엄하게 처벌한다. 하느님의 금지명령을 어긴 죄의 대가는 죽음이다. 하느님의 처벌을 받은 아담이 탄식한다.

> 창조주여, 흙으로 나를 인간으로 만들어달라고
> 내가 간청하더이까? 어둠에서 나를 일으켜
> 이 즐거운 낙원에 놓아달라고 내가 원하더이까?(10. 743~745)

아담의 이 말은 십자가에 못 박힌 예수가 하느님에게 절규하는 "엘리 엘리 레마 사박타니?"(마태복음 27:46, 마가복음 15:34)를 연상케 한다. 그 뜻은 "나의 하느님, 나의 하느님, 어찌하여 나를 버리십니까?"이다. 하지만 "아버지, 만일 아버지의 뜻이면, 내게서 이 잔을 거두어 주십시오. 그러나 내 뜻대로 되게 하지 마시고, 아버지의 뜻대로 되게 하여 주십시오."(누가복음 22:42)라며 순순히 하느님의 뜻을 따른 예수처럼 아담도 이내 자신의 잘못으로 돌리고 때늦은 후회를 한다.

> 그러나 지금 와서 이런 말 해보아도 실은
> 이미 늦은 일. 그 조건이 제시되었을 때,
> 어쨌건 거절했어야 할 일이었나이다.(10. 754~756)

하와가 아담에게 다가와 상냥한 말로 그의 격정을 달래려 했지만
그는 엄한 눈초리로 그것을 거절한다.

너 뱀이여, 내 앞에서 물러가라! 그 거짓되고
미운 너, 그와 짜고 나를 속였으니 그 이름
네게 적합하다. 애석하게도 네 모양이
뱀 같지 않고, 색도 같지 않으니, 흉중의
간계를 나타내어 이후 다른 생물로 하여금
너를 경계하도록 할 수 없겠구나.
너무나 하늘다운 모습이니 지옥의 거짓을 숨기고
유혹할 만하구나. 너 아니었다면
나는 행복했으리라. 너의 자만심과 헛된 방랑심이,
불안이 극에 달한 때에 내 경고를 물리치고
믿을 수 없는 것을 비웃지 않았더라면, 비록
악마 앞에서라도 나서고 싶어 하지만 않았더라면.
그러나 너는 뱀을 만나서 속아 넘어갔다.
너는 뱀에게, 나는 너에게. 나는 너를 현명하고
확고하고 완전하여 어떤 유혹에도 견뎌낼 수
있다고 믿었기에 내 옆에서 떨어져 있게 했다.
모든 것은 진실한 덕이 아니고 오히려 외관에 불과한 것.
즉 모든 것은 내게서 빼낸, 본래 구부러진,
지금 보다시피 불길한 쪽으로 구부러진
갈빗대에 불과함을 깨닫지 못했다. 내 갈빗대의
정수에서 남는 것을 내던졌다고

생각하면 마음 편하다. 아, 어찌하여 최고의
하늘에는 남신들만 살게 하는 지혜로운 창조주인
하나님은 드디어 지상에 이 진기한 것, 이 고운
자연의 흠을 창조하였으며, 이 세계를 여자 없이
천자 같은 남자로서만 곧 채우지 않았는가.(10. 867~892)

아담은 그녀에게서 몸을 돌렸지만 하와는 조금도 실망하지 않고 거침없이 눈물 흘리며 흐트러진 머리로 그의 발아래 낮게 엎드려 그 발을 끌어안고 평화를 구하며 슬프게 말한다. "나를 버리지 마소서, 아담. 하늘이어 살피소서."(10. 914) "당신에게서 버림받으면 어디 가서 목숨을/ 부지하란 말입니까?"(10. 921~922) 하와의 겸손한 태도에 아담은 마음을 누그러뜨린다.

성자(聖子)는 아담과 하와의 회개하는 기도를 전하고, 하느님은 그들을 용납한다. 하지만 아담과 하와를 더 이상 낙원에서 살게 할 수는 없다고 하면서 에덴동산에서 추방한다.

이제 한층 대담해진 그 손이 생명나무에도
뻗쳐 그 열매 따 먹고 영원히 살지 못하도록
적어도 그렇게 망상하지 못하도록 그를 낙원에서
쫓아내어 그가 태어난 땅, 그 적합한
흙을 갈아먹도록 명령하노라.(11. 96~98)

하느님은 미카엘을 시켜 이 명령을 시행토록 한다. 그리고 에덴동산의 입구를 화염검으로 막아 일체의 접근을 엄히 금지하고, 생명나무로 이르는 모든 길을 막아 버린다. 미카엘은 하와를 잠들게 한 뒤 아담에게 대홍수 이야기와 그 뒤에 인류에게 일어날 일에 대해 들려준다. 그리고 하와를 잠에서 깨운 뒤 둘을 낙원에서 떠나게 한다. 『실낙원』은 아담과 하와의 모습에 대해 이렇게 묘사하며 끝난다.

> 섭리는 그들의 안내자.
> 그들은 손을 마주 잡고 방랑의 걸음 느리게,
> 에덴을 지나 그 쓸쓸한 길을 간다.(12. 647~649)

아담을 유혹하여 타락시킨 인류의 원죄를 짊어지고 '그 쓸쓸한 길'을 걸어 하와는 예수를 낳고는 성모 마리아로 재탄생한다. 마리아를 통해 하와는 요부 혹은 악녀라는 팜 파탈의 이미지에서 벗어났을까. 성녀 혹은 성녀로서 인류 숭배의 대상이 된 마리아를 통해 이 땅의 여성들에게 덧씌운 원죄는 사라졌는가.

보들레르가 노래하듯이 현실에서 하와와 마리아는 여전히 '저주받은 그대'로 남아있다. 의연한 대천사는 "그대를 가혹하다 여길 어리석은 인간들을/ 가벼운 발걸음과 싸늘한 시선으로 밟고" 갈 뿐이다. 그러니 비록 자신을 유혹하여 파멸의 길로 이끌지라도 자신의 여주인 뒤발을 위로해 줄 사람은 보들레르밖에 없다. 시인은 노래한다. "저 깊은 나락에서/ 높은 하늘까지 나 말고 누가 대답해 줄까!"[143]

---

143) *Charles Baudelaire*, 「*Je te donne ces vers*(그대에게 이 시구를 바치노라」 중에서.

그러나 뒤발에 대한 보들레르의 무한한 사랑과는 달리 창조의 순간부터 낙원에서 쫓겨날 때까지, 또 그 이후에도 아담이 하와를 위해 사랑의 송가를 불렀다는 이야기는 전해지지 .않는다. 어쩌면 하와에게는 에덴동산에서 누리던 모든 것은 생명을 잃은 채 화려하게 빛나고 단단한 "금과 강철, 빛과 금광석뿐"이었는지도 모른다. 실낙원 이후 오늘날까지 수많은 세월이 흘렀지만 하와가 처한 상황은 그다지 변하지 않았다. 하와가 살고 있는 이 세상에는 여전히 "아기를 낳지 못하는 여인의 차가운 위엄이/ 쓸모없는 별처럼 영원히 빛을 발"하고 있다. [144)

---

144) *Charles Baudelaire*, 「*Avec ses vêtements ondoyants et nacrés*(물결치는 진줏빛 옷을 입고)」 중에서

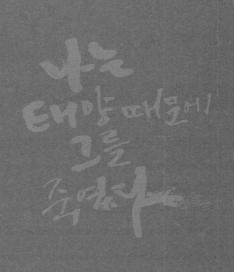

나는
태양 때문에
그를
죽였다

나는 태양 때문에 그를 죽였다

———

알베르 카뮈, 『이방인』
(1942년)

알베르 카뮈(*Albert Camus*, 1913년 11월 7일~1960년 1월 4일)는 프랑스의 작가이자 저널리스트다. 1942년 소설 『이방인』을 발표하며 혜성처럼 등장한 그는 문단의 주목을 받았으며, 1957년 이 소설로 노벨문학상을 수상한다. 소설 『이방인』은 『페스트』, 『시지프 신화』와 함께 '부조리 3부작'이라고 한다. 카뮈가 쓴 소설은 실존주의에 큰 영향을 미쳤으나 그 자신은 실존주의자로 불리는 것을 거부했다.

작품 배경과 줄거리

알베르 카뮈의 『이방인(*L'Etranger*)』[145]은 1942년 5월 파리에서 출간되었다. 이때는 독일이 프랑스의 수도인 파리를 점령하고 있던 시기이기도 했다. 이 소설의 첫 문단은 이렇게 시작한다. "오늘 엄마가 죽었다. 아니 어쩌면 어제. 양로원으로부터 전보를 한 통 받았다." 감정을 극도로 절제한 이 문장은 세인들에게 널리 회자되었으며, 카뮈를 실존주의문학을 대표하는 작가로 알리게 된 결정적 계기가 되었다.

이 작품의 공간적 배경은 알제리의 수도 알제이다. 알제리는 1830년부터 1962년까지 프랑스의 식민지배를 받았다. 보다 정확하게는 알제리는 프랑스 영토의 일부로 간주되었으며 이 작품이 나올

---

145) 이 글의 인용문은 다음 책을 바탕으로 작성하였다. 알베르 카뮈(김화영 옮김), 『이방인』, 책세상, 2012, 244쪽.

당시 공식명칭은 프랑스령 알제리(*Algérie française*)였다. 1954년부터 1962년까지 알제리는 프랑스에 대항하여 독립전쟁을 벌였다. 알제리는 프랑스에서 독립하였는데, 이를 알제리전쟁(*Guerre d'Algérie*)이라 한다. 이 전쟁의 정당성을 둘러싸고 프랑스의 국론은 심하게 분열되었다.

카뮈는 프랑스계 알제리 이민자의 아들로 태어났다. 그의 아버지는 제1차 세계대전 전투에서 사망하고, 스페인 출신 어머니는 청각장애인이자 문맹자였다. 그녀는 남편 사망 후에도 알제리에서 살았다. 1830년 프랑스의 알제리 침공 당시부터 1962년 전쟁이 끝나고 알제리가 독립할 때까지 프랑스령 알제리에 살고 있던 유럽계 알제리인을 피에 누아르(*pied-noirs*)라고 불렀다. 피에 누아르는 직역하면 '검은 발'이란 뜻이다. 알제리인들은 자신의 영토로 이주한 가난한 유럽계 혹은 프랑스계 알제리인들을 조롱하듯 이렇게 불렀다.

1954년 알제리전쟁이 일어나자 카뮈는 알제리 출신이었음에도 프랑스 정부를 옹호하여 알제리 독립을 반대한다. 이러한 입장을 취한 이유의 하나는 그가 피에 누아르였기 때문이다. 카뮈는 알제리가 독립하기보다는 프랑스연합국의 일원으로 남아 자치권을 확대함으로써 양국이 공존하는 입장을 취하였다. 이로 인하여 알제리의 독립을 지지하던 프랑스 좌파 지식인들로부터 따돌림을 당하게 된다.

하지만 카뮈가 알제리 독립에 반대하는 입장을 취한 보다 본질적인 이유는 전쟁과 폭력에 대해 그가 평소 가지고 있던 가치관에서 찾아야 한다. 제1·2차 세계대전의 참상을 겪으면서 그는 평소 정치적 폭력과 사형에 반대하였다. 알제리전쟁 초기 그는 민간인들을 다치게 한다는 이유로 프랑스와 알제리 양쪽이 사용하는 폭력에 반대하는 캠페인을 벌이기도 했다. 카뮈는 폭력에 의해 야기되는 인적 피해는 물론 그에 따른 정신적 측면에서 야기될 부정적 결과를 우려하였다. 당시 카뮈는 '선택적 폭력'을 용인함으로써 폭력의 사용을 잠재적으로 동의한 사르트르와는 전적으로 반대의 입장에 섰다.[146] 이를 계기로 카뮈는 한때 사상적 동지였던 사르트르와 정신적으로 결별한다.

피에 누아르로 태어나 성장한 카뮈는 프랑스와 알제리라는 두 지역과 공간에 대해 애증과 애정의 사이에서 이중 혹은 양가감정을 가질 수밖에 없다. 카뮈의 이런 심리상태는 소설 『이방인』의 주인공 뫼르소(Meursault)에 그대로 투영된다.

카뮈는 이 소설에서 프랑스 부르고뉴지방의 와인 산지명과 똑같은 이름을 가진 인물 뫼르소를 주인공으로 삼는다. 주인공 이름 뫼르소는 이 소설을 이해하는 출발점이기도 하다. 프랑스어 Meur(뫼르)는 '죽다'라는 뜻을 가진 동사 mourir의 3인칭 단수 meurt, mer(바다) 또는 mère(어머니)를 연상케 한다. 세 단어는 철자는 다르지만 모두 '뫼르' 혹은 '메르'로 거의 비슷하거나 같게 발음한다. 그리고 sault(소)는 '태양'을 뜻하는 soleil에서 차용한 것이다.

"오늘 엄마가 죽었다."로 시작되는 이 소설의 첫 문장을 프랑스어로 옮기면 "Aujourd'hui, Maman est morte."이다. 이 문장의 Maman과 morte에서 두 번 거듭하여 사용되고 있는 철자 m은

---

146) 로널드 애런슨(변광배·김용석 옮김), 『사르트르와 카뮈: 우정과 투쟁』, 연암서가, 2011, 81쪽.

뫼르소(*Meursalut*)의 뫼르(*Meur*), 즉 '어머니'와 '죽음'을 뜻하는 메르(*mère*)와 뫼르(*meurt*)에서 나온 것이다. 또한 뫼르소는 '바다'를 뜻하는 메르(*mer*)에서 태양(*soleil*)이 뜨겁고 눈부셨다는 이유로 아랍인을 권총으로 쏴 죽인다(*meurt*).[147] 실제 메르(*mer*)와 솔레이(*soleil*)를 연이어 발음하면 메르솔(*mersol*)이 되어 주인공 이름 뫼르소와 아주 비슷하다.

이외에도 뫼르소라는 주인공 이름이 가지는 함의에 대해서는 프랑스어 단어의 조합을 통한 다양한 상상과 추측을 불러일으킨다. 이를테면, '죽다'라는 동사 *mourir*의 3인칭 단수형 *meurt*와 '혼자(홀로)'라는 뜻을 가진 *seul*을 합치면 뫼르소와 비슷한 발음이 된다. 아니면 동사 *mourir*의 1·2인칭 단수 현재형 *meurs*와 고독을 뜻하는 명사 *solitude*를 합쳐도 좋다. 어떻게 조합하더라도 "사람은 홀로 태어나고, 홀로 죽는다(*On naît seul et on meurt seul*)"라는 말과 같이 뫼르소라는 이름은 '홀로 외롭게 죽다'라는 의미가 된다. 이처럼 이 소설은 독자로 하여금 다양한 상상과 추측의 나래를 펼 수 있는 무한한 가능성의 여지를 제공한다.

『이방인』은 살인 이전과 이후를 1부와 2부로 나누고 있으며, 줄거리는 간단하다.

1부에서 주인공 뫼르소는 엄마가 죽었다는 전보를 받고 장례식을 치르기 위해 알제에서 팔십 킬로미터 떨어진 마랭고에 있는 양로원

---

147) *Hiroshi Matsuura*, 「アルベール・カミュ『異邦人』-文学は〈語〉そのものが語る」, *https://note.com/viappia2472/n/n737f157fd62d*(방문일: 2020. 8. 24.)

에 간다. 장례식에 참석한 뫼르소는 엄마의 죽음을 슬퍼하거나 울지 않는다. 심지어 엄마의 얼굴을 보겠냐는 문지기의 권유도 거절한다. 장례식 다음 날 뫼르소는 해변에서 옛 동료 마리 카르도나와 재회한다. 두 사람은 영화를 보고 함께 밤을 보낸다. 그 후 뫼르소는 레몽의 친구 문제에 휘말리게 되고, 해변에서 아랍인을 권총으로 쏴 살인을 저지른다.

2부에서는 살인 혐의로 교도소에 구속 수감된 뫼르소가 법정 소송을 거쳐 사형선고를 받는 과정을 다루고 있다. 소송에 직접 관여하는 사람들−판사, 검사, 변호사 및 배심원−은 물론 증인과 기자, 그리고 방청객들마저도 뫼르소가 어떤 이유로 사람을 죽였는가에 대해서는 관심 없다. 그들은 뫼르소가 자신들이 믿고 생각하고 있는 도덕윤리적 혹은 종교적 가치라든지 사회 일반에 요구되는 통상의 관념이나 감정을 느끼는가에 대해 끊임없이 묻고 확인하려 한다. 뫼르소는 그들이 원하고 요구하는 질문에 너무도 솔직하게 자신이 느낀 감정대로 대답한다. 심지어 살인 동기를 묻는 판사의 질문에 뫼르소는 "태양 때문"이라고 대답한다.

태양은 이 작품을 이해하는 열쇳말이다. 이 작품에서 태양은 죽음과 직접 연관되어 있고, 뫼르소의 살인동기이기도 하다. 17세기 프랑스 작가 라 로슈푸쿠(La Rochefoucould)는 잠언집에서 "태양과 죽음은 서로를 가만히 바라볼 수 없다.(Ni le soleil, ni la mort ne se peuvent regarder fixement.)"는 유명한 말을 남겼다. 프랑스인들이 학창 시절부터 즐겨 외우고 있는 이 문장은 태양(le soleil)과 죽음(la mort)이라는 단어를 포함하고 있다. 어쩌면 카뮈는 『이방인』을 구상하면서 프랑스인들의 문학적 전통에 내재되어 있는 태양과 죽음이란 보편적 정서를 주인공 뫼르소의 이름에서 담아내고자 한 것은 아닐까. 태양이 주는 더위와 눈부심을 온몸과 마음으로 느끼듯 뫼르소는 죽음마저도 그 자체를 직시하고 받아들인다. 그에게 삶이란 비극적이긴 해도 비참한 것은 아니다. 하지만 뫼르소와 달리 카뮈는 자신의 죽음을 직시할 시간적 여유를 가지지 못한다. 1960년 1월 4일 카뮈는 자동차가 플라타너스 나무를 들이박는 교통사고로 목이 부러져 그 자리에서 즉사한다. 그의 나이 47세, 노벨문학상을 받은 지 3년이 지난 때였다. 생전에 그는 인터뷰에서 "자동차 사고로 죽는 것보다 더 의미 없는 죽음은 상상할 수 없다."라고 말한 적이 있다. 그에게 삶과 죽음은 어떤 의미일까? 비극적일까, 비참한 것일까.

노벨문학상을 받을 정도로 탁월한 작품성을 인정받았음에도 소설 『이방인』에는 정작 '이방인'이란 표현이나 그 의미를 설명하는 내용은 없다. 저자인 카뮈가 이 소설의 제목을 왜 '이방인'으로 정했는지, 그 의미는 무엇인가에 대한 판단은 오로지 독자의 몫이다.

이방인에 해당하는 프랑스어 에트랑제(*étranger*)는 엥코뉘(*inconnu*), 즉 "낯선 사람, 외국인, 국외자, 제삼자"를 말한다. 또한 형용사로는 "모르는, 미지의, 정체불명의, 신원미상의, 익명의" 등의 의미가 있다. 이를 엥코뉘의 반대말인 코뉘(*connu*)와 비교하여 살펴보면 그 의미를 보다 명확하게 이해할 수 있다. 코뉘(*connu*)란, 명사로는 '이미 알려져 있는 것 혹은 사람'을, 형용사적으로는 "(사물이나 사람이) 알려진, 널리 알려진, 유명한" 등의 뜻이다. 코뉘의 입장에서 바라보면, 엥코뉘는 세상에 알려지지 않거나 미지의 상태나 사람이다. 특히 사람에 중점을 두면, 엥코뉘는 서로 친숙하고 친밀한 관계를 맺고 있는 코뉘들이 보기에 잘 알지 못하는 낯선 사람 혹은 외지인을 말한다.

국가의 관점에서 코뉘와 엥코뉘를 구별하는 것은 국적의 보유 여부이다. 다시 말하여 국적은 국가와 개인을 국민으로 잇는 연결점이다. 대한민국 헌법 제2조 1항은, "대한민국의 국민이 되는 요건을 법률로 정한다."고 규정하고 있다. 그 법률이 바로 「국적법」이다. 국적은 보통 선천적으로 취득하는데 속인주의와 속지주의의 두 가지 방식이 있다. 전자는 부모의 국적에 따라, 후자는 그 나라의 영토에서 태어남으로써 국적을 취득하는 방식이다. 이외에도 국적은 후천적으로도 취득할 수 있는데, 인지, 귀화, 부모의 귀화, 국적회복 허가 등 네 가지가 있다.

인지란 대한민국 국민인 아버지 또는 어머니가 대한민국 국민이 아닌 자를 자식으로 인정하는 것을 말한다. 귀화는 일반적 귀화와 부모의 귀화로 나뉜다. 전자는 한국 국적을 취득한 적이 없는 사람이 법무부장관의 허가를 받아서 국적을 취득하는 경우를, 후자는 외국인의 자녀가 그의 아버지 또는 어머니가 한국에 귀화할 때 함께 국적을 취득하는 것을 말한다. 그리고 국적회복 허가란 대한민국 국민이었던 사람이 외국 국적을 취득하고 한국 국적을 상실했다가, 법무부 장관의 국적회복 허가를 받아 다시 한국 국적을 취득하는 것이다.

국가라는 보호체제하에서 국민은 헌법이 보장하는 기본적 권리의 향유 주체이자 일정한 의무를 진다. "국민의 권리와 의무"를 규정하고 있는 헌법 제2장은 기본권에 관한 보장목록을 정하고 있다. 그런데 규정의 형태를 보면, "모든 국민은 (권리를) 가진다." 혹은 "모든 국민은 (의무를) 진다."는 형식을 취하고 있다. 외국 국적자와 무국적자를 비롯한 대한민국의 국민이 아닌 자는 '외국인'이다.(『국적법』 제3조) "외국인은 국제법과 조약이 정하는 바에 의하여 그 지위가 보장"되므로(헌법 제6조 제2항) 여러 법령에서 외국인을 내국인과 동등하게 대우하고 있다. 그러나 우리 국민에게만 인정되는 참정권 분야나 국가 중요 정책상 필요한 특정 분야에서는 외국인을 우리 국민과 달리 대우하고 있다. [148] 따라서 국적을 중심으로 사람을 구분하면, '국민'은 코뉘이고, '외국인'은 엥코뉘이다. 국가의 입장에서 코뉘인 국민은 보호의 주체이자 대상이지만 엥코뉘인 외국인은 낯선 외지인 혹은 이방인이다. 국민에 비하여 외국인은 차별과 배제, 그리고 소외된다. 국가체제하에서 엥코뉘인 외국인은 영원한 이방인이다.

카뮈는 이방인을 크게 두 가지 유형으로 정의하고 있다. 첫 번째 유형은, 소설 『이방인』의 주인공 뫼르소처럼 사회에서 소외된 사람은 누구나 이방인이다. 외국인, 난민, 성소수자 등이 이에 해당한다. 두 번째 유형은, 에세이 『시지프의 신화』에서 다루고 있는 존재론적 의미의 이방인이다. 카뮈에 따르면, 세계와 자기 자신으로부터 소외되어 있는 인간은 누구나 이방인이다. 따라서 코뉘 혹은 엥코뉘를 떠나 우리는 모두 삶과 죽음의 포로이자 노예이고 이방인이다. 우리가 주관적 혹은 객관적으로 누리는 자유는 시공간이 주는 물리적 한계의 구속을 받는다. 사형집행을 앞둔 뫼르소를 찾아온 사제가 "당신을 위해 기도를 드리겠습니다."라고 말하자 그는 고함치기 시작했

---

148) 헌법상 외국인의 법적 지위에 대해서는, *https://www.lawmaking.go.kr/ lmKnlg/jdgStd/info?astSeq=2251&astClsCd=*(방문일: 2020. 8. 26.)

고, 사제에게 욕설을 퍼부으면서 기도하지 말라며 대꾸한다.

> 알아듣겠는가? 사람은 누구나 다 특권 가진 존재다. 세상엔 특권 가진
> 사람들밖에는 없는 것이다. 다른 사람들도 또한 장차 사형을 선고받을
> 것이다. 그 역시 사형을 선고받을 것이다.(153쪽)

뫼르소가 절규하듯 우리 모두 사형수다. 죽음을 앞둔 사형수와 같
은 존재인 인간에게 이 삶은 부조리하다. 삶은 우리에게 살 것을 요
구하지만 삶은 죽음으로 귀결된다. 죽음은 삶의 모든 의미와 가치를
한순간에 전복시키고 만다. 메멘토 모리(menento mori)! 삶은 우리에
게 "죽음을 기억하라!"고 요구하지만 우리는 매 순간 죽음을 의식하
며 살지는 않는다. 그럼에도 우리는 매 순간 죽음을 향해 걸어갈 수
밖에 없는 존재다. 카뮈는 말한다. 그러므로 이 부조리한 삶에서 "내
일은 존재하지 않는다. 나의 깊은 자유의 존재 이유는 바로 거기에
있다."라고.[149]

부조리: 어머니의 죽음에 슬퍼하고 눈물을 흘려야 하는가

『이방인』을 이해하기 위해서는 부조리(不條理, absurde)가 무엇인가
에 대해 알아야 한다. 이 소설의 주인공 뫼르소는 부조리한 인물의
전형이다.

---

149)　알베르 카뮈(김화영 옮김), 『시지프 신화』, 책세상, 2012, 89쪽.

그는 어머니의 장례식을 치르기 위해 양로원을 방문하지만 그 태도는 너무나 담담하다. 그는 어머니의 죽음을 슬퍼하거나 눈물을 보이지도 않으며, 관 속에 누운 어머니의 얼굴을 보는 것마저도 거부한다. 심지어 장례식 다음 날 여자 친구와 희극영화를 보러 가고, 성관계를 한다. 뫼르소는 마치 아무 일도 없었던 것처럼 일상으로 돌아간다. 그러다 어느 날 해변가에서 권총으로 아랍인을 살해한다. 살인죄로 기소되어 진행된 재판에서 뫼르소는 정작 범죄와는 상관없는 일로 심문을 받는다. 이를테면, 그가 어머니의 장례식에서 울지 않았고, 어머니의 주검을 앞에 두고 담배를 피웠으며, 장례식 다음 날 희극영화를 보고 여자 친구와 동침을 했다는 것 등이 문제시된다. 양형판단에 중요한 요소인 살인동기를 묻는 판사의 질문에 그는 "태양이 눈부셔서"라고 대답한다. 결국 그는 사형을 선고받는다. 사형 직전 그를 찾아온 사제(신부)는 뫼르소에게 끈질기게 회개하고 하느님에게 귀의할 것을 요구한다. 그런 사제에게 뫼르소는 격분하고 그를 쫓아낸다. 그러고는 자신이 사형집행을 받는 날 많은 구경꾼들이 와서 증오의 함성으로 그를 맞아주기를 바라며 조용히 죽음을 기다린다.

이처럼 뫼르소는 세상의 일반인들이 가지고 있는 사회통념을 거부하고 부정한다. 일반 사람들은 이렇게 생각한다. 어머니의 죽음은 가슴 아프고 슬프기 때문에 눈물을 흘려야 한다. 장례식은 엄숙하게 모셔야 하며, 그 후에도 일정한 기간 동안에는 웃음을 유발하는 영화나 오락을 즐겨서도 아니 된다. 특히 이성을 만나거나 성관계를 갖는 것은 금기시된다. 이렇게 하는 것이 고인을 애도하고 기리는 모습이다.

하지만 어느 누구도 한 개인이 그의 어머니의 죽음에 대해 느끼는 슬픔의 깊이(정도)에 대해서는 알 수도 없고, 판단할 권한도 없다. 어머니의 죽음을 두고 크게 울면서 울음을 그치지 못하고 있는 사람과 담담하고 조용하게 슬픔을 받아들이는 뫼르소 중에서 과연 누구의 슬픔이 더 크다고 할 수 있을까. 뫼르소는 어머니의 죽음에 담담한 태도를 취한다.

뫼르소는 고인의 죽음에 대해 일반인들이 가지고 있는 통념이나 도덕윤리적 관념에서 벗어난 행동을 한다. 그리고 세상 사람들이 가지고 있는 죽음에 대한 상식과 관습을 깨트려 버린다. 그의 이런 태도는 조리(條理 la raison)를 바탕으로 사회질서를 유지하고 안정을 지키려는 일반 사람들에게는 위험하게 인식될 수밖에 없다.

세상 사람들에게 조리란 진리이고, 그 진리는 습관이다. 사람들이 자신들이 믿고 있는 진리에 대해 반성하지 않고 삶의 관성에 따라 살아가는 습관에 대해 카뮈는 말한다. "물론 산다는 것은 결코 쉬운 일이 아니다. 사람이 살아가는데 필요한 행위를 그만두지 않고 계속하는 데는 여러 가지 이유들이 있다. 그중 첫째가는 이유가 습관이다."[150] 카뮈의 논리에 따르면, 뫼르소는 조리=진리=습관의 이름으로 사형선고를 받는다.

사람들에게 진리로 받아들여지고 있는 조리란 어떤 의미일까? 조리란 사물의 성질·순서·도리·합리성 등의 본질적 법칙이자 많은 사람들이 승인하는 공동생활의 원리인 도리를 말한다. 경우에 따라서

---

150)　알베르 카뮈(김화영 옮김), 『시지프 신화』, 위의 책, 19쪽.

는 경험칙·공서양속·사회통념·신의성실·사회질서·정의·형평·법의 체계적 조화·법의 일반 원칙 등의 명칭으로 표현되는 일도 있다. 아무리 완비된 성문법이라도 완전무결할 수 없으므로 법의 흠결이 있을 경우에는 조리에 의하여 보충하여야 한다. 이에 대해 민법 제1조도 "민사에 관하여 법률의 규정이 없으면 관습법에 의하고 관습법이 없으면 조리에 의한다."라고 규정하고 있다. 이런 이유로 민사재판에서 성문법도 관습법도 없는 경우에는 조리가 재판의 규범이 된다. 이때 조리는 보충적 효력을 가진다.[151]

이에 반하여 부조리란 조리의 반대말로 이치에 맞지 아니하거나 도리에 어긋나거나 또는 그런 일을 뜻한다. 하지만 사전적 혹은 논리적 의미를 떠나 이 말을 철학적 용어로 확신시킨 인물은 카뮈다.

카뮈가 말하는 부조리를 한마디로 정의하면, "인간이 자신의 존재 의미가 부재하다는 사실을 직면했을 때 느끼는 감정"을 말한다. 카뮈는 우리가 살고 있는 이 세상이 부조리하다고 말한다. 인간은 아무리 애를 써도 자신을 둘러싼 세계를 완전히 알 수 없다. 또한 모든 일을 완전히 해낼 수도 없으며, 누구나 죽기 마련이다. 목숨 걸고 살아야 하는 삶은 시간상으로 유한하고, 그 삶의 마지막은 죽음이다. 삶이 죽음으로 귀결되는 인간세상은 이성으로는 도무지 알 수도, 이해할 수도 없는 부조리로 가득 차 있다. 그러므로 카뮈에게는 인간의 삶이 부조리하다고 자각하는 것이 중요하다. 그는 마침내 결론을 내린다.

---

151) 네이버 지식백과: 조리[條理, *naturalis ratio*]

이리하여 나는 부조리에서 세 가지의 귀결을 이끌어낸다. 그것은 바로 나의 반항, 나의 자유, 그리고 나의 열정이다. 오직 의식의 활동만을 통해서 나는 죽음으로의 초대였던 것을 삶의 법칙으로 바꾸어 놓는다. 그래서 나는 자살을 거부한다.[152]

'반항, 자유, 열정'은 카뮈가 말하는 부조리의 철학을 이해하는 세 가지 주제어다. 카뮈는 소설 『이방인』의 부조리에 대한 자신의 견해를 설명하기 위해 에세이집 『시지프 신화』를 펴낸다. 이 책에서 그는 고대 그리스 신화에 나오는 인물인 시지프(영어명: 시시포스)를 소환한다.

시지프는 죽음의 신 타나토스와 하데스 등을 속인 죄로 큰 바윗돌을 가파른 언덕 위로 굴리는 벌을 받는다. 시지프가 애써 돌을 밀어 정상에 올리면 그 돌은 산 아래로 굴러 내려가 버린다. 시지프는 그 돌을 밀어 올리는 일을 무한 반복해야 한다. 카뮈는 시지프의 이런 모습에서 그가 '부조리한 영웅'이란 것을 알아차렸다고 쓰고 있다.

인간은 부조리한 삶을 증오하고 멸시하면서도 그와의 싸움에서 이기고 살아남기 위해 온갖 열정과 노력을 쏟아붓고 있다. 하지만 인간의 자유는 제한되고, 희망을 갖기에는 현실은 암울하다. 이 부조리한 삶에서 인간이 기울이는 이 열정과 노력이 무슨 소용이 있을까란 회의가 든다. 이에 대해 카뮈는 말한다.

시지프는 그의 열정뿐 아니라 그의 고뇌로 인하여 부조리한 영웅인 것

---

152) 알베르 카뮈(김화영 옮김), 『시지프 신화』, 앞의 책, 96쪽.

이다. 신들에 대한 멸시, 죽음에 대한 증오, 그리고 삶에 대한 열정은 아무것도 성취할 수 없는 일에 전 존재를 다 바쳐야 하는 형용할 수 없는 형벌을 그에게 안겨주었다. 이것이 이 땅에 대한 정열을 위하여 지불해야 할 대가이다.

시지프가 온갖 열정을 다해 바위를 밀어 올려도 바위는 산 아래로 굴러떨어진다. 그는 고뇌하면서 산 정상에서 아래로 걸어가서는 또다시 어깨에 바위를 메고 밀어 올린다. 그의 형벌은 영원히 끝나지 않을 것이며, 부조리한 삶도 계속될 것이다. 고대 그리스의 또 한 명의 비극적 영웅 오이디푸스는 말한다. "내가 판단하노니 만사가 다 잘되었다." 그의 말처럼 부조리한 삶은 비극적이어도 비참하지는 않다. 어쩌면 우리는 지금 시지프가 어깨에 메고 있는 바위보다 더 무거운 현실의 삶을 떠받치고 힘겹게 살아가고 있다. 이 부조리한 현실이 아무리 힘들지라도 우리는 행복한 시지프를 마음속에 그려보아야 한다.

부조리한 삶에서 우리는 모두 사형수다

오늘을 살고 있는 시지프에게는 내일이 없다. 내일이 존재하지 않기에 인간에게 삶은 자유롭게 누리고 즐겨야 하는 '하나의 유희'와 같다. 이런 바람과는 달리 딱딱하고 굳은 변비와 같은 삶은 지루하고 따분할 뿐이다. 그런 삶은 인간의 자유로운 정신은 물론 육체마저도 지치고 병들게 만들고 만다. 세상과 타인의 눈치를 보면서 사는 우리의 삶은 피곤할 따름이다. 뫼르소는 세상 사람들이 사는 통상의 삶을 거부하고 반항한다. 그는 자신의 감정에 솔직하다. 그는 자신이 느끼는 대로 행동한다. 국가와 사회가 정한 상식과 도덕윤리 기준에 따라 체제 순응자로 살고 있는 대부분의 코뉘들에게 뫼르소는 낯선 이방인으로 인식될 수밖에 없다. 카뮈의 소설 『이방인』에는 코뉘들에게 지탄받아야 할 엥코뉘 뫼르소의 비상식적·비도덕적 혹은 반윤리적 행동이 차고 넘친다. 아랍인을 살해한 혐의로 법정에 불려 나온 증인들은 뫼르소의 이러한 행동에 대해 증언한다.

> 그는, 장례식 날 담담한 나를 보고 놀랐었다고 대답했다. 담담했다는 것은 어떤 의미인가 하고 물으니까 원장은 구두코를 내려다보더니, 내가 엄마를 보려 하지 않았고, 한 번도 눈물을 흘리지 않았으며, 장례식이 끝난 뒤에도 무덤 앞에서 묵도를 하지 않고 곧 물러났다고 말했다. 그를 놀라게 한 일이 또 하나 있다고 했다. 장의사의 일꾼 한 사람으로부터, 내가 엄마의 나이를 모르더라는 말을 들었다는 것이다.(양로원 원장, 118쪽)
>
> 그는 질문에 대답했다. 내가 엄마를 보고 싶어 하지 않았다는 것, 담배를 피웠다는 것, 잠을 자고 밀크 커피를 마셨다는 것을 말했다.(문지기, 119쪽)
>
> 차석 검사는, 내가 눈물을 흘리는 것이라도 보았느냐고 물었다. 페레스는 보지 못했다고 대답했다.[토마 페레스(뫼르소 어머니의 친구), 120쪽]

뫼르소가 자주 들르는 레스토랑 주인인 셀레스트와 마리도 증언을 한다. 하지만 검사는 살인사건과는 관계없는 뫼르소의 행동을 지적하며 배심원단에게 말한다.

배심원 여러분, 어머니가 사망한 바로 그다음 날에 이 사람은 해수욕을 하고, 난잡한 관계를 맺기 시작했으며, 희극영화를 보러 가서 시시덕거린 것입니다. 나는 더 이상 할 말이 없습니다.(123쪽)

그다음에 마송, 살라마노도, 레몽이 뫼르소에게 유리한 증언을 했지만 검사는 배심원들에게로 돌아서며 말했다.

어머니가 사망한 다음 날 가장 수치스러운 정사에 골몰했던 바로 그 사람이 하찮은 이유로, 차마 입에 담을 수 없는 치정 사건을 정리하려고 살인을 한 것입니다.(124~125쪽)

검사의 이 말에 뫼르소의 변호사는, "도대체 피고는 어머니를 매장한 것으로 해서 기소된 것입니까, 아니면 살인을 한 것으로 해서 기소된 것입니까?"(125~126쪽)라며 두 팔을 높이 쳐들어 올리며 항변했다. 하지만 방청객의 웃음만 자아냈을 뿐 분위기를 역전시키기에는 역부족이었다.

뫼르소는 살인범으로 고발되었으면서도 자기 어머니 장례식 때 담담했다거나 눈물을 흘리지 않았다는 등의 이유로 사형을 선고받는다. 뫼르소는 그 결정에 대해 "(그런) 이유로 사형을 받게 된들 무슨 중요성이 있다는 말인가?"(153쪽)라며 사형집행을 앞둔 자신이 가지고 있는 마음의 상태에 대해 이렇게 말한다.

（…） 나는 전에도 행복했고, 지금도 행복하다고 느꼈다. 모든 것이 완성되도록, 내가 덜 외롭게 느껴지도록, 나에게 남은 소원은 다만, 내가 사형 집행을 받는 날 많은 구경꾼들이 와서 증오의 함성으로 나를 맞아주었으면 하는 것뿐이었다.(155쪽)

하지만 죽음을 앞둔 그가 주관적으로 느끼는 행복이나 희망 따위에 코뉘들은 관심이 없다. 기성체제에 순응하지 못하고 기존의 도덕 윤리와 관습에 반항한 그를 코뉘들은 살려두지 않는다. 그들은 엥코뉘이자 이방인인 뫼르소를 체제에 도전하고 반항하는 위험인물로 낙인찍어 법제도의 힘을 빌려 합법적으로 사형을 선고함으로써 죽인다. 체제 순응자인 코뉘들에게 체제 부적응자인 엥코뉘들은 소거 혹은 제거되어야 할 이방인이다. 어쩌면 뫼르소의 마지막 바람은 이뤄질지도 모른다. 사람들의 관심은 '뫼르소의 죽음'이 아니라 '어느 이방인을 죽임'에 있다. 그들에게 이 행위는 '무대장치들이 문득 붕괴되는 일'에 지나지 않는다. 그를 죽임—사형 집행—이 끝나고 나면 부조리한 일상은 또다시 시작된다. 이에 대해 카뮈는 『시지프 신화』에서 이렇게 말한다.

무대장치들이 문득 붕괴되는 일이 있다. 아침에 기상, 전차를 타고 출근, 사무실 혹은 공장에서 보내는 네 시간, 식사, 전차, 네 시간의 노동, 식사, 수면, 그리고 똑같은 리듬으로 반복되는 월·화·수·목·금·토, 이

행로는 대개의 경우 어렵지 않게 이어진다. 다만 어느 날 문득, '왜?'라는 의문이 솟아오르고 놀라움이 동반된 권태의 느낌 속에서 모든 일이 시작된다.[153)]

카뮈는 "'시작된다'는 말은 중요하다."라며 "권태는 의식을 깨워 일으키며 그에 뒤따르는 과정을 야기시킨다."라고 말한다. '뒤따르는 과정'이란 "아무 생각 없이 생활의 연쇄 속으로 되돌아오는 것일 수도 있고, 아니면 결정적인 각성일 수도 있다." 각성 끝에 시간과 더불어 결말이 오는데, 그것은 자살일 수도 있고, 아니면 원상회복일 수도 있다.[154)] 부조리한 삶에 뒤따르는 과정에서 각성을 했다고 할지라도 시간의 결말이 후자일 가능성은 높지 않다. 삶에 뒤따르는 과정에 따른 시간적 결말은 죽음이다.

죽음: 부조리한 삶의 귀결

삶의 귀결이 죽음이란 점에서 부조리는 단절이다. 단절의 또 다른 말은 이혼이다. 삶은 죽음과 이혼함으로써 비로소 단절된다. 삶과 죽음을 끈질기게 잇고 있던 관계가 끊어진다. 이에 대해 김화영은 말한다.

---

153) 알베르 카뮈(김화영 옮김), 『시지프 신화』, 앞의 책, 28쪽.
154) 알베르 카뮈(김화영 옮김), 『시지프 신화』, 위의 책, 28쪽.

갈라진 둘은 이제 더 이상 하나로 이어지지 않는다. 부조리는 나와 세계, 나와 타자, 나 자신 사이의 절연이며 단절이다. 부조리는 인간과 그의 삶 사이의 이혼이며, 거기서 오는 낯설음이다. 부조리는 시간에 대한 인식이며, 죽음에 대한 명철한 의식 혹은 '의식적인 죽음'이다. 부조리는 두 가지 사이의 관계로서 '인간 안에 있는 것도 아니고, 세계 안에 있는 것도 아니고, 오직 이 양자가 함께 있는 가운데 있을 뿐'이다. 즉 '부조리는 인간의 호소와 세계의 비합리적 침묵 사이의 대면에서 생겨난다'.[155]

카뮈는 "인간의 호소와 세계의 비합리적 침묵 사이의 대면에서 생겨"나는 부조리를 자각하는 것이 중요하다고 말한다. 이 자각은 죽음, 시험·사업 실패, 실업, 파산, 실연, 배신 등 삶에서 일어나는 다양한 위기 속에서 일어난다. 현실의 삶에서 카뮈는 피에 누아르라는 가난한 집에서 태어나 성장했지만 고학력에다 부단한 노력에도 불구하고 현실은 그에게 쉽사리 기회의 문을 열지 않는다. 부조리한 현실의 삶을 통해 자신이 겪은 경험은 카뮈의 작품세계에 절대적인 영향을 미칠 수밖에 없다. 소설 『이방인』에는 카뮈 자신이 체험한 부조리한 삶이 주인공 뫼르소를 통해 그대로 드러나고 있다. 이 소설에서 묘사하고 있는 부조리한 삶 중에서 죽음은 가장 핵심적인 주제이다. 죽음은 삶의 위기 속에서 일어나는 다양한 부조리를 한순간에 무화시켜 버린다. 그래서일까? 『이방인』도 죽음으로 시작하여 죽음으로 끝맺고 있다.

---

155) 김화영, 「《시지프 신화》 해설」, 알베르 카뮈(김화영 옮김), 『시지프 신화』, 위의 책, 249~250쪽.

『이방인』에는 세 가지 죽음이 다뤄지고 있다. 즉, 어머니의 죽음, 뫼르소의 살인에 의한 아랍인의 죽음, 그리고 살인의 대가로 뫼르소 자신에게 집행될 사형이다.

참으로 진지한 철학적 문제는 오직 하나뿐이다. 그것은 바로 자살이다.

「부조리와 자살」이라는 제목 아래 『시지프 신화』는 이 말로 시작된다. 카뮈가 '자살'을 하나뿐인 철학적 문제로 삼은 이유는, 인생이 살 만한 가치가 있느냐 없느냐를 판단하는 것, 즉 죽음–자살이야말로 철학의 근본문제라고 봤기 때문이다. 그가 이어서 말하기를, "어떤 철학자가 존중받는 존재가 되려면 마땅히 자신의 주장을 스스로 실천하여 보여주어야 한다."[156] 사실 철학자만큼 삶과 죽음이란 인간의 근본문제에 대해 진지하게 고민하고 많은 말을 하는 부류는 없다. 만일 철학자가 자신이 주장하는 삶과 죽음에 대한 철학의 근본문제가 조리에 부합하다는 것을 증명하려면, 그 자신이 그에 합당한 실천적 삶을 살아야 한다. 하지만 삶은 죽음을 통해 단절되고, 삶과 이혼 혹은 절연하지 않고는 죽음을 말할 수 없다. 우리는 죽음 이후의 세계를 말하지만 모두 살아있는 자 혹은 산 자의 입을 통해 죽음에 대해 듣고 있을 뿐이다. 죽은 자는 말이 없는 법이다. 이런 연유로 우리가 말하는 죽음과 그 이후의 세계란 모두 이성 혹은 조리 바깥에 존재하고 있다. 또한 부조리한 현실의 삶에서 말하는 죽음이란

---

156)   알베르 카뮈(김화영 옮김), 『시지프 신화』, 위의 책, 15쪽.

우리가 관념 속에서 상상하고 꿈꾸는 유희—죽음의 유희에 지나지
않는다.

그러니 카뮈에게 죽음이란 스스로 목숨을 끊는 자살과 타인에 의해
목숨을 빼앗기는 사형, 두 가지밖에 없다. 인간은 언젠가는 죽기 마련
이니 부조리한 삶에서 우리는 모두 자살자 아니면 사형수다. 우리에게
는 삶과 죽음을 어떻게 대하고 맞을 것인가란 선택만 남아있다.

누구나 살고 죽는다. 죽기 위해 살지는 않지만 죽음을 피할 수는
없다. 우리는 죽기 전까지 산다. 삶의 최전선은 죽음이다. 죽음 이후
의 삶과 세상은 알 수 없다. 기독교와 불교에서는 천국과 지옥, 그리
고 불국토를 말한다. 하지만 깨달은 눈으로 죽음 이후의 삶과 세상
을 보지도, 경험하지도 못한 내 인식의 한계는 살아 숨 쉬는 현재의
삶이다. '지금—여기' 현전(現前)하는 삶이 곧 나의 실존이다. 그 이외
모든 가치와 이념, 사상과 관념은 모두 허구다.

일상의 삶에서 우리는 2~3초라는 짧은 순간마다 숨쉬기를 거듭
한다. 인위적으로 숨을 참고 견디는 경우라도 30초 버티기가 쉽지
않다. 30초란 하루 24시간 일 년 365일 평균수명 80세에 비춰보면
찰나와도 같은 시간이다. 우리의 삶이란 이토록 짧고 그 경계는 죽
음과 맞닿아 있다. 30초의 숨도 참지 못하는 우리가 영생을 꿈꾸는
것은 헛되고 부질없는 일이다. 그보다 더한 욕심이 없고, 어리석은
일도 없다.

'지금—여기'의 삶을 사는 사람은 다음이나 내일을 기다리거나 기
약하지 않는다. "다음에 봐요."란 말은 보통 인사치레에 지나지 않는
다. 진정성을 담은 말이라도 그 끝은 같다. 그 말은 공염불이 될 수

도 있다. 그 말을 내뱉자마자 우리가 내딛는 다음 발걸음이 어디로 향할지, 또 무슨 일이 일어날지 알 수 없다.

우리가 오로지 알 수 있고, 책임질 수 있는 것은 '지금-여기'뿐이다. 그러니 우리가 목숨을 거는 시간은 '지금'이란 순간의 현재이고, 공간은 '여기'라는 현전하는 현실이다. 그 이외 어떤 것에도 우리는 목숨을 걸 수 없다. 아니, 걸 생각도 하지 말아야 한다.

이렇게 말하면 혹자들은 신랄하게 비난하고 비판할지도 모른다. 저런 지독한 현실주의자, 염세주의자라니. 미래에 대한 꿈과 이상, 그리고 희망과 비전도 없이 오로지 현실의 삶에 목을 매고 집착하는 속물이라니.

월트 휘트먼은 그의 시집 『풀잎』에 실은 첫 번째 시 「나 자신의 노래」를 이렇게 시작한다. "나는 나 자신을 찬양한다." 그리고 마지막 시 「나의 신화들은 위대하다」를 다음 문장으로 끝맺는다.

위대하다, 삶이여… 구체적이고도 신비롭다… 어디서든 누구라도, 위대하다 죽음이여… 삶이 모든 부분들을 함께 묶고 있듯 분명 죽음은 모든 부분들을 함께 묶는다.
별들이 빛 속으로 녹아든 후 다시 돌아오듯, 분명 죽음은 삶처럼 위대하다.

나 자신을 찬양하는 나의 삶은 위대하고, 구체적이고 신비롭다. 그러나 그 삶보다 위대한 것이 죽음이다. 삶만이 모든 부분들을 함께 묶을 뿐 아니라 죽음도 그러하다. 죽음은 삶처럼 위대하다, 별들이 빛 속으로 녹아든 후 다시 돌아오듯이. 휘트먼은 기독교에 바탕을 둔 자신의 영생관을 『풀잎』에 투영함으로써 파블로 네루다에게 '진정한 미국인의 이름을 갖게 된 첫 번째 시인'이란 평가를 얻는다.

'지금-여기'에 목매는 사람들은 현실의 삶을 중시하고, 죽음을 가벼이 여긴다고 비난할지도 모른다. 하지만 "죽음은 삶처럼 위대하다"라는 휘트먼의 시구(詩句)처럼 우리도 우리의 삶을 그렇게 받아들여야 하지 않을까? 삶은 죽음에 이르는 과정이고, 죽음을 통해 삶은 온전해지고 완결될 뿐이라고. 휘트먼이 노래하듯이 "별들이 빛 속으로 녹아든 후 다시 돌아오듯" 내생 혹은 현생에서 또 다른 나로 태어날지 우리로서는 알 수 없다. 삶의 마지막 순간-죽음 앞에서 우리의 유일하고 마지막 소망은 무엇일까? 아니, 죽음 앞에 선 우리는 이 부조리한 삶에 대해 뫼르소처럼 이렇게 선언할 수 있어야 한다.

> (⋯) 나에게는 확신이 있어. 나 자신에 대한, 모든 것에 대한 확신. 그보다 더한 확신이 있어. 나의 인생과, 닥쳐올 이 죽음에 대한 확신이 있어. 그렇다. 나한테는 이것밖에 없다. 그러나 적어도 나는 이 진리를, 그것이 나를 붙들고 놓지 않는 것과 마찬가지로 굳게 붙들고 있다. 내 생각은 옳았고, 지금도 옳고, 또 언제나 옳다.(153쪽)

이 선언은 반항적 인간(l'homme révolté)으로서 나와 우리가 자신이 살아온 부조리한 삶에 대해 저항하고 맞서 싸우는 마지막 투쟁일 것이다.

법정: 관용이라는 소극적 덕목에서
정의라는 고귀한 덕목으로 판단하다

"태양 때문에 사람을 죽였다."라는 진술은
살인 동기가 될 수 있을까

살인에는 반드시 '동기'가 있다. 이 말은 소위 '우발적 살인'은 있을 수 없다는 뜻이기도 하다. 범죄자들의 범행동기를 분석한 자료에 따르면, 살인 동기는 세 가지 유형으로 나뉜다.[157]

① 쾌락추구형(스릴추구형/욕정추구형/권력추구형/복합형): 정서적 불안정과 열등감을 공통적 특징으로 가지고 있으며, 성적 욕구, 지배 욕구 등 비가시적 이득을 추구하는 유형이다.

② 이득추구형(강도살인형/범행은폐형): 경제적 곤궁과 사회적 지지체계의 부족을 공통적 특징으로 가지고 있으며, 금품을 갈취하는 과정에서 살인 행위가 수반되거나(강도살인형) 또는 다른 범죄가 드러나지 않도록 공범 등을 살해하는(범행은폐형) 유형이다.

③ 분노형: 개인 혹은 사회 등에 대한 분노를 이유로 일반 살인을 반복하는 유형이다.

이외에도 살인의 동기유형은 탐욕, 증오, 복수, 충성심 등 너무나 다양하여 어느 하나로 특정하거나 또는 일률적으로 유형화하기가

---

157) 공정식, "우리나라 다수살인법의 동기유형과 범행특성", 한국범죄심리연구 제14권 제1호(2018), 16쪽.

쉽지 않다. 또한 전율(*thrill*), 성적 흥분(*sexual satisfaction*), 또는 우월적 지배(*dominance*) 등에 의거하여 상대방을 힘(*power*)으로 제압하거나 통제(*control*)하려는 심리가 살인의 동기로 작용하기도 한다.[158]

그러나 뫼르소의 아랍인 살해에는 위에서 검토한 어떤 동기도 찾아볼 수 없다. 마치 고대 그리스 비극의 주인공처럼 태양과 바다, 그리고 우연이 뫼르소가 살인을 하도록 이끈다. 소설은 살인의 과정을 담담한 필치로 묘사하고 있다.

점심 식사 후 뫼르소와 레몽, 그리고 레몽의 친구 마송은 해변을 산책하러 갔다. 그들은 바닷가 저 끝 아주 멀리서 푸른 작업복을 입은 두 명의 아랍인이 걸어오고 있는 것을 보았다. 서로 마주친 그들 사이에 싸움이 일어났고, 레몽은 팔에 칼을 맞고 입이 찢기는 부상을 입는다. 오후 1시 반쯤에 레몽과 뫼르소는 해변가로 갔다가 그 아랍인 둘을 다시 만났다. 레몽을 칼로 찌른 아랍인은 아무 말 없이 레몽을 바라보고 있었고, 다른 아랍인은 작은 갈대 피리를 불고 있었다. 레몽은 집으로 돌아갔지만 뫼르소는 혼자 해변을 산책했다. 그때 레몽을 칼로 찌른 아랍인을 만난다. 뫼르소는 뜨거운 햇볕에 뺨이 타는 듯했고 땀방울이 눈썹 위에 고이는 것을 느꼈다. 그것은 엄마의 장례식을 치르던 그날과 똑같은 태양이었다. 아랍인이 몸을 일으키지는 않은 채 단도를 뽑아서 태양 빛에 비추며 뫼르소에게로 겨누었다. 긴장한 뫼르소는 권총을 뽑아 들고는 아랍인을 쏜다. 그러고는 움직이지 않는 몸뚱이에 다시 네 발을 더 쏘았다.

이 글에서 알 수 있듯이 뫼르소가 어떤 이유로 아랍인을 죽였는가

---

158) 공정식, 위의 논문, 15쪽.

란 살인의 동기가 명확하게 드러나 있지 않다. 살인의 원인을 제공한 사람은 뫼르소가 아니라 레몽을 칼로 찌르고 뫼르소에게 칼을 겨눈 아랍인일지도 모른다. 만일 뫼르소가 "자기의 법익에 대한 부당한 침해를 방위하기 위한 상당한 이유"가 있었다는 정당방위(예를 들어, 한국 형법 제21조 1항)를 주장하면서 자신의 살인행위가 불가피했다는 점을 적극적으로 소명했으면 적어도 사형이 선고되지는 않았을 것이다. 이 작품이 나올 당시 알제리는 프랑스의 지배를 받고 있었다. 피에 누아르인 뫼르소는 프랑스인이고, 그가 알제리인으로 추정되는 '아랍인'을 살해했다고 할지라도 프랑스 법정에서 자국민에게 사형을 선고할 가능성은 현저히 낮다고 봐야 한다. 그럼에도 뫼르소는 이 면책특권을 활용하여 사면이나 감형을 받을 생각이 없다. 오히려 그는 자신의 감정을 감추지 않고 살인의 동기는 "태양 때문이었다."라고 솔직하게 대답한다. 성실하고 솔직한 답변의 대가는 사형–죽음이었다.

어떤 범죄에 대해 부과하는 법정형을 정하는 것은 국회의 역할이다. 국회는 사회의 이슈가 되는 사건이 발생하고 여론이 추이에 따라 관련 법률을 개정하거나 특별법을 제정하여 법정형을 수정·보완한다. 입법기관인 국회가 일반 법률이나 특별법을 제·개정하여 법정형의 상한과 하한을 조정한다고 할지라도 최종적으로 형량을 정하여 선고하는 권한은 법원, 즉 판사에게 있다. 문제는 법률에 의해 형량이 정해져 있다고 할지라도 판사마다 형량이 다르게 선고된다는 점이다. 이를 작량감경이라 하는데, 심신장애자의 범죄라든가 미수와 같은 법률상의 감경사유(형법 제55조)가 없더라도 법률로 정한 형이 범죄의 구체적인 정상에 비추어 과중하다고 인정되는 경우에 법관이 그 재량에 의하여

형을 감경하는 것을 말한다(형법 제53조). 한마디로 판사는 피고인의 여러 사정을 짐작하고 헤아려(정상참작) 재량으로 형량을 줄여(작량감경) 선고할 수 있는 막강한 권한을 행사할 수 있다. 하지만 뫼르소의 살인행위를 담당한 판사는 그의 정상을 참작하여 작량감경할 수 있는 사유가 적지 않음에도 불구하고 오히려 사형이란 중형을 선고하였다. 이 법정에서는 도대체 무슨 일이 있었을까?

자신의 재판이 낯선 '이방인' 뫼르소

살인이란 중한 범죄를 범한 피고인으로 기소되어 법정에 섰지만 뫼르소는 재판의 전 과정이 낯설기만 하다. 판사와 검사, 변호사와 배심원을 중심으로 진행되는 재판에서 '피고인' 뫼르소는 오히려 방청객의 입장에서 법정을 관찰하고 경청한다. 그리고 양로원 원장, 문지기, 토마 페레스 영감, 레몽, 마송, 살라미노, 마리, 셀레스트 등 자신과 관계를 맺은 사람들은 모두 '증인'으로만 만난다. 그런 그를 바라보고 있는 '또 하나의 눈'이 있다. 바로 신문기자들이다. 아무 표정도 드러내지 않은 채 물끄러미 자신을 뜯어보고 있는 신문기자들을 보면서 뫼르소는 이렇게 생각한다.

그러자 나는 나 자신의 눈으로 나를 바라보고 있는 것 같은 야릇한 인상을 받았다. 아마도 그 때문에, 그리고 내가 그곳의 관습을 잘 알지 못했기 때문에, 나는 뒤이어 일어난 모든 일을 잘 이해할 수가 없었던 모양이다.(115쪽)

그의 독백처럼 일반인들에게 법정은 낯설고 '그곳의 관습'은 일반인들로서는 잘 알지 못한다. 마찬가지로 일반인들은 법률가들이 사용하는 전문적인 용어와 표현을 잘 이해할 수 없다. 정작 재판은 뫼르소의 살인사건에 대해 진행되고, 그 사건의 직접 당사자인 피고인 '뫼르소'가 중심에 있어야 한다. 뫼르소는 재판의 세부 사항을 파악하기 위해 갖은 애를 쓰지만 검사와 판사, 심지어 그의 변호인마저 그의 생각이나 노력에 대해서는 아무런 관심도 가지지 않는다. 법정도 하나의 사회라는 측면에서 보면, 부조리의 상태에서 벗어날 수 없다. 뫼르소는 그 부조리를 꿰뚫어 보지만 정작 자신은 법정에서 철저히 혼자이고 이방인이다.

자신의 재판에서 배제된 '이방인' 뫼르소

『이방인』에서 묘사하고 있는 법정은 피고인 뫼르소에게 낯설 뿐 아니라 그를 재판 절차에서 배제시킴으로써 철저히 이방인으로 취급한다. 심지어 피고인의 이익을 위해 변호하고 법률을 자문해 주는 역할을 해야 하는 변호사마저 뫼르소와 악수를 하고는 이렇게 충고한다.

> 질문을 받으면 짧막하게 대답하고 이쪽에서 먼저 뭐라고 말하지 말 것이며, 그 밖의 일은 자기에게 맡기라.(114쪽)

뫼르소에게는 피고석에 앉아서 사람들이 자기 자신에 대해 이야기하는 소리를 듣는 것이 흥미 있는 일이다. 하지만 자신은 한마디 참견을 하고 싶어도 변호사는, "가만있어요. 그래야 일이 잘됩니다." 라며 즉각 제지한다.

법정에서 사람들은 그를 빼놓은 채 사건을 다루고 있다. 그를 참여시키지 않고도 모든 일은 착착 진행되었고, 그의 의견은 물어보지도 않은 상태에서 그의 운명이 결정되었다. 때때로 그는 다른 사람들의 이야기를 가로막고 이렇게 말하고 싶은 충동을 느낀다.

아니 도대체 누가 피고입니까? 피고라는 것은 중요한 겁니다. 내게도 할 말이 있습니다.(130쪽)

그러나 막상 생각해 보면 뫼르소는 할 이야기가 아무것도 없었다. 아니, 사람들의 관심은 자신들에게 흥미 있는 이야기에 있을 뿐이다. 그런 그에게 검사와 변호사의 변론은 재미도 없고, 큰 차이도 없다. 변호사는 두 팔을 쳐들어 올리고 유죄를 인정하되 변명을 붙였고, 검사는 양손을 앞으로 뻗치며 유죄를 고발하되 변명의 여지를 주지 않았을 뿐이다.(129쪽) 뫼르소에게는 기껏해야 '두 팔을 쳐들어 올렸다'와 '양손을 앞으로 뻗치다'란 변호사와 검사의 행위는 '유죄를 인정하되 변명을 붙이다'와 '유죄를 고발하되 변명의 여지를 주지 않았다' 정도의 차이로밖에 느껴지지 않는다. 뫼르소는 피고인으로서 법정에 앉아 재판을 받고 있지만 사법제도가 낯설기만 하다. 장황하게 늘어놓는 검사 측 생각의 요점을 자신의 입장에서 정리하면, "내가 범죄를 사전에 계획했다."라는 것으로 이해한다.(130쪽)

심문 절차가 끝나고 배심원 대표가 평결을 읽는다. 그 후 뫼르소는 자신이 프랑스 국민의 이름으로 공공 광장에서 목이 잘리게 되리라고 재판장이 하는 말을 듣는다. 사형선고가 떨어진 것이다. 재판장이 뫼르소에게 무엇이든지 덧붙여 말할 것이 없느냐고 물었다. 그는 깊이 생각해 보고는 "없습니다." 짧게 대답했다. 그 말이 끝나자마자 뫼르소는 법정에서 끌려 나갔다.

자신의 재판에 관심 없는 '이방인' 뫼르소

재판은 정작 자신에게는 낯설고 또 자신은 배제된 채 진행된다. 뫼르소는 자신의 재판에 별로 관심이 없다. 마치 자신은 재판과는 전혀 상관이 없는 제3자처럼 뫼르소는 법정에서 일어나고 있는 상황과 사람들을 지켜보고 있다. 가령 검사의 변론이 그에게는 따분하게 느껴질 뿐이었다. 그의 관심을 끌거나 흥미를 일으킨 것은 "다만 단편적인 말들, 몸짓들, 혹은 전체와는 동떨어진 한 토막의 장광설, 그러한 것들뿐"이었다.(130쪽)

아무런 말 없이 검사의 변론에 귀 기울이고 있던 뫼르소는 사람들이 그에게 '똑똑한 사람'이라고 하는 말을 들었다. 그러나 뫼르소는 사람들의 그러한 반응을 이해할 수 없다. "평범한 사람이 지니고 있는 장점이 어떻게 죄인에게는 결정적으로 불리한 조건이 될 수 있는 것인지" 그로서는 잘 이해할 수 없었기 때문이다. 그렇기 때문에 그는 그 뒤로 검사의 말에는 더 이상 귀 기울이지 않았다.

검사가 뫼르소에게 사형을 구형하고 자리에 앉자 법정에는 상당히 오랜 침묵이 흘렀다. 이 상황에도 뫼르소는 더위와 놀라움으로 어리둥절해할 뿐 별다른 반응을 보이지 않는다. 재판장이 잔기침을 하고 나서 그에게 덧붙여 할 말이 없느냐고 물었다. 그는 단지 이야기가 하고 싶었으므로 일어서서 그저 생각나는 대로 "아랍인을 죽이려는 의도는 없었다."라고 말했다. 재판장이 변호사를 통해 살인을 하게 된 동기를 보다 분명하게 말해주면 좋겠다고 했다. 뫼르소가 대답했다. "그것은 태양 때문이었다." 장내에서 웃음이 터졌다.(134쪽)

변호사가 변호하기 위해 변론을 하고 있는 동안에도 정작 뫼르소는 재판에 대해서는 별반 관심이 없다. 그에게는 거리로부터, 다른 방들과 법정들의 전 공간을 거쳐서, 아이스크림 장수의 나팔소리가 그의 귀에까지 울려온 것만 기억에 남아있을 따름이다. 자신의 생사를 가르는 재판을 받고 있음에도 뫼르소는 "나는 이미 나의 것이 아닌 삶"을 살고 있다며, "거기서 내가 지극히 빈약하나마 가장 끈질긴 기쁨을 맛보았던 삶에의 추억에 휩싸여있다."라고 할 정도로 재판에 무관심하다. 지금 그가 원하는 것은 "다만 어서 볼일이 끝나서 나의 감방으로 돌아가 잠잘 수 있기를 고대"하고 있을 뿐이다.(136쪽) 그는 지금 무척 피곤하고, 가슴이 꽉 막힌 느낌이라 여자 친구 마리의 미소에 답할 수조차 없다. 그에게 지금 필요한 것은 이 상황에서 벗어나 감방으로 돌아가 잠자는 것뿐이다.

태양의 눈부심이 살인의 직접적 동기일까

형사소송절차에서 즐겨 회자되는 말이 있다. 무죄추정의 원칙과 실체적 진실주의다. 전자는, "열 명의 범죄자를 잡지 못해도 한 명의 억울한 피해자는 만들지 말라."는 말처럼 피고인이 유죄로 판결이 확정될 때까지는 무죄로 추정한다는 원칙이다. 후자는, 법원이 소송의 실체에 대해 객관적 진실을 발견하고, 또 사안의 진상을 명백히 밝혀야 한다는 원칙을 말한다. 두 가지 모두 무고한 피해자가 생기는 것을 방지하는 데 중점을 두고 있다. 이를테면, 의심스럽거나 불리한 경우에는 피고인의 이익의 관점에서 판단해야 한다는 형사사법의 원칙을 천명하고 있다. 이 가운데 특히 무죄추정의 원칙은 죄형법정주의 및 증거재판주의와 함께 근대법치주의의 근간을 이루고 있다.

뫼르소의 재판절차에서도 검사는 '실체적 진실'을 밝히기 위해 나름대로 최선을 다하고 있다. 검사가 재판을 통해 밝히려는 실체적 진실은 뫼르소의 살인사건 관련 물적 증거와 인적 증거의 기록을 법정에서 재현함으로써 담당판사와 배심원단을 설득할 수밖에 없다. 소설에서 명확히 드러나고 있지는 않지만 검사는 물적 증거보다는 인적 증거에 중점을 두고 활용하고 있다. 뫼르소가 이미 권총으로 살인을 했다는 것을 시인했으므로 굳이 물적 증거를 활용할 실익은 없다. 검사는 뫼르소의 살인혐의를 입증하기 위해 인적 증거에 치중하고, 증인들을 소환하여 신문 혹은 심문을 진행하는 방식을 채택한다.

법정소송은 일차적으로 검사와 변호사 간의 창과 방패, 즉 중국의 고서 『한비자』에 나오는 예화로 잘 알려진 모순(矛盾)의 싸움이다. 검사와 변호사 간의 변론은 더러 논리 따위가 앞뒤가 맞지 않는 모순 덩어리로 보이기도 한다. 하지만 법정변론에는 고도의 심문기법이

총동원된다. 변호사와 검사는 자신의 능력껏 이 기법을 사용하여 한 쪽은 뫼르소를 변호하고, 다른 한쪽은 그의 혐의를 입증하려 한다. 법정에 들어가기 전 변호사는 뫼르소에게 물었다.

변호사 어머니의 장례식 날 마음이 아팠습니까?

뫼르소 자문해 보는 습관을 잃어버려서 정확하게 설명하기는 어렵습니다. 물론 나는 엄마를 사랑했지만 그런 것은 아무 의미도 없는 것입니다. 건전한 사람은 누구나 다소간 사랑하는 사람들의 죽음을 바랐던 경험이 있는 법이 아닌가요?

변호사 (흥분한 그는 뫼르소의 말을 가로막으며) 그러한 말은 법정에서나 예심 판사의 방에서는 하지 않겠다고 약속하세요.

뫼르소 나는 원래 육체적 욕구에 밀려 감정은 뒷전이 되는 그런 천성을 가지고 있습니다. 엄마의 장례식이 있던 날, 나는 매우 피곤했고 졸렸어요. 그래서 그날 뭐가 어떻게 돌아가는 것인지 나로서는 잘 알 수가 없었어요. 내가 확실히 말할 수 있는 것은 엄마가 죽지 않았으면 좋았을 것이라는 사실입니다.

변호사 그것으로는 충분하지 못합니다. (잠시 생각에 잠겼다가) 그날 자연스러운 감정을 억제했다고 말할 수 있습니까?

뫼르소 아뇨. 그건 사실이 아니니까요.

변호사 (쌀쌀맞다 싶은 어조로) 양로원의 원장과 직원들이 증인으로 나와서 심문을 받을 텐데 그러면 당신에게 아주 골치 아픈 결과가 될지도 모릅니다.

뫼르소 그런 이야기는 내 사건과 아무 관계도 없습니다.

변호사 당신은 재판부와 상대해 본 경험이 없다는 게 눈에 빤히 보이

는 것 같군요.(91~92쪽을 각색함)

뫼르소와 변호사의 대화를 각색해 보았는데, 검사의 법정심문에서 피고인이 어떻게 답변해야 할 것인가를 한눈에 파악할 수 있다. 아니나 다를까 증인들을 심문하면서 검사는 뫼르소의 살인행위보다는 그가 비도덕적 혹은 비윤리적 인간성을 가진 인물이란 점을 부각시키는 데 집중하였다. 마리를 심문하고 나서 검사는 뫼르소에게 손가락질을 하면서 천천히 또박또박 끊어 말했다.

배심원 여러분, 어머니가 사망한 바로 그다음 날에 이 사람은 해수욕을 하고 난잡한 관계를 맺기 시작했으며, 희극영화를 보러 가서 시시덕거린 것입니다. 나는 더 이상 할 말이 없습니다.(123쪽)

법정에는 침묵이 감돌았고, 갑자기 마리가 흐느껴 울기 시작했다. 하지만 검사의 집요한 심문은 계속되었다. 마지막 증인으로 출석한 레몽의 심문이 끝나자 검사는 배심원들에게로 돌아서며 말했다.

어머니가 사망한 다음 날 가장 수치스러운 정사에 골몰했던 바로 그 사람이 하찮은 이유로, 차마 입에 담을 수 없는 치정 사건을 정리하려고 살인을 한 것입니다.(125쪽)

그러자 참다못한 뫼르소의 변호사가 두 팔을 쳐들어 올리며 외쳤다.

도대체 피고는 어머니를 매장한 것으로 해서 기소된 것입니까, 아니면 살인을 한 것으로 해서 기소된 것입니까?(125~126쪽)

　　변호사의 이 말에 방청객들이 웃었다. 검사가 벌떡 일어서서 잘라 말했다.

　　그렇습니다. 범죄자의 마음으로 자기의 어머니를 매장했으므로, 나는 이 사람의 유죄를 주장하는 것입니다.(126쪽)

　　이 사건의 본질과는 하등과 관계도 없고, 법논리에서도 한참 벗어난 답변이었다. 하지만 검사의 이 말은 방청객들에게 엄청나게 강한 인상을 주었다. 그 이후 진행되는 재판에서도 검사의 화려한 심문기술은 빛을 발한다. "첫째, 명백한 사실에 비추어서, 둘째로는 이 범죄적 영혼의 심리상태가 제공하는 어두컴컴한 조명 속에서 증명할 수 있는 것입니다." 검사의 이 말에는 이 사건의 실체적 진실을 밝히겠다는 자신감이 넘쳐난다. 하지만 검사는 이 사건의 실체적 진실을 증명하기보다는 엄마가 죽은 뒤의 여러 가지 사실들을 나열함으로써 뫼르소를 비난하는 데 집중한다. 검사의 심문 내용에 대해 뫼르소는 이렇게 요약한다.

　　내가 냉담했었다는 것, 엄마의 나이를 몰랐다는 것, 이튿날 여자와 해수욕을 하러 갔었다는 것, 영화 구경, 페르낭델, 그리고 끝으로 마리와 함께 집으로 돌아왔다는 것을 지적했었다.(130쪽)

뫼르소는 검사가 사건을 보는 방식은 명쾌하고, 그의 이야기는 그럴듯하다고 생각하면서도 한참 시간이 걸려서야 그의 말을 이해한다. 뫼르소가 이해한 바에 따르면 검사가 내린 결론은 이렇다. 뫼르소는 레몽과 합의하에, 그의 정부(情婦) 마리를 유인하여 '품행이 수상한' 사나이의 악랄한 손아귀에 넘기려고 편지를 썼다. 바닷가에서는 뫼르소가 레몽의 상대들에게 시비를 걸어 레몽이 다쳤다. 뫼르소는 레몽에게서 권총을 달래서 그것을 사용할 생각으로 혼자서 되돌아갔다. 그리하여 계획대로 아랍인을 쏘아 죽인 것이다. 조금 기다려서 '일이 제대로 되었는지 확인하기 위해' 다시 네 방의 탄환을 침착하게, 말하자면 의도적으로 쏘았다는 것이다. (131쪽)

노련한 검사는 판사와 배심원단, 그리고 방청객을 향해서 마지막 쐐기를 박는 변론을 한다.

나는 이 점을 강조합니다. 왜냐하면 이것은 보통의 살인, 정상 참작의 여지가 있는 충동적인 행위가 아니기 때문입니다. 여러분, 이 사람은 똑똑합니다. 피고의 진술을 여러분도 듣지 않으셨습니까? 그는 대답할 줄도 알고 말뜻도 잘 알고 있습니다. 그러므로 자기가 무슨 짓을 하는지도 모르고 행동했다고 할 수 없습니다. 그가 하다못해 후회하는 빛을 보이기라도 했던가요? 여러분, 전혀 그렇지 않았습니다. 예심이 진행되는 동안 피고는 단 한 번도 자기의 가증스러운 범행을 뉘우치는 것 같지 않았습니다.

배심원 여러분, 나는 그의 영혼을 들여다보았으나 아무것도 찾아볼 수 없었습니다. 우리는 그렇다고 해서 이 사람을 비난할 수도 없을 것입니다. 그가 얻을 수 없는 것이 그에게 결여되어 있다고 해서 나무랄 수는 없는 일입니다. 그러나 이 법정에 있어서는 관용이라는 소극적 덕목은, 그보다 더 어렵기는 하지만 더 고귀한 덕목, 즉 정의라는 덕목으로 바뀌어야 합니다. 특히 이 사람에게서 볼 수 없는 것 같은 심리적 공허가 사회 전체를 삼켜버릴 수도 있는 구렁텅이가 되는 경우에는 더욱이 그러합니다.

여러분, 바로 이 법정은 내일 가장 가증스러운 범죄, 아버지를 살해한 범행을 심판하게 될 것입니다. 이 잔학한 범죄 앞에서는 상상력조차 뒷걸음치고 맙니다. 나는 이 같은 범죄에 대해서는 인간 사회의 율법이 가차 없는 처단을 내리기를 감히 기대해 마지않습니다. 그 범행이 불러일으키는 전율감은 피고의 무감각함 앞에서 느끼는 전율감보다는 차라리 덜할 정도라는 것을 서슴지 않고 말할 수 있습니다. 결론적으로 말하건대, 정신적으로 어머니를 죽이는 사람은, 자기의 손으로 아버지를 죽이는 사람과 마찬가지로 인간 사회를 등지는 행위입니다. 전자는 후자의 행위를 준비하는 것이며, 말하자면 그러한 행위를 예고하고 정당화하는 것입니다.

여러분, 나는 확신합니다. 피고석에 앉아 있는 이 사람은, 이 법정에 내일 판결을 내리게 될 살인죄에 대해서도 유죄라고 말할지언정, 여러분은 내 생각이 너무 과장되었다고 여기지 않을 것입니다. 그러므로 이 사람은 형벌을 받아야 마땅할 것입니다.

끝으로, 검사의 의무는 괴로운 것이지만 나는 단호히 그것을 수행할 것입니다. 피고는 사회의 가장 근본적인 율법을 무시하고 있으므로 그 사회와는 아무 관계도 없으며, 인간의 마음에서 우러나오는 가장 기본적인 반응도 보일 줄 모르는 사람이므로 인정에 호소할 수도 없습니다.

나는 이 사람의 목을 요구합니다. 사형을 요구해도 나의 마음은 가벼습니다. 왜냐하면, 이미 짧지 않은 재임 기간 중 나는 여러 번 사형을 요구한 일이 있지만 이 괴로운 의무가 오늘처럼 신성한 지상 명령에 따른다는 의식과 흉악무도하다는 것밖에는 아무것도 찾아낼 수 없는 한 사람의 얼굴을 앞에 놓고 느끼는 혐오감에 의해 보상받아 균형을 회복하고 빛을 받는 것처럼 느껴본 적은 없었기 때문입니다.(131~134쪽)

검사는 사람들이 가지고 있는 효에 대한 고정관념과 통념을 정확히 파악하고 뫼르소의 행위를 사회의 가치와 도덕윤리로 비난하고 있다. 게다가 이 사건과는 전혀 관련이 없는 아버지를 살해한 살인 사건을 끌어들여 뫼르소가 얼마나 비정한 인간성을 가진 사람인가를 부각시키는 데 활용하고 있다. 또한 그는 비유적인 표현으로 청중의 관심을 끄는 방법도 알고 있다. 법정이 소극적 덕목인 관용보다는 고귀한 덕목인 정의에 따라 이 사건을 단죄해야 한다고 변론하여 뫼르소의 살인행위의 극악무도함을 부각시키고 있다. 마지막으로, 검사는 뫼르소가 평균 이상의 지적 능력을 가지고 자신이 저지른 살인행위에 대해 사전에 분명히 인지하고 있다는 사실도 강조한다. "똑똑하다", "대답할 줄 안다", "잘 알고 있다" 등을 "모르고 행동했다고 할 수 없다", "후회하는 빛을 보이기라도 했던가?", "범행을 뉘우치는 것 같지 않다"와 비교 대조하는 현란한 말솜씨와 변론 기법을 총동원하여 배심원들과 청중들의 눈길을 사로잡고 있다. 검사의 변론은 로스쿨 학생들을 가르칠 때 사례로 활용해도 무방할 정도로 강한 호소력이 있다.

이에 반하여 변호사의 변론 능력은 검사에 비해 한없이 부족하고 알맹이 없는 말을 늘어놓고 있다. 그의 변론을 듣고 있던 뫼르소는 자신의 귀를 의심했다. 다름 아닌 변호사가 "내가 죽인 것은 사실입니다."라고 말했기 때문이다. 변호사는 계속 뫼르소에 대해 말할 때마다 '나는'이라고 했다. 깜짝 놀란 뫼르소가 간수에게 그 이유를 물었더니 "변호사들은 모두 그런다."라는 대답을 들었다. 변호사는 빠른 어조로 상대측이 도발했음을 주장하고 나서 그도 역시 뫼르소의 영혼에 대해 이야기했다.

나도 역시 그 영혼을 들여다보았습니다만, 탁월하신 검사 각하의 의견과는 반대로 나는 그 무엇인가를 발견할 수 있었습니다. 그뿐만 아니라 펼친 책을 읽듯 그 영혼을 훤히 볼 수 있었다고 말할 수 있습니다.

피고는 성실한 인물이요, 규칙적이고 근면하고, 일하는 회사에 충실했으며, 모든 사람들로부터 호평을 받고, 다른 사람의 불행을 동정하는 사람입니다. 내가 본 바로는, 피고는 힘이 자라는 한 오랫동안 어머니를 부양한 모범적인 아들이었습니다. 그러나 결국은 그의 재력으로는 시켜드릴 수 없는 안락한 생활을 양로원이 대신해서 늙은 어머니에게 베풀어줄 수 있으리라고 기대했습니다.

여러분, 그 양로원과 관련하여 이러니저러니 그렇게도 말이 많았다는 것을 나는 차라리 이상스럽게 생각합니다. 왜냐하면 만일에 그러한 시설이 유익하고 중요하다는 증거를 굳이 제시해야 하는 것이라면, 그런 시설을 지원하고 있는 것이 다름 아닌 국가라는 사실을 지적하지 않을 수 없을 것이기 때문입니다. (135~136쪽 각색함)

변호사는 장광설을 풀고 있지만 정작 뫼르소의 범행 동기에 대해서는 전혀 언급하지 않는다. 그의 변론은 추상적이고 모호하고 의뢰인의 입장에서 그를 옹호하고 변론하지 않고 있다. 변호사는 뫼르소가 성실하고 정직하며 사회에서 요구하는 자신의 도덕적 의무를 다했다는 점을 강조하고 있으나 검사의 변론에 비하여 논리와 호소력 면에서 훨씬 부족하고 미흡하다.

하느님은 뫼르소를 죽음에서 구원할 수 있는가

변호사의 권고와는 달리 뫼르소는 예심 판사와의 심문에서도 레몽, 바닷가, 해수욕, 싸움, 다시 바닷가, 조그만 샘, 태양, 그리고 다섯 방의 총격을 요약해서 사실대로 답변한다. 뫼르소는 같은 이야기를 되풀이하는 것이 지겨웠고, 그렇게 말을 많이 해본 적은 여태껏 한 번도 없었다.(93쪽) 예심판사는 뫼르소에게 하느님의 도움을 얻어 그를 위해 뭔가 해줄 수 있을 것 같다고 하면서 말했다.

예심판사 당신은 어머니를 사랑했나요?

뫼르소 네, 다른 사람들이나 마찬가지로 사랑했습니다.

예심판사 (확연한 논리도 없이) 왜 권총 다섯 발을 연달아서 쏘았습니까?

뫼르소 처음에 한 발 쏘고 몇 초 후에 다시 네 발을 쏘았습니다.

예심판사 첫 발과 둘째 발 사이에 왜 기다렸습니까?

뫼르소 ….

예심판사 왜, 왜 당신은 땅에 쓰러진 시체에다 대고 쏘았느냐고요?

뫼르소 ….

예심판사 왜 그랬습니까? 그 까닭을 말해줘야죠. 왜 그랬습니까?

뫼르소 ….

예심판사 (서류함에서 꺼낸 십자가 하나를 들고) 당신은 이것을, 이 사람을 압
니까?

뫼르소 물론 압니다.

예심판사 나는 하느님을 믿습니다. 하느님께 용서받지 못할 만큼 죄
가 많은 사람은 하나도 없지요. 하지만 용서를 받으려는 사
람은 뉘우치는 마음으로 어린애처럼 되어 마음을 깨끗이 비
우고 모든 것을 받아들일 준비를 하지 않으면 안 됩니다. 이
것은 나의 신념입니다.(94~95쪽 각색)

예심판사는 계속 떠들었고 뫼르소는 그의 논리를 따라잡기가 어
려웠다. 그가 생각할 때 뫼르소의 고백에서 오직 한 가지만이 모호
하다는 것이었다. 즉, 둘째 발을 쏘기 전에 기다렸다는 사실이다. 그
밖의 다른 것들은 다 좋은데 오직 그 점이 판사에게는 이해되지 않
는다는 것이었다.(95쪽)

헌법 제103조는 법관의 독립에 대해 정하고 있다. 이에 따르면,
법관은 '헌법과 법률에 의하여', '그 양심에 따라', '독립하여' 심판해
야 한다. 헌법과 법률은 실정법이니 법관은 관련 규정에 따라 직무
를 수행하면 된다. 문제가 되는 문언은 그 뒤 문장이다. '양심'은 법
관 개인의 내면의 상태를 일컫는 말로 추상적이고 모호하기 그지없
다. '독립하여'란 표현도 이와 다르지 않다. 무엇으로부터, 어떻게,
왜 독립해야 하는지에 대한 일체의 언급이 없다. 법관이 아무리 전
문적인 법지식을 습득하고 고도의 도덕윤리를 갖추고 있다고 할지

라도 그 역시 불완전한 존재인 인간이다. 재판을 할 때의 법관은 '사적 당사자로서 개인'이 아니라 '공적 주체로서 심판관'으로 간주된다. 하지만 법관도 인간인 이상 태어나 성장하는 과정에서 체득한 지식과 경험, 그리고 신념 등의 가치에 휘둘릴 수밖에 없다.

뫼르소를 담당하는 예심판사는 "나는 하느님을 믿습니다."라며 자신의 종교관을 밝힌다. 그리고 뫼르소에게 지은 죄를 회개하고 어린애처럼 마음을 비움으로써 하느님에게 용서를 구할 것을 요구한다. "이것은 나의 신념입니다."라는 말에는 법관이기 이전에 개인-신앙인으로서 자신이 믿고 있는 절대가치에 대한 확고한 믿음을 가지고 있다. 만일 뫼르소가 예심판사의 제안을 받아들여 회개하고, 마음을 비우고, 하느님에게 용서를 구한다면 적어도 사형은 면할 수 있을지도 모른다. 하지만 뫼르소와 예심판사의 관심은 서로 접점을 찾지 못하고 중심에서 한참 비켜나 있다.

변호사의 권고와는 달리 뫼르소는 최대한 정직하고 솔직하게, 또 자세하게 살인의 동기와 과정에 대해 진술했다. 그럼에도 예심판사는 뫼르소의 고백에서 오직 한 가지만이 모호하다고 생각한다. 아랍인을 쏠 때 첫째 발을 쏘고 둘째 발을 쏘기 전에 왜 기다렸는가란 '사실'이다. 그에게는 그 밖의 다른 것들은 다 좋지만 오직 그 '사실'이 이해되지 않는다. 뫼르소는 그가 고집을 부리는 것은 잘못이고, '그 마지막 문제'는 그다지 중요하지 않다고 생각한다. 하지만 판사에게는 말하지 않는다.

형사재판에서 법원은 반드시 증거에 의해서만 사실인정을 허용하는 증거재판주의를 채택하고 있다. 이에 대해 형사소송법 제307조는 "사실의 인정은 증거에 의하여야" 하며(1항), "범죄사실의 인정은 합리적인 의심이 없는 정도의 증명에 이르러야 한다."(2항)라고 정하고 있다. 형사소송의 이 원칙에 따라 법원은 비록 자백한 범죄사실이라도 그 사실이 증거에 의하지 아니하면 인정하지 아니한다. 법원이 증거재판주의를 채택하고 있는 주된 이유는 실체적 진실의 발견이라는 형사절차의 이상을 달성하기 위함이다. 그러나 현실에서 '사실'과 '진실'의 진위 여부를 두고 당사자 간에 치열한 공방이 이뤄지곤 한다.

예심판사도 법관이라는 공적 주체로서 뫼르소가 둘째 발을 쏘기 전에 왜 기다렸는가에 대한 '사실'을 밝히고 싶어 한다. 실체적 진실의 발견은 형사사건을 담당하는 법관으로서 당연히 수행해야 할 고유직무이니 '사실'을 알고 싶은 것은 너무나 당연하다. 문제는 정작 당사자인 뫼르소다. 그는 '그 마지막 문제'는 범죄사실을 밝히고, 실체적 진실을 발견하는 데 그다지 중요하지 않다고 생각하고 있는 것이다. 뫼르소가 '사실'을 밝히지 않는 한 판사로서는 그리 할 일이 없다. 살인의 동기와 행위가 분명하고, 그 결과 한 사람의 살해가 일어났다. 게다가 살인의 수단으로 사용된 권총을 증거로 확보했으니 재판을 진행하는 데 아무런 문제가 없다. 이런 상황이니 예심판사는 재판보다는 뫼르소가 그가 믿는 절대신을 믿는가 여부가 중요하다.

예심판사 하느님을 믿습니까?

뫼르소 아닙니다.

예심판사 (분연히 주저앉으며) 어느 누구도 그럴 수는 없습니다. 비록 하느님을 외면하는 사람일지라도 하느님을 믿는 법입니다. 그 것이야말로 나의 신념입니다. 만약 그것을 조금이라도 의심 해야 한다면, 그의 삶은 무의미해지고 말 것입니다.

뫼르소   ….

예심판사   당신은 나의 삶이 무의미해지기를 바랍니까?

뫼르소   내가 볼 때 그것은 나와는 아무 관계도 없는 일입니다.(95~96 쪽 각색)

뫼르소의 답변에 예심판사는 이성을 잃고 흥분한다. 그는 그리스 도의 십자가상을 뫼르소의 눈앞에다 내밀고 미친 듯이 소리를 지른 다. "나는 기독교 신자야. 나는 이분께 자네 죄의 용서를 구하고 있 어. 어째서 자네는 그리스도께서 자네를 위해 고통받으셨다는 것을 믿지 않는단 말인가?" 뫼르소는 더위에 지치고 그의 말에 진절머리 가 나서 그의 말을 수긍하는 체한다. 이 말에 예심판사가 의기양양 하게 외친다. "그것 봐, 그것 보라고. 자네도 믿고 있잖아? 하느님 께 자네 자신을 맡기려는 거잖아?" 하지만 뫼르소가 다시 한번 "아 니"라고 말하자 그는 안락의자에 털썩 주저앉고 만다.(96쪽) 그 후 뫼 르소는 변호사와 함께 예심판사를 만났고, 그는 다시는 하느님에 대 한 이야기를 하지 않는다. 열한 달 동안이나 계속된 예심이 끝나는 날 예심판사는 사무실 방문까지 뫼르소를 따라 나와서 어깨를 두드 리며 다정스럽게 말했다. "오늘은 끝났습니다, 반기독자(反基督者) 양 반."(97쪽)

예심이 끝나고 공판이 진행된다. 사형이 선고되어 뫼르소는 '사형

수'가 된다. "당신을 위해서 기도를 드리겠습니다."(152쪽) 뫼르소는
'몽 페르'[159]의 제안마저 강하게 거부한다. 죽음을 앞둔 뫼르소는 비
로소 마음의 안식과 평정을 되찾는다. 그리고 "그토록 죽음이 가까
운 시간 엄마는 거기서 해방감을 느끼고, 모든 것을 다시 살아볼 마
음이 내켰을 것임에 틀림없다."라고 확신한다. 엄마에게 죽음은 삶
의 끝이나 종말, 혹은 단절이나 절망이 아니라 해방이고 희망이었
다. 그러니 "아무도, 아무도 엄마의 죽음을 슬퍼할 권리는 없는 것이
다." 엄마처럼 죽음을 앞둔 뫼르소는 "모든 것을 다시 살아볼 수 있
을 것 같다." 그는 처음으로 세계의 정다운 무관심에 마음을 열고 있
는 것이다. 세계가 그렇게도 그 자신과 닮아서 마침내 형제 같다는
것을 깨닫자 뫼르소는 전에도 행복했고, 지금도 행복하다고 느꼈다.
이제 그에게는 마지막 바람이 있다.

　　모든 것이 완성되도록, 내가 덜 외롭게 느껴지도록, 나에게 남은 소원
　　은 다만, 내가 사형 집행을 받는 날 많은 구경꾼들이 와서 증오의 함성으
　　로 나를 맞아주었으면 하는 것뿐이었다.(155쪽)

그토록 죽음이 가까운 시간 뫼르소에게 하느님은 아무 쓸모도 없
었다. 그가 사형집행을 받는 날 나는, 샤를 보들레르의 시 한 편을
읽어주어도 괜찮겠다고 생각했다.

---

159)　　*Mon Père*는 프랑스어로 신부神父를 부르는 말로 직역하면 '나의 아버지'라는
　　　뜻이다. 뫼르소는 신부를 '몽 페르'로 부르지 않고 남성을 일컫는 일반명사인
　　　'므시외(*Monsieur*)'로 부른다.

─ 허! 도대체 그대는 무엇을 사랑하는가, 괴상한 이방인이여?

─ 나는 구름을 사랑하오… 흘러가는 저 구름을… 저기…저 경이로운 구름을![160]

---

160) *Charles Baudelaire*, 「*L'Etranger*(이방인)」 중에서.

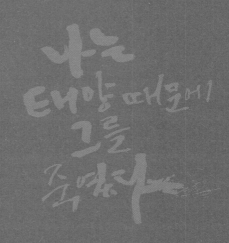

나는
태양 때문에
그를
죽였다

빅브라더가 당신을 지켜보고 있다

———

조지 오웰, 『1984』
(1949년)

조지 오웰(*George Orwell*)이라는 필명으로 널리 알려진 에릭 아서 블레어(*Eric Arthur Blair*, 1903년 6월 25일–1950년 1월 21일)는 영국 작가이자 언론인이다. 러시아 혁명과 스탈린의 배신을 풍자한 『동물농장』(1945년)으로 명성을 얻었으며, 4년 후 전체주의를 적나라하게 고발한 『1984』를 출간하였다. 이외에도 『위건 부두로 가는 길』(1937년), 『카탈로니아 찬가』(1938년) 등 탁월한 논픽션 작품도 남겼다. 이 가운데 『1984』는 현대 정보화 사회의 등장으로 개인의 삶이 기계장치에 철저하게 종속될 우려를 예견하는 등 오늘날에도 많은 시사점을 던지고 있다.

작품 배경과 줄거리

　4월의 쾌청하고 쌀쌀한 날, 시계 종이 울리며 13시를 가리켰다. 윈스턴 스미스는 지독한 바람을 피하려고 가슴에 턱을 파묻으며 빅토리 아파트(*Victory Mansions*)의 유리문을 빠르게 지나갔다. 하지만 그가 나름 빠르게 움직였어도 회오리 같은 모래 먼지가 따라 들어오는 건 막지 못했다.

　『1984』[161]는 이 말로 시작한다. 암울한 분위기의 첫 문단이 암시하듯이 조지 오웰은 이 작품을 통해 빅브라더가 지배하는 전체주의 사회를 실감 나게 그리고 있다.

　이 소설이 출간된 1949년을 전후한 세계정세는 한치 앞도 내다

---

161)　이 글의 인용문은 다음 책을 바탕으로 작성하였다. 조지 오웰(이종인 옮김),
　　　『1984』, 연암서가, 2019, 424쪽.

볼 수 없을 만큼 요동치고 있었다. 1939년 영국은 폴란드를 침공하여 점령한 독일에 전격적으로 선전포고하였다. 이듬해인 1940년 독일의 영국 본토 공습이 시작되고 전쟁이 본격화되자 1941년 미국과 소련도 참전하였다. 1945년 제2차 세계대전이 끝났다. 그런데 1947년 미국 대통령 트루먼이 전 세계의 반소·반공정책을 옹호하면서 국제관계는 자유주의와 사회주의 이념을 중심으로 갈라져 동서냉전체제가 구축되었다. 1948년 미국 대통령 마샬이 유럽부흥계획(마샬 플랜)을 발표하였다. 같은 시기 소련은 미국, 영국, 프랑스가 제2차 세계대전 이후에 장악했던 서베를린의 관할권을 포기하도록 베를린 봉쇄 조치를 취하였다. 이에 미국에서는 매카시즘이 대두되었다. 1949년 중화인민공화국(중공)이 성립하였으며, 같은 해 『1984』가 출간되었다. 그 이듬해 1950년 한국전쟁이 발발하였으며, 오웰이 사망하였다. 1953년에는 오웰의 작품 『동물농장』과 『1984』의 소재가 된 스탈린이 사망하였다. 1959년 쿠바혁명이, 그리고 1961년 베를린장벽에 의해 독일이 동서로 분단되었다. 1962년 소련의 쿠바 미사일 기지 건설로 인해 미국과 소련이 군사적으로 대립한 소위 '쿠바 미사일 위기'가 일어나 동서냉전이 절정으로 치달았다. 그로부터 약 20년이 지난 1984년 애플이 일반용 컴퓨터인 매킨토시를 출시하여 정보화 사회의 서막을 열었다.

조지 오웰은 제2차 세계대전 중 영국 *BBC*에서 대인도 선전방송의 원고를 쓰고 라디오 프로그램 제작에 종사하는 한편 좌파 잡지 《트리뷴》에서 서평 작가·기자로도 활동하였다. 1945년 오웰은 정치우화소설 『동물농장』을 발표하여 일약 베스트셀러 작가의 반열에 오른다. 이 소설은 소련과 스탈린에 대한 신랄한 비판과 비유를 담고 있음에도 불구하고 미국을 비롯한 일부 국가에서는 반공주의소설로 읽혔다. 이 당시 오웰은 아나키즘에 깊이 사로잡혀 있었다. 같은 해 자궁 적출 수술을 받던 중에 아내 아일린이 사망하고, 오웰 자신도 폐결핵을 앓는다.

1946년 오웰은 요양을 위해 지인의 권유로 런던을 떠나 어린 아들과 함께 스코틀랜드 주라 섬으로 이주한다. 주라 섬의 기후는 거칠었고, 그해 겨울은 강한 한파가 영국을 덮쳤다. 오웰은 이 섬에서 『동물농장』에서 한 걸음 더 나아가 반스탈린주의·반전체주의를 다룬 본격적인 정치소설을 집필할 계획을 세우고 있었다. 하지만 혹독한 날씨와 건강의 악화 및 전쟁 직후의 물자 부족 등으로 극심한 고통을 겪었다. 당시 영국은 세계대전의 혼란에서 완전히 벗어나지 못하였고, 여전히 배급제도가 실시되고 있어 전쟁이 끝났음에도 영국민들은 힘든 일상을 이어가고 있었다.

한편 영국의 대외 상황도 어렵기는 매한가지였다. 과거 식민지였던 인도와 스리랑카 등이 잇따라 독립하였고, 마셜 플랜으로 미국의 재정지원을 받은 영국 정부는 미국의 반소·반공정책에 협조하는 정책을 취하기 시작하였다. 바야흐로 미소를 중심으로 자유주의와 공산주의 양대 진영으로 나뉜 냉전시대의 서막이 열린 것이다.

급변하는 국내외정세를 바라보면서 폐결핵으로 건강 상태가 악화된 오웰은 엄청난 인내로 『동물농장』의 후속 소설 쓰기를 강행하였다. 그 결과 1948년 12월 오웰은 전체주의를 강력하게 비판하는 내용을 담은 소설 『1984』를 탈고했다. 병세가 악화된 오웰은 1949년

1월 요양원에 입원하였으며, 원고를 수정하여 같은 해 11월 『1984』를 출간하였다. 그로부터 2개월 뒤인 1950년 1월 21일 오웰은 런던의 병원에서 사망하였다. 그의 나이 46세였다.

오웰은 작품의 제목을 『*Nineteen eighty-four*(1984년)』 혹은 『*The Last Man in Europe*(유럽 최후의 남자)』 중에서 어느 것으로 할지 고민하고 있었다고 한다. 출판사의 권유로 『1984』를 선택했지만 오웰은 그의 소설 제목을 『1984』로 한 이유에 대해서는 밝히지 않았다. 이에 대해서는 다섯 가지 가설이 있다.[162]

첫째, 원고가 완성된 연도인 1948의 끝 두 자리 숫자인 4와 8을 바꾸어 1984로 했다.

둘째, 1984년은 오웰의 아들 리처드가 40세가 되는 해이다. 오웰은 『1984』의 주인공 윈스턴 스미스의 나이를 39세로 설정했다.

셋째, 오웰이 애독한 미국 작가 잭 런던(*Jack London*)의 정치소설 『강철군화』의 무대가 된 것이 1984년이다.

넷째, 영국 소설가 *GK* 체스트튼(*Gilbert Keith Chesterton*)이 1904년에 발표한 『노팅힐가(街)의 나폴레옹』은 1984년 영국을 다루고 있다.

다섯째, 1884년에 출범한 영국의 사회주의 단체인 페이비언협회(*Fabian Society*)의 100주년이 되는 해가 바로 1984년이다. 이 협회는 혁명적 방법보다는 계몽과 개혁을 통한 점진적 사회주의개혁을 목표로 하고 있었으며, 오웰도 회원으로 활동하고 있었다.

---

162) 이에 대해서는, *http://www.news-digest.co.uk/news/features/18977-dystopia-and-george-orwells-1984~70th-anniversary.html*(방문일: 2020. 9. 25.)

그 제목만으로도 다양한 가설이 있을 정도로 독자들의 흥미를 불러일으킨 오웰의 소설 『1984』의 줄거리를 요약하면 다음과 같다.

1950년대에 일어난 핵전쟁 후 세계는 오세아니아, 유라시아, 동아시아(이스트 아시아)라는 3개의 초대국으로 나뉘어 늘 전쟁 상태에 있다. 이 가운데 소설의 배경은 오세아니아이다.

오세아니아는 빅브라더(Big Brother)라는 독재자가 지배하는 전체주의 국가이다. 오세아니아는 시민을 내부 당원, 외부 당원 및 프롤(일반민중)로 나누어 중앙당(1당)이 철저하게 통제하고 있다. 이 나라 곳곳에는 거대한 얼굴의 포스터가 붙어 있다. 사람을 뚫어지게 쳐다보고 있는 얼굴은 바로 '빅브라더'이다. 그는 오웰인(Orwellian)으로 불리는 오세아니아인들의 생각을 엄격하게 규제하고 통제하는 '보이지 않는 인물'이다. 포스터 아래에는 다음과 같은 글귀가 적혀 있다.

빅브라더가 당신을 지켜보고 있다.
Big Brother is watching you.

빅브라더와 함께 오웰인들은 텔레스크린으로 불리는 감시 장치에 의해 일거수일투족을 감시받고 있다. 오세아니아는 인구의 2퍼센트인 내부당원과 80퍼센트가량의 프롤(노동자) 및 나머지 외부당원, 총 세 계급으로 나뉘어 운영되는 국가이다. 이 소설의 주인공인 윈스턴 스미스는 39세로 외부당원이다. 그는 오세아니아 진리부의 기록국에 근무하면서 과거의 역사를 조작하여 새로운 사실을 만들어내는 역할을 담당하고 있다. 윈스턴은 어느 날 우연히 과거의 신문기사를 찾아내고는 절대적으로 신뢰하고 충성해야 할 당(The Party)에 대해 의문을 품는다. 오세아니아에서 책을 읽고 글을 쓰는 일은 불법이다. 그럼에도 윈스턴은 자신의 아파트 구석진 곳에서 텔레스크린의 감시를 피하여 몰래 일기를 쓰는 '심각한 범죄'를 저지른다.

오세아니아에서는 당이 허용하지 않는 결혼과 섹스는 물론 연애도 금지되어 있다. 당의 강령을 충실히 지키는 아내 캐서린과 별거하고 있는 윈스턴은 26세의 외부당원 줄리아와 몰래 연애를 한다. 둘은 골동품 가게 위층의 작은 방을 빌려 밀회를 즐긴다.

윈스턴은 평소 내부당원 오브라이언에게 호감을 가지고 있었으며, 그가 반체제단체인 형제단의 핵심인물이라고 믿고 있다. 어느 날 오브라이언은 윈스턴과 줄리아를 자신의 집으로 초대한다. 그리고 반체제단체의 우두머리인 가공인물 골드스타인이 썼다는 그 책(The Book)을 주면서 형제단에 가입할 것을 종용한다. 오브라이언의 권유로 둘은 형제단에 가입하지만 사실 그는 당 내부의 불만분자를 색출해내는 핵심당원이다.

어느 날 둘이 밀회를 즐기고 있던 골동품 가게로 비밀경찰이 들이닥친다. 윈스턴은 애정부로 끌려가 오브라이언에게 모진 고문을 받는다. 윈스턴은 고문을 받으면서도 줄리아에 대한 사랑과 믿음만큼은 포기하지 않는다. 하지만 오브라이언은 윈스턴이 쥐를 무서워한다는 사실을 알고 있다. 고대 중국에서 사용한 이 고문은 굶주린 쥐가 죄수의 항문과 내장을 파먹게 하는 잔혹한 형벌이다. 애정부에서도 가장 최악의 공간인 '101호실(Room 101)'에서 쥐 고문을 가하겠다는 오브라이언의 위협에 윈스턴은 굴복하고, 줄리아를 배신한다. 궁지에 몰린 윈스턴에게 줄리아는 자신과 쥐 사이에 끼워 넣을 수 있는 '하나의 몸뚱이'에 지나지 않았다.

　모든 것을 용서받은 윈스턴은 애정부로 돌아왔지만 저항의지는 완전히 거세된 상태이다. 그는 공개재판에서 모든 걸 자백하고, 모든 사람을 연루시켰다. 햇빛을 받으며 걷는 기분으로 흰색 타일 복도를 걸어가는 그의 등 뒤에는 무장간수가 있었다. 그토록 오래 바랐던 총알이 그의 뇌로 들어오고 있었다. 윈스턴은 두 줄기 진 냄새 나는 눈물을 흘리며 죽어간다. 소설은 윈스턴의 생각을 전하며 끝난다.

　하지만 괜찮았다. 모든 게 괜찮았다. 투쟁은 끝났다. 그는 자기 자신을 상대로 승리했다. 그는 빅브라더를 사랑했다.

디스토피아문학에서 『1984』가 차지하고 있는 지위

　우리가 꿈꾸는 미래사회는 유토피아 혹은 디스토피아일까? 흔히 토마스 모어(Thomas More, 1478~1535년)의 『유토피아』(Utopia, 1516년), 토마소 캄파넬라(Tommaso Campanella, 1568~1639년)의 『태양의 도시』(이탈리아어: La città del Sole, 라틴어: Civitas Solis; 1602년) 및 요하네스 안드레아(Johannes Andreae, 1586~1654년)의 『크리스티아노폴리스』(Christianopolis, 1619년)는 르네상스의 부흥과 함께 시작된 근대유럽문학에서 '유토피아 3부작'으로 불린다. 이와는 달리 조지 오웰의 『1984』는 올더스 레너드 헉슬리(Aldous Leonard Huxley, 1894~1963년)의

『멋진 신세계』(*Brave New World*, 1932년)와 함께 전형적인 디스토피아 문학소설이다.

토마스 모어의 『유토피아』가 나오고 나서 19세기까지 유럽에서는 미래사회를 이상향으로 그리는 문학작품이 꾸준히 발표되었다. 그러나 유럽 사회가 이상적인 미래를 향해 진보해 나가고 있다는 꿈과 희망은 제1·2차 세계대전을 겪으면서 절망적인 분위기로 변해갔다. 조지 오웰의 『1984』는 당시 유럽인과 유럽 사회의 절망적인 분위기를 가장 잘 묘사하고 있는 디스토피아 소설이라고 할 수 있다. 에리히 프롬(*Erich Fromm*)은 『1984』에 대해 다음과 같이 평가하고 있다.

> 조지 오웰의 1984는 분위기의 표현이자 경고이다. 이 소설이 표현하는 분위기는 인간의 미래에 대한 절망에 가까운 분위기이며, 경고는 역사적 변화의 과정이 바뀌지 않으면 전 세계의 인간은 그들이 가지고 있는 가장 인간적인 자질을 잃고 영혼이 없는 자동 기계가 될 것이며, 또한 그것을 의식조차 하지 못할 것이라는 경고이다.[163]

이 글에서 프롬은, 1930년대 독일을 지배한 야만적이고 폭압적인 나치체제의 광기와 제2차 세계대전 당시의 비인도적이고 무차별적인 공습과 폭격으로 유럽문명은 인류문명 자체를 파괴할 수도 있는 절망의 분위기로 변질되어 갔다고 지적하고 있다. 프롬의 평가대로 여전히 마음의 여유와 해학을 느끼게 하는 다른 디스토피아 소설과 달리 『1984』는 시종일관 침울하고 절망적인 분위기가 소설을 지

---

163) *Fromm, Erich. Afterword. Nineteen Eighty-Four. By George Orwell.* 1961. *New York: Signet Classics.* 1977. 313~326쪽.

배하고 있다. 이를테면, 헉슬리의 『멋진 신세계』도 극도로 발달한 기계문명을 전체주의와 결합시켜 기계가 통제하는 미래의 계급사회를 경고하고 있다. 하지만 이 소설은 그 제목에서 보듯이 미래는 현재보다는 훨씬 '멋진 신세계'와 같은 세상이 올 것이라는 기대감이 그 저변에 깔려 있다. 그러나 『1984』는 첫 문장부터 마지막 문장까지 답답하고 참담함이 소설의 전반을 지배하고 있으며, 미래에 대한 희망은 아예 찾아볼 수 없다.

어쩌면 『1984』가 묘사하고 있는 디스토피아적 분위기는 오웰의 개인적 경험과 질병에서 유래하는지도 모른다. 제1차 세계대전 당시 발생한 스페인독감은 인간이 만든 인위적 조직인 군대를 매개체로 유럽 전역으로 확산되었다. 제1차 세계대전에서 죽은 사람이 1,500만 명 정도였는 데 비해, 스페인독감으로 1,700만~5,000만 명의 사람이 목숨을 잃었다고 한다.[164] 또한 오웰은 오랫동안 결핵을 앓았으며, 결국 그 질병으로 인해 세상을 떠난다. 오웰은 결핵으로 극도로 쇠약하고 예민한 상태에서 탈고한 『1984』를 출간하고는 그 이듬해 죽는다.

이처럼 『1984』는 디스토피아문학에서 독보적 지위를 차지하고 있으며, 감시와 처벌로 인간의 모든 사상과 행동을 통제할 수 있는 전체주의 사회의 도래에 대해 경종을 울리고 있다. 그의 경고는 사회주의와 자유주의로 양분된 동서 양대 이념체제는 물론 인공지능(AI)을 바탕으로 국가와 기업에 의한 개인정보의 광범위한 수집과 통제가 이뤄지고 있는 현실에도 여전히 유효하다. 『1984』는 1950년을

---

164)   위키피디아: 스페인독감

전후한 영국의 상황을 바탕으로 집필되었지만 70년이 지난 오늘날에도 시사하는 바가 적지 않다. 이 소설을 통해 현대사회를 살고 있는 우리는 어떤 교훈을 얻을 수 있을까? 몇 가지를 주제를 중심으로 살펴본다.

전체주의 비판: 빅브라더는 당신을 지켜보고 있다!

'당(The Party)'은 오세아니아에서 절대권력을 가진 중앙기관이며, 그 산하에 네 개의 부(Ministry)를 두고 있다. 진리부(Ministry of Truth)는 보도, 연예, 교육, 예술을 담당하지만 실제는 모든 정보를 통제하고 조작하고, 평화부(Ministry of Peace)는 전쟁을 관장한다. 애정부(Ministry of Love)는 사상범죄를 포함한 모든 범죄를 관리함으로써 법과 질서를 유지하며, 풍요부(Ministry of Plenty)는 경제 문제를 총괄한다. 신어(新語)로 이들의 명칭은 진부(眞部), 평부(平部), 애부(愛部), 풍부(豊部)이다.(34쪽) 이 중에서 가장 독보적인 건물은 삼백 미터 높이로 상공에 우뚝 치솟아 있는 진리부이다. 진리부는 지상에 3천 개의 방이 있고, 지하에도 그에 맞먹는 방이 있다고 한다. 이 말도 '들리는 말'로 추정할 뿐 누구도 정확한 내용은 알 수 없다. 진리부 건물의 하얀 표면에는 당의 세 가지 슬로건이 우아한 글자로 알아보기 쉽게 적혀 있다.

전쟁은 평화
자유는 예속
무지는 힘

이 슬로건은 우리가 가지고 있는 통상의 가치와 이념과는 완전히 상반되는 내용을 담고 있다. 전쟁과 평화, 자유와 예속, 그리고 무지와 힘은 서로 반대되는 개념이다. 전쟁 상태에서 평화로울 수 없고, 예속된 상태에서 자유로울 수 없으며, 무지한 상태에서 힘을 가질 수 없다. 하지만 오세아니아는 끊임없이 전쟁이란 상황을 통해 공포를 조장하여 오웰인들로 하여금 정치현실과 체제에 대한 비판의식을 잠재운다. 그리고는 인민들의 평화로운 삶을 위해 당이 얼마나 애쓰고 있는가를 주입한다. 자유는 예속이란 슬로건도 마찬가지다. 당이 인민들의 일거수일투족을 감시하고 억압하면서 자유라는 허울을 내세워 정치적 선전의 수단으로 삼는다. 그리고 이 두 가지 슬로건이 실현될 수 있는 가장 효과적인 장치가 바로 '무지는 힘'이다. 당은 인민들이 자율적 혹은 독자적으로 사고하고 판단하며 행동하는 모든 것을 금지한다. 당은 인민들이 무지한 상태로 지시와 명령에 따르도록 이중 삼중의 통제체제를 구축하고 있다. 이 슬로건이 현실에서 실현되도록 모든 정보를 조작하고 관리하는 부서가 바로 진리부이다.

하지만 정말로 무서운 곳은 애정부이다. 애정부는 '애정'이라는 표현과는 반대로 사상범을 '관리'하는 곳이다. 그 건물에는 아예 창문이 없다. 이 건물은 공무 이외에는 아무도 함부로 드나들 수 없고,

출입할 때는 이중 삼중의 검문을 거쳐야 한다.(34~35쪽) 진리부에 근무하는 윈스턴이 끌려가 혹독한 고문을 받은 곳이 바로 애정부이다.

이처럼 오세아니아는 빅브라더를 정점으로 당이 있고, 그 산하에 네 개의 부를 두어 인민들을 철저하게 관리하고 있다. 조지 오웰은 이 작품에서 자신의 이름에서 따와 오세아니아의 인민들을 오웰인(Orwellian)으로 부르고, 그들이 극단적으로 통제받고 있는 감시사회를 신랄하게 비판하고 있다. 오웰의 소설 『1984』에서 당은 빅브라더, 사상경찰, 정보 및 언어통제, 이중사고, 감시, 밀고·고문·숙청, 노동자계급의 노예화, 성의 억압, 증오·정쟁·원폭 등 수많은 통제장치를 통해 전체주의 사회인 오세아니아를 유지하고 있다. 이 가운데 몇 가지 중요한 장치를 살펴본다.

첫 번째 장치: 빅브라더

빅브라더는 오세아니아에 군림하는 절대 권력자이자 독재자로 거대한 포스터와 텔레스크린에 종종 등장할 뿐 현실공간에는 한 번도 모습을 드러내지 않는다. 사람들은 그를 당에서 만든 가공의 인물로 추정하지만 누구도 사실 여부를 알 수 없다. 오세아니아 도처에는 검은 콧수염의 거대한 얼굴을 담은 포스터가 붙어 있다. 포스터의 얼굴은 무척 교묘하게 그려져 있어서 사람이 움직일 때마다 그 눈이 따라서 움직였다. 사람들은 자신의 내면을 노려보는 빅브라더의 시선을 통해 그의 감시에서 벗어날 수 없다는 무력감에 빠져든다.

빅브라더의 얼굴이 그려진 포스터 아래에는 "빅브라더가 당신을 지켜보고 있다"라는 글이 적혀 있다. 이 글귀는 국가권력이 모두의 일상을 감시하는 통제사회의 비유로 사용되고 있다. 한마디로 빅브라더는 감옥에서 모든 죄수를 한눈에 감시할 수 있는 감시시설인 판옵티콘의 시초인 셈이다. 어쩌면 우리는 과학기술문명의 혜택을 누리고 있지만, 거대한 판옵티콘으로 전락해 버린 사회에 살고 있는지도 모른다. 현대사회는 윈스턴이 살고 있는 오세아니아가 아니라고 장담할 수 있을까?

빅브라더와 텔레스크린은 완전히 결합하여 서로 분리할 수 없는 한 몸이 되어 오세아니아의 인민을 통제하고 있다. 이러한 현실은 오늘날 전혀 낯설지 않은 일상으로 자리 잡고 있다. 현대인은 집을 나서는 순간 자신을 감시하는 *CCTV*를 마주한다. 어디 이뿐인가? 우리가 사용하는 스마트폰, 컴퓨터와 각종 전자기기는 인터넷과 연결되어 언제든지 개인의 사생활을 감시하는 장치로 악용될 수 있다. 안면·홍채·지문·음성인식, 인공지능(*AI*), 빅데이터 기술은 소위 '4차 산업혁명'으로 각광받고 있다. 하지만 이 기술은 국가권력 및 자본과 결합되어 개인의 모든 일상과 사고를 통제하는 강력한 감시망을 구축하고 있다. 또한 최근에는 테러행위 방지를 위하여 위성항법장치(*GPS*)를 이용한 사전모니터링시스템과 개인 식별 데이터의 작성 등 국가 당국에 의해 잠재적 범죄용의자를 특정할 목적으로 국민을 관리·감시하는 다양한 제도가 도입되어 시행되고 있다.

심각한 것은 개인에 대한 정보독점과 통제가 비단 국가만이 아니라 기업에 의해서도 행해지고 있다는 사실이다. 이제 개인은 국가권력뿐 아니라 기업의 통제에도 맞서야 한다. 구글과 같은 다국적기업은 거대자본과 정보력을 바탕으로 빅브라더와 같은 위상을 확보하고 있기 때문이다. 이들은 인공지능(AI)을 바탕으로 축적한 빅데이터를 이용하여 개인에 관한 '거의 모든' 신상정보를 파악하여 영업활동에 활용하고 있다. 오늘날 개인의 정보자기결정권은 그 어느 때보다 중요하게 되었다. 각종 첨단기기로 중무장하고 정보화된 현대문명 사회는 유토피아일까, 디스토피아일까.

『1984』의 주인공 윈스턴은 빅브라더가 지배하는 사회체제에 대해 의문을 품고 당이 금지하는 행위를 통해 인간성을 회복하려 시도한다. 일기를 쓰고, 외부당원인 줄리아를 만나 연애를 하면서 반체제 단체인 형제단의 일원이라고 생각하는 오브라이언과 접촉한다. 윈스턴과 줄리아는 당이 자신들의 마음까지는 지배할 수 없다는 믿음을 가지고 서로를 배신하지 않을 것을 다짐한다.

맞아. 마음까지 지배할 수는 없어. 인간으로 살아가는 것이 가치 있는 일이라고 한다면 비록 그것이 아무런 성과를 이루지 못한다 해도 놈들을 이기는 거야.

윈스턴의 바람과는 달리 오세아니아는 빅브라더의 눈길이 닿지 않는 곳이 없는 거대한 판옵티콘이다. 윈스턴을 형제단에 가입하도록 이끈 인물인 오브라이언은 사상범을 색출하는 임무를 맡은 내부 당원이었다. 그는 윈스턴을 체포하고는 혹독하게 고문하고 당에 충성하도록 세뇌한다. 윈스턴은 줄리아를 배신하지 않고, 빅브라더를 증오하는 마음을 버리지 않음으로써 자신의 소신을 지키려 한다. 하지만 오브라이언은 윈스턴이 가장 혐오하는 쥐를 이용하여 진리부 101호실에서 고문하겠다고 협박한다. 그 협박에 윈스턴은 줄리아를 배신하고, 자신의 모든 신념을 버리고 만다.

　　윈스턴은 빅브라더의 거대한 얼굴을 올려다보았다. 그가 그 검은 콧수염 속에 숨겨진 미소의 의미를 알아내기까지 사십 년이란 세월이 걸렸다. 오, 잔인하고 불필요한 오해여! 오, 저 사랑이 가득한 품 안을 떠나 스스로 고집을 부리며 택한 유형이여! 그의 코 옆으로 진 냄새가 나는 두 줄기 눈물이 흘러내렸다. 그러나 모든 것이 잘 되었다. 싸움은 끝났다. 그는 자신과의 싸움에서 승리했다. 그는 빅브라더를 사랑했다.

"그는 빅브라더를 사랑했다."
이 말에서 알 수 있듯이 오세아니아에서 빅브라더의 감시망을 피해 자유를 꿈꿀 수 있는 사람은 없다. 실제로 윈스턴이 그를 사랑했는지 아닌지는 중요하지 않다. 전지전능한 신과 같은 존재인 빅브라더는 어떤 수단을 쓰든지 사람들이 자신을 사랑하게끔 만들고야 만다는 사실만 중요할 뿐이다.
"그러나 모든 것이 잘 되었다. 싸움은 끝났다. 그는 자신과의 싸움에서 승리했다."
인민은 자신과의 싸움에서만 승리할 수 있을 뿐 빅브라더를 이길 수는 없다. 윈스턴에게도 빅브라더는 사랑해야 하고, 또 사랑할 수밖에 없는 무소불위의 존재다. 오웰은 이 소설에서 빅브라더라는 유령의 실체를 내세워 인민의 자유를 억압하고 겁박하는 국가란 존재란 무엇인가에 대해 화두와 같은 질문을 던지고 있다.

두 번째 장치: 사상경찰

사상경찰(*Thought police*)은 시민들을 감시하고 당과 빅브라더에 반대 사상을 가진 정치범을 체포하는 악역을 담당하는 기관이다. 이들은 국가 조직의 근본을 위태롭게 하는 활동을 하거나 그런 활동을 한다고 의심되는 인물을 감시하고 체포한다. 국가와 당 차원에서 볼 때 사상경찰은 주인에게 절대 충성을 다하는 충직한 개와 같은 조직이다. 이런 조직이 유지되기 위해서는 체제를 위협하고 감시의 대상이 되는 '주적(主賊)'이 필요한데, 바로 인민의 적인 이매뉴얼 골드스타인이란 인물이다.

골드스타인은 변절자이자 타락한 자로 얼마나 오래전인지 아무도 기억하지 못하지만 오래전 빅브라더와 거의 같은 반열에 오른 당 지도자였다. 하지만 반혁명 활동에 연루되어 사형을 선고받았고, 불가사의하게도 어디론가 도망쳐서 사라져 버린 인물이다. 텔레스크린의 '2분 증오' 프로그램에 골드스타인이 인민의 주적으로 등장하지 않은 적이 단 한 번도 없다. 그는 "최초의 배신자이자 당의 순수성을 가장 먼저 더럽힌 자"였다. 당에 대한 모든 범죄, 모든 배반, 모든 방해 행위, 모든 이단, 모든 탈선이 그의 가르침에서 직접 영향을 받은 것이다.(43쪽) 그는 빅브라더를 매도하고, 당의 독재를 비난하면서

유라시아와 평화협정을 체결하라고 요구하고 있다. 또한 언론, 출판, 집회, 사상의 자유를 적극 옹호하라고 외치는 그는 병적으로 흥분하면서 혁명이 배반당했다고 강변하고 있다.(44쪽) 윈스턴은 골드스타인의 얼굴을 볼 때마다 고통스럽고 복합적인 감정을 느낀다.

> 커다란 보풀 같은 후광처럼 생긴 흰 머리카락, 짧은 염소수염을 기른 수척한 유대인의 얼굴은 영리해 보였지만, 왠지 모르게 선천적으로 비열한 근성을 가진 자처럼 보였다. 납작하고 기다란 코엔 일종의 노망기 같은 어리석음이 느껴졌으며 그 코끝 근처엔 안경을 걸치고 있었다. 그의 얼굴은 양을 닮았는데, 목소리마저도 양과 비슷했다.(43~44쪽)

골드스타인은 이런 볼품없는 외모를 가지고 있지만 기이한 점이 하나 있다. 그는 모두에게 증오와 경멸의 대상이었고, 그의 이론은 매일 수도 없이 연단, 텔레스크린, 신문, 책에서 '반박되고, 분쇄되고, 조롱당해서 한심한 쓰레기'라고 널리 생각되었다. 이런 상황인데도 불구하고 그의 영향력은 결코 줄어들고 있지 않다. 항상 그에게 매혹당하는 얼간이들이 새롭게 나타났고, 그의 지시를 받고 행동하는 간첩과 방해 공작원이 사상경찰에게 붙잡히지 않는 날이 없었다. 한마디로 골드스타인은 실체 없는 막강한 군대와 국가 전복에 매진하는 공모자들의 지하 네트워크를 지휘하는 '어둠 속의 사령관'이었다. 이 집단의 이름은 '형제단'이고, 골드스타인이 집필한 모든 이단적인 개론서는 그냥 '그 책'으로 불렸다. 사람들은 형제단과 그 책에 대해서는 모호한 소문으로만 알 수 있었다. 평범한 당원들도 그런

것들에 대해서는 가급적 언급하지 않으려 했다.(45쪽)

위의 상황은 우리에게도 상당히 익숙하다. 군사정권 시절 맹위를 떨쳤던 중앙정보부(중정, 1961. 6. 10. 설립)가 바로 사상경찰에 해당한다. 5.16군사쿠데타로 집권한 박정희는 국가안보와 반공을 국가 운영의 가장 중요한 시책으로 삼는다. 그리고 반공을 '국시제일의(國是第一義)'로 내세워 북한을 주적으로 간주하였다. 이런 기조는 전두환·노태우 정권까지 이어져 정권을 비판하는 민주세력을 탄압할 목적으로 용공조작사건을 만들어낸다. 유신정권 최악의 용공조작과 사법살인으로 불리는 민청학련사건(전국민주청년학생총연맹사건, 1974. 4.)과 인혁당사건[인민혁명당사건, 제1차 사건(1964. 8.), 제2차 사건(인혁당재건위사건, 1974. 4.)] 및 부림사건(1981. 9.) 등은 가혹한 고문과 불법수사로 만들어진 대표적인 사례들이다. 이 사건의 배후에 중정이 있었다. 중정은 그 후 국가안전기획부(안기부, 1981. 1. 1. 설립), 국가정보원(국정원, 1999. 1. 21. 설립)으로 그 명칭이 바뀌었다.

위의 예에서 보듯이 국정원은 많은 사건을 용공으로 조작하여 무고한 사람들을 고문 등의 방법으로 심문하였으며, 검찰과 법원은 사건의 실체적 진실에 눈감고 사형을 언도하였다. 정보기관과 사법부가 그들의 유죄를 확정한 주된 근거는 '주적' 북한과의 연계 여부였다.

당시 군사정부는 특정한 책의 출판과 판매는 물론 독서와 소유를 하지 못하게 금서(禁書)로 지정하였다. 정부는 금서를 '불온서적'으로 불렀는데, 주로 집권 세력이나 기득권층 혹은 사회 윤리나 도덕을 비판하거나 풍자하는 저작물이나 창작물이 그 대상이었다. 이외에도 국가안보나 이익(국익)을 해친다고 판단되는 글이나 기사 등을 쓰고 발표한 저작자나 출판사 또는 언론사 등이 처벌받기도 했다. 이처럼 발표한 글이 법률적으로나 사회적으로 문제를 일으켜 제재를 받은 일을 필화(筆禍)라 한다.[165]

하지만 용공조작사건은 필화 수준에 그치는 것이 아니라 국정원이 직접 사건에 깊숙이 개입하여 무고한 시민들을 부단히 탄압하고 핍박한 일련의 사건을 일컫는다. 한마디로 국정원은 국가안보 수호를 내세워 부당한 국가권력을 위해 절대 충성하였으며, 중앙정부는 통치 기반을 다질 목적으로 국정원을 비호하였다. 이 과정에서 금서 혹은 불온서적으로 불리는 그 책의 소유 여부를 문제 삼았다. 그 책은 대부분 북한 관련 인문사회과학 혹은 이념서적이었다. 『1984』에서 묘사하고 있듯이 국정원은 주적—골드스타인—북한, 형제단—용공조작사건, 그 책—금서(불온서적)란 도식을 설정하고 군사독재정권이 통치 기반을 다지기 위해 사상경찰로서의 임무를 충실히 수행하였다.

세 번째 장치: 이중사고와 신어

당이 인민의 사상을 통제하는 수단은 이중사고(Doublethink)와 신어(Newspeak)이다.

이중사고는 전체주의 국가 오세아니아 사회를 지배하는 당이 반영구적으로 권력을 유지하기 위해 인민들의 사상을 통제하는 핵심 수단이다. 당은 인민들로 하여금 이중사고를 실천하고, 자신들의 현

---

165)   채형복, 『법정에 선 문학』, 한티재, 2016, 19쪽.

실 인식을 끊임없이 당이 내세우는 슬로건인 "과거를 장악하는 자는 미래도 장악한다. 현재를 장악하는 자는 과거도 장악한다"와 일치하는 방향으로 조작한다. 조작이 반복되면 조작했다는 사실은 인민의 기억에 저장되지만, 나중에는 무엇이 진실이고, 가짜인지를 판단하지 못하고 만다. 오세아니아인들은 이를 '현실 통제'라고 했는데, 신어로 이중사고라고 한다. 이중사고를 보다 구체적으로 설명하면 아래와 같은 사고능력을 말한다.

알면서도 모르는 것. 세심하게 만든 거짓말을 하면서도 온전한 진실이라고 생각하는 것. 상반되는 두 가지 의견을 동시에 지니고 그것이 모순이라는 걸 알면서도 두 가지를 그대로 믿는 것. 논리에 맞서서 논리로 대응하는 것. 도덕성을 가지자고 주장하면서도 그것을 거부하는 것. 민주주의가 불가능하다고 생각하면서도 당이 민주주의의 수호자라고 생각하는 것. 잊어버릴 필요가 있다고 여기는 걸 모두 잊어버렸다가 필요한 때 다시 기억 속으로 불러내고 즉시 그것을 다시 잊어버리는 것. 무엇보다 그런 망각의 과정 그 자체를 기억해 냈다가 다시 잊어버리는 과정을 거쳐 가는 것.(71쪽)

이중사고는 "지극히 미묘한 과정"으로 인민들은 "의식적으로 무의식 상태를 유도하고, 방금 수행한 그 최면을 일으키는 행동을 의식하지 말아야" 한다. 심지어 이중사고라는 단어를 사용하면서도 이중사고를 발휘해야 한다.(283쪽) 이중사고라는 단어를 이해하는 것조차 이중사고를 활용해야 도달할 수 있는 사고능력이 바로 이중사고라고 할 수 있다. 그 단어를 사용하는 순간, 자신이 현실을 조작했다는 걸 인정하게 되지만, 곧바로 이중사고를 발휘함으로써 그런 인식을 제거하는 것이다. 그렇게 하여 거짓은 늘 진실보다 한발 앞서 달리게 된다. 궁극적으로 이중사고라는 수단으로 당은 역사의 과정을 정지시킬 수 있었다.(284쪽) 이처럼 당은 텔레스크린으로 인민들의 일상생활을 감시할 뿐만 아니라 신어와 이중사고를 통해 언어와 사고방식을 바꿈으로써 영구적인 지배체제를 확립하고 있다.

줄리아와 함께 애정부로 끌려간 윈스턴은 오브라이언에게 고문을 받는 과정에서 "당이 진실이라고 하는 건 진실"이며, "당의 눈을 통해 보는 것 이외에 달리 현실을 볼 수 있는 방법이 없"다는 사실을 새삼 깨닫는다. 오브라이언은 윈스턴으로 하여금 자신의 생각을 통제하여 이중사고를 하도록 무자비한 고문을 가한다.

"기억하나?" 그가 말을 이었다. "자네가 '자유는 2 더하기 2는 4라는 걸 말할 수 있는 자유다.'라고 일기에 적었던 걸 말이야."

"기억합니다." 윈스턴이 말했다.

오브라이언은 왼손을 들어 윈스턴에게 손등을 보이며 엄지를 감추고 나머지 네 손가락을 폈다.

"내가 손가락을 몇 개 펴고 있지, 윈스턴?"

"네 개입니다."

"당이 이게 네 개가 아니라 다섯 개라고 한다면, 그럼 몇 개지?"

"네 개입니다."(327쪽)

윈스턴의 말이 끝나자마자 오브라이언은 전기 고문의 강도를 높인다. 그러고는 반복하여 묻는다. "손가락이 몇 개지, 윈스턴?" "모르겠습니다. 모르겠어요. 전처럼 대답하면 동무는 날 죽일 거예요. 넷, 다섯, 여섯, 솔직히 말하면 정말 모르겠어요." 윈스턴은 절규하지만 오브라이언이 원하는 대답이 아니다. 2 더하기 2는 때로는 4이고, 때로는 5이다. 3일 때도 있고, 때로는 3, 4, 5 모두일 수도 있다.(329쪽) 오브라이언은 윈스턴이 당이 요구하는 이중사고, 즉 '온전한 정신'(329쪽)을 가져야 한다. 다시 말하여, 그의 '머리가 깨끗해지는 상태'인 '치료'(331쪽)가 끝나야 오브라이언은 비로소 고문을 멈출 것이다. 이중사고를 통하여 윈스턴을 치료하는 목적에 대해 오브라이언은 말한다.

우리는 소극적인 복종이나 비굴한 굴종에는 만족하지 못해. 자네가 우리에게 투항한다면 그건 반드시 자네 자유 의지에서 나온 것이어야 해. 우리는 이단자가 저항한다고 파멸시키지 않아. 그가 우리에게 저항하는 한 절대로 파멸시키지 않는다고. 우리는 그를 전향하게 하고, 뼛속까지 바꾸어버려. 새로운 사람이 되게 하지. 그에게서 모든 죄와 착각을 태워버린다네. 우리는 그를 우리 편에 서게 하네. 겉만 그런 게 아니라. 마음속으로 열과 성을 다해 우리 편이 되게 한다고. 그를 우리 편으로 만든 다음에 비로소 그를 죽이지. 세상 어디든 잘못된 생각이 존재하는 건 용납할 수 없어. 그게 얼마나 숨겨져 있든 또는 얼마나 무력하든 우리는 참아줄 수 없어. 그가 죽는 순간까지도 우리는 일탈을 용납하지 못해. 옛날에 이단자는 화형대로 걸어가더라도 여전히 마음속으로는 이단자였고, 자신의 이단을 선포하고 그것을 뽐냈지.(334쪽)

"그가 죽는 순간까지도 우리는 일탈을 용납하지 못해."오브라이언의 이 말은 두려움을 넘어 섬뜩한 광기마저 느끼게 한다. 이중사고를 통한 인민들의 사상통제는 전체주의 국가와 독재정권이 즐겨 쓰는 수법이다. 한국 민주주의의 발전 과정에서도 이와 유사한 사례가 있으니 바로 사상전향제도이다.

정치적 신념이나 종교적·도덕적 확신을 동기로 하는 범죄를 행하여 투옥·구금되어 있는 사람을 사상범 또는 양심수라고 한다. 사상전향제도는 사상범 또는 양심수의 재범을 근원적으로 방지하기 위하여 수형자의 신념과 확신을 포기하도록 강제하는 것을 말한다. [166]

이 제도의 기원은 일제강점기로 거슬러 올라간다. 1936년 일제는 「조선사상범보호관찰령」을 제정하여 조선에서 일본제국에 반대하는 일체의 사상을 탄압하고 사상범을 감시하였다. 이 법은 치안유지법 위반자 중 형의 집행이 종료되었다고 할지라도 지속적으로 보호관찰처분을 내릴 수 있다고 정하고 있다. 형식적으로는 보호관찰을 통해 재범을 막기 위한 목적이라 설정하고 있지만 실질적으로는 독립투사들을 사상범으로 간주하고 조선독립운동을 사전에 억제하기 위한 목적을 가지고 있었다.

'악법 중의 악법'이라고 할 수 있는 이 법은 해방 후 이승만 정권에 의해 국가보안법 제12조의 '보도구금'으로 대체되어 화려하게 부활한다.(1949년) 그 후 이 제도는 「가석방심사규정」(1956년) → 「좌익수형자 동태 보고에 관한 건」(1956. 4. 6.) → 「공산주의 포회(抱懷) 수형

---

166) *https://www.humanrights.go.kr/hrletter/09081/pop06.htm*(방문일: 2020. 12. 1.)

자의 교정 교화에 관한 건」(1958년) → 「좌익 수형자 사상전향 심사방안」(1969년) → 대전, 광주, 전주, 대구 4개 교도소 내 '사상전향 공작반' 설치(1973. 6.) 등으로 확대, 강화되었다. 사상전향은 주로 북한의 남파공작원이나 좌익 사상범 및 양심수 등을 대상으로 하였다. 유신독재가 시작되면서 사상전향은 반강제적 내지는 폭력적인 방식으로 행해졌으며, 전두환 체제까지 이어졌다. 1987년 6.29선언을 하면서 집권한 노태우 정부도 사상전향제도를 그대로 유지하였다. 1998년 김대중 정부가 들어서면서 그해 7월 이 제도를 공식적으로 폐지하고 준법서약제도로 변경하였다. 하지만 이 제도도 헌법이 보장하고 있는 개인의 양심의 자유를 중대하게 제약한다는 이유로 많은 비판을 받았으며, 2003년 7월 노무현 정부에 의해 공식 폐지되어 역사 속으로 사라졌다.

1990년대 후반 인터넷이 활성화되면서 개인은 *SNS*를 통해 자신의 의견이나 생각을 활발하게 알리고 공유하고 있다. 정보화사회에서 개인의 자유롭고 창의적인 사고활동에 대한 국가의 통제력은 약화되었을까. 혹은 현대사회에서 이중사고는 강제될 여지가 전혀 없다고 단정할 수 있을까. 조지 오웰이 『1984』에서 그리는 모든 상황이 현실에 그대로 들어맞는다고 할 수는 없다. 하지만 국가보안법과 보안관찰법이 현행법으로 건재한 현실에서 국가가 이중사고를 통해 개인의 사상을 관리하고 통제할 수 있는 여지가 완전히 사라진 것은 아니다. 이를테면, 당은 오세아니아의 공용어로 신어(*Newspeak*)를 만들었는데, 이 언어는 *Ingsoc*(*English Socialism*; 영국사회주의)의 사상적인 욕구에 부합하고자 창안된 것이다.(387쪽) 조지 오웰은 『1984』에 「신어의 원칙」을 부록으로 첨부하고, 신어의 창제 목적과 그 사용법에 대해 상세하게 설명하고 있다.

당이 신어를 만든 목적은 *Ingsoc*의 헌신적인 추종자에게 적합한 세계관과 심적 습관을 표현하는 수단을 제공하고, 궁극적으로는 다른 모든 사고방식을 배제하도록 유도하는 것이다. 신어가 최종적으로 받아들여지고 구어가 잊히면 적어도 인간의 사상이 단어에 의존하는 한 이단적 사상, 즉 *Ingsoc*의 원칙에서 벗어나는 사상은 문자 그대로 생각조차 할 수 없게 된다.(387~388쪽) 이것이 바로 신어의 의도인데, 텔레스크린 및 이중사고와 결합하여 인민들의 일상생활과 생각, 그리고 언어습관마저 완벽하게 통제된다.

신어는 영어를 토대로 만들었는데, 당원이 가지고 있는 생각의 폭을 간명하게 축소하도록 디자인된 언어체계이다. 한마디로 단어 선택을 최소한도로 줄여 당원으로 하여금 복잡한 생각을 하지 못하도록 하는 것을 목적으로 한다. 이 목적을 달성하기 위해 「신어의 원칙」은 어휘 구성에 중점을 두고 어휘를 아래 문법적 특성에 따라 *A* 어휘, *B* 어휘, *C* 어휘의 세 그룹으로 나누고 있다.(389~400쪽)

> *A* 어휘 일상생활 중의 여러 가지 용무에 필요한 단어들로 구성된다. 먹고, 마시고, 일하고, 옷을 입고, 계단을 오르내리고, 차를 타고, 정원을 가꾸고, 요리하는 등의 행위에서 필요한 어휘이다. 이는 우리가 전에 이미 보유하던 거의 모든 단어로 구성되었다. *A* 어휘를 문학적, 정치적, 철학적 논의를 목적으로 활용하는 건 불가능하다. 이것은 보통 구체적인 물건이나 신

체적 행동에 관련된 단순하고 목적이 분명한 생각만 표현하도록 의도된 어휘이다.

B 어휘 정치적 목적을 위해 의도적으로 만든 단어로 구성된다. 이 어휘에 속한 단어들은 어느 때나 정치적인 영향을 미칠 뿐만 아니라, 그 단어를 사용하는 사람에게 바람직한 심적 태도를 강제하려는 의도를 갖고 있다. 이런 단어들을 정확히 활용하려면 *Ingsoc*의 원칙을 온전히 이해해야 한다.

C 어휘 다른 어휘를 보충하며 전부 과학적이고 기술적인 단어이다. *C* 어휘에 속한 단어들은 오늘날 활용되는 과학적인 용어와 유사하고, 같은 어근을 활용하여 만들어졌지만 뜻을 엄격하게 규정하고 바람직하지 못한 의미를 제거하고자 일상적으로 관리를 받는다. *C* 어휘 단어가 일상 언어나 정치적 언어에 통용되는 건 극소수에 불과하다. 실제로 '과학(*Science*)'이라는 단어는 신어에 없다. 그것이 내포하는 의미는 무엇이 되었든 이미 '*Ingsoc*'라는 단어로 충분히 다뤄지기 때문이다.

어휘를 세 그룹으로 나누고 최소한도로 줄인 이유에 대해 「신어의 원칙」은 이렇게 밝히고 있다.

당원이 적합하게 표현하고자 하는 모든 뜻을 정확하게 아주 정교하게 표현하고, 동시에 다른 모든 뜻, 그리고 간접적인 방식으로 당원에게 전달되는 의미의 가능성을 배제하도록 구성된 것이 신어의 어휘이다.

어휘 구성은 부분적으로 새로운 단어를 발명하여 달성한 것도 있지만 주로 "바람직하지 못한 단어를 제거하"거나 이단적인 뜻이 남아있는 단어에서 이차적인 뜻이 무엇이든 "모조리 제거함"으로써 달성되었다. 따라서 신어의 어휘 정책은 당원의 의사소통에 도움을 주기 위한 것이라고 밝히고 있지만 사실은 '불변하는 당'의 지침에 적합하지 않은 어휘와 사고를 '모조리 제거'하기 위함이다. 신어에도 여전히 자유로운(*free*)이라는 단어는 존재한다. 하지만 이 단어는 "이 개는 이가 없다(*This dog is free from lice*)."나 "이 밭은 잡초가 없다(*This field is free from weeds*)."와 같은 표현에서만 활용될 수 있을 뿐이다.(388쪽)

오세아니아의 신어정책은 군사정권 시절 적용되던 납본필증제도와 보도지침을 떠올리게 한다. 전자는 모든 도서에, 후자는 언론기사의 사전검열로 악용되고 있던 제도이다.

당시 모든 도서간행물은 납본필증을 교부받아야 시판할 수 있었다. 사실상 검열기구인 간행물심의위원회에서 배포 직전 단계의 간행물을 제출받아 사전 심사·검열하고, 납본필증의 교부 여부를 정했다. 심의에 통과된 해당 도서의 여백에 '납본필' 인을 찍어주고 납본필증을 교부하였다. 필화를 겪은 염재만의 소설 『반노』를 사례로 들면, 인쇄 전 재교 원고를 미리 담당 심의관에게 은밀히 보여 고칠 대목은 아예 수정을 가하여 '구두 오케이'를 받아낸 뒤 인쇄에 들어가는 식으로 하여 납본필증의 문제를 해결하였다.[167]

그리고 신문사와 방송사 등 언론기관에 대해서는 '보도지침'을 통

---

167) 채형복, 『법정에 선 문학』, 앞의 책, 79쪽.

해 사전 검열하였다. 제5공화국 시기 문화공보부 홍보정책실은 언론사 기사통제를 위한 가이드라인을 작성하여 언론사에 협조 요청을 했는데, 이것이 바로 '보도지침'이다. 외관은 협조의 형식을 띠었지만 실질은 정권의 입맛에 맞지 않은 기사는 사전에 검열하여 보도를 통제하기 위함이었다. 《말》지는 1986년 9월 6일 자 특별호에서 문화공보부가 각 언론사에 시달한 보도지침 584건을 폭로하였다. 이를 계기로 보도지침의 문제가 수면 위로 부상하여 사회적으로 큰 파장을 불러일으켰다. 정권은 안기부 등 공안기관을 통하여 언론사로 하여금 보도지침을 강제로 수용하도록 압박을 가하였다. 결과적으로 보도지침을 충실하게 수용한 언론사는 정권의 비호 아래 살아남아 성장할 수 있었으며, 언론과 표현의 자유를 비롯한 시민들의 기본권의 중대한 침해가 야기되었다.

오늘날 신어는 국가권력에 의해서만 만들어지지 않는다. 시대 상황에 따라 언어는 끊임없이 변화·변용하여 생기고 사라진다. 이러한 현상은 특히 컴퓨터가 보급되고 인터넷이 활성화되면서 확대되는 양상을 띠고 있다. 소위 '인터넷 신(조)어'는 누리꾼(네티즌) 사이에서 빠르게 생성되고 소멸한다. 부모의 사회적 지위나 경제적 수준에 따라 청년세대의 소득이나 생활환경이 다른 상태를 뜻하는 '금수저·흙수저'와 같은 말은 물론 '급식충'과 같이 학교에서 급식을 먹는 10대 청소년을 비하하는 표현은 모두 인터넷 환경 아래 생겨난 것이다. 누리꾼들은 기존의 언어를 비틀고, 합치고, 줄이고, 새로 만드는 등의 방법으로 그들만의 고유한 신어를 '창제'한다. 표준어는 모든 국가가 추진하는 핵심정책의 하나이다. 이 정책을 통해 국가는 권력

행사의 정당성과 효율성을 확보하고, 인민의 사상을 단일화하고, 통일시킬 수 있는 기반을 마련한다. 표준어라는 '단일언어정책'은 국가가 행사하는 독점 권력인 셈이다. 그러나 이제 개인도 스스로 신어를 '창제'함으로써 국가의 통제권에서 벗어나고 있다. 심지어 개인은 문자뿐 아니라 이모티콘을 만들어냄으로써 표준어 사전이 가진 의미를 무력화시키고 있다. 이런 현상은 문제가 없을까.

인터넷 신조어가 늘어나면서 젊은 세대마저도 신어를 이해하지 못하는 모습은 전혀 낯설지 않다. 처음에는 서로 대화(채팅)하고 게임을 하면서 좀 더 빠르고 효율적으로 의사소통을 할 목적으로 신어를 만들었다. 그런데 신어의 개수가 폭발적으로 늘어나면서 점차 그 의미를 알 수 없는 암호처럼 바뀌고 말았다. 마치 암호를 해독하기 위해 난수표를 봐야 하는 것처럼 신어를 이해하기 위해서는 별도의 '모음집'이나 '신어사전'을 참고해야 하는 상황이다. 서로의 소통을 위해 만든 신어가 반대로 소통을 어렵게 할 뿐 아니라 세대 간 혹은 집단 간 배제와 소외, 그리고 단절의 문제를 일으키고 있다. 오세아니아의 신어가 당이라는 국가권력에 의해 강제되는 것이라면 인터넷 신(조)어는 개인(집단)이 다른 개인(집단)을 대상으로 또 다른 유형의 정신적 강박의 수단으로 악용될 수 있다는 데 문제의 심각성이 있다.

「신어의 원칙」에서 조지 오웰은 말한다.

(미국 독립선언문의) 원본의 의미를 그대로 두면서 신어로 이 문장을 번역하는 건 불가능할 것이다. 가장 신어에 가깝게 번역하는 건 모든 문구를 사상죄(crimethink)라는 하나의 단어에 집어넣은 형태가 될 것이다. (402쪽)

오세아니아에서는 신어에 따라 셰익스피어, 밀턴, 스위프트, 바이런, 디킨스 등 과거의 많은 문학작품의 번역이 진행 중이다. 번역 작업이 완료되면, 그들의 원본은 "과거의 잔존한 다른 문학과 함께 사라질 것이다." 이 작업은 지난하고 오랜 시간이 필요하다. 이런 번역의 예비 작업에 충분한 시간을 주기 위해 신어의 최종 채택 시점은 "지금으로부터 한참 뒤인 2050년으로 결정"되었다.(403쪽) 물론 물리적 시간인 2050년은 아직 오지 않았다. 그 시간은 과거, 현재, 아니면 미래일 수도 있다. 이 지점에서 상상해 본다. 만약 국가가 아니라 개인(혹은 우리)이 인터넷 신(조)어만으로 문학작품을 비롯한 대부분의 텍스트를 번역하면 어떤 일이 일어날까. 빅브라더는 국가일까, 아니면 개인 혹은 우리들일까. 어쩌면 2050년에는 개인이 개인을 감시하고 통제하는 전체주의 사회가 도래할지도 모른다.

네 번째 장치: 고문

당이 인민을 통제하는 강력한 수단 중 하나는 고문이다. 고문은 인간이 인간에게 행하는 가장 잔인하고 극악한 폭력행위이다. 일찍이 유엔도 범세계적으로 행해지는 고문을 금지하기 위하여 1984년 12월 10일 제39차 총회에서 「고문 및 그 밖의 잔혹한·비인도적인 또는 굴욕적인 대우나 처벌의 방지에 관한 협약」(*Convention against Torture and Other Cruel, Inhuman or Degrading Treatment or Punishment*; *CAT*, 고문방지협약)을 채택하였으며, 1987년 6월 26일 자로 발효하였다.

고문방지협약에 의하면, 고문이란 "공무원이나 그 밖의 공무 수행자가 직접 또는 이러한 자의 교사·동의·묵인 아래, 어떤 개인이나 제3자로부터 정보나 자백을 얻어내기 위한 목적으로, 개인이나 제3자가 실행하였거나 실행한 혐의가 있는 행위에 대하여 처벌을 하기 위한 목적으로, 개인이나 제3자를 협박·강요할 목적으로, 또는 모든 종류의 차별에 기초한 이유로, 개인에게 고의로 극심한 신체적·정신적 고통을 가하는 행위"를 말한다.(제1조 1항 전단) 따라서 전쟁 상태, 전쟁의 위협, 국내의 정치 불안정 또는 그 밖의 사회적 긴급상황 등 어떠한 예외적인 상황이라 할지라도 고문은 정당화되지 않는다.(제2조 2항) 또한 상관이나 당국의 명령이라 어쩔 수 없이 고문을 할 수밖에 없다는 사유를 들어 고문을 정당화하는 것도 허용되지 않는다.(제2조 3항) 국가에 대한 의무면제(derogation)뿐 아니라 개인에게도 일체의 예외를 인정하고 있지 않다.

그러나 고문을 금지하고 있는 고문방지협약과 『1984』의 상황은 판이하게 다르다. 사상경찰에 잡혀온 윈스턴은 '어떤 장소'에 감금된다. 소설은 그가 감금된 장소의 묘사를 통하여 윈스턴이 겪어야 할 불안하고 고통스런 미래를 암시하고 있다.

그는 자신이 붙잡혀 온 곳이 어디인지 알지 못했다. 애정부로 짐작되었지만 확신할 길이 없었다. 그는 천장이 높고 창문이 없는 감옥에 있었는데, 벽은 반짝이는 흰색 타일이 발라져 있었다. 가려진 전등이 차가운 빛을 가득 발산했다. 어디선가 낮게 계속 윙윙거리는 소리가 들렸는데, 공기를 공급하는 장치에서 나는 소리 같았다. 문이 달린 벽 부분을 제외하고 벽 주위엔 간신히 앉을 정도인 벤치(혹은 선반)가 있었고, 문의 반대쪽 끝엔 판자 깔개도 없는 수세식 변기가 있었다. 벽마다 하나씩 모두 네 개의 텔레스크린이 설치되어 있었다.(298쪽)

구치소를 떠나 자신이 끌려와 있는 음습하고 으스스한 분위기를 풍기는 이 장소가 어디인지, 며칠이 지났는지, 몇 시쯤 되었는지 윈스턴은 알 길이 없다. 어느 순간 밖이 환한 대낮이라는 생각이 들다가 바로 다음 순간 칠흑 같은 밤이 확실하다는 생각이 들었다. 그제야 그는 "이 장소에서 빛이 사라지는 일은 절대로 없을 것"임을 본능적으로 안다. 이곳은 '어둠이 없는 곳'인 까닭이다. 그는 이제 왜 오브라이언이 '어둠이 없는 곳'이라는 말을 했는지 그 이유를 알 것만 같다.(303쪽) 하지만 때는 늦었다. 잠시 후 문이 열리고 오브라이언이 들어왔다. 그와 함께 무차별적인 구타가 시작되었다. 윈스턴은 생각했다. "고통 앞에서 영웅이란 있을 수 없다."(315쪽) 구타당한 다음에는 예비심문이라는 형식적 절차를 띤 고문이라는 '진짜 절차'가 기다리고 있었다.

그는 간이침대 같지만, 그보다는 땅에서 더 높게 올라온 뭔가에 누워 있다. 뭔가가 그의 몸을 고정시키고 있어서 그는 움직일 수 없었다. 얼굴에 비추는 빛은 평소보다 더 강한 것 같았다. 오브라이언은 그의 옆에 서서 골똘히 그를 내려다보고 있었다. 그의 반대쪽엔 피하 주사기를 든, 하얀 가운을 입은 남자가 한 명 서 있었다.(316쪽)

이 장면은 우리에게도 너무나도 익숙하다. 영화 〈남영동 1985〉는 안기부 산하 '남영동 대공분실'에서 자행된 고문의 실체를 적나라하게 폭로하고 있다. 윈스턴이 누워있는 간이침대는 칠성대로 불렸다. 고문 기술자들은 '빨갱이들'로 불리는 민주인사와 학생들을 군용 모포로 둘둘 말아 눕히고는 몸을 움직일 수 없게 그 위에 물을 부었다. 그런 연후 그들은 물고문, 전기고문, 고춧가루고문 등 인간이 상상할 수 있는 모든 방법을 사용하여 고문을 했다. 더욱 가증스런 사실은 일제강점기 일본경찰(일경)이 독립투사들을 고문하던 방식을 답습하고, 그들 나름의 방식으로 개량하여 고통을 극대화시켰다는 점이다.

이 영화의 원작은 고 김근태 민주통합당 상임고문(이하 '김근태')이 쓴 『남영동』이다. 이 책에서 김근태는 1985년 남영동 대공분실에서 22일 동안 자신이 고문당했던 사실을 수기 형식으로 고발하고 있다.

김근태는 건물 왼쪽 맨 끝방인 5층 15호실로 끌려가 칠성대에 눕힌 채 십여 차례에 걸쳐 물고문과 전기고문을 받는다. 그가 묘사하는 칠성대의 모습은 이러하다.

세면대보다 약간 높고 남자 팔뚝 굵기의 각목 4개가(어쩌면 5개인지도 모르겠습니다) 사람 키보다 약간 큰 길이로 펼쳐지고요. 앞부분은 경사져서 세면대에 착 밀착시킬 수 있도록 되어 있습니다. 그 위에 담요가 깔려 있고요. 사람이 눕혀지면 담요로 싼 다음에 그 바깥을 줄로 꽁꽁 묶어 버리는 것입니다. 담요로 몸을 감싸는 것은 몸에 상처가 날까 봐 그러는 것입니다. 상처가 남겨진다면 그것은 곤란한 문제를 야기할 수도 있으니까요. 고문당하는 사람을 위해서가 아님은 두말할 나위 없습니다. 담요 바깥을 묶는 줄은 군대 허리띠 같은 것으로, 그것도 상처 자국이 남지 않도록 선택된 것이 분명합니다. 발목, 무릎 위, 허벅지, 배, 가슴까지 5군데를 묶습니다. 완전히 묶여서 꼼짝할 수가 없었습니다. 그러나 머리는 움직일 수 있습니다. 머리를 움직이지 못하면 곧 상처가 날 테니까요. 고문의 증거로 남을 터이고요. 하지만 머리의 절반 내지 2/3 정도는 받쳐지지 않도록 해서 뒤로 젖혀지도록 고안되어 있습니다. 이것은 물고문할 때 효과적으로 고통을 가할 수 있도록 하기 위해서입니다. 기를 쓰고 움직이면 발목 아랫부분과 팔꿈치를 약간씩 비틀 수 있습니다. 물론 눈을 가린 채이고요.

칠성대 위에 올려 눕혀진 나는 순식간에 완전히 결박되었습니다.(57~58쪽)

칠성대의 모습은 윈스턴이 고문당하고 있는 간이침대와 끔찍할 정도로 닮아있다. 어쩌면 남영동 대공분실의 고문 기술자들은 『1984』의 간이침대를 참고하여 개량한 형태로 칠성대를 고안했는지도 모를 일이다. 과학의 외피를 입은 고문의 기술도 인간에게 가장 잔혹하고 고통을 극대화하는 방향으로 진보했다는 현실에 서글픔을 넘어 분노가 치밀어 오른다. 김근태의 증언에 따르면, 처음에는 누구나 저항을 한다. 그러나 이미 결과는 예정되어 있다. "고문자들의 요구에 굴복하는 것, 그것뿐"이다.(75쪽) 김근태의 이 말은 윈스턴에게도 한 치의 오차도 없이 들어맞는다.

그의 유일한 관심사는 자백하길 바라는 걸 먼저 알아내고 새로운 괴롭힘이 시작되기 전에 빠르게 그걸 자백하는 것이었다. 그는 저명한 당원

암살, 폭동 선동 소책자 배급, 공적 자금 횡령, 군사 비밀 거래, 온갖 종류의 사보타주를 자백했다. 그는 자신이 1968년부터 이스터아시아 정부의 지원을 받고 간첩 노릇을 했다고 자백했다. 또한 자신이 독실한 신자이며, 자본주의 숭배자이자 성도착자라고 자백했다. 그와 심문자들은 틀림없이 그의 아내가 여전히 살아 있다는 걸 알았지만, 그는 자기가 아내를 죽였다고 자백했다. 또한 오랜 세월 골드스타인과 사적으로 연락했으며, 자신이 지하 조직의 일원이며 그가 아는 거의 모든 사람이 거기에 가담했다고 자백했다. 모든 사람이 연루되었다는 걸 자백하는 일은 사실대로 자백하는 것보다 더 쉬웠다. 게다가 어떤 면에서 보면 그건 전부 사실이었다. 그가 당의 적이었다는 것도 사실이었고, 당의 시각에서 볼 때 사람의 생각과 구체적 행동은 별 차이가 없었다.(319쪽)

아무리 윈스턴이 자백하고 사실을 말해도 고문을 가하는 오브라이언은 만족하지 않는다. 전기고문의 강도를 높이면서 윈스턴에게 요구한다. "진실을 말하게, 윈스턴. 자네가 생각하는 진실을 말해. 어떻게 기억하고 있는지 말해 보게."(323쪽) 오브라이언은 윈스턴에게 이중사고를 통해 그를 전향하게 하고, 뼛속까지 바꾸어버려 '새로운 사람'이 되도록 요구한다. 오브라이언의 표현을 빌리면, 윈스턴은 '머리가 깨끗해져야' 하는 것이다.(334쪽) 윈스턴은 이제 회복되기 위해 거쳐야 하는 '학습, 이해, 수용'의 세 단계 중 첫 번째 단계를 마쳤다. 두 번째 단계로 들어가기 전 그는 치명적인 실수를 한다. 다름 아닌 "101호실에 무엇이 있습니까?"라는 질문을 해버린 것이다. 얼굴 표정에 전혀 변화가 없이 무미건조하게 오브라이언이 답했다.

"101호실에 무엇이 있는지 자네는 이미 알고 있어, 윈스턴. 모두가 101호실에 뭐가 있는지 알아."(341쪽)

2단계 치유단계에 들어서자 고문의 강도도 훨씬 약해지고, 오브라이언도 윈스턴의 대답에 대해 한결 부드러운 태도를 취한다. 1단계에서 참기 힘든 고문을 견디면서도 윈스턴은 자신이 가지고 있는 마지막 신념은 버리지 않는다. "저는 줄리아를 배신하지 않았습니다." 오브라이언도 그의 말을 순순히 인정한다. "맞아, 그건 정말 맞는 말이군. 자네는 줄리아를 배신하지 않았어."(357쪽)

이제 윈스턴은 소위 신어로 죄중단을 연습하고 있다. 죄중단이란 위험한 생각이 저절로 떠오를 때마다 윈스턴 자신이 스스로 차단시킬 수 있을 정도까지 정신을 통제하는 것을 말한다. 이 과정은 자동적이고 본능적이어야 한다. 예를 들어, "당은 지구가 평평하다고 한다." "당은 얼음이 물보다 무겁다고 한다." 등의 명제를 스스로에게 제시하고 그것을 반박하는 주장을 듣지도, 이해하지도 않도록 훈련해야 한다. "2 더하기 2는 5"라는 산술적 문제와 결부된 진술의 경우에는 일종의 정신적 둔갑술이 필요했다. 이런 정신적 능력을 얻기 위해서는 "우둔함이 지성만큼이나 필요했는데, 그것은 지성 못지않게 얻기 힘든 것이었다."(363쪽)

오브라이언은 "자네는 개선되고 있어."라며 치유의 마지막 3단계인 수용 절차에 들어가기 전 윈스턴에게 마지막 질문을 던진다.

"어서 말해보게. 자네가 빅브라더에게 품는 진짜 감정이 어떤 건지."
"전 그를 증오합니다."

"그래, 그분을 증오하는군. 좋아. 이제 자네가 마지막 단계를 거칠 때가 되었어. 자네는 반드시 빅브라더를 사랑해야 해. 그분께 복종하는 것만으로는 충분하지 않아. 그분을 반드시 사랑해야 돼."

그는 윈스턴을 놓아주며 간수들 쪽으로 살짝 밀었다.

"101호실로." 그가 말했다.(367~368쪽)

윈스턴이 느끼기에 101호실은 건물의 가장 밑바닥 지하 몇 미터 아래에 있는 방이다. 그는 의자에 똑바로 앉은 채 가죽끈에 묶여 있었다. 패드 같은 것이 그의 머리를 뒤에서 꽉 붙잡았으므로 머리조차 움직이지 못했다. 그는 오로지 정면만 쳐다볼 수 있었다. "세상에서 101호실보다 더 지독한 곳은 없다."라는 말로 오브라이언은 회복의 마지막 3단계 수용을 위한 심문을 시작한다. 문이 열리면서 간수가 철사로 만든 바구니 같은 물건을 들고 들어와 그것을 탁자에 내려놓았다. "이 세상에서 최악의 것은… 개인마다 다른 법이지."라고 하면서 오브라언이 말했다. "하지만 어떤 사람은 별로 치명적이지도 않은 아주 사소한 것을 최악으로 여기지. 자네가 세상에서 최악으로 여기는 건 쥐였지."(369쪽)

쥐를 보자마자 윈스턴은 극심한 두려움과 전율에 사로잡혔다. 윈스턴의 일거수일투족은 물론 이미 그의 사고마저 훤하게 들여다보고 있는 오브라이언은 윈스턴의 치명적 약점이 쥐라는 것을 알고 있었다. "쥐도 마찬가지야. 자네에겐 견딜 수 없는 것이지. 버티고 싶더라도 도저히 버틸 수 없는 압력의 한 형태가 자네에겐 쥐라는 거야. 자네는 당이 자네에게 요구하는 일을 하게 될 걸세." 오브라이언의 이 말 한마디로 이미 승패는 끝난 셈이다. "그래서 대체 그게 뭡니까, 뭐냐고요? 그게 뭔지 모르면 제가 어떻게 할 수 있겠습니까?" 윈스턴의 절규는 아무런 소용이 없다.(370쪽) 오브라이언이 버튼을 누르자 쥐를 가둔 우리의 문이 하나씩 열리고 찍찍거리는 소리를 내며 쥐는 점점 윈스턴의 얼굴로 다가왔다. 공포에 질린 상태에서도 윈스턴은 한 가지 생각을 놓지 않았다. 목숨을 구하려면 단 한 가지 방법밖에 없었다. 반드시 다른 사람, 다른 사람의 몸을 자신과 쥐 사이에 끼워 넣어야 했다. 자신과 쥐 사이에 끼워 넣을 수 있는 하나의 몸뚱이가 있었다. 그는 미친 사람처럼 연달아 소리쳤다.

줄리아에게 해요! 줄리아에게! 제가 아니라 줄리아에게! 줄리아에게 무슨 짓을 하든 상관하지 않아요. 얼굴을 찢고 뼈까지 드러나게 하라고요. 내가 아니라 줄리아에게! 내가 아니라!(373쪽)

줄리아를 밀고하고, 자신의 책임을 전가한 윈스턴은 살아남는다. 치유와 회복을 위한 모든 단계를 거친 그의 머리는 깨끗해지고, 드디어 새사람으로 거듭난다. 출옥한 어느 날 윈스턴과 줄리아는 서로 만나 이야기를 나누지만 본능적으로 당은 이제 그들의 행동에 거의 관심을 보이지 않는다는 걸 알고 있다. 그들은 완전히 개조되었고, 당에 아무런 위협도 가할 수 없기 때문이다.

오브라이언이 윈스턴에게 가한 쥐를 이용한 고문은 중국과 유럽 등 일부 고대국가의 사형 방법 중 하나였다. 죄인을 움직이지 못하게 묶고 굶긴 쥐를 가둔 상자를 올려두고는 뚜껑에 열을 가한다. 쥐는 주위가 뜨거워지면 땅을 파고들어 가는 습성이 있다. 뚜껑이 뜨거워지면 쥐는 미친 듯이 죄인의 배를 파먹는다. 고대에서 중세에 이르기까지 고문은 자백을 받아내기 위한 합법적 수단이었다.

이 소설에서 조지 오웰은 고대 중국에서 사용되던 쥐고문을 불러내고는 윈스턴을 치유하기 위한 마지막 수단으로 활용한다. 사람은 누구나 '이 세상에서 최악의 것'이 있다. 사람마다 최악으로 느끼는 것은 다를 수 있다. 특히 어떤 사람은 '별로 치명적이지도 않은 아주 사소한 것'을 최악으로 여기는 치명적 약점을 가지고 있을 수도 있다. 하지만 그 약점을 악용하는 사회와 그것을 허용하는 사회는 하늘과 땅만큼의 차이가 있다. 혹자는 "사소한 것에 목숨 걸지 마라"고 한다. 하지만 우리는 누구나 사소한 것에 목숨 걸 수 있어야 한다. 자유롭고 평등한 사회라면 사소한 것에 목숨 걸지라도 그것을 최악으로 여기지 말아야 한다.

인간이 인간을 지배하는 모든 형태의 권력 거부: 사회주의적 아나키즘을 향하여

소설 『1984』에서 조지 오웰은 구소련을 모델로 전체주의 국가사회의 모순을 신랄하게 비판하고 있다. 오웰은 그 비판의 근거로 빅브라더, 이중사고와 함께 '2 더하기 2는 5'라는 산술식을 활용한다. 특히 '2 더하기 2는 4(2+2=4)'라는 너무나 당연한 명제는 '2 더하기 2는 5(2+2=5)'라는 허무맹랑한 거짓에 의해 전복된다. 아래 러시아 예

술가 *Yakov Guminer*의 포스터(1931년)에서 보듯이 1930년대 구
소련에서는 4년 안에 산업화 5개년 계획을 달성하자는 정치구호로
'2+2=5'라는 거짓명제를 사용했다. 즉, 이 구호를 내세워 인민들에
게 현실적으로는 도저히 도달할 수 없는 생산량을 목표로 제시하고,
이를 달성하도록 독려한 것이다. 『1984』에서 조지 오웰은 전체주의
를 비판하는 주요 논거의 하나로 이 명제를 활용했으며, 그 후 널리
회자되었다.

오웰이 이토록 전체주의를 비판하는 이유는 무엇일까? 그 몇 가지 논거를 제시하면 다음과 같다.

첫째, 『1984』는 오웰 자신의 경험에 바탕을 두고 있고, 또 그는 자신이 사회주의자임을 자처했다. 1904년에 태어난 오웰은 20세기 초 유럽에서 전개된 굵직한 역사적 사건을 직접 바라보고 경험하였다. 1914년 7월 28일 제1차 세계대전이 일어나 1918년 11월 11일까지 약 4년간 지속되었다. 이 전쟁은 유럽을 중심으로 한 세계대전으로 유럽전쟁(European War)으로 불리기도 했다. 전쟁이 끝나지도 않은 1917년 2월과 10월 러시아혁명이 일어나 세계 최초의 사회주의 국가가 성립되었다. 오웰은 인민(볼셰비키)들이 주체가 되어 일어난 러시아의 공산주의혁명을 지켜보면서 사회주의의 미래에 대해 낙관하였다. 오웰은 처음에는 러시아혁명을 지지한다. 하지만 정의와 평등의 겉옷 안에 인민들의 배고픔과 추위, 강제노동, 당 내부의 권력 투쟁과 정치적 억압 등에 환멸을 느끼고는 전체주의를 비판하는 입장으로 돌아선다.

또 그는 스페인내전에 참가하여 프랑코의 파시즘정권에 맞서 싸우기도 했다. 처음에는 종군기자로 스페인에 갔지만 이후 민병대원으로 전투에 참가하여 생사의 갈림길에서 도망하여 프랑스로 탈출한다. 오웰은 스페인내전에서의 경험을 『카탈로니아 찬가(Homage to Catalonia)』(1938년)에서 생생하게 담아내고 있다. 스페인내전에서 싸우는 동안 오웰은 파시스트정부를 독재정권으로 교체하려는 저항군에게 환멸을 느낀다. 「나는 왜 쓰는가」란 단편에서 오웰은 말한다. "스페인 전쟁과 1936~1937년의 기타 사건들은 정세를 결정적으로 바꿰놓았고, 그 이후 나는 내가 어디에 서 있는가를 알게 되었다.” 또 이어서 말하기를, “1936년 이후 내가 진지하게 쓴 작품들은 그 한 줄 한 줄이 모두 직접적으로나 간접적으로 전체주의에 〈반대〉하고 내가 아는 민주적 사회주의를 〈위해〉 쓰였다.”[168]

이처럼 러시아혁명과 스페인내전을 경험하면서 오웰은 좌파의 권위주의적 성향에 대해 매우 비판적 태도를 취한다. 1937년에서 1938년까지 구소련에서는 스탈린에 의해 무자비한 대숙청이 자행된다. ‘소련 대학살’이라고도 불리는 대숙청으로 공식적으로 60만 명이 넘는 사람들이 학살당한다. 스탈린정부(공산당)는 재판 절차 없는 처형, 비밀경찰에 의한 감시, 인민대중에 대한 무자비한 탄압과 수용소 감금 및 강제노동 등 공포와 독재정치를 감행하였다. 오웰은 전체주의로 타락한 사회주의의 부패에 분노했다. 그의 분노는 그 후 아돌프 히틀러에 의한 나치즘에 대한 신랄한 비판으로 이어진다. 오웰의 우려대로 1939년 9월 1일 새벽 시간에 히틀러의 나치 독일군이 폴란드를 침공함으로써 제2차 세계대전이 발발하였다. 그로 인하여 세계는 만 6년 동안 전화에 시달렸다. 오웰은 암울한 시대 상황과 개인 경험을 소설의 소재로 활용하여 『동물농장』과 『1984』를 썼다.

「나는 왜 쓰는가」에서 밝히고 있듯이 오웰은 자신이 쓰는 글이 ‘정치적’이라는 사실을 숨기지 않는다. 오히려 자신이 글을 쓰는 본질적 이유는 민주적 사회주의를 위한 것임을 강조한다. 오웰의 작업 동기

---

168) 조지 오웰(도정일 옮김), 「나는 왜 쓰는가」, 조지 오웰(도정일 옮김) 『동물농장』, 민음사, 2020, 141쪽.

와 이유는 그가 쓴 『동물농장』 우크라이나판 서문에 잘 드러나 있다.

> 지난 10년 동안(스페인 전쟁에서 소련의 대숙청 시기까지) 나는 사회주의 운동
> 의 재건을 위해서는 '소비에트 신화'를 파괴하는 일이 근본적으로 필요하
> 다고 확신하게 되었다.[169]

오웰은 글쓰기를 통해서 '소비에트 신화'를 파괴함으로써 '사회주의 운동의 재건'이라는 목표를 이루고자 한다. 이 목표는 그의 정치적 신념인 '민주적 사회주의의 건설'과 직결된다. 오웰은 자신이 사회주의자임을 자처하고 한 번도 이를 포기한 적 없다. 한마디로 그는 삶과 글이 완벽하게 일치하는 작가였다.

둘째, 오웰은 아나키즘에 깊이 빠져있었다. 오웰은 소설 외에도 『위건 부두로 가는 길』(1937년), 『카탈로니아 찬가』(1938년)와 같은 다수의 논픽션 작품을 썼다. 이 작품 속에는 그의 민중중심적인 사고가 강하게 반영되어 있는데, 그 저변을 이루고 있는 사상은 바로 아나키즘이다.

19세기 유럽에서 형성된 아나키즘은 "일체의 정치권력이나 공공적 강제의 필요성을 부정하고 개인의 자유를 최상의 가치로 내세우는 사상"이다. 이 정의에서 보듯이 아나키즘은 국가체제를 비롯한 일체의 정치권력이나 공공적 강제의 필요성을 부정한다. 아나키즘이 이토록 권력과 강제를 강하게 부정하는 이유는 바로 개인의 자유

---

169) 도정일, 「『동물농장』과 세계」, 조지 오웰(도정일 옮김), 『동물농장』, 위의 책, 154
쪽.

가 최상의 가치이기 때문이다.[170] 아나키즘이 지향하는 이 가치가 현실에서 어떻게 구현되고 있는가를 자신의 눈으로 보기 위해 오웰은 내전이 일어나고 있는 스페인에 간다.

스페인내전은 무력투쟁을 통한 아나키즘의 현실적 적용 사례라는 점에서 높이 평가되고 있다. 실제 이 내전에는 보수주의자는 물론 사회주의자, 공산주의자 및 아나키스트 등 다양한 정치적 입장을 가진 세력이 결집하여 각자의 이념을 위해 싸우고 충돌하였다. 오웰은 처음에는 종군기자로 취재차 스페인에 갔으나 그 후 자원하여 의용대원이 되어 전투에 참가한다. 의용대 조직은 형편없었으며 총알이 제대로 나가지도 않는 소총 하나만 들고 아라곤 전선에 배치받았다. 하지만 장교에서 사병까지 누구나 똑같은 대우를 받았으며, 계급으로 차별을 받지 않았다. 내전 초기 의용대에는 계급과 서열에 의한 차별 없는 평등한 대우로 서로 존중하고 협력하며 연대하는 아나키즘의 이상이 구현되고 있었다. 오웰은 이 당시의 상황을 『카탈로니아 찬가』에서 이렇게 증언하고 있다.

의용군 체제의 핵심은 장교와 사병 간의 사회적 평등이었다. 장군에서부터 사병에 이르기까지 모두가 똑같은 보수를 받았고, 똑같은 음식을 먹었고, 똑같은 옷을 입었고, 완전한 평등 관계를 유지하며 함께 생활하였다. 사단을 지휘하는 장군의 등을 툭 치며 담배 한 대 달라고 하고 싶으면, 그렇게 해도 무방했다. 아무도 그것을 이상하게 생각하지 않았다. 어쨌든 이론적으로는, 모든 의용군이 위계가 아니라 민주주의를 원칙으

---

170)   채형복, 『19세기 유럽의 아나키즘』, 앞의 책, 18쪽.

로 삼았다. 물론 명령에 복종해야 한다는 것은 알았다. 그러나 명령도 윗사람이 아랫사람에게 내리는 것이 아니라, 동지가 동지에게 하는 것임을 인식했다. 장교도 있고 하사관도 있었으나, 일반적인 의미에서의 군사적 계급은 없었다. 계급 명칭도, 계급장도, 뒤꿈치를 소리 나게 붙이며 경례를 하는 일도 없었다. 의용군 내에서 일시적이나마 계급 없는 사회의 산 표본을 만들어보려 했던 것이다. 물론 완전한 평등은 없었다. 그러나 평등의 수준은 내가 그때까지 보아온 모든 것 이상이었고, 또 내가 전시에 가능하리라고 생각했던 것 이상이었다.[171]

그러나 시간이 지나면서 아나키즘의 이상은 서서히 사라지고, 참여 세력은 갈등하고 분열한다. 전투에 참전했다가 오웰은 목에 관통상을 입고 겨우 목숨만 건진 채 프랑스로 도망한다.

스페인내전과 구소련 등에서 부당한 정치권력과 지배체제에 노출된 자신의 경험을 바탕으로 오웰은 『1984』에서 모든 인간성을 박탈하고 유린한 무소불위의 권력기구에 대해 첨예하게 비판하고 있다. 오브라이언의 입을 빌려 윈스턴에게 몇 번이나 반복하여 지배의 목적이 인민을 철저하게 복종시킴으로써 당 중심으로 권력을 집중시키고, 독재체제를 확립하는 데 있다는 점을 주시시킨다.

프롤레타리아는 절대 반란을 일으키지 못해. 천 년이 지나건, 백만 년이 지나건 마찬가지야. 그들은 그렇게 할 수 없어. 이유를 설명할 필요는 없겠지. 이미 자네도 알고 있으니까. 폭력적 반역을 꿈꾸고 그것을 소중히 여겼다면, 그 꿈은 반드시 버려야 해. 당이 전복당할 일은 절대 없어.

---

171)   조지 오웰(정영목 옮김), 『카탈로니아 찬가』, 민음사, 2001, 40~41쪽.

당의 통치는 영원해. 그걸 자네 생각의 출발점으로 삼게.(342쪽)

당은 전적으로 당을 위해 권력을 추구하지. 우리는 다른 이들의 행복에 무관심해. 우리는 오로지 권력에만 관심이 있네. 부, 사치, 장수(長壽), 행복에는 관심이 없어. 오로지 권력, 순수한 권력만이 우리가 관심을 두는 대상이네.(344쪽)

우리는 알아. 누구도 권력을 포기할 생각으로 권력을 잡지 않는다는 걸. 권력은 수단이 아니라 목적이네. 혁명을 보호하고자 독재 정부가 수립되는 게 아니라, 독재 정부를 수립하고자 혁명을 일으키는 거야. 박해의 목적은 박해야. 고문의 목적은 고문이지. 권력의 목적은 권력이고. 이제 내가 하는 말을 이해하겠나?

개인의 죽음은 그저 소모적인 것이어서 진정한 죽음이 아님을 왜 이해하지 못하나? 죽어버린 개인을 대체하는 개인은 얼마든지 다시 생겨나. 하지만 당은 그런 죽음을 당하지 않아. 당은 불멸이야.(351쪽)

오브라이언의 이 말들은 통치와 지배에 순응하는 개인(국민)을 원한다는 전체주의 국가권력의 속성을 여실히 드러내고 있다. 이 소설의 말미에는 빅브라더를 사랑하게 된 윈스턴과 줄리아가 다시 만나는 장면이 나온다. 서로는 서로를 배신할 수밖에 없는 상황을 이해하고는 헤어지면서 이렇게 말한다.

"우리는 꼭 다시 만나야 해." 그가 말했다.
"그래요." 그녀가 말했다. "꼭 다시 만나야죠."(380쪽)

이 약속은 실현될 수 있을까? 아니면 윈스턴과 줄리아가 인간으로서 품고 있는 따뜻한 희망의 메시지로 이해해야 할까? 이 소설은 윈스턴의 독백으로 끝난다.

> 하지만 괜찮았다. 모든 게 괜찮았다. 투쟁은 끝났다. 그는 자기 자신을 상대로 승리했다. 그는 빅브라더를 사랑했다.(386쪽)

그의 독백은 거대한 국가권력 앞에 무릎 꿇은 초라한 개인의 무기력한 모습을 여과 없이 드러내고 있다. 하지만 이 말에는 인간이 인간을 지배하는 모든 형태의 권력을 거부하고 부정하는 사회주의적 아나키즘을 향한 조지 오웰의 바람이 투영되어 있는 것은 아닐까? 아나키즘은 근본적으로 국가권력을 부정하고, 그에 불복종한다. 오스카 와일드는 말한다. "불복종은 인간의 원초적 덕목이다. 진보가 이뤄져 온 것은 바로 불복종을 통해서다. 그렇다. 불복종과 반란을 통해서다."[172] 빅브라더를 사랑할 수밖에 없는 강고한 독재체제 아래 그가 "그토록 오래 바랐던 총알이 뇌로 들어오고 있"는 순간에 윈스턴이 할 수 있는 마지막 말은 무엇일까? "나는 자기 자신을 상대로 승리했다." 비록 비겁하고 자조 어린 말일지라도 그는 이 말을 통해 인간으로서 가질 수 있는 최소한의 품위를 지키고 싶었는지도 모른다.

---

172) 채형복, 『19세기 유럽의 아나키즘』, 앞의 책, 21쪽

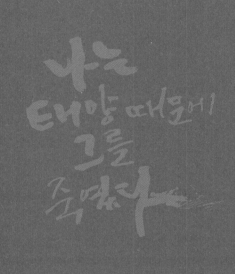

수혈 거부와 강제,
무엇이 아동을 위한 최선의 이익인가

———

이언 매큐언, 『칠드런 액트』
(2014년)

이언 매큐언(*Ian McEwan*, 1948. 6. 21.~)은 영국의 소설가이다. 그의 작품 전반을 지배하는 주제어는 인간의 병리적 심리상태인 '광기'라고 할 수 있다. 초기에 나온 대부분의 소설에서 매큐언은 살인, 근친상간 및 폭력 등 인간의 내면 깊숙이 자리한 광적인 심리상태에 대해 집요하게 파고든다. 그러나 1990년을 전후하여 그의 작품은 인간 내면의 광기에 현대 우화와 개인 심리에 내재한 병리 현상을 다루며 변화를 겪는다.

작품 배경과 줄거리

『칠드런 액트(*The Children Act*)』[173]는 2014년 8월에 출간된 이언 매큐언(*Ian McEwan*)의 열세 번째 장편소설이다. 이 소설은 당시 영국사회를 떠들썩하게 만든 '여호와의 증인'을 믿고 있는 미성년자의 수혈 거부 문제를 다루고 있다.[174]

매큐언은 영국 아동법상 보장되고 있는 아동의 이익 최선의 원칙에 비추어 종교적 신념에 따른 아동의 수혈 동의와 거부 문제를 주제로 삼고 흥미진진하면서도 예리한 필치로 그 핵심을 파고들고 있다. 실제 사례를 가공하여 쓴 이 소설에서 매큐언은 '여호와의 증인' 신자로서 수혈을 거부한 미성년자 애덤과 관련한 소송을 맡은 영국

---

173) 이 글의 인용문은 다음 책을 바탕으로 작성하였다. 이언 매큐언(민은영 옮김), 『칠드런 액트』, 한겨레출판, 2015, 295쪽
174) 본고는 다음 문헌을 재인용함. 졸고, "이언 매큐언의 소설 『칠드런 액트』에 나타난 법적 쟁점", 법학논고, 경북대 법학연구원, 제72집, 2021, 359~385쪽

고등법원 피오나 메이 판사의 이야기를 다루고 있다.

이 소설을 쓴 매큐언은 1976년 첫 단편소설 모음집 『첫사랑, 마지막 의식(*First Love, Last Rites*, 1975년)』으로 서머싯 몸상을 받으며 화려하게 문단에 데뷔한다. 그의 작품 전반을 지배하는 주제어는 인간의 병리적 심리상태인 '광기(*madness*)'라고 할 수 있다. 1978년에 발표된 『시트 사이에서(*In Between the Sheets*)』와 첫 장편소설 『시멘트 가든(*The Cement Garden*, 1978년)』, 그리고 『이방인의 위안(*The Comfort of Strangers*, 1981년)』 등 초기에 나온 대부분의 소설에서 매큐언은 살인, 근친상간 및 폭력 등 인간의 내면 깊숙이 자리한 광적인 심리상태에 대해 집요하게 파고든다. 그러나 1990년을 전후하여 그의 작품 경향은 변화를 겪는다.

하나는, 그가 기존에 즐겨 다루던 인간 내면의 광기에 현대 우화(*contemporary fable*)기법을 접목한 것이다. 그 전형적인 사례로 『암스테르담(*Amsterdam*, 1998년)』을 들 수 있다. 이 소설에서 작곡가, 신문사 편집장, 정치인 등 세 명의 남성은 옛 애인의 장례식에서 만나 말다툼을 벌인다.

다른 하나는, 기존의 소설이 광기를 중심으로 주로 개인의 심리에 내재한 병리 현상을 다뤘다면, 『시간 속의 아이(*The Child in Time*, 1987년)』부터는 특정한 정치·사회적 이슈를 소설의 소재로 즐겨 사용하고 있다. 그중에서 『칠드런 액트』는 『솔라(*Solar*, 2010년)』와 함께 매큐언의 최근 작품 경향을 여실히 드러내는 작품으로 평가받고 있다.

매큐언은 『칠드런 액트』의 제목을 영국 「아동법(*The Children Act*)」[175]

---

175) 영국 아동법 전문은, *http://www.legislation.gov.uk/ukpga/1989/41/*

에서 따왔다. 영국에서는 만 18세를 법적 성년으로 본다. 애덤은' 여호와의 증인' 신도이다. 그는 18세 생일을 3개월 남겨두고 있어 아직 미성년자이다. 당장 수혈을 받지 않으면 그의 생명이 위태로운 상황이지만 애덤이 성년이 되기 전에는 그의 부모가 수혈 여부를 결정한다. 그의 부모도 '여호와의 증인' 신도로서 종교상의 교리에 따라 아들의 수혈에 동의하지 않고 있다. 이 사건을 맡은 피오나 판사는 복지란 안녕과 분리할 수 없는 용어이며, 한 인간으로서 아동과 관련한 모든 것을 포함해야 한다고 생각한다.(25쪽) 또한 법정은 아동의 이익을 위한 개입이 부모의 종교 원칙에 어긋날 때 신중을 기해야 하지만 때로는 반드시 개입해야 하는 경우도 있다는 관점을 취하고 있다.(28쪽) 따라서 그녀는 애덤이 비록 미성년자라고는 해도 자신의 운명에 대해 직접 의사결정을 할 수 있는 능력이 있는가를 직접 확인하기 위해 애덤이 입원하고 있는 병실을 방문한다. 이 방문을 계기로 애덤과 피오나 사이에는 미묘한 관계가 형성된다.

위 줄거리에서 보듯이 이 소설은 '수혈 거부'라는 종교적 신념과 법적 판단을 둘러싸고, 과연 어떤 선택이 미성년자인 애덤을 위한 최선의 이익인가를 묻고 있다. 독자들의 이해를 돕기 위하여 『칠드런 액트』를 법률적으로 재구성하여 사실관계와 판결요지로 정리하고, 법적 쟁점이 무엇인가에 대해 검토한다.

contents(방문일: 2020. 12. 4.)

『칠드런 액트』의 법률적 재구성

사실관계

피청구인 미성년자 A는 희귀한 종류의 백혈병을 앓고 있어 긴급하게 수혈을 받아야 한다. A는 쇠약한 상태로 호흡부전의 초기 징후를 보이고 있다. 만일 A가 수혈을 받는다면, 그가 차도를 보일 가능성은 팔십에서 구십 퍼센트이나 현재 상태에서는 그 가능성이 훨씬 낮다는 것이 청구인 윈즈워스 이디스 캐벌 종합병원의 판단이다.

하지만 A는 '여호와의 증인' 신도로서 다른 사람의 피(혈액제제)를 받지 않아야 한다는 교리를 생명보다 소중히 여기는 신념을 가지고 있다. 종교상의 신념에 따라 그와 그의 부모는 수혈을 거부하고 있다. 이 부분만 제외하면 A와 그 부모는 병원이 제시하는 모든 치료법을 받아들이는 데 동의했다. 수혈을 하면 생존 가능성이 아주 높아지지만 수혈을 받지 않으면 A는 죽을 수도 있다. A 자신도 그 사실을 알고 있다.

의료진은 수혈 거부가 미성년자 A의 독자적인 결정이 아니라 부모와 자신이 신앙하는 종교단체인 '여호와의 증인'에서 강한 영향을 받은 것이라고 보고 있다. 영국 아동법은 자기결정권을 가지는 성년의 나이를 만 18세로 정하고 있다. 18세가 되기까지 아직 3개월이 남은(17세 9개월) 미성년자 A는 자기결정권을 행사할 수 없고, 부모의 결정에 따를 수밖에 없다.

이 사건을 맡은 영국왕립재판소의 담당 판사는 '아동 이익의 최선의 원칙(*the child's best interest*; *the best interests of the child*: *BIC*원칙)'에 따라 미성년자 *A*의 수혈 거부를 인정할 것인지, 아니면 의료진의 판단에 따른 강제수혈을 할 것인지에 대한 판결을 내리고자 한다.

『칠드런 액트』에 묘사된 길릭권한을 둘러싼 청구인 · 피청구인 간 변론 요지

어느 날 당직을 서는 피오나 판사는 법원 서기인 나이절 폴링의 전화를 맡는다. 그의 전언에 따르면, 원즈워스의 이디스 캐벌 병원에 입원해 있는 17세 소년은 희귀한 종류의 백혈병 환자로 긴급 수혈이 필요한데도 그와 부모가 동의를 거부하고 있다. 청구인(병원) 측 변호사는 병원이 본인과 가족의 의사에 반해 적법한 절차로 수혈할 수 있도록 법원명령을 신청했다. 피오나는 법원서기에게 청구인과 피청구인에게 연락하여 화요일 오후 두 시에 심리를 할 것이라고 통보할 것을 지시한다. 심리 과정에서 청구인과 피청구인(애덤과 부모) 측 변호인들은 길릭권한(*Gillick competency*; *Gillick competence*)을 둘러싸고 치열하게 공방한다.

청구인 측 변호인 마크 버너는 애덤에게는 길릭권한이 없다며 아래 네 가지의 사유를 들고 있다.

첫째, 애덤은 자신이 수혈받지 않으면 죽을 수도 있다는 사실에 대해 대략적으로, 또 조금은 낭만적으로 생각하고 있다. 애덤은 의료진이 자신에게 사용할 치료법, 즉 '제시된 내용을 완전히 이해'하지 못하고 있음이 분명하다. 의료진이 그 내용을 소년에게 설명하고 싶지 않은 것은 당연하다. 최고 보직의 의료전문가로서 상황판단을 가장 잘할 수 있는 위치에 있는 고문의사가 내린 결론 역시 명확하다. 애덤에게는 길릭권한이 없다.

둘째, 애덤에게 길릭권한이 적용되어 치료법에 동의할 권리가 있다고 해도 그것은 생명을 구하는 치료법을 거부할 권리와는 완전히 다르다. 그에 대한 법률 규정은 명확하다. 애덤은 18세가 될 때까지 이 문제에 있어 자율권이 없다.

셋째, 수혈에 따르는 감염 위험은 미미하다. 반면 수혈하지 않을 경우의 결과는 확실하고 아마도 치명적일 것이다.

넷째, 애덤이 부모와 똑같은 특정 종교를 가진 건 우연이 아니다. 그는 부모를 사랑하는 헌신적인 아들이며, 부모가 진심을 다해 깊이 믿는 종교 안에서 자랐다. 애덤이 혈액제제에 보이는 매우 특이한 견해는 의사가 단언했듯이 본인의 견해가 아니다. 우리에게는 저마다 열일곱 살 시절엔 신봉했으나 지금은 말하기도 난처한 믿음이 몇 가지씩은 있다.

결론적으로, 애덤은 18세가 되지 않았고, 수혈을 받지 않을 경우 닥칠 고난을 이해하지 못하며, 성장기의 배경이 된 특정 종파에 지나친 영향을 받고 있고, 그것을 저버릴 경우 감당해야 할 부정적 결과를 인지하고 있다. '여호와의 증인'의 견해는 현대의 합리적인 부모의 견해와는 상당히 동떨어져 있다.(118~119쪽)

이에 대해 피청구인(부모) 측 변호인 레슬리 그리브는 아래와 같은 사유를 들어 청구인 측 주장을 반박했다.

첫째, 본 법정이 명백하게 지능과 통찰력을 지닌 개인이 내린 치료

결정에 개입할 때는 극도로 신중해야 한다. 애덤이 18세 생일까지 남은 두세 달을 핑계 삼을 일이 아니다. 개인의 기본적 인권에 그만큼 중대한 영향을 끼치는 문제를 다루며 숫자의 마법에 기대는 것은 부적절한 태도이다. 환자의 자기결정권은 관습법이 보호하는 기본적 인권으로 볼 수 있기 때문이다. 자신의 의사를 여러 번에 걸쳐 지속적으로 표명해 온 애덤의 나이는 17세보다는 18세에 훨씬 가깝다.

둘째, 1969년 제정된 개정가족법 제8조에 따르면, 16세 이상 미성년자에게 동의 없이 외과, 내과, 치과 치료를 시행하는 것은 신체 침해에 준하는 행위이며, 치료 동의는 성인의 경우와 동일한 효력을 지닌다. 애덤은 17세 청소년 대다수보다 훨씬 사려 깊다. 몇 달만 일찍 태어나 기본적인 권리를 보장받을 수 있는 상황이라면 지금 어떤 입장을 취할지 본 법정은 참작할 필요가 있다. 애덤은 사랑이 충만한 부모의 전적인 지지를 받으며 치료에 대한 거부의사를 확실히 표명했고, 거부의 근거가 되는 종교 원칙도 상세히 설명했다.

셋째, 담당의사가 치료 철회 의사를 경멸하는 것은 충분히 이해할 만하다. 그런 태도는 그처럼 저명한 의사에게서 기대할 수 있는 직업적 헌신을 증명한다. 하지만 그 직업정신이 애덤의 길릭권한에 대한 판단을 흐리고 있다. 궁극적으로 이것은 의학에 관한 문제가 아니다. 이는 법과 도덕에 관한 문제다. 애덤은 자신의 결정이 초래할 결과를 완벽히 이해하고 있다. 그것은 때 이른 죽음이라는 것을 알고 있다. 그는 여러 번 자신의 생각을 분명히 밝혔다. 죽음의 정확한 방식을 모른다는 주장은 핵심 논점에서 벗어나 있다. 길릭권한이 있다고 판단되는 사람도 그에 대해 완전히 알지는 못한다. 사실 그 누구도 모른다. 우리는 모두 언젠가 죽는다는 것을 알고 있지만 어떻게 죽는지 아는 사람은 아무도 없다. 그리고 담당의사도 인정했듯이 애덤을 치료하는 의료진은 그에게 죽음의 방식을 알려주길 원하지 않는다. 그 젊은이의 길릭권한의 근거는 다른 곳에서, 즉 치료를 거부하면 죽게 된다는 사실에 대한 본인의 명백한 이해에서 찾아야 한다. 그리고 길릭권한과 관련하여 그의 나이는 논점과 하등의 관계가 없다.

결론적으로, 애덤은 거의 18세가 다 되었기 때문에 나이 자체는 별 차이가 없고, 길릭권한이 있다. 한마디로, 아동이 성년에 가까워지면서 의학적 치료 행위에 관한 독자적 결정 능력은 점차로 강화된다. 충분한 연령과 이해력에 이른 아동이 정보에 근거한 결정을 내리면 법정은 이를 존중하는 것이 보통 그 아동의 최선의 이익에 부합한다. 법정은 신앙의 표현을 존중한다는 의미가 아니면 특정 종교에 어떠한 견해를 가져서는 안 된다. 또한 법정은 치료 거부에 관한 개인의 기본권을 훼손하게 되는 곤란한 상황에 휘말려서도 안 된다.(120~123쪽)

위의 주장과는 달리 피청구인 애덤과 그 후견인인 머리나 그린을 대변하는 변호인 토비는 신중하게 중립을 유지하는 태도를 취하며 간단하게 변론했다. 양측 동료들이 논쟁을 잘 펼쳐주었고, 관련 법조항은 모두 다뤄졌다. 애덤의 지능은 문제가 되지 않는다. 그는 성경을 소속 종파가 받아들이고 전파하는 내용 그대로 완전히 이해하고 있다. 18세에 근접했음을 고려하는 것도 중요하지만 그래도 아직 미성년자라는 사실은 남는다. 따라서 본인의 의사에 얼마

만큼의 비중을 두어야 할지 결정하는 것은 전적으로 판사의 재량이
다.(123~124쪽)

청구인과 피청구인 측 변호인들의 변론을 모두 듣고 나서 담당판
사 피오나는 심리를 연기하며 본 소송의 특이한 상황을 감안하여 애
덤 헨리의 말을 직접 들은 후 공개법정에서 판결을 내리기로 했다.
병원에서 애덤을 직접 만나고 돌아온 피오나는 공개법정을 열어 심
리를 속개하고 아래의 취지를 담은 판결을 내렸다.

판결요지

본 청구에 대한 반대의견은 세 가지 주요 쟁점에 근거하고 있다.

첫째, A가 3개월만 지나면 18세 생일을 맞을 것이고, 매우 총명하
여 자신의 결정이 초래할 결과를 이해하고 있어 길릭권한을 인정받
아야 한다는 점, 다시 말해 성인과 마찬가지로 자기결정권을 인정받
을 만하다는 것이다. 둘째, 치료를 거부할 권리는 기본적 인권에 해
당한다. 따라서 법정은 이에 대한 개입에 극도로 신중해야 한다. 셋
째, A의 종교적 신념이 진실하며 법정은 그 신념을 존중해야 한다.

이 사건을 판단함에 있어 워드 판사가 재직 당시 내린 미성년 '여
호와의 증인' 관련 판결을 지침으로 삼았다. 해당 판결문에서 워드
판사는 "그러므로 아동의 복지는 이번 판결에서 가장 중요한 고려사
항이며, 나는 무엇이 E의 복지를 좌우할지 판단해야 한다."라고 보
았다.

이 견해는 1989년 아동법의 금지명령에 명확하게 구체화되어 있

다. 1989년 아동법은 그 도입부에서 아동의 복지를 강조하고 있다. '복지'는 '안녕'과 '이익'을 포괄하는 개념이다. A는 수혈을 거부한다는 본인의 의사를 뚜렷이 전달했고, A의 아버지 역시 본 법정에서 본인의 의사를 표명한 바 있다.

치료 거부는 성인의 기본적 권리이다. 성인을 본인의 의지에 반하여 치료하는 것은 형사상 범죄로써 폭행에 해당하는 행위이다. A는 스스로 의사결정을 내릴 수 있는 나이에 근접해 있고, 종교적 신념을 위해 죽음을 각오한다는 사실은 그 믿음이 얼마나 깊은지를 증명하고 있다. 또한 그의 부모가 끔찍이 사랑하는 자식을 신앙을 위해 희생시킬 각오를 한다는 사실은 '여호와의 증인'이 고수하는 교리의 힘을 보여준다.

A의 견해가 온전히 자신의 것이라고는 판단되지 않는다. A는 아동기 내내 강력한 하나의 세계관에 단색으로, 또 중단 없이 노출된 채 살아왔고, 그런 배경이 삶의 조건을 좌우하지 않았을 수는 없다. 고통스럽고 불필요한 죽음을 감수하는 것, 그리하여 신앙을 위해 순교자가 되는 것이 A의 복지를 도모하는 길은 아닐 것이다. '여호와의 증인'은 다른 종교와 마찬가지로 사후세계의 개념이 명확하여 종말의 날에 대한 예측, 즉 종말신학 역시 확고하고 매우 상세하다. 본 법정은 내세에 대한 어떤 견해도 가지고 있지 않다.

한편 건강을 회복한다는 가정하에 A의 복지에 더 도움이 되는 것은 그의 시(詩)에 대한 사랑, 새롭게 발견한 바이올린에 대한 열정, 활발한 사고력 발휘와 장난기 많고 다정한 본성의 표현이며, 그리고 A 앞에 펼쳐질 모든 삶과 사랑이다. 요컨대 A와 그의 부모, 회중의 장로들이 본 법정이 가장 중시하는 A의 복지에 해로운 결정을 내렸다고 판단한다. A는 그런 결정으로부터, 그의 종교로부터, 그리고 자기 자신으로부터 보호받아야 한다.(165~169쪽)

　환자의 명시적인 수혈 거부 의사가 있으나 수혈하지 않으면 병세가 악화되어 생명에 위험이 발생할 수 있는 응급상황에서는 의료진의 판단에 따라 수혈 방법을 고려함이 원칙이다. 하지만 환자의 생명 보호에 못지않게 환자의 자기결정권을 존중하여야 할 의무도 대등한 가치를 가지는 것으로 보아야 한다.

　어느 경우에 수혈을 거부하는 환자의 자기결정권이 생명과 대등한 가치가 있다고 평가될 것인지는 다음과 같은 제반 사정을 종합적으로 고려하여 판단하여야 한다. 즉, ① 환자의 나이, 지적 능력, 가족관계, 수혈 거부라는 자기결정권을 행사하게 된 배경과 경위 및 목적, ② 수혈 거부 의사가 일시적인 것인지 아니면 상당한 기간 동안 지속되어 온 확고한 종교적 또는 양심적 신념에 기초한 것인지, ③ 환자가 수혈을 거부하는 것이 실질적으로 자살을 목적으로 하는 것으로 평가될 수 있는지 및 ④ 수혈을 거부하는 것이 다른 제3자의 이익을 침해할 여지는 없는 것인지 등이다. ⑤ 다만 환자의 생명과 자기결정권을 비교형량하기 어려운 특별한 사정이 있다고 인정되는 경우에 의사가 자신의 직업적 양심에 따라 환자의 양립할 수 없는 두 개의 가치 중 어느 하나를 존중하는 방향으로 행위를 했다면, 이러한 행위는 처벌할 수 없다.

　환자가 미성년자라고 하여도 수혈 거부에 관한 자기결정권을 행사할 수 있다는 데는 의문의 여지가 없다. 다만, 그 결정이 본인의 독자적 판단이 아니라 종교적 신념에 따라 부모의 결정에 영향을 받고 있다면, 달리 판단할 여지가 있다. 즉, 미성년 환자는 자신의 생명에 대한 위험이 현실화되지 아니할 것이라는 전제 내지 기대 아래에서 수혈 거부 결정을 내렸을 가능성이 크므로 그것이 환자의 자기결정권에 기초한 결정이라고 쉽게 단정하기 어렵다. 이 경우, 미성년 환자를 위한 최선의 이익 원칙에 따라 수혈 거부를 인정할 것인지, 아니면 수혈을 강제할 것인지를 고려하여야 한다.[176]

이 사안은 해결이 쉬운 문제는 아니다. 법정은 판결을 내리는 데 있어서 A의 나이와 마땅히 존중받아야 할 신앙과 치료를 거부할 권리에 내포된 개인의 존엄성에 응분의 비중을 두어야 한다. 본 판결에서 A의 존엄성보다 소중한 것은 A의 생명이다.

따라서 본 법정은 A와 그 부모가 제기한 반대의견을 기각하고, 다음과 같이 지시하고 선고한다. 피청구인인 A 본인과 그 부모의 수혈 동의는 받지 않아도 좋다. 청구인인 병원이 A에게 필요하다고 판단되는 방법으로 혈액과 그 제제의 투여가 수반된다는 이해 아래 수혈을 통해 치료하는 행위는 적법하다.(169쪽)

『칠드런 액트』에 나타난 법적 쟁점

피오나 판사가 내린 판결에 따라 의료진에게 수혈받은 애덤은 병에서 회복된다. 위 판결요지에 의거하여 『칠드런 액트』에 나타난 법

---

176) 대법원 2014. 6. 26. 선고, 2009도14407 판결.

적 쟁점을 정리하면 아래와 같다.

첫째, 유엔아동권리협약이 명시하고 있는 아동 최선의 이익 원칙이다. 누구를 미성년으로 볼 것인가는 국가마다, 또 국가의 관련 법령마다 그 기준이 다르다. 하지만 미성년과 성년은 통상 연령(나이)을 기준으로 구분하고 있고, 전자를 국제인권법에서는 '어린이' 혹은 '아동'으로 부르고 있다.

1959년 11월 20일 유엔 총회에 의해 채택된 아동권리선언에 의하면, 아동은 신체적·정신적 미성숙으로 인하여 출생 전후를 묻지 않고, 적절한 법적 보호를 포함한 특별한 보호와 배려가 필요하다. 이 취지를 반영하여, 아동권리협약(1989년 11월 20일 제44차 유엔총회에서 채택, 1990년 9월 2일 발효) 제1조는 "이 협약의 목적상, '아동'이라 함은 (…) 18세 미만의 모든 사람을 말한다."고 규정하고 있고, 또 제2조 1항에서는 "당사국은 자국의 관할권 안에서 아동 또는 그의 부모나 후견인의 (…) 차별을 함이 없이 이 협약에 규정된 권리를 존중하고, 각 아동에게 보장하여야 한다."고 하여 당사국이 그 관할하에 있는 어떤 아동이라 할지라도 차별 없이 권리를 존중하고 보장해야 한다고 규정하고 있다. '출생 혹은 임신한 때로부터' 아동으로 볼 것인가 하는 시점과 관련한 논의를 떠나 아동권리협약은 '18세 미만'의 모든 사람을 아동으로 본다.

아동권리위원회는 당사국이 아동권리협약의 국내이행에 관한 보고서를 작성할 때 고려해야 할 네 가지 기본 원칙을 마련했다. 이를 '일반원칙'(general principles)이라고 하는데, 다음과 같은 네 가지, 즉 ① 차별금지 원칙, ② 최선의 이익 원칙, ③ 생존과 발달 원칙 및 ④

의견존중(혹은 참여권보장) 원칙을 말한다. 이 원칙들은 아동권리협약의 토대를 이루는 기본적 가치 기준이라고 할 수 있다. 이 가운데 본 논문의 주제와 특히 관련이 있는 것은 아동 최선의 이익 원칙이다. 이에 대해 아동권리협약은 "공공 또는 민간 사회복지기관, 법원, 행정당국, 또는 입법기관 등에 의하여 실시되는 아동에 관한 모든 활동에 있어서 아동 최선의 이익이 최우선적으로 고려되어야 한다."고 규정하고 있다.(제3조 1항)[177] 최선의 이익은 일반적으로 '권리보호'와 '복지증진'을 의미한다. 하지만 '최선의 이익'이란 표현은 매우 주관적이며 불확정 개념이므로 의사결정권자의 가치체계에 의존할 수밖에 없다는 비판[178]이 제기되고 있다.[179]

둘째, 아동, 즉 미성년 환자의 의료적 자기결정권 행사의 문제로서 길릭권한과 관련하여 살펴볼 필요가 있다. 수술을 비롯한 의료적 처치 혹은 치료를 할 때 의사는 반드시 환자에게 그 처치로 인해 야기될 수 있는 위험성에 대해 충분히 설명하고 동의를 구해야 한다. 만일 이러한 절차를 거치지 않고 의사가 일방적으로 행한 의료적 처치는 불법행위에 해당된다. 의사에 의한 불법행위는 의무위반과 그로 인해 야기되는 피해 사이에 인과관계가 필요하지 않다. 중요한 것은 '그 행위로 인하여 결과적으로 환자에게 피해가 발생했는가'이다. 따라서 환자의 동의는 중요한 문제이며, 의료적 처치 혹은 치료에 있어 요구되는 필수사항이다. 위 내용은 의식 있는 성인 환자

---

177) 아동권리협약 제3조 1항.
178) 김태천, "아동권리협약", 국제인권법 제1호, 국제인권법학회, 1996, 186쪽.
179) 김태천, 위의 논문, 186쪽.

(conscious adult patient)에 적용될 수 있다. 그런데 만일 아직 사고가 미성숙한 상태인 아동의 경우에도 동일하게 접근해야 할 것인가?

『칠드런 액트』에 묘사된 사건에서 피청구인 A '애덤'은 법적 성년으로 간주되는 18세 생일을 3개월 남겨둔 미성년자(즉, 아동)이다. 의료진의 판단으로는 당장 수혈을 하지 않으면 애덤의 생명이 위험하지만 미성년 자녀의 수혈 여부는 전적으로 부모의 결정에 달려있다. 재판 과정에서 부모 측 변호사인 레슬리 그리브가 "수혈 거부는 애덤의 결정입니까? 아니면 정말로 증인의 결정입니까?"라고 묻자 애덤의 아버지 케빈 헨리는 이렇게 대답한다. "우리가 (수혈을) 원한다 해도 그 애 마음을 돌리진 못할 겁니다."(108쪽) 그리고 변호사의 "피가 선물이라면 애덤은 왜 의사들이 주는 피를 거부합니까?"란 질문에 헨리는 이렇게 대답한다.

> 피는 인간의 근본이라는 사실입니다. 그건 영혼입니다. 생명 그 자체예요. 그리고 생명과 마찬가지로 성스러운 것입니다. 피는 살아있는 모든 영혼이 감사해야 마땅한 생명의 선물입니다. 자신의 피에 다른 동물이나 다른 인간의 피를 섞는 것은 오염이자 타락입니다. 조물주의 경이로운 선물을 거부하는 행위입니다. 그래서 하느님께서 창세기와 레위기와 사도행전에서 이를 특별히 금지하신 것이지요.(106쪽)[180]

헨리는 종교상의 신념을 들어 최종 결정이 아들 애덤에게 있다고

---

180) '여호와의 증인'이 수혈을 거부하는 성경상의 자세한 근거에 대해서는, 김민중, "미성년자에 대한 의료행위와 부모의 권한-종교상의 신념에 기한 수혈 거부를 중심으로-", 의료법학 제13권 제2호, 2012, 221~222쪽.

주장한다. 하지만 이어지는 반대심문에서 청구인 측 변호인 마크 버너와 헨리와의 대화에서는 만일 애덤이 수혈을 받겠다고 동의하면 어떻게 될까를 두고 논쟁한다. 버너가 묻는다.

> 애덤이 수혈을 받겠다고 동의하면, 신자들이 쓰는 말로 제명이 되는 거죠? 다시 말해 공동체에서 퇴출당하는 거 아닌가요?

이 질문에 헨리는 한 번 더 아들의 결심을 환기하며 이렇게 말한다.

> 이탈한다고 말해요. 하지만 그런 일은 없을 겁니다. 제 아들은 마음을 바꾸지 않을 거예요.(111쪽)[181]

위 대화에서 알 수 있듯이 애덤의 부모는 '여호와의 증인' 신자로서 그들의 종교적 신념에 따라 아들의 수혈에 동의하고 있지 않다. 이 경우, 미성년 자녀인 애덤은 부모가 아니라 본인의 판단 아래 종교적 신념을 거부하고 수혈에 동의함으로써 의료적 자기결정권을 행사할 수는 없는가. 아래에서 검토하는 바와 같이, 이 질문은 소위

---

181) 애덤과 부모의 변호인은 《미국 이비인후과 학회지》를 인용하면서 '여호와의 증인' 환자들이 사용하는 소위 '무혈수술(혹은 무수혈수술)'의 효용성을 피력한다. 이 학회지에 따르면, 무혈수술은 모범적 의료행위로 인정되고 있으며, 미래에는 분명 표준 치료법으로 정착될 것이라고 한다.[이언 매큐언(민은영 옮김), 앞의 책, 100쪽.] '여호와의 증인' 환자(사망 당시 62세)가 무수혈수술을 받다가 과다출혈로 사망한 사건에 대해 대법원은 의사의 가벌성을 부인하였다. 사망이라는 결과가 무수혈수술을 선택한 환자의 자기결정권 행사의 결과라고 보았기 때문이다. 이에 대한 상세한 내용은, 김혁돈, "무수혈수술과 자기결정권에 관한 소고: 대법원 2014. 6. 26. 선고, 2009도14407 판결을 중심으로", 법학논고 47, 경북대학교 법학연구원, 2014. 8., 231~260쪽.

미성년 아동의 길릭권한의 행사로써 『칠드런 액트』가 주된 소재로 삼고 있는 주제이기도 하다. 하지만 길릭권한에 따라 아동 본인이 자신의 질병에 대해 의료적 자기결정권이 인정되었다고 할지라도 이 권리가 모든 아동에게 그대로 적용되는 것은 아니다. 다수 사례에서 영국 법원은 길릭권한에 따라 아동에게 의료적 자기결정권이 있다고 하여 아동이 의료진의 치료를 무조건 거부할 수 있는 권리를 인정하고 있지는 않다.[182]

셋째, 이 주제는 영국이 가입하고 있는 유럽인권협약(*European Convention on Human Rights*: *ECHR*)[183] 제8조와 관련하여 보다 심도 깊게 살펴보아야 한다. 동조는 모든 사람의 '사생활 및 가족생활을 존중받을 권리'에 관하여 규정하고 있고, 국가안보 등 일정한 경우에는 공공당국이 개입할 수 있는 예외를 인정하고 있다. 한편 *ECHR* 가입회원국인 영국은 1998년 인권법(*Human Right Act*: *HRA*)을 제정하여 2002년 10월 2일부터 시행하고 있다. *HRA*는 *ECHR*을 영국 국내법으로 수용하는 법이다. 이 법에 의거하여 *ECHR*에 규정된 권리 침해 사건에 대해 영국 국내법원에 소송을 제기할 수 있게 되었으며, 공공기관들도 *ECHR*과 부합하지 않는 행위나 조치를 채택할 수 없게 되었다. 이로써 영국 의회도 *ECHR*에 합치하지 않는 법률

---

182) 이에 관한 사례로, *R (on the application of Axon) v. Secretary of State for Health* [2006년] *EWCH* 37; *Re W(A Minor)(Medical Treatment Court's Jurisdiction)*[1992년] 4*AHER*6271992 *July* 10; *Re: E (A Minor) Wardship: Medical Treatment* [1993년] 1 *FLR* 386.

183) 현재 유럽인권협약에는 영국을 포함하여 47개국이 가입하고 있다. 가입국 현황은, *https://www.coe.int/en/web/portal/47-members-states*(방문일: 2020. 12. 6.)

을 제정할 수 없는 등 영국 내 기본적 인권의 보장체제에 많은 변화가 있었다.[184] 따라서 이 주제와 관련하여, 의료적 치료에 대한 아동의 동의 및 거부에 관한 법률이 *ECHR* 제8조를 준수해야 하는지, 또한 의료진과 법원이 아동의 이러한 권리를 존중해야 하는가 하는 문제가 제기된다. 특히 아동이 치료를 거부하는 경우, 제8조를 적용할 수 있는가가 중요하다. 제8조 1항의 '모든 사람'에는 성인은 물론 아동도 포함되므로 아동의 의료적 치료 동의와 거부에 대해 본조는 당연히 적용된다.

마지막으로, 이 주제에 관한 마지막 법적 근거는 영국 아동법이다. 특히 제1조에 따르면, 아동과 관련한 재판을 할 때 법원(즉, 재판부)은, (a) 아동의 양육 또는 (b) 아동의 재산 관리 혹은 소득의 적용에 관한 결정을 할 때 아동 이익의 최선의 원칙, 즉 아동의 이익(혹은 복지)을 최우선적으로 고려해야 한다.(1항)[185] 또한 아동의 양육과 관련한 소송에서 법원은 결정을 지연함으로써 아동의 복지를 침해할 가능성이 있는 '일반원칙(*the general principle*)'도 고려해야 한다.(2항) 이에서 알 수 있듯이 아동법 제1조는, 법원의 임무가 '아동 이익의 최선의 원칙'에 따라 '아동복지'를 보장하는 데 있음을 확인하고 있다.

위 네 가지 법적 쟁점은 미성년 환자의 수혈 거부는 의료적 자기결정권에 해당하는가 및 이 권리는 아동 최선의 이익 원칙에 부합하

---

184) *HRA*에 관한 상세한 내용은, "*The Human Rights Act*" in ⟨*Equality and Human Rights Commission*⟩. *https://www.equalityhumanrights.com/en/human-rights/human-rights-act*(방문일: 2020. 12. 6.)

185) 영어 원문을 인용하면, "(…) *the best interests of the child shall be a primary consideration.*"

는가로 정리할 수 있다. 이와 관련하여 파생되는 세부 주제에 대해 검토한다.

샴쌍둥이: 누구를 살리고, 누구를 죽여야 하는가

어떤 선택이 아동의 최선의 이익을 위한 것일까

법적 관점에서 볼 때 『칠드런 액트』는 아동 최선의 이익 원칙과 미성년 환자의 의료적 자기결정권, 특히 종교적 신념에 따른 수혈 거부에 관한 미성년 환자의 권리 문제를 중점적으로 다루고 있다. 하지만 후자와 관련된 쟁점을 다루기 위해서는 먼저 전자의 개념에 대한 분석이 필요하다.

아동권리협약은 ① 차별금지 원칙, ② 생존과 발달 원칙, ③ 의견 존중(혹은 참여권보장) 원칙과 함께 ④ 아동 최선의 이익 원칙을 협약의 4대 원칙으로 삼고 있다는 점에 대해서는 기술한 바와 같다. 이 가운데 아동 최선의 이익 원칙에 대해 협약 제3조 1항은 아래와 같이 규정하고 있다.

공공 또는 민간 사회복지기관, 법원, 행정당국, 또는 입법기관 등에 의하여 실시되는 아동에 관한 모든 활동에 있어서 아동의 최선의 이익이 최우선적으로 고려되어야 한다.

협약이 제3조 1항을 둔 본질적 이유는, 공공·민간영역에서 아동과 관련된 모든 활동 또는 결정에서 아동 최선의 이익을 최우선 고려사항으로 평가하고, 또 채택될 수 있는 권리를 아동에게 부여하기 위함이다. 따라서 공공당국과 민간단체는 "모든 조치, 행위, 제안, 서비스, 절차 및 여타 조치"를 포함하는 아동에 관한 모든 활동에서 해당 권리를 확실히 보장해야 한다.[186] 하지만 "확실히 보장해야 한다."라는 일반논평 14호의 해석과는 달리 협약 제3조 1항은 "최우선으로 고려해야 한다(shall primary consideration)."라고 함으로써 다소 유연한 문언으로 규정하고 있다. 협약이 이런 입장을 취한 이유는 아동 최선의 이익의 보장을 획일적·통일적으로 규제하기보다는 비준국의 국내 사정을 고려하여 국가별로 유연하면서도 적극적 조치를 취하도록 유도하는 것이 낫다고 봤기 때문이다.

이처럼 협약은 아동 최선의 이익 원칙을 최우선으로 고려해야 한다고 규정하고 있으면서도 이 원칙의 개념에 대해서는 어떠한 언급도 하고 있지 않다.[187] 이에 대해 일반논평 14호는 '아동 최선의 이익'이라 함은 "특정상황에서 아동(들)의 이익을 구성하는 모든 요소에 대한 평가에 기준이 되는 권리이자 원칙이며 절차규칙"이라고 밝히고 있다.[188] 따라서 관계기관은 구체적인 조치에 관한 결정을 내려야

---

186) 아동권리위원회, "아동의 최선의 이익을 최우선 고려사항으로 채택하게 할 아동의 권리(제3조 1항)에 관한 일반논평 14호(2013년)", *CRC/C/GC*/14, 2014. 5. 29. *par*. 17.

187) 아동 최선의 이익 원칙의 불확정성에 대해서는, 김정래, "아동 최선의 이익: 철학적 논의", 한국교육 제27권 2호, 2000, 43~60쪽.

188) 상기 일반논평 14호, *par*. 46.

하는 경우, 아동 최선의 이익에 대한 평가와 결정[189]이라는 두 단계를 거쳐야 한다.[190]

이러한 단계를 거쳐 최선의 이익을 평가하고 결정하는 목적은 회원국의 국내법에 근거하여 아동의 권리를 보호하고, 아동의 복지, 안전 및 성장을 도모하기 위함이다. 의사결정자들은 최선의 이익 관련 제반 요소를 평가하고, 균형을 유지해야 한다. 이때 협약 제12조에 따라 평가과정에는 아동의 참여권이 보장되어야 한다. 이와 같은 평가에 기초하여 아동 최선의 이익을 결정할 때는 엄격한 절차적 보호조치를 갖춘 공식과정을 거쳐야 한다.

하지만 아동권리협약이 규정하고 있는 아동 최선의 이익 원칙은 그 해석과 적용에서 야기되는 '불확정성'으로 여러 문제가 제기될 수 있다. 이러한 문제를 최종적으로 판단하고 결정하는 것은 법원이다. 피오나 판사는 샴쌍둥이 판결에서 아래와 같이 철저하게 중립적이고 객관적인 태도를 취한다.

> 본 법정은 도덕이 아니라 법을 다루는 장소이며, 우리 앞에 놓인 유일무이한 상황에 맞는 적절한 법리를 찾는 것이 우리의 과제요, 그것을 적용하는 것이 우리의 의무이다.(42쪽)

하지만 이 사건에 대해 판단하면서 한 생명이 다른 생명보다 더 가치 있다고 추정하는 일은 사실 불가능한 것이었다. 마크와 매슈

---

189) 상기 일반논평 14호, *par*. 47.
190) 상기 일반논평 14호, *par*. 47.

로 불리는 샴쌍둥이를 분리하면 뇌와 심장이 제대로 기능하지 못하는 매슈가 죽는다. 쌍둥이를 분리하지 않으면 부작위로 인해 둘 다 죽는다. 이 경우 판사는 법적, 도덕적 판단을 떠나 차악의 선택을 할 수밖에 없다. 결국 피오나는 마크와 달리 매슈는 어떤 결정으로도 이익을 얻을 수 없다는 결론을 내렸다. 피오나가 이런 결론에 이르는 과정에서 고려한 것이 바로 '최선의 이익 원칙'이다.

> 그럼에도 판사는 매슈에게 무엇이 '최선의 이익'일지 고려할 의무가 있었다. 죽음은 분명 아니었다. 하지만 삶도 선택 가능한 대안이 아니었다. 뇌 발달은 미숙하고 폐는 없고 심장도 쓸모없는 이 아이는 고통에 시달리다가 결국 죽을 운명이었다. 그것도 머잖아.(43쪽)

그러나 차악이 마크와 매슈를 위한 최선의 이익을 고려한 선택이라고 해도 명백히 불법이다. 피오나는 '필요의 원칙'을 원용했다. 이 원칙은 영국 관습법에서 확립한 개념으로서 어떤 제한된 상황에서 더 큰 악을 막는 목적일 때는 형법의 위반이 허용된다는 원칙이다.(42~43쪽)

머리가 붓고 심장이 수축하지 않는 매슈는 어차피 죽을 운명이었다. 이때 판사는 쌍둥이 마크와 매슈의 최선의 이익을 보호하기 위해 어떤 결정을 내려야 할까? 어차피 죽을 매슈를 분리함으로써 마크를 살려야 할까? 아니면 둘 다 분리하지 않고 죽게 놔둬야 할까? 어쩌면 판사에게 아동 최선의 이익을 위한 판단은 언제나 '비이성적'인 것인지도 모른다. 샴쌍둥이 판결로 인한 상흔이 채 가시지 않았는데 피오나는 긴급수혈을 거부하는 17세 암환자에 관한 사건을 맡게 된다.

종교적 신념에 따라 미성년 환자는
수혈을 거부할 권리가 있는가

아동 최선의 이익 원칙에 대한 검토를 바탕으로 본 주제와 관련하여 다음으로 살펴볼 것은, 이 원칙과 미성년 환자의 의료적 자기결정권이 충돌하는 경우, 이를 어떻게 조화롭게 해석해야 할 것인가의 문제이다. 특히 종교적 신념에 따라 미성년자 본인은 물론 그 부모가 수혈을 거부한다면 아동 최선의 이익에 비추어 미성년 환자의 의료적 자기결정권에 중점을 둘 것인가, 아니면 미성년 환자의 생명권 보호를 위해 공권력의 개입을 허용할 것인가? 이와 같은 문제에 대해 국제인권규범, 특히 유럽인권협약 제8조를 중심으로 분석한다.

"사생활 및 가족생활을 존중받을 권리"를 규정하고 있는 *ECHR* 제8조에 의하면, 모든 사람은 그의 사생활, 가정생활, 주거 및 통신을 존중받을 권리를 가진다.(1항) 이 권리의 행사에 대하여 어떠한 공공당국의 개입이 있어서는 아니 된다. 다만, 이에 대해서는 일정한 예외가 있다. 즉, 그 개입이 법률에 합치되고, 국가안보, 공공의 안전 또는 국가의 경제적 복리, 질서유지와 범죄의 방지, 보건 및 도덕의 보호, 또는 다른 사람의 권리 및 자유를 보호하기 위하여 민주사회에서 필요한 경우에는 예외로 한다.(2항)

그렇다면 *ECHR* 제8조 1항을 종교적 신념에 따른 미성년 환자의 수혈이라는 의료적 조치를 거부할 권리(*Minors' right to refuse medical treatment*)를 해석하는 근거조항으로 원용할 수 있을까? 아래에서는 해석상 문제가 되는 논점에 대해 검토한다.

첫째, 본조의 권리 향유의 주체는 '모든 사람(*Everyone*)'이다. 자국민과 외국인은 물론 성년과 미성년을 구별하지 않으므로 아동도 당연히 포함된다. 다만 재소자, 미결구금자 등 공권력에 의해 자유를 박탈당하고 있는 사람에 대해서는 일정한 예외가 인정된다.

둘째, 사생활의 보호는 특정 권리와 충돌할 수 있다. 이를테면, 미성년 환자 본인은 물론 환자의 부모가 종교적 신념에 따라 의료적 조치를 거부하는 경우, 제8조의 법리상 그 조치를 거부할 권리와 충돌하게 된다. 이때 미성년 환자와 부모의 자기결정권을 존중하는 것이 당사자의 사생활을 보호하는 것인가 하는 문제가 생기므로 상호 적절한 조정이 필요하다.

셋째, 사생활 보호와 공권력과의 관계를 어떻게 설정할 것인가? 만일 사생활의 보호법리에 충실하게 제8조를 해석하게 되면, 미성년 환자와 부모의 종교적 신념과 자기결정권을 존중함으로써 의료적 조치 거부권이라는 개인의 자유와 권리를 두텁게 보호할 수 있다. 하지만 만일 공공당국이 공권력을 사용하여 의료적 조치를 시행하게 되면 미성년 환자의 생명을 구할 수 있다. 그럼에도 불구하고 사생활 보호라는 법리에 따라 미성년 환자에게 수혈과 같은 적절한 의료적 조치를 시행하지 않는 것이 과연 제8조에 부합한 결정이라고 할 수 있는가? 오히려 이 경우 공권력을 행사함으로써 사생활의 권리에 대해 어느 정도 개입하는 것이 합리적이지 않을까?

위와 같은 문제에 대응하기 위해 *ECHR* 제8조 2항은 1항의 권리를 제한할 수 있는 일정한 예외를 인정하고 있다. 즉, 만일 그 제한이 ① 법률에 의하여 규정되어 있고, ② 국가안보, 공공질서, 공중건강, 도덕 또는 타인의 권리와 자유를 보호하는 데 필요하며, ③ 이 협약에서 인정되는 기타의 권리와 양립되는 경우에는 공공당국의 개입이 인정된다. 이때 본항에서 말하는 '법률'이란 권한 있는 입법기관이 정규의 절차에 의해 제정한 협의의 법률이다. 또한 '법률에 의한 제한'은 제한의 한계를 확정할 수 있는 명확하고도 구체적인 것이어야 한다. 법률이 정하는 제한이 위의 ②와 ③의 조건과 동일한 정도로 추상적인 문언, 이를테면, "정부는 국가안보를 해할 우려가 있는 자에 대하여 출국의 권리를 인정하지 않을 수 있다."를 사용하게 되면 '법률에서 정해진'이라고 규정한 취지가 퇴색되어 버리고 말기 때문이다.

따라서 본 사안의 경우에도 제8조 1항의 사생활의 보호 측면에서 미성년 환자의 의료적 자기결정권을 존중하면서도 2항의 적용예외에 따라 공공당국의 일정한 개입이 인정될 수 있다. 다만, 이 권리는 아동 최선의 이익 보호라는 법익과 충돌할 수밖에 없으므로 양자의 충돌을 어떻게 조정하고 조화시킬 것인가의 관점에서 분석해야 한다.

미성년 환자의 수혈 거부와
아동 최선의 이익 원칙을 조화시킬 수 있는가

미성년 환자도 의료적 자기결정권을 행사할 수 있는가

유럽인권재판소(*ECtHR*)에 따르면, "(…) '사생활'은 모든 사람이 자유롭게 그 인격의 개발 및 실현을 추구하고, 또 제3자 및 외부 세계와 관계를 맺고 발전시킬 수 있는 자기결정권의 영역을 포함하는 광범위한 용어(*a broad term*)이다."[191] 이처럼 *ECtHR*은 '사생활'의 개념과 그 적용 영역을 자기결정권을 포함하는 폭넓은 개념으로 보고 있다. 이에 따라 *ECtHR*은, 자기결정권이란 "그 자신이 선택한 방식으로 삶을 이끌 수 있는 능력(*the ability to conduct life in a manner of one's own choosing*)"으로 정의하고,[192] 개인의 이 능력은 "관련 개인을 위하여 신체적으로 혹은 정신적으로 해롭거나 위험한 성질을 포함한 활동을 추구할 기회를 포함할 수도 있다."고 판시하고 있다.[193]

위에서 알 수 있는 바와 같이, *ECtHR*은, 우선, 자기결정권을 "그 자신이 선택한 방식으로 삶을 이끌 수 있는 능력"으로 명확하게 개념 정의하고, 다음 단계에서 신체적으로 혹은 정신적으로 해롭거나

---

191) *Judgment of 10 June 2010, Jehova's witnesses of Moscow v. Russia, appl. no.* 302/02, *at* 117.

192) *Judgment of 29 April 2002, Pretty v. United Kingdom, appl. no.* 2346/02, *at* 61.

193) *Pretty, at* 62. *ECtHR* 판결을 중심으로 '사생활' 개념에 대해서는, 채형복, "유럽인권협약 제8조의 '사생활을 존중할 권리'에 의거한 동성애자들의 '자기결정권': 유럽인권재판소의 판례를 통한 법해석의 문제", 홍익법학 15권 4호, 홍익대학교 법학연구소, 2014. 12., 194~197쪽.

위험한 활동은 개인의 자기결정권에 의거하여 언제나 보호될 수도 있다는 점을 강조하고 있다. '개인'이 가지는 이 결정권은 미성년자를 포함한 '모든 사람'에게 인정되는 것이다. *ECtHR*의 이와 같은 입장은, "모든 사람은 그의 사생활을 ⑴ 존중받을 권리를 가진다."라고 규정하고 있는 *ECHR* 제8조 1항에서 자연스럽게 도출될 수 있다. 그러나 문제는, '개인'으로서 미성년자의 자기결정권이 인정된다고 할지라도 성인과 달리 미성년 아동에게는 일정한 제한이 있을 수 있다는 점이다. 특히 수혈 거부라는 의료적 자기결정권의 행사에 대해서는 여러 복잡한 법적 문제가 생길 수 있다. 성년과 미성년(아동)을 구분하는 기준인 '만18세'라는 나이(연령)가 걸림돌이다.

아동권리협약 제1조는 "18세 미만의 모든 사람"을 '아동', 즉 '미성년'으로 본다.[194] 미성년도 성년과 마찬가지로 의사 및 권리능력을 가진다는 점은 분명하나 행위능력에는 일정한 제한을 두고 있다. 제한능력자인 미성년이 법정대리인의 동의를 얻지 못하고 한 법률행위는 취소될 수 있다.[195] 따라서 미성년자가 법률행위를 함에는 법정대리인의 동의를 얻어야 한다.[196] 법정대리인이란 "본인의 의사와 상관없이 법률에 따라 대리권이 주어진 대리인"을 말하는데, 통상 친권을 행사하는 부 또는 모가 미성년 자녀의 법정대리인이 된다.[197]

민법상의 이 규정은 '만 18세'라는 나이를 기준으로 성년과 미성년을 구분하고, 후자의 권리능력을 제한하고 있다. 따라서 미성년

---

194) 민법은 만 19세를 성년으로 본다.(제4조)
195) 민법 제5조 2항.
196) 민법 제5조.
197) 민법 제911조.

환자는 법정대리인인 부모의 동의 없이는 자신의 생명에 중대한 영향을 미치는 의료적 조치인 수혈을 받겠다는 결정을 할 수도 없다는 결론에 이른다.

위 해석을 『칠드런 액트』에 적용하면 어떻게 될까? 피청구인 애덤은 18세 생일을 3개월 남겨두고 있으므로 만 18세를 성년으로 보는 영국법상 미성년자다. 미성년자는 제한능력자이므로 법정대리인인 부모의 동의를 얻지 못하면 수혈 여부를 결정할 수 없다. 물론 애덤이 부모의 동의 없이 수혈을 받기로 자기결정권을 행사하여 법률행위를 할 수 있다. 그러나 부모가 추후 그 사실을 알고 법정대리인인 자신들의 동의가 없었다는 이유로 미성년 자녀인 애덤의 법률행위를 취소할 수 있다. 만일 국내법을 이렇게 엄격히 해석·적용하면 미성년 환자의 권리는 제한되어 기본적 인권이 크게 침해되는 불합리한 결과를 낳고 만다.

그렇다면 위에서 검토한 문제를 해결하기 위해서는 어떻게 해야 할까? 원론적으로는 의료적 자기결정권의 근거로써 아동 최선의 이익 원칙을 적용하여 미성년 환자의 생명권을 보호해야 한다. 하지만 이와는 반대로 미성년 환자 본인이 자기결정권을 행사하여 수혈을 거부하는 경우에는 어떻게 해야 할 것인가? 이 경우 수혈 거부(치료를 거부할 권리 young person refusing blood transfusion)는 미성년 환자의 기본적 인권으로 봐야 하는가? 수혈을 거부하는 미성년 환자의 의사에 반하여 공공당국은 아동 최선의 이익 보호를 내세워 수혈을 강제할 수 있을까? 이 결정은 미성년 환자의 기본적 인권을 침해하거나 아동 최선의 이익 원칙에 위배되지는 않을까? 결국 미성년 환자의 자기결정권을 존중하면서도 어떤 결정을 내리는 것이 아동 최선의 이익 원칙에 부합할 것인가의 문제로 귀결된다. 이에 대해서는 '길릭권한'을 중심으로 제기된 문제점에 대해 살펴본다.

길릭권한은 아동 최선의 이익 원칙을
현실적으로 실현할 수 있는가

일반적으로 의료적 치료 및 연구를 할 때 그 정당성을 입증하기 위해서는 그 대상자의 동의가 필요하다. 아동 최선의 이익 원칙에 관한 일반논평에서도 의료적 치료행위를 할 때 미성년 환자 본인의 의사표명권을 인정해야 한다고 밝히고 있다. 하지만 미성년자(아동)가 그 대상인 경우에는 본인의 의사 및 동의 여부를 확인하지 않고 친권자에게 통보를 하는 것만으로 치료와 연구가 이뤄지는 수가 적지 않다. 이러한 관행은 미성년자의 자기결정권을 제한하는 것으로 아동 최선의 이익 원칙에도 부합하지 않는다. 영국에서는 친권자의 동의 없이 미성년 환자가 의료적 의사결정권(자기결정권)을 행사할 수 있는가 하는 문제를 *Gillick* 사건에서 주된 쟁점으로 다뤄졌다.[198]

영국 보건사회보장국(*Department of Health and Social Security*: *DHSS*)은 지역보건당국에 16세 미만의 미성년자에게도 "의사와 환자의 상담은 기밀로 유지된다."는 내용의 통달(*Memorandum*)을 발령했다. 이에 따르면, 의사가 부모의 동의 없이 미성년 자녀에게 피임에 대해

---

198) *Gillick v. West Norfolk and Wisbech Area Health Authority and Anr.* [1985년] 3 *All ER* 402.

조언할 수 있다.

4명의 딸을 둔 어머니인 길릭 부인(*Mrs. Gillick*)은 지역보건당국에 그녀의 자녀가 16세 미만인 동안에는 모든 의료직원이 그녀의 동의 없이 피임 또는 낙태에 대해 조언을 하지 못하도록 요청했다. 지역보건당국은 길릭 부인에게 의료적 치료에 관한 모든 사항은 의사에게 달려있다는 취지의 답변을 보냈다. 이에 대해 그녀는 *DHSS*의 통달은 미성년자들로 하여금 불법적으로 성행위를 하도록 권유하고, 부모의 동의권을 침해하고 있다는 이유로 소송을 제기했다. 하급심법원은 그녀의 청구를 기각했고, 길릭 부인은 항소했다. 항소심법원은 부모의 동의 없이 의료기관이 16세 미만의 여성 미성년자에게 피임 조언이나 치료를 해서는 아니 된다는 그녀의 주장을 인정하는 판결을 내렸다. *DHSS*는 즉각 상고했으며, 영국 상원(*the House of Lords*)[199]은 미성년자가 "제시된 내용을 완전히 이해하기에 충분한 이해력과 지능(*sufficient understanding and intelligence to understand fully what is proposed*)"[200]을 가지고 있다면 16세 미만이라고 해도 의료적 치료행위에 동의할 수 있다고 판결했다.

위에서 알 수 있듯이 길릭판결은 미성년자의 피임에 대해 친권자인 부모의 동의 없이 미성년 자녀가 본인의 의료적 치료에 대해 스스로 의사결정을 할 수 있는 권한이 있는가가 주된 쟁점이었다. 그

---

199) 2005년 헌법개혁법률에 따라 2009년 영국대법원(*Supreme Court of the United Kingdom*)이 설립될 때까지 상원은 의회와 최고법원으로 기능하였다. 대법원이 설립되기 이전에는 영국 상원의 12명의 종신 상원의원이 3심재판을 했다. 즉, 하원 다수당이 행정부와 하원을, 상원 12명이 사법부를 장악했다.

200) *West Norfolk and Wisbech Area Health Authority and the Department of Health and Social Security (Appellants)* [1986] *AC* 112, 187[*D*].

러나 이후 이에 그치지 않고 치료행위의 의사결정에 대해서도 폭넓게 적용되었다. 이 판결에 따라 16세 미만의 미성년자라고 해도 치료행위에 대하여 '충분한 이해력과 지능이 있다면' 자신에게 사용될 치료법에 동의하는 자기결정권을 행사할 수 있다는 '길릭권한' 내지는 '길릭규칙(Gillick rule)'이 확립되었다.

하지만 '충분한 이해력과 지식이 있다면'이라는 문언은 지나치게 추상적이고 모호하다. 병원에서 미성년 환자에게 의료적 조언이나 치료를 하기 위해서는 길릭규칙이 적용되기 위한 보다 구체적인 기준이 필요하다. 길릭판결에서 대법관 프레이저(Lord Fraser)는 부모의 동의 없이 미성년자에게 의사의 조언이나 치료를 제공하는 것이 정당화될 수 있다고 판단하였다. 이를 '프레이저 가이드라인(Fraser guidelines)'이라고 한다. 이 가이드라인에 의거하여 이후 아래 다섯 가지 기준을 충족하면, 의료진은 미성년 환자의 길릭권한을 인정하고, 치료행위의 정당성을 인정받게 되었다.[201]

① 미성년자가 조언을 이해한다.
② 의사는 미성년자로 하여금 자신의 치료행위(피임행위)에 관한 조언을 구하고 있음을 부모에게 알리도록 설득할 수 없다.
③ 미성년자는 피임과 관계없이 성관계를 시작하거나 계속할 가능성이 매우 높다.

---

201) 이에 대한 자세한 내용은, NSPCC, "Gillick competency and Fraser guidelines", December 2018. https://www.icmec.org/wp-content/uploads/2019/04/gillick-competency-factsheet.pdf(방문일: 2020. 4. 29.)

④ 피임에 관한 조언이나 치료가 부족하면, 미성년자의 신체적 또는 정신 건강에 해를 끼칠 수 있다.

⑤ 미성년자의 최선의 이익을 위해서는 부모의 동의 없이 의사가 조언이나 치료를 제공해야 한다.

길릭판결에서 확립된 이 규칙을 통하여 미성년자는 치료행위 과정에서 완전히 자율적 주체로 간주되게 되었으며, 의료적 자기결정권을 행사할 수 있는 존재로 인식되는 계기가 되었다. 하지만 치료행위 과정에서 미성년 환자의 동의능력과 의사결정권을 어느 수준까지, 또 어느 범위까지 인정하는 것이 아동 최선의 이익 원칙에 부합할 것인가에 대한 판단은 쉬운 일이 아니다. 『칠드런 액트』에서도 길릭권한은 재판과정에서 핵심 쟁점으로 다뤄진다.

길릭권한: 아동의 복리와 권리를 보장하는 수단인가

의료진은 미성년 환자가 부모의 동의 없이 "제시된 내용을 완전히 이해하기에 충분한 이해력과 지능"을 가지고 자신에게 사용될 치료행위에 대해 자율적인 결정을 할 수 있는가에 대해 질문하고 판단한다. 이를 '길릭권한테스트(Gillick Competency Test)'[202]라고 한다. 이 테스트를 할 때의 관건은 두 가지인데, 대법관 스카먼(Lord Scarman)은 길릭사건판결에서 아래와 같이 견해를 밝히고 있다.[203]

---

202) 이를 '능력테스트(the test for capacity)'라고 부르기도 한다.
203) *Gillick case*, 188~189 *per Lord Scarman*.

먼저, 미성년자의 '판단능력'을 어떻게 평가할 것의 문제이다. 이에 대해 스카먼은, "미성년자는 (의사가 주는) 조언의 본질을 이해하기에 충분하지 않다."라고 하면서, 미성년자는 "의사가 주는 복잡한 조언의 내용을 이해하는 데 필요한 충분한 성숙도(a sufficient maturity to understand what is involved)를 가지고 있어야 한다."고 판단하였다.

다음은, 충돌하는 부모와 자녀의 권리의 조화 혹은 조정의 문제이다. 이에 대해 스카먼은, "부모의 권리는 자녀가 결정이 필요한 문제에 대해 스스로 생각을 할 수 있는 '충분한 이해력과 지능에 도달했을 때' 그 자신에 관한 결정을 내릴 수 있는 (자녀의) 권리에 따라야 한다."고 보고 있다.

스카먼의 견해를 요약하면, 미성년자가 길릭권한에 의거하여 치료행위에 대한 자기결정권을 행사하기 위해서는 그가 "제시된 내용을 완전히 이해하기에 충분한 이해력과 지능"을 가져야 한다. 또한 만일 미성년자가 이 정도로 충분하게 성숙한 판단능력을 가지고 있다면 부모는 자녀가 가지는 권리를 존중해야 한다. 따라서 의료진은 프레이저 가이드라인에 따라 길릭권한테스트를 하고, 그 결과에 따라 미성년 환자의 길릭권한을 인정할 것인가를 결정할 수밖에 없다. 하지만 대법관 프레이저와 스카먼이 제시한 어느 견해를 따르든 길릭권한의 행사에는 몇 가지 문제가 발생한다.

첫째, 길릭권한의 평가 주체, 즉 누가 길릭권한테스트를 하는가? 길릭판결에서 영국 상원은 의사가 길릭권한을 평가할 수 있는 적격한 사람이라고 보았다. 이때 제기되는 우려는 의사가 전문직업인으로서 편견을 가질 수 있으며, 또한 개인의 가치관이나 신념에 영향을 받을 수도 있다는 점이다. 특히 후자의 경우, 피임, 예방 접종 및 수혈과 같은 사회적, 종교적 또는 도덕적 문제를 제기하는 영역에서 두드러지게 나타날 수 있다. 그러나 의사들에게는 길릭권한에 관한 결정이 그리 낯선 일이 아니다. 의사들은 거의 매일 까다롭고 어려운 도덕적 결정을 내리고, 그에 대한 책임을 진다. 그 부담을 줄이기 위해서는 의사들이 합리적 의사결정을 내릴 수 있는 기준을 마련함으로써 의사들에게 상당한 수준의 재량을 부여할 필요가 있다.[204]

둘째, 길릭권한테스트를 할 때 의사가 상당한 재량권을 행사한다고 해도 의료행위의 최종 결정에는 환자의 동의가 필요하다. 만일 환자의 동의를 얻지 못하거나 혹은 동의하지 않았음에도 의사가 재량으로 결정을 내리는 경우, 의사는 그 결과에 대한 책임을 져야 한다. 그리고 동의는 반드시 서면으로 할 필요는 없고 구두로도 할 수 있다. 다만, 환자에게 위해를 끼칠 수 있는 검사, 시술 및 수술에 대해서는 의사는 환자에게 절차를 설명하고, 명시적(즉 서면) 동의를 얻어야 한다.[205]

셋째, 미성년 환자가 길릭권한에 의거하여 명시적 동의를 했다고 하여 의사는 자신의 전문적 지식과 재량권을 행사하여 모든 유형의 치료행위를 할 수 있을까? 하지만 『칠드런 액트』에 묘사된 판결에서 알 수 있는 바와 같이, 영국법원은 일반적 의료치료와는 달

---

204) 이에 대한 상세한 내용은, *McLean, Kathryn, "Children and Competence to Consent: Gillick Guiding Medical Treatment in New Zealand", Victoria University of Wellington Law Review*, 2000, 31(3). *http://www.nzlii.org/nz/journals/VUWLawRw/2000/31.html#fn18*(방문일: 2020. 12. 8.)
205) *Ibid.*

리 생명을 위협하는 치료행위(*life-threatening treatment*)에 대해서는 미성년 환자에게 길릭권한을 인정하고 있지 않다. 그 이유는 여러 가지가 있다.

첫째, 미성년자가 삶과 죽음을 결정하기를 원할 때 제시된 내용을 완전히 이해하기에 충분한 이해력과 지능에 의거하여 진행되는 길릭권한테스트의 기준이 너무 높게 설정되어 있기 때문이다.[206]

둘째, 법원은 미성년자들이 이 테스트를 통과하기에는 충분한 능력, 즉 충분한 이해력과 지능이 있다고 보고 있지 않다는 반증이기도 하다.[207]

셋째, *ECHR*의 관련 규정에 의거하면, 길릭권한의 인정 여부는 제2조 생명권과 제8조 사생활에 대한 권리와 직접 관련되어 있다. 이 규정에 대한 해석을 통하여 법원은 어떤 판단을 내리는 것이 과연 미성년 환자의 자기결정권을 존중하면서도 아동 최선의 이익 원칙에 부합하는 것인가를 고민할 수밖에 없다. 결국 논의는 어떤 선택이 미성년 환자가 아동으로서 가지는 복리와 권리를 보장하는 것인가의 문제로 귀결될 것이다.[208]

---

206) *Emily Jackson*, *Medical Law Text: Cases and Materials*(2nd Ed.), *Oxford University Press*, 2009, p. 268.
207) *Ibid.*
208) *Jane Fortin*, "*Accommodating Children's Rights in a Post Human Rights Act Era*", *The Modern Law Review*, May 2006 Volume 69, p. 316.

『칠드런 액트』가 남긴 질문:
어떤 선택이 과연 아동 최선의 이익을 위한 것일까

　이언 매큐언의 소설 『칠드런 액트』는 종교적 신념에 따른 아동의 수혈 거부를 주제로 "무엇이 아동을 위한 최선의 이익인가?"를 묻고 있다. 최선의 이익은 일반적으로 아동의 '권리보호'와 '복지증진'을 의미한다. 하지만 '최선의 이익'이란 매우 주관적이고 불명확한 개념이다. 무엇이 아동을 위한 '최선'이고, '이익'인가? 아동도 권리의 주체로서 자신의 삶에 대한 자기결정권이 있음에도 아동이 누리는 '최선의 이익'이란 결국 의사결정권자의 가치판단에 의존할 수밖에 없는 한계가 있다.

　『칠드런 액트』의 주인공 애덤은 성인의 나이 만 18세 생일을 3개월 남겨두고 있는 아동이라는 이유로 수혈 거부라는 선택이 자기결정권에 의거한 것인가를 입증해야 한다. 만일 그가 18세 생일에서 하루라도 지난 성인이었다면 자신의 권리를 온전히 행사할 수 있었을 것이다. 물론 애덤은 의료진이 '제시한 내용을 완전히 이해하기에 충분한 이해력과 지능'을 가졌다는 길릭권한테스트를 거쳤고, 담당판사 피오나도 이를 인정한다. 그럼에도 성년과 미성년을 구분하는 법정 연령 18세가 아니라는 이유로 길릭권한에 의거한 그의 자기결정권은 충분하게 보호받지 못했다. 아동 최선의 이익에 대한 결정은 애덤이 아니라 종국적으로는 의사결정권자인 병원과 법원의 권한에 속해 있기 때문이다.

　이 소설이 다루고자 하는 보다 근본적인 문제는 종교적 신념에 따라 수혈을 거부하는 미성년 환자의 자기결정권과 생명권이 충돌하는 경우에 과연 어느 것이 아동 최선의 이익에 부합하는가이다. 피오나 판사는 전자보다는 후자에 중점을 두고 애덤 본인과 부모의 동의가 없어도 병원이 수혈해도 좋다는 판결을 내린다. 이 결정에 따라 애덤은 수혈을 받고 건강을 회복한다. 결과만 놓고 보면 법원의 판단은 옳다. 그럼에도 여전히 의문은 남는다.

만일 애덤 혹은 그의 부모가 생명의 위험을 감수하면서도 끝까지 수혈을 거부하거나 의료진이 애덤의 자기결정권과 생명권을 비교형량한 결과 전자를 선택하여 수혈을 하지 않기로 결정했다면, 법원은 어떤 판결을 내릴까? 만일 이 소설과 동일한 판결을 내린다 해도 의료진이 애덤의 자기결정권을 존중하여 강제수혈이라는 의료행위를 하지 않는다면, 법원은 이 판결을 어떻게 집행해야 할까? 영국 「아동법」에서 제목을 따온 이 소설은 어떤 선택이 아동을 위한 최선의 이익일까에 관한 근원적 질문을 던지고 있다.